순정

순정

1판 1쇄 찍음 2017년 5월 25일
1판 1쇄 펴냄 2017년 6월 8일

지은이 | 한여름
펴낸이 | 정 필
펴낸곳 | (주)뿔미디어
편집장 | 박경희
디자이너 | 장형준
기획·편집 | 양동은, 최재훈, 박주현

출판등록 | 2002년 9월 11일 (제1081-1-132호)
주소 | 경기도 부천시 원미구 소향로17 303(두성프라자)
전화 | 032)651-6513 / 팩스 | 032)651-6094
E-mail | bnm2011@hanmail.net
블로그 | http://blog.naver.com/bbulbnm
비북스 | http://www.b-books.co.kr

ISBN 979-11-315-7979-4 03810

순정

한여름 장편소설

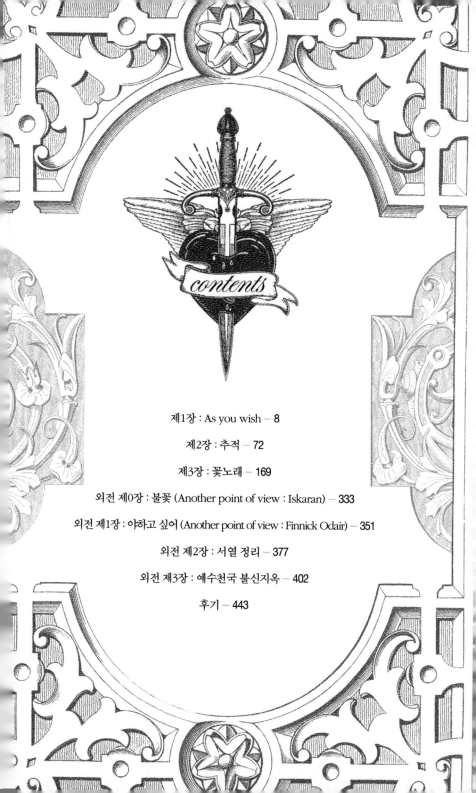

contents

본 작품에 나오는 인용구는 후기에 출처를 밝혀 두었습니다.

제1장 : As you wish

어찌하여 앞길이 보이지 않게 사방을 에워싸 버리시고는 생명
을 주시는가

(욥 3:23)

피닉을 처음 만난 건 1894년의 겨울이었다. 늦은 밤이었고 비
가 내리고 있었다. 네 개의 탑이 세워진 거대한 저택의 웅장함에
흥미를 느낀 나는 복도를 걸으며 벽에 걸린 그림을 구경했다. 그
러다 열린 방문 너머로 남자의 흐느낌 소리를 들었다. 예기치 못
한 우연이었다. 우연으로 시작해 운명으로 발현할.

남자는 붉은 가죽 소파에 앉아 있었다. 검은 대리석 벽난로에
서 어른대는 불기가 그의 얼굴에 음영을 드리웠다. 벽난로를 제
외하고 불을 전부 끈 방은 어두웠지만, 나는 그런 것과 상관없이
남자의 얼굴을 들여다볼 수 있었다.

고전적인 미남이었다. 특히 속눈썹이 짙은 눈이 그랬다. 남자

가 눈을 깜빡일 때마다 눈 밑에 그늘을 드리우는 검은 속눈썹은 일견 애처롭게 보일 정도였다. 살짝 내리깐 눈은 깊이를 가늠할 수 없는 서정을 담고 있다. 하지만 높게 솟은 콧대와 선이 뚜렷한 입술에서는 눈매와 상반되는 야성이 느껴졌다. 한없이 우울해 보이면서도 어딘지 모르게 위험한 느낌의, 종잡을 수 없는 인상을 가진 남자였다.

나는 단번에 그의 눈에 매혹되었다. 빨려 들어갈 것 같은, 심해처럼 어둡고 깊은 파란 눈이 흡반을 가진 양 거세게 나를 끌어당겼다. 아름다운 눈에서 눈물이 뚝뚝 떨어져 그의 남자다운 뺨을 적셨다. 그 모습을 보고 있자니 이유도 없이 초조해졌다. 나는 원래 인간에게 간섭하지 않지만, 어쩐지 그에게는 말을 걸고 싶었다. 그래서 모습을 드러냈다.

갑자기 허공에서 나타난 나를 보고도 남자는 놀라지 않았다. 그저 소리를 죽여 울기만 했다. 내가 물었다.

"어째서 울고 있어?"

그가 답했다.

"이룰 수 없는 사랑의 고통 때문에."

사랑하는 여인에게 구애할 자격이 없는 것이 비참해서 울고 있단다. 나는 이해할 수 없어 고개를 갸웃거렸다.

"그럼 자격을 만들면 되잖아?"

"너는 몰라. 자격은 만들 수 있는 것이 아니야. 주어지는 거지."

그의 말대로 나는 몰랐다. 인간의 풍습은 내겐 너무 어렵고 복잡했다.

하지만 고통에 몸부림치는 청년의 모습은 아름다웠다. 나는 손으로 턱을 받치고 잠시 그의 모습을 감상했다. 흑표범처럼 미끈한 얼굴, 온몸으로 풍기는 사내다운 분위기와 그에 전혀 어울리지 않는 순수한 눈물. 문득 저 남색 눈동자가 갖고 싶었다. 뺨을 타고 흐르는 눈물도, 얼굴을 문지르는 커다란 손과 파르르 떨리는 입술도 갖고 싶었다. 그의 울음과 웃음, 그 외의 다른 표정들도 모두 갖고 싶었다. 그래서 나는 그에게 제안했다.

"우리 계약을 하자. 내가 너의 세 가지 소원을 들어줄게. 대신 네가 죽고 나면 네 영혼을 나에게 줘."

그렇게 피닉은 내 첫 번째 계약자가 되었다.

나는 지옥의 귀족이며 역병과 질투의 아들이다. 질투의 가슴을 찢고 세상에 나와 가장 먼저 한 일은 살아 있는 인간의 피를 마시고 살점을 뜯어 먹는 일이었다. 인간의 뜨거운 피는 나를 황홀하게 했고 붉은 살점은 내 혀를 달게 적셨다. 태어나 처음으로 맛본 진미였다. 그 얼굴이 아름답든 추하든, 그 신분이 고귀하든 천하든 인간은 내게 모두 먹이로만 보였다.

하지만 피닉은 달랐다. 나는 그를 먹고 싶지 않았다. 오히려 말을 걸고 싶었다. 곁에 두고 관찰하고 싶었다. 항상 무표정을 유지하는 그가 다른 표정도 보여 주었으면 했다. 그래서 그와 계약을 맺었다. 이후 나는 소원을 들어준다는 핑계로 내내 그의 곁에 머물렀다. 같은 침대에서 잠을 자며 아침부터 저녁까지 함께했다. 피닉은 불편해 보였지만, 딱히 제지하지는 않았다.

기실 피닉은 처음 제 앞에 나타난 나를 요정이나 천사 뭐 그런 종류의 것으로 착각했다고 했다. 계약을 맺고 나서야 알게 된 사실이다. 아마 겉모습을 보고 그런 거겠지. 고위 악마의 외모는 인간을 현혹하는 데 안성맞춤이니까. 어쨌거나 내 정체를 안 후에도 피닉은 그다지 후회하는 기색이 아니었다. 오히려 어떻게 하면 세 번의 기회를 가장 효과적으로 써먹을 수 있을지 고민하는 눈치였다.

일주일 뒤, 피닉이 내게 처음으로 빈 소원은 이러했다.

"내게 작위를 줘."

"작위?"

"그래."

"그게 뭔데?"

피닉은 귀족의 아들이었지만 차남으로 태어난 탓에 작위를 가질 수 없었다. 그의 아버지가 가진 작위와 영지, 그 외 모든 권리는 장남인 형에게 상속될 것이었다. 피닉의 몫으로 돌아오는 건 아주 약간의 재산뿐이다.

나는 이 모든 사실을 이미 알고 있으면서도 꼬치꼬치 캐물었다. 피닉의 목소리가 듣고 싶었기 때문이다. 피닉은 곤란하다는 듯 인상을 쓰면서도 성실히 답해 주었다. 그 모습이 귀여워 나는 웃음을 터트리며 피닉의 목에 얼굴을 묻었다.

"작위는 누구에게로 상속되는데?"

"보통 첫째 아들에게 상속되지. 장남이 불의의 사고를 당하면 차남에게, 차남도 죽는다면 그다음 아들에게로. 만약 아들이 없다면 가까운 친척에게."

"너희 집안의 작위는 지금 누가 가지고 있는데?"

"내 아버지, 오데어 백작이 가지고 있다."

"그럼 아버지가 죽으면 너한테 오겠네?"

"나는 차남이다. 작위는 내 형님에게 승계되겠지."

"차남?"

"둘째 아들."

그 정도는 아는데. 몸을 일으켜 테이블 위에 놓인 케이크를 찾았다. 케이크의 속을 장식한 크림을 손가락으로 찍어 입에 넣고 쪽쪽 빨았다. 엉망진창으로 먹어 대는 내 앞에서 피닉은 반듯하게 앉아 차를 마셨다.

"가능한 빨리 그 작위라는 것을 네게 주는 게 좋겠지? 안 그러면 그 아가씨가 결혼해 버릴 테니까 말야."

"그래 주면 고맙겠군. 하지만 작위를 얻을 만한 공을 세우는 일이 그렇게 쉽지는 않아. 여왕 폐하께서는……."

그가 작위를 얻는 방법에 대해 열심히 설명하기 시작했다. 나는 건성으로 고개를 끄덕이며 오직 그의 목소리와 얼굴에만 집중했다. 어서 피닉의 소원을 들어주고 싶어 심장이 쿵쾅거렸다. 빨리 밤이 왔으면 했다.

그의 소원을 들어주면 환하게 웃는 모습을 볼 수 있을 테지. 인간들은 친애하는 사람의 볼에 입맞춤을 남기기도 한다던데, 어쩌면 그런 것을 받을 수 있을지도 몰라.

"혹은 남아프리카나 인도에서……."

"피닉."

"왜 그러지?"

"소원 들어주면 뭘 해 줄 거야?"

"……내 영혼을 가져가기로 했잖나."

"아니, 그거 말고."

"…….."

"웃어 봐. 환하게."

피닉은 이해할 수 없다는 표정을 지었지만, 이내 마지못해 웃어 보였다. 시원한 입매가 보기 좋게 위로 휘어졌다. 그 모습을 보는데 어쩐지 기분이 좋아졌다. 나는 케이크의 크림과 빵에 곁들여 나온 잼을 피닉의 턱에 묻히며 장난을 쳤다. 그의 흰 크라바트에 찐득한 붉은 덩어리가 묻었다. 피닉이 질색하는 표정을 지었다. 하지만 피하지는 않았다.

"뭐든지 들어줄게."

"……."

"네가 원한다면, 뭐든지."

사위가 고요했다. 사용인들까지 모두 잠든 밤, 꺼져 가는 벽난로의 장작 타는 소리만이 괴괴히 복도를 울렸다. 나는 피닉의 형을 찾아갔다.

침대의 휘장을 걷었다. 미색의 이불 속, 피닉과 똑 닮은 얼굴이 평온하게 누워 있다. 옆에는 그의 부인이 자고 있었다. 허리를 굽혀 형의 얼굴을 뜯어보았다. 나쁜 꿈을 꾸는지 빽빽한 속눈썹이 이따금 가늘게 경련했다. 피닉과 찍어 낸 것처럼 닮은 얼굴임에도 아무런 감흥이 들지 않았다. 피닉이 아니었기 때문이다.

귀를 기울여 그의 숨소리를 들었다. 충만한 생명의 소리였다. 그 소리를 앗아 가기는 매우 쉬웠다. 내 손이 스치는 것만으로도 그의 얼굴은 파랗게 질렸다. 숨을 쉬지 못해 괴롭게 헐떡헐떡 몸부림치더니 몇 분도 되지 않아 목을 꺾고 죽어 버렸다. 옆자리의 남편이 죽어 가는 와중에도 깊게 잠든 부인은 미동조차 없었다.

한껏 구겨진 그의 몸을 정성스레 펴서 도로 반듯하게 누였다. 상처도, 독의 흔적도 없는 죽음. 누가 봐도 의심하지 못할 사랑스런 죽음이었다.

휘장을 치고 돌아서기 전 다시금 그의 얼굴을 내려다보았다. 아까와 달리 숨을 쉬지 않는다. 여전히 나는 아무 감정도 느끼지 못했다. 그의 옆자리에 누운 부인에게로 시선을 옮겼다. 부인도 죽여 버릴까 했지만, 태중에 아이가 없기에 그냥 살려 두었다. 저 여자가 깨어나 지르는 비명은 나와 피닉의 기쁨이 되어 줄 테니까. 그래도 혹시 모르니 심장의 박동을 매우 빠르게 만들어 놓았다. 남편을 잃은 충격에 절규하다 그대로 절명할 수 있도록. 이미 죽어 버린 남자의 얼굴을 손가락으로 어루만지다 등을 돌렸다.

피닉의 아버지를 죽이는 일은 더욱 손쉬웠다. 초로의 남자는 몸부림칠 시도조차 하지 못한 채 숨이 끊어졌다. 그의 옆에는 비명을 질러 줄 부인이 없다는 점이 조금 아쉬웠다. 주름진 얼굴이 피닉과는 전혀 닮지 않았다는 것도.

피닉의 아버지가 뿜어내는 죽음의 냄새를 맡으며 나는 한동안 침대 맡에 앉아 있었다. 지금쯤 스틱스 강에서 재회하고 있을 부자의 얼빠진 얼굴을 생각하니 웃음이 났다.

동이 트고 날이 밝았다. 형의 부인이 지르는 날카로운 비명이 들렸다. 급하게 뛰어가는 사용인들의 발소리도 들린다. 곧 집사가 백작의 침실 문을 쾅쾅 두드렸다. 여유가 없다 못해 주먹질에 가까운 손길이다. 다급한 노크 소리를 배경 삼아 일어섰다. 침실의 창을 열고 춤추듯 훌쩍 뛰어내렸다.

일부러 저택의 곳곳을 돌아다니며 시간을 끌었다. 정원의 폭포와 분수대를 구경하고 오두막의 나무 벽에 대고 장난을 쳤다. 지금쯤 내가 돌아오기만을 기다리고 있을 피닉을 생각하니 기분이 들떴다.

내 활기를 반영하듯 날씨도 화창했다. 피닉의 눈동자보다 훨씬 밝은색의 파란 하늘 위로 하얀 조각구름이 떠가고, 신선한 공기가 피부를 가볍게 감쌌다. 늘 비가 와 눅눅하던 곳이었다. 맑은 날씨는 정말 오랜만이었다. 어쩌면 천사들조차 나의 우아한 솜씨에 놀라 비를 뿌리는 일을 잊어버린 걸지도 모르겠다. 당연하지, 나는 지옥에서 300년 만에 태어난 고위 악마이자 마천 전쟁 당시 홀로 천사 한 군단을 몰살한 질투의 아들이니까.

정원을 둘러싼 저택에서 터지는 인간들의 울음과 비명이 끊임없이 내 기분을 돋웠다. 하루 만에 자신의 소원을 이뤄 준 내게 피닉이 어떤 찬사를 보낼지 벌써부터 기대감에 심장이 두근두근했다. 그는 준남작 정도면 충분하다고 했는데, 내가 그에게 준 것은 무려 백작위였다. 게다가 어마어마한 재산과 영지도 함께였다. 성취감에 목구멍이 간질간질했다.

빙글빙글 돌며 저택으로 돌아오는데 검은 사냥개가 나를 보고 컹컹 짖었다. 저 시끄러운 개의 피로 간지러운 목을 축일까 생각하다 이내 그만두었다. 저 개는 이제 피닉의 재산이므로.

술 저장고에서 훔쳐 낸 포도주를 들고 피닉을 찾아갔다. 피닉의 아버지가 아끼던 것이라 피닉 역시 특별한 손님이 방문했을 때를 빼고는 마셔 본 적이 없다던 술이었다. 하지만 백작은 이제 죽어 버렸고, 이 저택의 새로운 주인은 피닉이었다. 이까짓 술쯤 피닉이 원한다면 얼마든지 마실 수 있었다.

"피닉!"

소파에 웅크리고 앉아 있는 피닉의 뒤에서 왁 하고 모습을 드러냈다. 포도주 병과 잔을 든 손으로 피닉의 목을 끌어안았다. 그의 얼굴에 뺨을 비비고 귓불을 물며 방방 뛰었다. 하지만 피닉은 굳은 채였다. 내 힘에 온몸이 들썩거리는데도 신기할 정도로 반응이 없다.

한참이 지나도 돌아오는 대꾸가 없어 의아함에 몸을 뗐다. 피닉이 천천히 돌아보았다. 그의 얼굴이 기이할 정도로 일그러져 있었다. 흰 뺨에 눈물이 흥건하고 안구의 실핏줄이 모두 터져 시뻘겠다. 당황해 뻗은 내 손을 피닉이 사납게 쳐 냈다. 튕겨 나간 유리잔이 쨍그랑, 소리를 내며 깨졌다. 황망하여 물었다.

"피닉, 왜 그래?"

억눌린 대답이 돌아왔다.

"네 짓인가?"

"뭐가?"

"네가 아버지와 형님을 죽였나?"

나는 얼른 고개를 끄덕였다. 대체 무슨 일인지는 모르겠지만, 조금이라도 피닉의 기분이 나아졌으면 했다. 오늘은 좋은 날이 아닌가.

"내가 소원 들어준다고 했잖아. 너무 빨리 이루어져서 얼떨떨해? 괜찮아, 별일 아니었으니까. 우리 이거 먹으면서 축하하자. 너 이 술 다시 마셔 보고 싶다며."

"내가, 언제……."

"이거 아니야? 다른 거 가져올까?"

생긋 웃으며 피닉의 뺨을 감쌌다. 순간 그의 몸이 격하게 요동 쳤다. 피닉은 속에서 치받쳐 올라오는 것을 삼키듯 눈을 질끈 감더니 씹어뱉듯 한 마디를 토해 냈다. 꽉 쥔 그의 주먹이 부들부들 떨렸다. 마치 당장에라도 내 목을 죄고 싶은 것을 참고 있는 양.

"다시 되돌릴 수 있다고 말해."

"……."

이해가 되지 않았다. 나는 멀뚱히 선 채 눈만 끔뻑거렸다. 내가 고개만 갸우뚱할 뿐 반응이 없자 벌떡 일어난 그가 내 목줄기를 잡았다. 커다란 손이 온통 땀으로 축축했다. 나는 충분히 피

16

닉을 뿌리칠 수 있었지만 그러지 않았다. 그가 내게 왜 화를 내는지 몰라 당황스러웠다.

"빨리 다시 되돌릴 수 있다고 말해!"

"왜 그래, 피닉…… 의심받을까 봐 그래? 걱정하지 마, 아무도 몰라. 상처 하나 안 남겼어. 그냥 숨통만 막아서 죽였단 말이야."

달래듯 조근조근 설명했다. 역효과였다. 내 목을 움켜쥔 그의 손에 잔뜩 힘이 들어갔다. 이러다간 정말 내 목을 부러뜨릴 수도 있을 것 같았다. 놓아 달라고 턱 끝으로 톡톡 치자 더 강하게 조여 온다. 이를 악물고 나를 노려보던 그가 쉰 목소리로 말했다.

"되돌려 놔. 소원 같은 거 필요 없으니까, 다시 살려 놔."

"이미 죽은 사람을 살릴 수는 없어. 스틱스 강을 건넌 영혼을 다시 데려오는 건 우리 왕도 함부로 하지 못하는 일인걸."

"……"

"너무 갑작스러워? 아버지는 죽이지 말걸 그랬어? 하지만 나는 네가 빨리 작위를 가졌으면 해서……."

아버지가 죽으면 바로 작위를 받을 수 있잖아, 중얼거리며 피닉의 눈치를 살폈다. 태어나 누군가의 눈치를 본 건 처음이었지만 그런 것을 떠올릴 겨를도 없었다. 풀죽은 나를 본 그의 얼굴이 형편없이 구겨졌다. 세상에서 제일 끔찍하고 혐오스러운 것을 보듯 내 몸에 닿은 제 손을 천천히 떼어 냈다. 나는 피닉이 움켜쥐었던 목을 가만히 쓸어 보았다. 목구멍이 부어 화끈거렸다. 그는 정말로 내게 화가 난 모양이다. 나는 항의했다. 억울함에 목소리가 떨렸다.

"왜 화를 내……? 나는 소원을 들어준 건데. 네가 그랬잖아, 작위를 달라고. 작위를 줬는데 왜 화를 내."

"그게 네 귀엔 아버지와 형님을 죽여 달란 소리로 들렸나 보지?!"

피닉이 악을 썼다. 갈기갈기 찢어진 그의 목소리가 허공을 벴다. 내게 손을 뻗었다가 도로 거둬들였다가 차라리 자기 목을 조르려는 듯 힘을 주었다가 어쩔 줄을 몰라 했다. 여유 없이 한참을 그러다 무릎에 힘이 풀리는 듯 털썩 주저앉고 말았다. 나는 얼른 그의 주변에 널린 유리 조각들을 치워 주었다. 그는 아픔도 느끼지 못하는 듯했다.

속이 막힌 것처럼 가슴만 쥐어뜯던 그가 갑자기 내 손에 들린 술병을 빼앗아 저만치 내던져 버렸다. 곧이어 씨근거리며 일어선 피닉이 이번엔 방에 있는 물건들을 죄다 부수기 시작했다.

이따위 방법으로 얻은 작위는 필요 없다는 둥, 도로 살려 내라는 둥, 차라리 자기 목숨을 거둬 가라는 둥 그의 절규가 방안을 왕왕 울렸다. 나는 도리 없이 서서 그런 피닉을 지켜보기만 했다. 양손이 피투성이가 되는 줄도 모르고 한참을 발광하던 그가 문득 허탈한 웃음을 터뜨렸다.

"내가, 언제…… 내 혈육을 죽여 달라고 했느냔 말이야."

"……."

"그렇게까지 해서 가지고 싶은 건 아무것도 없어."

핏발 선 눈동자가 내게로 돌아왔다. 처음 받아 보는 경멸의 눈빛이다. 고작 인간 하나가 쳐다보는 것인데도 뱃가죽에 화살이 꽂힌 양 아팠다. 목을 졸렸을 때보다도 더한 통증이 일었다. 나도 모르게 한 걸음 물러섰다. 피닉이 입을 열었다. 낮게 쉰 그의 목소리가 독무처럼 바닥으로 깔렸다.

"내가 너무 순진했군."

"……."

"악마가 순순히 소원만 이루어 줄 리 없다는 걸 깨달았어야 했는데."

오해다. 나는 황급히 그에게 다가섰다. 벌어졌던 거리를 순식간에 좁히며 그의 팔을 잡았다. 그가 진저리를 치며 내 손을 거부했다. 진절머리 난다는 듯한 그 동작에 혀가 뻣뻣하게 굳었다. 나는 입술을 벙긋거렸다. 바보처럼 입술만 벌렸다 닫았다 했다. 피닉이 냉엄하게 나를 보았다. 내 변명을 들어 줄 생각 같은 것은 조금도 없는 얼굴이었다.

"어제 내게 웃어 보라고 했었지."

"……."

"내 가족을 죽이려는 줄도 모르고 웃는 나를 보고 즐거웠겠군. 어리석은 인간을 실컷 조롱하니 기분이 좋던가?"

"아니야, 그건……."

"너 같은 악마 새끼와 계약을 맺는 게 아니었어."

"……."

"다시는 내 앞에 나타나지 마."

그는 내가 자신을 가지고 놀았다고 단정하고 있었다. 나는 돌아서는 피닉을 잡지도, 사과를 하지도, 그렇다고 따지지도 못한 채 입술만 씹었다. 이런 때는 어떻게 해야 하는 걸까. 아무 생각도 나지 않았다. 사실 일이 왜 이렇게 되었는지도 알 수 없었다. 인간의 감정은 내게 너무 어려웠다. 내게 그런 것을 설명해 줄 사람은 피닉뿐인데, 그는 나를 보고 싶지도 않아 했다.

손을 들어 반대쪽 팔을 감쌌다. 겨우겨우 단어를 골라 말을 끌어냈다. 지금 내가 생각해 낼 수 있는 최선의 말이었다.

"……마음대로 해. 그래도 계약을 한 이상, 네가 죽고 나면 네 영혼은 내 거야."

"잘됐군. 죽기 전까진 너를 볼 일이 없을 테니."

"……."

그가 문을 가리켰다. 나가라는 뜻이었다. 나는 반항하듯 창문을 열고 뛰어내렸다. 그리고 모습을 숨긴 채 다시 들어왔다. 피닉은 어깨를 떨며 울고 있었다.

잠시 후 집사가 들어와 형의 부인이 쇼크로 끝내 사망했음을 알리기까지, 그는 얼굴을 묻은 베갯잇이 흠뻑 젖을 정도로 울었다. 널찍하던 남자의 어깨가 유난히 좁아 보였다.

나는 땀에 젖은 피닉의 머리칼을 매만졌다. 내 손길은 그에게 닿지 않았다.

이튿날부터 장례 절차가 진행되었다. 깃털 달린 검은 보닛을 쓴 숙녀들과 무거운 코트를 걸친 신사들 사이로 십자가가 새겨진 세 개의 관이 지나갔다.

오데어 일가의 영문 모를 죽음이 전염병 탓이 아니냐는 의혹이 돌아 작별의 키스조차 허락되지 않았다.

관은 굳게 닫힌 채 못질 되었다. 하지만 피닉은 세 개의 관 모두에 정성스런 입맞춤을 남겼고, 체면도 의식하지 않은 채 끝내 눈물을 흘렸다. 묘지의 천사상 위로 눈발이 흩날렸다.

그제야 후회가 들었다. 피닉의 부모형제를 죽일 때 나는 조금도 망설이지 않았다. 싸늘하게 식은 그들의 시체가 서서히 부패하기 시작한 지금까지도, 그들이 죽은 것은 조금도 슬프지 않았다. 하지만 피닉이 우는 모습을 보는 것은 안타까웠다. 나는 조용히 피닉의 시야에서 사라졌다.

내가 들어준 피닉의 첫 번째 소원은 피닉으로 하여금 나를 증오하게 했다.

어디서부터 잘못되었을까…….

피닉은 자기 앞에서 꺼지라고 했지만 나는 그렇게 하지 않았다. 왜 다시 나타났느냐고 고함치는 그에게 그렇게 내가 보기 싫으면 소원을 빌라고 대꾸했다. 그는 지긋지긋하다는 듯 나를 외면했고 나는 뻔뻔스럽게 그의 옆에 머물렀다.

여전히 그와 같은 침대에서 잠이 들었고 아침과 저녁을 함께했다. 오후의 티타임에는 그의 몫으로 나온 스콘과 샌드위치를 집어 먹으며 저택의 일을 미주알고주알 떠들었다. 모든 것을 내 뜻대로 했지만 기분은 전혀 좋아지지 않았다. 나는 은근슬쩍 피닉의 눈치를 보았고 피닉은 그런 나를 끊임없이 무시했다.

피닉은 내게 몇몇 감정들을 깨닫게 했다. 주눅, 긴장, 후회……. 너무나 생소해서 기분이 나빴다. 그동안 내가 알던 부정적인 감정들은 질투, 분노, 살의 뭐 그런 것들이었다. 그것들은 나를 행복하게 했다. 하지만 새로 깨달은 감정들은 나를 불안하게 했다.

그즈음 나는 피닉이 사랑하는 여자를 볼 수 있었다. 백작이 된 피닉에게는 하루빨리 결혼을 해 후사를 볼 의무가 있었고, 그는 의무를 다하기 위해 성실히 사교 모임에 참석했다. 1년에 3만 파운드를 버는 부유한 귀족, 키가 크고 어깨가 단단한 독신 남성에게 온 사교계의 이목이 쏠렸다. 갓 사교계에 나온 소녀들부터 혼기가 꽉 찬 숙녀들까지, 모든 여성이 피닉을 소개받기 위해 자신의 보호자를 재촉했다.

하지만 피닉의 눈은 처음부터 끝까지 단 한 곳만을 향하고 있었다. 피닉은 내게 따로 일러 주지 않았지만, 머무는 시선만 보아도 그가 누구에게 영혼을 빼앗겼는가는 명백했다.

로렌. 그 여자의 이름은 로렌이었다. 총기를 머금고 반짝이는 두 눈과 또랑또랑한 목소리, 얼굴을 구기며 씩 웃는 표정이 인상적인 미인. 그라프 공작의 금지옥엽이자 사교계의 유명 인사.

"그라프 양."

"오데어 씨. 아, 이제는 백작님이라고 불러야 하나요?"

"어느 쪽이든 좋습니다. 저어…….."

"무언가 필요하신가요?"

"예. 그게 그러니까…….."

"……?"

"……제게 그라프 양과 함께 춤출 수 있는 영광을 베풀어 주시겠습니까?"

"어머나, 백작님! 저는 중대 발표라도 하시는 줄 알고 긴장했지 뭐예요."

　피닉은 정말로 그녀를 좋아했다. 가족이 죽은 뒤로 더욱 그랬다. 혈육을 잃은 상처를 그녀에게 몰두함으로써 치유하는 것처럼. 파티에 도착하면 제일 먼저 그녀의 모습부터 찾았고 그녀가 등장하면 눈빛부터 달라졌다. 느른하게 풀어져 있던 몸이 순식간에 긴장하고 등줄기가 뻣뻣하게 굳었다. 혹시라도 그녀가 오지 않으면 눈에 띄게 실망하여 우울해하는 기색이 주변인들의 눈에 띌 정도였다.

　춤추는 것을 좋아하지도 않으면서 그는 꾸준히 파티를 열었다. 그리고 그때마다 그라프 가에 보내는 초대장을 가장 먼저 썼다. 로렌에게 말이라도 건넬 양이면 피닉은 긴장에 자꾸 침을 삼켰고, 종종 무언가를 실수했다. 행여 로렌이 다른 남자와 즐겁게 이야기라도 나눌 때면 그는 질투와 불안함에 속눈썹을 깜빡거렸다. 그는 심지어 로렌이 정찬 모임에 달고 오는 리본의 색깔까지도 날짜에 맞춰 기억하고 있었다.

피닉의 그런 모습을 볼 때마다 나는 못마땅한 눈으로 로렌을 샅샅이 뜯어보았다. 그리고 분석했다. 무엇이 피닉으로 하여금 그녀를 사랑하게 하고 애정을 갈구하게 하는 걸까, 나에겐 없고 그녀에겐 있는 그 특별한 무언가를 대체 어디에서 찾을 수 있는 걸까 하며. 분명 흠이 있는데, 저 결점이 그에게는 보이지 않는 건가 의문하면서.

확실히 그녀는 조금 특이했다. 나태하지 않았고, 오히려 부지런했다. 책을 많이 읽었으며 그에 대한 나름의 생각을 가지고 있었다. 한 번은 투표권과 식민지 문제에 관해 격렬하게 토론을 벌인 끝에 상대 남성을 결국 입 다물게 해 버린 적도 있었다. 여성이 의견을 내는 것을 같잖게 취급하며 자신의 지식으로 그녀를 한 수 가르치려던 남자였다.

물론 그가 입을 다물었다고 해서 그녀가 이긴 것은 아니었다. 여전히 사람들은 로렌의 의견을 멋모르는 헛소리 취급하며 무시했다. 그럼에도 그녀는 자신에게 당당했다.

언제나 로렌의 말을 진지하게 듣는 사람은 피닉뿐이었다. 심지어 피닉은 로렌의 의견에 동의하며 자신의 실수를 인정하여 주변인들을 경악시키기도 했다. 상대방이 사랑하는 로렌이기 때문은 아니었다. 피닉은 상대방에게 호감이 있건 없건, 그가 여성이건 남성이건 늘 상대의 말을 신중하게 듣고 성의껏 답변하는 종류의 인간이었다.

어느 봄, 피닉은 로렌의 가족을 비롯한 열 명의 손님을 저녁 식사에 초대했다. 부인이 없는 피닉을 위해 이미 결혼한 그의 여동생이 안주인 노릇을 했다. 여자 주빈은 로렌이었다. 피닉의 팔짱을 끼고 식당에 입장한 그녀는 처음부터 끝까지 자신의 입맛에 맞추어 준비된 아홉 가지 코스 요리를 만족스럽게 즐겼다.

다양한 주제를 통과한 대화가 책과 문학에 닿았다. 로렌은 자신이 '제인 에어'라는 소설을 좋아한다고 말했다. 저자가 여성이라는 이유로 글까지 폄하될 것을 우려해 필명으로 글을 냈던 작가 샬롯 브론테의 죽음 이후로 수십 년이 지났지만 아직도 상황은 변하지 않은 것 같다고도 했다. 어김없이 신사들은 그녀를 찡그린 얼굴로 보았다. 숙녀들은 쓸데없는 말을 한다며 우아하게 비꼬았다.

여성들이 먼저 응접실로 떠나고 남성들만 남은 자리에서 한 신사가 로렌을 망아지에 비유하며 경박하게 웃었다.

"그라프 양은 언행을 조심할 필요가 있어요. 그렇게 뿔난 망아지처럼 굴다간 붉은 방에 갇히기 십상이지요. 안 그렇습니까?"

자칭 신사라고 일컫는 다른 남자들도 모두 그 말에 동의했다. 그라프 공작은 붉어진 얼굴로 모욕을 감내했다. 그 역시 자신의 딸이 실수했다고 생각하는 듯했다. 저마다 한 마디씩 보태던 사람들이 화살을 피닉에게 돌렸다. 피닉은 간단하게 답했다.

"그런 그라프 양의 당당한 면이 저는 사람처럼 보이더군요."

그 말에 로렌의 아버지조차 모호한 표정을 지었다.

나는 결혼에 목매며 인형이 되길 택한 여자들을 이해할 수 있었다. 그것은 부조리한 인간 사회에서 그녀들이 취할 수 있는 유일한 생존 방식이었다. 그 흐름에 순종하지 않고 자기가 원하는 대로 살아가려는 로렌 역시 가치 있는 인간이라고 생각했다. 정말 이해할 수 없는 것은 그녀를 조롱하는 남자들이었다.

인간은 자신의 성별에 따라 의견을 말할 수 있고 없음이 정해진단 말인가? 저들보다 훨씬 오랜 세월을 살아갈 내 눈에, 저들이 그토록 되길 원하는 진짜 신사는 피닉 오데어뿐이었다.

피닉과 로렌은 자연스레 가까워졌다. 시간이 지날수록 피닉은 혈육을 잃은 슬픔을 잊어 갔고, 사랑의 충만함에 젖어 갔다.

이따금 그 감정은 너무나 과해서 집착처럼 보일 때도 있었다. 그의 의사는 명백했다. 로렌을 얻기 위해 어마어마한 값을 치렀으니, 자신은 무조건 그녀의 옆자리에 서야 한다는 것이었다. 그녀의 선택을 받기 위해 피닉은 끊임없이 자신을 채찍질했다. 죄책감과 애정과 갈망이 뒤섞인 감정은 쓸쓸했고 처량했으며 그래서 서글펐다. 원인을 제공한 나는 그저 지켜볼 뿐이었다.

또 얼마간의 시간이 흘렀다. 밤새 잠을 이루지 못하고 뒤척이던 피닉은 새벽이 오자마자 몸을 일으켰다. 그의 이른 기상 시간에 사용인들이 놀랄 정도였다. 그는 아침도 먹는 둥 마는 둥 하고는 몇 시간이나 공들여 몸을 씻고 옷을 걸쳤다. 그리고 흐린 창밖을 초조하게 바라보았다.

시간이 흐르자 겨우 안개가 걷히고 맑은 하늘이 고개를 내밀었다. 피닉은 간신히 예의에 맞춘 시간에 그라프 가를 방문했다. 그의 손에는 다이아몬드와 홍옥으로 장식한 아름다운 반지가 들려 있었다.

피닉의 청혼을 받은 로렌은 곤란한 미소를 지었다. 그리고 자신이 바로 어제, 다른 이와 약혼했음을 알렸다. 타 귀족가의 삼남으로 작위도, 작위를 받을 가능성도 없는 남자였다. 재기 넘치는 그녀는 단 몇 마디로 내가 들어준 피닉의 소원을 아무 쓸모도 없게 만들어 버렸다.

"저는 제가 사랑하는 사람과 결혼할 거예요. 작위 같은 것은 없어도 좋답니다. 앞으로 귀족으로 살아가지 못한대도 상관없어요. 다른 사람은 몰라도 제 친우이신 백작님이라면 저를 이해해 주시겠지요?"

피닉은 고개를 끄덕였다. 그리고 힘겹게 축하한다고 말했다. 나는 로렌의 뒤에 서서 피닉의 가슴이 무너지는 것을 지켜보았다.

저택으로 돌아온 피닉은 한참을 두문불출했다. 그는 생의 모든 것을 순식간에 잃은 사람 같았다. 식사도 걸렀고, 잠도 자지 않았다. 내가 그를 처음 보았던 붉은 소파에 정물처럼 앉아 그저 존재하고 있었다.

그의 수행원과 집사가 젊은 주인의 상태를 걱정하며 의사를 부를 때쯤이 되어서야 그가 자리에서 일어섰다. 테이블 위에 놓인 다 식은 차를 벌컥 들이켠 피닉이 작게 중얼거렸다.

"로렌조차 내 옆에 있어 주지 않는다면 나는 대체 무엇을 위해 피붙이를 죽인 거지?"

문득 고개를 든 그의 시선이 내게 꽂혔다.

그는 갈등하고 있었다. 자신의 선택을 과연 스스로 감당할 수 있을 것인지 치열하게 고민하고 있었다. 이해할 수 없는 고민을 하는 피닉의 시선을 피하지 않고 맞받았다. 이윽고 결심하듯 작게 고개를 끄덕인 그가 입을 열었다. 그의 목소리는 그 어느 때보다 낮고 음울했다. 어쩌면 그때 피닉은 자기 자신에 대한 자긍심과 교양인으로서의 바닥을 포기했을지도 모르겠다. 가족을 죽인 악마와 다시 한번 손을 잡으면서.

"내가 나머지 소원을 빌든 그러지 않든 어차피 내 영혼은 네 것이라고 했었지."

"……."

"두 번째 소원을 빌겠어."

"……."

26

"로렌이 나와 결혼하게 해 줘."

"……네가 원한다면."

이번에는 내가 고개를 끄덕일 차례였다.

반면 피닉의 고개는 떨구어졌다. 그는 로렌의 결정을 자신의 욕망을 위해 짓밟았다는 자괴감에 얼굴을 들지 못했다. 스스로를 한심하고 부끄럽게 여겼다. 그러면서도 소원을 철회하지 않는 자신의 위선에 치를 떨었다. 그것은 내가 해득할 수 없는 종류의 고뇌였다.

오데어 가문 사람들의 초상화와 흉상이 전시된 복도를 걸으며 생각을 정리했다. 로렌 그라프, 그 당찬 귀족 여자의 삶을 나락으로 떨어트리고 망가뜨려 결국 피닉의 품에 안겨 주는 방법에 대해서.

가장 먼저 떠오른 것은 로렌의 약혼자를 죽이는 방법이었다. 하지만 피닉이 또 화를 낼 것이 뻔했으므로 그 안은 제쳐 놓았다. 인간은 자기 때문에 다른 사람이 죽으면 죄책감을 느낀다. 피닉의 곁에서 가장 절실히 깨달은 교훈이었다.

이번에는 결코 실수하지 않을 예정이었다. 그간 배운 인간의 풍습을 이용해서 아주 세련되게, 교묘한 방식으로 일을 처리할 것이다. 이번에야말로 피닉이 내게 감사할 수밖에 없을 만큼.

방법은 금세 떠올랐다.

"로렌 그라프."

그녀의 방으로 잠입하는 것은 한 번의 읊조림이면 충분했다. 그녀를 염탐하며 이미 수십 번도 넘게 와 본 곳이므로. 피닉보다 로렌에 대해 더 많이 생각하는 자가 있다면 그건 바로 나였다. 나는 그녀에 대해 정말로 많은 것을 알고 있다. 그녀가 언제 자리를 비우는지, 하녀에게 절대 손대지 못하도록 하는 곳이 어딘지, 남에게 보일 수 없는 은밀한 물건을 어디에 보관하는지도.

로렌의 방은 미색과 호박색으로 장식되어 있었다. 푹신한 소파 위에는 베끼다 만 '폭풍의 언덕' 원고가 놓여 있다. 은은한 장미 향이 공중을 떠돌았다. 아무도 없음을 확인한 뒤 곧장 화장대로 다가갔다. 서랍 속 보석함에 들어 있는 편지 뭉치를 꺼내 들었다. 그녀가 이전 연인과 교환했던 연애편지였다. 연인 관계를 암시하는 내용만으로도 이 시대의 여인들에게는 치명적이다.

편지에 뿌린 향수를 추적해 상대방을 찾아내는 것은 손쉬웠다. 그 상대방을 매수해 로렌의 편지를 공개하도록 하는 일은 더욱 쉬웠다. 결혼을 앞둔 전 연인의 명예를 완전히 부수는 결정을 내리도록 하는 데는 보석 하나면 충분했다. 남자는 조금도 망설이지 않았고, 이 모든 것이 단 이틀 만에 이루어졌다. 공개된 편지를 읽은 로렌의 약혼자가 부들부들 떨며 '정숙하지 못한 여성과의 파혼'을 선언하는 데까지 걸린 시간은 고작 일주일이었다. 로렌은 아름답고 총명한 여성이었지만 남자 보는 눈은 없던 게 분명하다.

로렌에 관한 추문으로 사교계가 들썩거렸다. 신사들은 '건방진 여자'의 추락에 즐거워하며 은유적인 희롱을 던졌고, 숙녀들은 그녀를 헐뜯으며 자신은 다르다는 것을 남편 후보들에게 강조하고자 했다. 모두가 기꺼이 로렌을 겨냥한 마녀사냥에 동참했다.

이제 그녀는 원래의 약혼자는 물론이고 그 누구와도 결혼할 수 없게 되었다. 귀족 여성은 자신을 보호해 줄 남편과 자식이 없으면 살아갈 수 없다. 곤경에 빠진 로렌을 구해 줄 남자는 이제 피닉뿐이었다.

멋지게 일을 성공시켰지만 나는 조금도 기쁘지 않았다. 오히려 조마조마했다. 내가 또 무언가를 실수한 건 아닌지 몇 번이고 반복해서 확인했다. 아무도 죽지 않았고, 아무도 다치지 않았다. 모든 과정을 다시 한번 되짚어 본 후에야 나는 피닉에게 돌아갔다.

또다시 추적추적 비가 내렸다. 빗물을 잔뜩 머금은 공기가 싸늘했다. 춥지도 않으면서 나는 조금 몸을 움츠렸다. 피닉은 창가에 앉아 담배를 피우고 있었다. 빗줄기가 거세게 창문을 두드리는 광경을 그저 무연히 바라본다. 딱히 기뻐 보이지도, 그렇다고 화나 보이지도 않았다. 그가 분노하지 않았다는 것을 확인하고 나는 조용히 모습을 드러냈다.

나를 확인한 피닉이 반도 피우지 않은 담배를 창틀에 비벼 껐다. 저벅저벅. 구둣발 소리가 울렸다. 나는 선고를 기다리는 죄수가 된 심정으로 그의 눈치를 살폈다. 이윽고 앞에 선 그가 나를 내려다보았다. 우수 어린 그 얼굴에서는 여전히 아무런 감정도 읽히지 않았다. 그래서 그가 내 뺨을 때렸다는 것도 나는 한동안 느끼지 못했다.

"……."

상황은 느릿하게 파악되었다. 내가 멍하니 있는 동안 피닉이 다시 내 뺨을 쳤다. 고개가 이쪽저쪽으로 휙휙 돌아갔다. 볼이 후끈했다. 상황을 인식하자 바로 모멸감이 따라붙었다. 감히……. 나도 모르게 피닉을 확 밀쳐 냈다. 창백한 내 손에서 적색 기운이 넘실거렸다.

순식간에 방을 날아 구석에 처박힌 피닉이 웅크리며 신음했다. 그의 눈과 코에서 피가 흘렀다. 그가 떨어진 곳은 벽난로 바로 옆이었다. 자칫하면 불기가 오르는 벽난로 안에 그대로 밀어 넣어질 수도 있었던 위치. 한 번의 손짓에도 날아가는 연약한 인간들이 불구덩이 속을 버틸 리 없다. 놀라 그에게 다가갔다.

"괜찮아?!"

"……."

"미안해, 피닉……. 이렇게 쉽게 날아갈 줄 몰랐어. 정말이야."

손으로 그의 얼굴에 묻은 피를 닦아 주었다. 인간이 어느 정도로 죽는지 몰라 오만 가지 생각이 다 들었다. 말 그대로 안절부절 못했다. 그가 내 뺨을 다섯 대나 때린 것쯤은 이미 잊어버렸다.

다행히 피닉은 멀쩡해 보였다. 그는 내 손을 쳐 내더니 제 힘으로 일어섰다. 그리고 책상을 짚고 선 채 헐떡이며 말했다. 그의 푸른 눈이 기이한 빛으로 번들거렸다.

"깨달은 게 있어."

"피닉……."

"내 절망이 네겐 한낱 유희거리에 불과하다는 거. 내가 아무리 분노를 쏟아 내 봐야 네겐 닿지도 않겠지."

"……."

"내 절박함을 이용하고, 상황을 망치고, 괴로워하는 날 보며 즐기고 있어. 또다시 네게 소원을 들어 달라 비는 나를 얼마나 조롱했을지 상상도 되지 않는군."

"피닉, 나는……."

"재미있었나?"

나는 최선을 다해 설명하려고 애썼다. 로렌의 약혼자를 죽일 수 있었지만 그러지 않았다는 것, 모두가 다치지 않는 선에서 내가 얼마나 노력했는지, 상한 것은 로렌의 평판뿐이며 결국 그녀는 네 것이 될 테니 상관없지 않으냐고. 종국에는 서러움에 목소리가 떨려 나왔다. 나는 최선을 다했는데, 왜 그런 건 알아주지도 않고 나를 비난해? 그럼 네가 방법을 알려 주지 그랬어.

눈시울이 달아올랐다. 안아 달라고 팔을 뻗었다. 피닉의 손을 들어 얼굴을 묻었지만, 그는 몸서리치며 나를 밀어 냈다.

"로렌이 나를 사랑하게 만들었으면 됐잖아. 그게 다섯 살짜리 어린애도 생각해 낼 수 있는 정상적인 해결책이라구. 아니면 역시 악마라서 올바른 방법은 떠올리지 못하는 건가?"

"사람의 감정은 내 힘으로 움직일 수 없어."

할 수 있었다면 네가 나를 좋아하게 만들었을 거야.

"너는 그녀를 천박한 여자로 만들었어!"

"어쨌든 가졌잖아. 이제 그녀에게 청혼할 사람은 너밖에 없잖아. 소원을 들어줬잖아……."

"망가뜨려서 갖는 것이 무슨 의미가 있지?"

나는 대답하지 못했다. 이해하지 못했기 때문이었다. 당혹감에 입술만 뻐끔거리자 피닉이 낮은 웃음을 흘렸다. 손수건으로 꼼꼼히 얼굴의 피를 닦아 낸 그가 새로운 담배에 불을 붙였다. 깊게 빨아들이며 진심으로 궁금하다는 듯 물었다.

"네게도 감정이란 게 있나?"

나는 대답하지 않았다. 피닉도 더 묻지 않았다. 널찍한 방 안에 빗방울 부딪치는 소리만 공허했다. 피닉이 만든 담배 연기에 눈이 어릿해졌을 즈음, 정중한 노크 소리가 들렸다.

"실례합니다, 백작님."

"무슨 일이지."

"그라프 양께서 방문하셨습니다."

"그라프 양이?"

피닉이 큰 목소리로 되물었다. 당장 모셔 오라고 외치는 그의 목소리가 흥분과 당혹으로 떨렸다. 그가 허둥지둥 담배를 끄고 창문을 열었다. 빗줄기가 들이쳤지만 아랑곳하지 않았다. 그는 손수 현관으로 뛰쳐나가 로렌을 맞아들이기까지 했다.

다시 본 로렌의 모습은 좋지 않았다. 안색은 초췌했고 틀어 올린 머리카락은 푸석했다. 노란 치맛자락이 흙탕물에 젖어 지저분했다. 그런 그녀에게 피닉이 고개 숙여 인사했다. 추락한 사람은 로렌인데 정작 애간장이 끊어지는 표정인 건 피닉이었다.

그녀를 응접실로 안내한 피닉은 채 빠져나가지 않은 담배 연기에 당황했다. 좋지 않은 냄새를 맡게 해 죄송하다 사과하고는 열린 창문과 최대한 먼 곳으로 그녀를 안내했다. 떨고 있는 그녀를 위해 손수 벽난로에 장작을 던져 넣은 그가 집사에게 뜨거운 차와 담요를 가져오도록 지시했다.

나는 피닉의 코앞에서 철저히 소외당하고 있었다.

피닉이 로렌을 자기 앞의 편안한 의자에 앉혔다. 나는 보란 듯이 둘 사이의 테이블에 앉았다. 그는 내게 눈길조차 주지 않았다. 그의 주의를 끌어 보려 몇 번 노력하다 제풀에 지쳐 버렸다. 멀찍이 떨어진 창틀에 올라 무릎을 세웠다. 그곳에 얼굴을 묻었다. 끊길 듯 이어지는 로렌의 말소리가 들렸다.

"저는 상처받지 않았어요. 그보다는 세상에 실망했다는 편이 옳겠지요. 저는 제가 저지른 일에 한 점 부끄러움도 없어요. 성인 남녀가 사랑의 감정을 드러내는 것은 자연스러운 일이라고 생각하고, 그 생각은 지금도 변함없습니다. 백작님도 저를 정숙하지 못한 여자라고 생각하신다면 차라리 지금 저를 내쳐 주세요. 이제 와 말을 번복하는 제 꼴이 우습다는 건 알아요. 궁지에 몰린 여성의 정신 나간 행동으로 보이겠지요. 뻔한 거짓말은 하지 않겠습니다. 백작님을 사랑하지 않아요. 하지만 그러도록 노력하겠어요. 백작님은 이 세상에서 저를 인간으로 대해 주는 유일한 사람이니까요."

묵묵히 듣고 있던 피닉이 나지막하게 대답했다.

"당신의 영혼은 비겁하지 않습니다."

그는 로렌의 손등에 입 맞추며 맹세했다. 당신을 이 세상 누구보다 사랑하고 아껴 주겠노라고. 사랑을 넘어 존중하겠으며, 매사 당신의 의견을 구하고 귀히 여기겠다고. 당신은 인형, 종달새, 천사 따위가 아니라 로렌이라는 한 인간으로서 가치가 있다고.

피닉이 로렌의 손에 반지를 끼워 주었다. 그때야 나는 그녀가 맨손임을 깨달았다. 예의에 어긋나는 차림을 보고도 피닉은 말이 없었다. 그저 자신의 장갑 중 가장 좋은 것을 골라 그녀의 손에 끼워 주었다. 커다란 흰색 장갑이 그녀의 작은 손과 반지를 따뜻하게 감쌌다.

그녀가 돌아간 뒤에야 나는 피닉의 시선을 나눠 받을 수 있었다. 창을 꽂듯 던져진 시선에 움찔하는 사이 그가 싸늘하게 말했다. 조금 전의 열렬함은 간데없는 차가움이었다.

"다시는 내 앞에 나타나지 말아 줬으면 좋겠군."

"너는 저번에도 그렇게 말했어."

"그랬었나? 미안하군. 이번에는 진심이야. 나는 앞으로 절대 네게 소원을 빌지 않을 테니까."

"……."

"이만큼 놀아 줬으면 충분하지 않나?"

더 볼 것 없다는 양 그는 몸을 돌렸다. 그 길로 집사를 불러 결혼을 알리고, 필요한 것들을 지시했다. 나는 시위하듯 그의 앞에서 모습을 감췄다. 방 안의 어둠에 몸을 숨기고 피닉의 일거수일투족을 훔쳐보았다.

하지만 나의 시위는 무용했다. 피닉은 내가 사라진 것에 조금도 신경 쓰지 않았으니까. 그는 오히려 날이 갈수록 홀가분하고 즐거워 보였다. 시간이 지나자 나는 섣불리 그의 앞에서 모습을 감춘 행동을 후회하게 되었다.

두 사람의 결혼식 날, 나는 새로 단장한 부부 침실에서 술을 마셨다. 인간이 아닌 나는 아무리 술을 마셔도 취하지 않았지만, 그냥 그 기분을 느껴 보고 싶었다. 그의 아버지가 아꼈고, 이제는 그가 아끼는 비싼 포도주 한 병을 통째로 비우고 몸을 일으켰다.

눈을 깜빡이자 장소가 바뀌었다. 피닉이 너무나 다정한 눈으로 나를 보고 있어 순간 움찔했다. 하지만 곧 그것이 내가 아니라, 내 바로 앞에 선 로렌을 위한 눈빛이라는 사실을 깨달았다. 피닉이 로렌과 눈을 맞추었다. 그녀에게 허리 숙여 절하며 분명한 목소리로 속삭인다.

"당신의 종복이 되겠습니다."

로렌을 향한 애정을 숨김없이 드러내는 피닉을 보며 그제야 깨달았다. 나는 단순히 그를 옆에 두고 싶은 게 아니었다. 그의 마음을 얻고 싶은 거였다. 죽음 후에 그를 영원히 갖게 된다고 한들 그것은 어차피 껍데기였다. 그는 절대로 나를 사랑하지 않을 것이고, 로렌처럼 애틋하고 소중하게 여겨 줄 일은 영겁이 흘러도 없을 거였다.

로렌이 인형이 아니듯 피닉도 인형이 아니었다. 그는 내 소유가 될 수 없었다. 끔찍하게 증오하는 상대와 영원의 시간을 함께하게 된 피닉은 서서히 망가지겠지. 망가뜨려서 갖는 것은 가치가 없다는 피닉의 말을 나는 비로소 이해했다.

앞으로 내게 남은 것은 타 버린 재와 같은 허망함뿐.

내가 들어준 피닉의 두 번째 소원은 피닉으로 하여금 나를 경멸하게 했다.

로렌 그라프는 로렌 오데어가 되었다. 첫날밤, 피닉은 아내의 뺨에 정중하게 입을 맞추고는 이렇게 말했다.

"당신이 내 아내가 되었다고 해서 멋대로 굴고 싶지는 않소."

로렌이 원하지 않는 한 그녀와 잠자리를 갖지 않겠다는 뜻이었다. 그것은 그녀를 기만했다는 죄책감의 발로이자 사랑하는 이에 대한 존중의 표시였다.

그리고 피닉은 정말로 참았다. 로렌이 진실로 마음을 열고 자신을 받아들일 때까지, 한 침대에서 잠들면서도 손끝 하나 대지 않았다. 때로 잠든 로렌을 바라보며 곤란한 듯 한숨을 쉬거나 이를 악물기도 했지만 그뿐이었다. 피닉은 성실한 남편이었고, 나는 매일 밤 부부의 침실을 훔쳐보는 도둑고양이였다.

그는 억눌린 욕구를 사냥으로 풀었다. 피닉은 타고난 사수였다. 생명체를 죽이고 목을 비트는 데 거리낌이 없었다. 정중하고 과묵한 신사와는 동떨어진 모습이었다. 인간 사냥도 잘할 것 같았다.

실제로 그는 로렌을 모욕하는 자들과 몇 번인가 결투를 했고, 전부 이겼다. 패배자들은 목숨을 잃거나 영구적인 손상을 입었다. 피를 흘리며 실려 나가는 신사들을 보며 나는 피닉이 정말로 죽이고 싶은 이는 바로 내가 아닐까 생각했다. 내가 그보다 월등한 존재가 아니었다면 그는 자신의 바람을 즉시 실행에 옮기고, 또 성공했을 터였다.

안주인을 맞은 오데어 저택에는 활기가 돌았다. 저택은 섬세하고도 화려하게 단장되었고, 일주일에 한 번은 정찬 모임이 열렸다. 로렌의 재치 있는 메뉴 선택은 언제나 찬탄의 대상이었다.

"오데어 부인, 요즘은 편지를 쓰지 않으십니까?"

"그러게요. 역사에 길이 남을 명문이었는데 말이에요."

"애석하게도 요새는 쓰지 않는답니다. 타인의 치부를 조롱하는 무뢰한을 고발하는 편지라면 언제든지 쓸 의향이 있지만요."

로렌은 사랑할 가치가 있는 여자였다. 그녀는 자신을 둘러싼 사교계의 조소에 의연하게 맞섰다. 백작가의 안주인으로서 그녀는 매 순간 성실하게 의무를 수행했고, 자신에게 한 점 부끄러움이 없었다. 그리고 피닉은 그녀의 명예를 지켜 주기 위해 기꺼이 자신을 바쳤다.

계절이 바뀌고, 피닉이 또 한 번의 결투를 치르고 온 날, 로렌은 그의 앞에서 스스로 옷을 벗었다. 흘러내리는 가운 사이로 희고 매끄러운 살결이 드러났다. 침대에 앉은 피닉은 홀린 듯 자신의 아내를 바라보았다.

그는 연약한 꽃을 다루듯 아주 조심스럽게 그녀를 만졌다. 머리끝부터 발끝까지 입을 맞추고 끊임없는 감탄과 찬사를 보냈다. 뻣뻣하게 굳은 로렌의 몸이 부드럽게 풀어지고, 마침내 통증 없이 그를 받아들일 때까지 온몸을 애무하며 기다렸다. 인내심이 깊은 피닉다운 행동이었다.

피닉은 매일 밤 로렌을 안았다. 그의 몸짓은 때로는 녹아내릴 듯 달콤했고 또 때로는 태워 버릴 듯 격렬했다. 절정에 달할 때면 로렌을 꼭 끌어안고 자신이 얼마나 그녀를 아끼는지에 대해 말했다.

그들이 잠자리에 들 때면 나는 방 밖으로 나가 문에 등을 기대고 앉았다. 그러면 곧 로렌의 높은 교성과 함께 침대가 삐걱대는 소리가 들려왔다. 나는 귀가 밝았다. 살결을 빨아들이는 소리와 둘의 속살이 깊게 맞물릴 때 나는 질척한 소음까지 모두 들을 수 있을 정도였다. 나는 거부하지 않고 모조리 엿들었다. 이럴 거면 왜 나와 있는 건가 하는 자조가 들 때도 있었지만 멈출 수 없었다. 그리고 시시때때로 겹쳐 있는 두 몸에 칼을 꽂아 넣는 상상을 했다.

한번 시작된 소리는 좀처럼 끊이지 않았다. 나는 피닉의 낮은 신음을 들으며 문밖에서 자위했다. 그들의 몸이 물결치는 리듬에 맞춰 성기를 감싼 손을 움직였다. 피닉이 절정에 달할 때면 나도 함께 사정했다. 손바닥에 묻은 멀건 액은 침실의 방문에 문질러 놓았다. 그리고 방으로 돌아가 피닉의 머리맡에서 잠들었다. 그럴 때면 이유도 없이 서러워졌다.

해가 바뀌었다. 부쩍 식욕이 줄고 피곤해하는 로렌을 진찰한 가문의 주치의는 그녀가 임신했다는 진단을 내렸다. 로렌은 수줍게 웃었고, 피닉은 그런 그녀를 번쩍 들어 안고 빙글빙글 돌았다. 그리고 주변인들의 시선도 아랑곳하지 않은 채 깊게 입을 맞췄다. 부부 사이에도 거리를 두어야 하는 시대, 피닉은 그런 관습 따위 깡그리 무시한 지 오래였다. 교양 없이 구는 젊은 백작에 대한 구설수는 이제 새롭지도 않았다.

"아들이면 좋겠지요? 가문에 후사가 없어 걱정하는 사람들이 많으니까요."

"부인과 내 사이에서 난 아이라면 성별은 상관없소."

"그래도요."

피닉이 흠, 헛기침을 했다. 귀까지 빨개져 있다.

"이런 말은 이상하게 들릴 수 있겠지만……."

"……?"

"나는 그 아이가 부인과 나의…… 사랑의 결실이라고 생각하오. 그건 내게 후계 따위보다 훨씬 큰 의미요."

그가 다시 한번 아내의 뺨을 감싸고 소중한 듯 입술을 겹쳤다. 로렌은 부끄러운 농담을 들은 양 웃었지만 피닉은 진심이었다.

로렌의 배가 불러 오자 피닉은 단어 그대로 안절부절못했다. 온종일 그녀의 곁에 붙어 사소한 것까지 본인이 직접 챙겼다. 음식을 먹여 주고, 따뜻한 물을 가져다 손과 발을 씻어 주었다. 무리해서 걸을 필요가 없도록 자신이 식당까지 안고 가겠다고 했을 때는 저택의 모든 사용인이 경악했다. 주치의를 어찌나 들들 볶아 대었는지 풍채 좋던 중년 의사의 피골이 하루가 다르게 상접했다.

하루아침에 혈육을 잃었던 피닉의 가족에 대한 집착은 유난했다. 그는 아이가 태어남으로써 자신의 모든 상처가 보듬어질 것처럼 굴었다. 이미 로렌에게 모든 것을 해 주고 있으면서도 무언가를 더 해 주지 못해 안달이었다. 아내의 손발톱을 다듬어 주며 자신과 로렌, 그리고 둘의 아이가 꾸려 나갈 미래에 관해 이야기하는 피닉은 행복해 보였다.

그 상처를 만든 장본인인 나는 더욱 그의 앞에 나설 수 없었다. 나는 그의 삶에 존재하는 배경이고 미물이었다. 언제나 그의 옆에 있지만 아무도 눈치채지 못하는 공기였다.

그는 정말로 내 존재를 잊은 것 같았다. 자신의 소원을 들어준 악마가 있었다는 것도, 그 악마 덕분에 지금 자신이 로렌의 곁에 있다는 사실도 모두 잊어버린 듯했다. 내가 자신의 옆에 내내 붙어 있으리라고는 상상조차 하지 못하는 피닉, 오직 아내와 그녀의 행복만을 생각하는 어리석은 인간 옆에서 나는 조용히 도사리고 있었다. 언젠가 그가 다시금 절박해져 또 한 번 나를 찾게 되기를, 간절하게 내 이름을 부르는 날이 오기를 고대하면서.

그날은 생각보다 빨리 왔다.

━━━━━◈┅┅◈━━━━━

하얀 시트가 온통 피투성이였다. 창백하게 질린 로렌, 피닉이 사랑해 마지않는 그의 아내가 고통스럽게 얼굴을 일그러뜨리고 있었다. 그녀는 통증을 호소할 힘도 없어 보였다. 그런 그녀를 돌보는 의사의 손길에서는 짙은 패배감이 묻어났다.

이미 여러 차례 폭풍이 지나간 다음이었다. 조금 전까지 방을 부술 기세로 발악하던 피닉 역시 기력이 다한 듯 망연자실 침대 기둥에 매달려 있다. 품위를 해치는 모습이었지만 아무도 그를 지적하지 않았다. 이 방에서 태연한 것은 나뿐이었다. 나는 곰곰이 의사의 말을 떠올렸다.

'탯줄이 아이의 목을 감고 있습니다. 가망이 없어요.'

나는 벌어진 로렌의 다리 사이를 들여다보았다. 의사의 말 그대로였다. 아이는 세상 빛을 보기도 전에 신의 품에 안기게 될 테다. 피닉 오데어와 로렌 오데어의 사랑의 결실이 이대로 죽어 버린다……. 웃음이 나왔다.

의사가 피닉의 어깨에 손을 올렸다. 할 수 있는 일은 다 했고 남은 건 신의 자비를 구하는 일뿐이니, 차라리 조금이라도 빨리 아이를 포기하는 것이 산모에게 더 나을 거라고 했다. 때맞춰 로렌이 희미한 신음을 흘렸다. 간신히 눈을 떠 가녀린 손으로 남편의 팔을 잡고는 안 된다고 고개를 저었다.

멍하니 있던 피닉이 그 말에 퍼뜩 고개를 들었다. 심장이 두근거렸다. 다물린 입술 사이로 미소가 비집고 나왔다. 피닉이 자기 앞에 선 의사를 밀어 냈다. 땀에 젖은 로렌의 이마를 쓸어 준 그가 등을 돌렸다.

"백작님?"

"잠시만, 잠시만 시간을 주게."

후다닥 방을 나선 피닉이 옆방으로 들어갔다. 주위에 아무도 없는 것을 확인하고 주먹을 꽉 말아 쥔다. 나는 그의 바로 뒤에 서 있었다. 턱밑까지 오소소 소름이 돋았다. 여유를 가장한 입술이 파르르 떨렸다.

"……이스엘."

피닉이 내 이름을 불렀다. 정제되지 않은 희열이 온몸을 내달렸다.

"이스엘!"

피닉이, 내 이름을 불렀다. 나는 그가 내 이름을 연호하도록 잠시 내버려 두었다. 그가 미치광이처럼 허공을 더듬으며 나를 찾는 모습을 팔짱을 끼고 구경했다.

"제발 나타나, 이스엘……."

마침내 그가 좌절하며 눈물 한 방울을 떨어트릴 때에, 나는 그의 앞에 모습을 드러냈다. 불현듯 나타난 나를 피닉이 신기루를 보듯 바라보았다. 그 눈빛이 나를 전율하게 했다. 모른 척 눈을 내리뜨고 물었다.

"무슨 일이지?"

"아이를……."

그는 목이 메어 말을 잇지 못했다. 나는 고개를 갸웃거리며 한 걸음 뒤로 물러났다. 피닉이 급하게 내 팔목을 붙들었다. 내가 이대로 사라지기라도 할까 두려운 듯 무서운 힘으로 조여 온다. 갈구하는 눈동자가 내 눈과 맞춰지려 필사적이었다.

"아이를 살려 줘."

나는 잠시 뜸을 들였다. 고민하는 양 턱을 쓸자 그가 내 앞에 무릎을 꿇는다. 똑바로 마주쳐 오는 푸른 눈은 여전히 매혹적이다. 하지만 이번에도 저 눈빛에 홀려 모든 것을 내어 주어서는 안 될 일이었다.

지난 두 번은 내게 있어 참혹한 실패였다. 피닉의 소원을 들어주기 위해 최선을 다했지만, 내가 얻은 것은 저주와 혐오뿐이었다. 이번에도 그러지 않으리라는 보장은 없었다. 만약 이번엔 정말로 그를 만족시키는 데 성공해서, 그래서 피닉이 진심으로 기뻐하며 내게 찬사를 보낸대도, 내게 돌아오는 것은 없다. 지난 3년간 그러했듯 나 없이 행복한—심지어 이번에는 아이까지 더해진— 피닉의 모습을 보며 속을 끓이는 것뿐이겠지.

좋다. 네가 나를 악마로 본다면 정말 악마처럼 행동해 주겠다.

"이번이 마지막 소원인 것은 알고 있어?"

"……알아."

"이번 소원을 들어주면 난 네 옆에 계속 있을 텐데, 그래도 좋아? 더는 멋대로 내게 사라지라거나, 저리 가 버리라고 말할 수 없어. 죽을 때까지 네 옆에 붙어 있다가 네 숨이 끊어지는 그 순간 바로 네 영혼을 받아 갈 거야."

"상관없어. 어떤 대가를 치러도 좋아. 지금 당장 내 목숨을 가져간대도 기꺼이 내어 주겠어. 그러니 제발……."

"……진심이야?"

"진심이야."

"좋아, 아이를 살려 줄게."

"……."

"네가 원한다면."

흘러내린 그의 머리카락을 다정하게 쓸어 주고 옆방으로 건너

갔다. 그곳엔 여전히 땀과 피에 젖어 쌕쌕이는 로렌과 무능한 인간들이 있었다. 날듯이 걸어오는 나를 로렌이 흐릿한 눈으로 보았다. 그녀의 부푼 배에 손을 댔다. 젖은 피부가 촉촉하게 감겨온다. 피닉이 매일 밤 느꼈을 바로 그 감촉. 나도 모르게 손바닥에 힘이 들어갔다. 로렌의 눈이 크게 뜨였다. 그녀가 무어라 말하려 했지만 내가 먼저였다.

태아의 목에 감겼던 탯줄이 스르르 풀리고 쑤욱, 아이가 빠져 나왔다. 누가 봐도 부자연스러운 모습이었지만 누구도 눈치채지 못했다. 그들은 기적처럼 태어난 아이의 엉덩이를 두드린 뒤 성별을 확인하고, 아이가 울음을 터트리는 걸 보며 기뻐했다.

기진맥진하여 누워 있는 백작 부인에게 관심을 기울이는 자는 없었다. 아이의 울음소리를 듣고 헐레벌떡 뛰어 들어온 피닉을 제외하고. 의사가 아이를 보여 주었지만 피닉은 제일 먼저 로렌부터 챙겼다. 피닉이 눈물을 흘리며 아내의 뺨에 손을 대었다.

툭, 그녀의 목이 꺾였다. 방 안의 공기가 순식간에 식어 버렸다.

"이게, 무슨……."

그제야 나를 돌아보는 그의 머리채를 쥐고 또박또박 말해 주었다.

"그렇게 겪어 보고도 나를 몰라? 소원은 제대로 빌어야지."

추스를 새도 없이 웃음이 터져 나왔다. 로렌의 뺨 위에서 굳어 있는 피닉의 손등에 내 손을 겹치고 힘주어 떼어 냈다. 그의 손으로 직접 아내의 눈을 감길 수 있도록.

"다시는 나한테 사라지라고 하지 마. 그동안 정말 힘들었거든."

무연한 피닉의 눈빛이 멍하니 내게로 붙박였다. 곧 저 눈이 나를 향한 증오와 분노로 물들 것을 생각하니 가슴이 저릿했다. 하지만 그런 눈빛 따위, 그간 그의 옆에서 완전히 소외당하며 느꼈던 고통에 비하면 아무것도 아니다. 어깨를 으쓱하며 태연히 그와 시선을 맞추었다. 그리고 되새겨 주었다.

"네가 원했던 거잖아. 어떤 대가를 치러서라도 아이를 살리는 것."

나는 지옥의 귀족이며 질투와 역병의 아들이다. 질투의 배를 찢고 세상에 나왔고 왕을 제외한 모든 악마의 우러름을 받았다. 그런 내가 고작 인간 따위에게 휘둘렸다. 피닉의 곁에서 배경처럼 지냈던 지난 몇 년은 내게 씻을 수 없는 상처였고 지울 수 없는 쓰라림이었다. 상처를 받고, 그 상처가 터져 피가 나고 진물이 흐르고, 그것이 채 아물기도 전에 다시 바늘로 찔리고 칼로 그이고…….

계절이 몇 번이고 바뀌는 동안 그는 단 한 번도 나를 떠올리지 않았다. 그동안 그가 생각한 건 오직 로렌 오데어 뿐이었다. 내가 아무리 노력해도 얻을 수 없던 피닉의 웃음이 그녀에게는 너무나 쉬웠다. 애틋한 포옹도 사랑 가득한 눈빛도 모두 그녀의 차지였다. 그녀는 아무것도 하지 않았는데!

아직 온기가 남아 있는 로렌의 시체를 보며 나는 그녀가 더는 피닉의 곁에 존재할 수 없다는 사실에 진심으로 감사했다. 끈적하게 젖은 그녀의 이마를 토닥이며 마지막 인사를 건넸다.

'안녕.'

내가 들어준 피닉의 세 번째 소원은 피닉으로 하여금 나를 혐오하게 했다. 하지만 이번에는 전처럼 슬프지 않았다.

나는 어쩔 수 없는 질투의 아들이었다.

피닉은 아내의 이름을 부르며 울었다. 잘 차려입은 그의 비단

셔츠가 찢어지고 목소리에 쉰기가 맺혔다. 의사가 아이를 안겨 주려 했지만 그는 손을 저어 거부했다. 그토록 원했던 아이였건 만 한번 돌아보지조차 않는다.

그는 죽은 아내의 몸에 자신의 몸을 겹치고 뺨과 손바닥에 정신없이 입술을 비벼 댔다. 그렇게 하면 온기가 전해져 식어 가는 몸이 다시 깨어날 거라 믿는 사람처럼. 하녀장이 황급히 사용인들을 내보냈다.

방문이 닫히고 사위가 고요해졌다. 피닉은 여전히 로렌을 끌어 안고 부질없는 몸부림을 치고 있었다. 다가가 그의 어깨를 붙들고 억지로 몸을 돌렸다. 피닉이 숨을 헐떡였다.

"아내를 살려 줘."

"불가능해."

"함부로 하지 못하는 거지, 아예 안 되는 건 아니잖아?"

그것은 그의 아버지와 형제가 죽던 날 우리가 나누었던 대화였다. '스틱스 강을 건넌 영혼을 다시 데려오는 건 우리 왕도 함부로 하지 못하는 일이야.' 그가 나와의 대화를 여태 기억하고 있다는 것이 묘한 감상을 불러일으켰다.

부러 못되게 대답했다.

"그래도 안 돼. 넌 이미 세 가지 소원을 전부 썼으니까."

"아하, 볼 장 다 봤다는 거로군."

피닉이 천천히 몸을 일으켰다. 가만히 나를 응시하던 그가 입술을 비틀었다.

"좋아, 그럼 다른 악마와 계약을 맺겠어."

직접 악마를 소환해 보는 건 처음인데, 처녀를 한 스무 명쯤 잡아 와서 그 피로 목욕을 하면 되나? 그가 비아냥거렸다. 넌지시 그에게 경고했다.

"그렇게 하면 네 영혼은 부서져."

그가 물끄러미 나를 보았다.

"잘됐군. 그러면 죽어서 네게 갈 일도 없을 테니."

네 소유물이 되느니 차라리 소멸하는 게 나아. 그가 중얼거렸다. 그러고는 로렌의 이마에 다정하게 입을 맞춘 뒤 방을 나섰다. 탁, 문이 닫혔다. 나는 멀뚱히 서서 죽은 로렌을 내려다보았다. 이미 죽은 그녀의 시체를 난도질하면 어떻게 될까.

피닉은 자신의 말을 정말로 실행에 옮겼다. 그는 악마를 소환하기 위해 할 수 있는 모든 일을 다 했다. 젊은 여인을 잡아다 죽이지는 않았지만, 제물로 쓸 수 있는 소와 양은 백 마리도 넘게 죽였다. 로렌과 그가 함께 쓰던 침실의 푸른 비단 벽지에 비릿한 쇠 냄새가 배었다. 벽과 소파, 침대 기둥엔 미처 닦지 못한 핏자국이 남았다.

그는 악마와 마녀에 관련된 서적도 모두 뒤졌다. 이성과 논리의 지배를 받게 된 인간 사회에 아직까지 그런 책이 그토록 많이 남아 있는 줄은 나조차도 몰랐다.

사교계에는 오데어 가의 젊은 백작이 아내를 잃고 미쳤다는 소문이 돌았다. 평판에 끔찍하게 신경 쓰던 시대에 그런 추문은 치명적이었다. 하루가 멀다 하고 저택으로 배달되던 초대장과 편지가 하나둘 끊겼다. 하지만 정작 피닉은 그 사실을 인지조차 하지 못했다. 그가 몰두하는 것은 오로지 아내를 되살리는 법 하나뿐이었다.

그는 자신의 몸도 돌보지 않았다. 매일 독주를 마셨고, 식사를 걸렀으며, 잠조차 제대로 자지 않았다. 자신에게 아이가 있다는 사실도 잊어버린 것 같았다. 백작가의 충성스러운 사용인들이 아니었다면 가련한 아이는 진작 죽어 버렸을 테다.

나는 잠자코 피닉의 옆에서 망가져 가는 그를 지켜보았다. 로렌을 치워 버렸지만 나는 여전히 아무것도 가진 것이 없었다. 로렌이 곁에 있든 없든 피닉은 오직 그녀만 생각했다. 오히려 그녀는 그렇게 죽음으로써 피닉의 머릿속에 영원히 자리 잡은 것 같았다. 그가 나를 생각해 주지 않는 이유는 로렌이 곁에 있어서가 아니라 그의 마음에 내가 없기 때문이다. 이미 알고 있었는데, 바보같이 잊어버렸었다.

"왜…… 왜 나타나지 않지?"

"……"

"너는 나타났잖아. 내가 부르지도 않았는데 와서 내 인생을 망쳤잖아. 그렇게 멋대로 들이닥칠 땐 언제고, 부를 때는 오지 않느냔 말이야……"

"피닉. 이제 그만해."

"내가 네 말을 들을 것 같아?"

피닉이 시도한 수십 가지 방법 중엔 제법 쓸 만한 것도 있었다. 실제로 악마를 불러낸 적도 있다. 하지만 그렇게 소환된 악마들은 피닉의 앞에 채 모습을 드러내기도 전에 그의 옆에 들러붙은 나를 보고 조용히 물러갔다. 악마의 왕을 불러내지 않는 한 피닉이 하는 모든 시도는 무위로 돌아갈 것이었다. 설령 우리 왕이 온대도 나는 피닉의 앞을 막아설 작정이었다. 영혼이 부서진 인간에게는 어떠한 미래도 없으니까.

이 사실을 모르는 피닉은 포기하지 않았다. 그는 꾸준히 시도했고, 끊임없이 좌절했다. 그리고 마침내 더 시도해 볼 방법이 없을 때에, 그는 총을 들어 자신의 머리를 쏘았다.

물론 피닉의 그 시도 역시 실패했다. 그의 곁엔 내가 있었으므로. 그가 발포한 탄환은 피닉의 머리카락조차 스치지 못하고 애꿎은 종달새 장식만 박살 낸 뒤 벽에 박혔다. 하지만 그의 심정만은 제대로 내게 전해졌다. 그가 내게 자신의 마음을 전달하려 시위한 것이라면 성공이었다. 나는 처음으로 피닉의 절망에 공감할 수 있었다. 이럴 바엔 차라리 로렌을 되살리는 게 낫겠다 싶을 정도로.

총성에 놀란 사용인들이 달려왔다. 그들을 손짓 한 번으로 물린 피닉이 바닥에 벌렁 드러누웠다. 관리하지 않아 푸석한 머리카락이 바닥에 어지럽게 흩어졌다. 근 1년간 불면에 시달린 피부는 거칠거칠했다. 그가 손등을 자신의 이마에 댄 채 나를 올려다보았다. 내가 물었다.

"불행해?"

"너무나."

"아내가 죽어서?"

"아니. 너 때문에."

내 가족을 죽이고, 억지로 아내를 취했다는 죄책감을 갖게 하고, 끝내 그녀까지 데려간 너 때문에. 그가 끊어질 듯 중얼거리는 말을 나는 놓치지 않고 들었다. 그의 옆에 누워 가슴팍에 귀를 대었다. 격정에 시달리는 그였지만 심장 소리만은 평온했다. 내 가슴에 손을 올려 보았다. 쿵, 쿵, 쿵······. 터질 듯 뛰어 대고 있다.

"······피닉."

아무리 나라도 스틱스 강을 건너간 영혼을 도로 데려올 수는 없다. 이는 모든 악마와 천사에게 내려진 금기니까. 그러니 족쇄가 필요하다. 피닉이 요구하는 어떤 것이라도 내 마음대로 물리거나 거부할 수 없도록, 스스로에게 채우는 족쇄. 이 족쇄가 아직까지 망설이고 있는 비겁한 내 등을 떠밀어 줄 테다.

"내 심장을 먹어."

"……."

"그러면 나를 지배할 수 있어. 네게 가는 모든 저주와 횡액은 내가 대신 가져가게 될 거야. 네 소원도 모두 들어줄게. 그러니까……."

"……."

"네가 정말로 행복해질 수 있는 소원을 빌어."

나는 네가 행복했으면 좋겠어. 마지막 말은 소리가 되지 못했다. 내가 생각해도 이 말은 신뢰가 없었다. 지금 피닉이 겪는 모든 불행의 원인이 나인데, 그런 내가 행복을 운운하다니.

피닉이 몸을 일으켰다. 나도 몸을 일으켰다. 그가 내쉬는 뜨거운 숨이 내 이마에 닿았다. 코가 맞닿을 만큼 가까운 거리에서 우리는 서로의 눈을 응시했다.

내가 가진 모든 것을 포기하고 한낱 인간의 방패가 되겠다는 말에도 그는 무심했다. 내가 어떤 의도로 이런 말을 하는지 조금도 궁금하지 않은 것 같았다. 미동 없는 그의 눈동자에 나는 절망을 느꼈다. 전부를 던져도 그를 흔들 수 없음에.

그가 말했다.

"이번엔 또 무슨 수작이지?"

"……."

"좋아, 속아 주지."

나는 고개를 끄덕였다. 이제 와 구구절절 변명하기엔 너무 멀리 와 버렸다.

가슴에 손을 넣어 심장을 뽑아냈다. 끔찍한 광경에도 그는 놀라지 않았다. 생피가 뚝뚝 흐르는 심장을 그에게 건넸다. 피닉이 그것을 받아들고 천천히 씹어 넘겼다. 피범벅의 내장을 먹으면서도 구역질 한번 하지 않았다. 나의 힘, 나의 지위, 나의 영혼— 내 모든 것이 그의 배 속으로 넘어갔다. 이제 돌이킬 수 없다.

입가에 묻은 피를 우아하게 닦아 낸 그가 입을 열었다. 간만에 보는 귀족다운 몸짓이었다.

"내 소원은 단 하나야."

"……."

"아내를 돌려줘."

그의 남색 눈이 나를 직시했다. 순수한 열망을 담은 눈이다. 찬찬히 그의 동공을 들여다보았다. 그가 눈시울을 깜빡일 때마다 짙은 속눈썹이 파도처럼 출렁이고, 밤의 바다 같은 어두운 눈동자가 드러났다. 그 수면에 내가 비쳤다. 처음 본 순간부터 매혹당했다. 거절할 수 있을 리 없다. 그것이 설령 나를 죽이는 일이라 해도.

"어떤 방식이든 상관없어. 아내만 살려 준다면."

"……네가 원한다면."

바닥을 짚고 일어서는 그의 손을 붙들었다.

"말했듯이, 죽은 사람을 살리는 건 정말 어려워."

"……."

"그러니까 나도 대가를 받아야겠어."

피닉이 고개를 끄덕였다. 그럴 줄 알았다는 표정이다. 수긍하는 그의 얼굴에는 희미한 미소마저 어려 있었다. 그의 손에 깍지를 끼고 단단히 맞잡았다.

"안아 줘. 네 부인에게 했던 것처럼. 그러면 그녀를 살려 줄게."

웃고 있던 그의 얼굴에서 미소가 사라졌다.

"……"

"……"

가파른 침묵이 베고 지나가고 그가 비죽 입꼬리를 올렸다. 조
소였다. 마주 잡은 손을 뿌리치고는 주저앉은 내 머리채를 잡아
일으켰다. 그대로 침대까지 끌려갔다. 저항하지 않았다. 거칠게
떠밀리는 와중에 문득 웃음이 새어 나왔다.

내가 피닉에게 처음으로 빈 소원은 그로 하여금 나를…….

그가 내 몸을 침대에 처박았다. 한때 로렌과 그가 누웠던 침
대였다. 오랫동안 빨지 않은 시트에는 죽은 로렌의 피 냄새가 짙
게 배어 있다. 몸을 돌리려 하자 뒤통수를 잡아 누른다. 엉덩이
만 쳐들게 하고는 허벅지를 찢을 듯 벌렸다. 나는 베개에 얼굴을
묻은 채 헐떡였다. 아직 아무 일도 일어나지 않았는데 숨이 가빴
다.

피닉의 낮은 숨이 귓전을 들쑤셨다. 흘긋 고개를 돌려 바라본
그의 눈에는 나를 향한 경멸이 선명했다. 그 시선이 창처럼 나를
찔렀다.

내 뒤에 자리 잡은 그가 손으로 자신의 성기를 천천히 문지르
기 시작했다. 옷을 모두 입은 채였다. 열린 앞섶 사이로 비어져
나온 그의 것이 조금씩 힘을 받는다. 나와는 상관없이, 온전히
자신의 손으로만 이루어지는 흥분. 눈이 마주쳤다. 그의 표정이
곧장 일그러졌다.

"얼굴 보이지 마."

나는 순순히 그의 말대로 했다. 짐승처럼 엉덩이를 들고 기다

리자 곧 뜨겁게 발기한 그의 남성이 느껴졌다. 들어갈 곳을 찾는 듯 몇 번 짙게 문질러지더니 이내 습격처럼 짓쳐들어온다. 메마른 입구를 풀어 주려는 어떠한 시도도 없는 채였다.

움찔할 틈도 없이 단단한 기둥이 몸을 찢었다. 투둑, 살이 뜯어지는 소리가 들렸다. 꽉 다물린 구멍의 주름이 벌어지는 소리였다. 피닉이 내 안에 자신의 성기를 쑤셔 넣는 소리였다. 내 다리 사이에 칼을 박아 넣듯 힘주어, 단번에, 자신의 것을 삽입하는 소리였다.

"아, 으……!"

"힘 빼."

파드득 몸을 굳혔지만 그에게 자비란 없었다. 느릿하게 성기를 뒤로 물린 그가 다시 한번 힘주어 꽉 찔러 넣었다. 퍽, 퍽, 퍽……. 그 짓을 몇 번이나 반복했다. 그때마다 아픔에 굳어지는 내 반응이 그에게는 일종의 희열로 다가오는 모양이었다. 나를 망치고, 내게 고통을 준다는 데서야 비로소 그는 내게 성욕을 느꼈다.

고통을 줄이기 위해 몸을 웅크렸다. 가쁘게 호흡하며 힘을 빼려 노력했다. 배 속이 둥둥 울리고 뒷골까지 아파 왔다. 피닉이 계속해서 아래를 치댔다. 내 골반을 부술 듯 세게 쥐고 마구 찔러 올렸다.

그가 내뱉는 뜨거운 숨과 달구어진 살결, 이어져 있다는 느낌이 나를 흥분시켰다. 그가 내게 아무런 쾌감을 주지 않았음에도 나는 홀로 발기했다. 낮은 신음을 흘리며 시트에 허리를 비볐다.

그 언젠가 보았던 다정한 피닉을 떠올렸다. 사랑하는 이와 알몸을 겹치고 피부를 빨며 달콤한 말을 흘려 넣던 모습을. 그 밑에 누워 솜털 같은 쓰다듬을 받고 있는 것이 나라고 상상했다. 그때의 로렌을 흉내 내며 가는 숨을 뱉었다. 떨리는 목소리로 속삭이듯 말했다. 피닉. 내 삶의 빛.

"하웃……."

돌연 피닉의 삽입이 부드러워진다. 고문하듯 가혹하게 꿰뚫어 대던 것을 멈추고 뭉근하게 허리를 돌린다. 그의 손끝이 등줄기를 쓸었다. 녹여 버릴 듯 다감하게 매만지고는 몸을 숙여 깊게 입을 맞춘다. 다가온 그의 혀에서 비릿한 피 냄새가 났다. 그의 성기가 재차 몸을 파고들었다. 속살이 맞물렸다.

그가 다시 한번 자신을 밀어 넣었다. 커다란 몸이 뜨겁게 나를 덮었다. 흐윽, 몸을 떨며 신음하자 귀엽다는 듯 웃는다. 그가 시트 위로 흐트러진 내 머리칼을 쥐고는 재차 소리 내어 입을 맞췄다. 등줄기가 움찔 굳었다. 파도처럼 쾌락이 밀려왔다. 피닉은 여전히 내 등 뒤에 있었다. 귓불에 혀를 문지른 그가 낮게 속삭였다.

"로렌……."

피가 식었다.

심장이 얼음처럼 딱딱해졌다. 내게 심장이 남아 있었다면 반드시 그러했을 것이다. 그가 또 한 번 로렌, 하고 신음처럼 말을 흘렸다. 내 귀와 머리카락을 질근질근 씹으며 보드랍게 애무한다. 나는 잠시 그대로 있었다. 딱딱하게 굳어진 머릿속으로 몇 가지 생각이 스치고 지나갔다.

후들후들 떨리는 팔을 뒤로 뻗어 그의 아랫배를 밀었다.

"아니……야."

"……."

"나는 로렌이 아니야."

"너……."

52

몽롱하던 피닉의 표정이 찬물을 뒤집어쓴 사람처럼 변했다.

"나, 는…… 이스엘이야."

"웃……!"

말과 함께 아래를 조였다. 황급히 빠져나가려던 그가 분신에 가해지는 자극에 신음하며 입술을 물었다. 몸을 돌려 그를 마주 보았다. 허벅지 안쪽의 연한 살을 그의 옷이 쓸고 지나갔다. 다리를 들어 그의 허리를 감았다. 양팔과 양다리로 피닉의 몸을 결박하고 빠져나갈 수 없도록 조였다.

그가 도로 나를 뒤집으려 했지만 온몸에 힘을 주고 버텼다. 맞물린 피닉의 몸이 혐오로 굳어지는 것이 선연했다. 모르는 척 그의 목에 얼굴을 묻었다. 물고 있는 그의 성기를 뽑을 듯 씹어 대자 작게 욕설을 뱉은 그가 급하게 들이받기 시작했다.

다정한 애무나 입맞춤 같은 것은 없었다. 행위는 차라리 폭력에 가까웠다. 그는 내게 칼을 박아 넣는다는 심정으로 내 안에 성기를 찌르고 있었다. 칼을 쓸 수 없으니 성기를 쓰는 것이었다.

자신의 몸을 흉기 대신 사용하면서 피닉은 끊임없이 구역질했다. 펄떡펄떡 뛰는 심장을 삼키면서도 하지 않던 헛구역질을 나와 몸을 섞으면서 하고 있다. 나와 살을 섞는 일을 견딜 수 없는 것이었다. 미치거나 토하지 않고는 이 역겨운 행위를 감당할 수 없는 것이었다. 그러면서도, 나를 상처 주기 위해 그 자신이 함께 상처 입는 짓도 기꺼이 감수하는 것이었다.

그의 귓전에 대고 내 이름을 소곤거렸다. 그럴 때마다 그가 토악질하듯 몸부림치는 것이 느껴졌지만 멈추지 않았다. 한 술 더 떠 그의 배에 내 것을 문지르기까지 했다.

한순간이나마 이대로 로렌인 척 그의 거짓된 애정을 받아 볼까 고민했던 스스로가 참을 수 없이 미워서, 내가 나를 죽여 버리고 싫어서 견딜 수가 없었다. 스스로에게 향하는 경멸을 지우려 피닉의 몸에 기생식물처럼 들러붙었다. 그리고 계속해서 내 이름을 흘려 넣었다. 잊으려 해도 잊을 수 없도록.

"하나만…… 물어볼게."

"……."

"그 여자, 아윽, 그 여자를 사랑…해?"

"……네가 사랑이 뭔지 알기나 해?"

"훗! 아파, 흑, 아, 아파!"

"그래, 사랑해."

"아……! 조, 조금만 천천, 하아……!"

"사랑하니까 이 짓, 을, 하고 있지. 후읏…… 안 그래?"

"……."

"……."

"아……!"

"……큭……!"

절정이 다가오는 듯 그의 움직임이 격해졌다. 거세게 들락거리던 성기가 속살에 깊숙이 박혔다. 내벽을 가득 채운 그의 성기가 바르르 요동치는 것이 느껴졌다. 내 배와 맞닿은 피닉의 복근이 펄떡였다. 그의 사정에 맞추어 나도 사정을 했다. 끈적한 정액 냄새가 훅 끼친다.

나는 그제야 그의 몸을 놓아 주었다. 피닉의 팔과 어깨, 허리에 시뻘겋게 눌린 자국이 남았다. 멍이 들 것 같았다. 그는 진저리가 쳐진다는 듯 나를 한 번 내려다보고는 즉시 성기를 빼냈다. 커다란 살덩이가 빠져나간 곳에서 격통이 밀려왔다.

그는 내 피와 자신의 씨물로 번들거리는 분신을 시트로 대충 닦아 내곤 곧장 나가 버렸다. 방을 나서는 그의 표정이 처참했다. 그것은 아내를 살리기 위해 원수와 몸을 섞은 자신을 향해 건네는 염오와 애도였다. 사라지는 그의 뒷모습을 끝까지 지켜보았다. 다리 사이로 정액이 흘렀다.

피투성이가 된 아래를 헤집어 뒤처리하는 일에는 인내심이 필요했다. 혼자 힘으로 확인할 수 없는 그곳의 상태를 보기 위해 나는 거울 앞에서 다리를 벌려야 했다. 상처 난 입구에 손가락을 집어넣을 때는 등줄기가 뻣뻣하게 굳었다. 엉망으로 헤진 내벽에 손톱이 스칠 때마다 베는 듯한 쓰라림이 몸을 그었다. 겨우 빼낸 손가락에 벌건 피가 묻어 나왔다.

"우욱……."

나는 끝내 울고 말았다.

나는 섹스를 배웠다. 가난한 섹스였다. 일방적으로 매달리는 섹스였다. 그것은 내가 익히 알아 온 쾌락의 행위와는 달랐다. 그것은 아프고, 또 서러운 것이었다.

상처가 쉽게 낫지 않았다. 심장이 빠져나간 후유증인 듯했다. 시시때때로 피가 흐르는 뒤를 가리기 위한 최선의 선택은 옷을 입는 것이었다. 저택이 바쁜 틈을 타 사용인 숙소에서 옷을 훔쳐 입었다. 하인의 검은 정복은 내게 조금 컸다. 상의의 단추를 잠그고 장갑까지 끼자 갓 들어온 막내 하인처럼 보였다. 생전 입지 않던 옷을 걸친 나를 본 피닉은 슬쩍 인상을 썼지만, 말을 붙이진 않았다.

식사를 마친 피닉은 간만에 저택을 벗어나 정원을 산책했다. 하녀장이 기다렸다는 듯 그의 방으로 하녀들을 끌고 들이닥쳤다. 가련한 어린 소녀들은 이상해진 주인의 방에 정말 시체라도 있을까 두려워했다. 손을 휘저어 혹시 남았을지 모르는 냄새와 핏자국을 지웠다. 안도하는 하녀들의 표정을 확인한 뒤 피닉을 따라 나섰다. 그는 호수에 설치된 석조 다리에 올라 아래를 내려다보고 있었다.

전형적인 영국식 정원이었다. 불규칙한 형태의 거대한 호수 주변에 송이가 큰 장미가 무더기로 피어 있었다. 로렌이 살아 있을 적 정원사에게 명해 심은 프랑스산 하이브리드 티 장미였다. 가시가 많고, 향기가 진한. 죽은 후에도 여전히 가문을 장악하고 있는 그녀에게 어울리는 품종이었다. 유심히 장미를 들여다보는 피닉 역시 같은 인간을 떠올리는 듯 표정이 어두웠다.

바람이 수면을 흔든다. 뚝뚝 떨어진 흰 꽃잎이 투명한 물낯 위로 흐른다. 그녀가 고른 꽃은 천국을 상징하는 흰색이었다. 흰 장미의 꽃말은 결백, 비밀, 그리고…… 사랑의 한숨.

정말 하인이라도 된 것처럼 그의 뒤에 두 손을 모으고 서서 입을 열었다.

"아들 이름 제대로 지어 줘. 사교계에도 얼굴 비추고."

침묵하는 등을 두고 연이어 말했다.

"네 평판, 바닥까지 떨어진 건 알아?"

"……."

"그라프 공작이 편지를 보냈어. 꾸짖는 내용이 절반이지만 일단은 파티 초대야. 우선 거기부터 참석해. 안 좋은 소문 같은 건 내가 어떻게든 해 줄 테니까."

"……."

"기껏 로렌이 돌아왔는데…… 엉망이 된 가문 상태에 놀라서 도로 죽어 버리기라도 하면 큰일이잖아?"

내내 무반응이던 피닉은 로렌의 이름을 듣고 나서야 몸을 돌려 나를 마주했다. 청옥 같은 그의 눈이 느릿느릿 내 얼굴을 훑고는 이내 떨어졌다. 엄정한 시선의 의미는 명백했다.

'네가 그녀를 들먹일 자격이 있나?'

나는 모른 척 그의 발부리만 바라보았다.

호수의 겉면이 저무는 해를 눈부시게 반사할 때까지 그는 거기에 서 있었다. 저택으로 돌아가기 전, 그는 장미 한 송이를 꺾어 품에 넣었다. 억지로 꽃을 잡아 뜯은 그의 손에 생채기가 남았다. 고쳐 주려 했지만 그가 거부했다.

저택으로 돌아온 피닉은 집사와 영지 관리인을 불렀다. 그동안 버려두었던 영지의 상태를 묻고 한숨을 쉬고는 이것저것 명령을 내린다. 간만에 일을 하게 된 하녀들이 종종걸음으로 저택의 이곳저곳을 오갔다. 방마다 달린 커다란 창문을 활짝 열고, 가구 위에 씌워진 장식 천을 벗겨 밟아 빨고, 집 안 곳곳에 놓인 섬세한 장식품들을 마른 수건으로 닦았다.

그동안 피닉은 자신의 방에 처박혀 있었다. 생각에 잠긴 얼굴로 테이블을 두드리던 그는 조금 망설이다 자신의 아이를 데려오라 말했다. 기다렸다는 듯 유모가 아이의 손을 잡고 방으로 들어왔다.

이제 겨우 걸음마를 뗀 아이는 낯을 가리는 듯 쭈뼛거렸다. 아버지를 알아보지 못하고 우는 아이를 무연히 바라보던 피닉은 부지중에 그 애를 꼭 끌어안았다. 그리고 자신과 똑 닮은 하얀 이마에, 아내를 빼다 박은 둥그런 눈에 꾹꾹 입술을 눌렀다. 그가 아이의 옷 주머니에 가시를 제거한 흰 장미를 넣어 주는 것을 못 본 척했다.

당연한 말이지만, 교양과 체면에 목숨을 거는 이 시대 사람들은 귀족으로서의 품위를 저버린 피닉을 상종 못 할 사람 취급했다. 한때 오데어 백작 부인이 되려 눈에 불을 켜고 달려들었던 숙녀들도, 한 해에 3만 파운드를 버는 부유한 남자와 안면을 트려 혈안이 되었던 신사들도 모조리 그를 외면했다. 미합중국 출신의 한 상속녀만이 우수 어린 얼굴을 한 그에게 관심을 두어 다가왔다가, 주변인들의 언질을 듣고 황급히 물러날 뿐이었다.

그런 피닉을 위해 나는 그가 마주하는 모든 사람의 기억을 자르고 깎아 냈다. 무슨 일이 있었는지 정확히 기억하지 못하도록 만들거나, 임신한 아내 탓에 좀 오래 두문불출했을 뿐이라는 식으로 기억을 왜곡하거나, 혹은 그에 관련된 기억 전체를 뭉개 흐릿하게 만들거나.

다시 사교계에 등장한 피닉을 두고 소문은 불길처럼 번져 나갔다. 그 불길을 잡기 위해 나선 존재는 오직 나 하나였다. 즐겁게 웃고 떠드는 귀족들의 회색 뇌세포를 파고들어 정신의 틈을 억지로 벌리고, 살아 돌아올 로렌을 위한 공간을 만드는 일은 쉽지 않았다. 무리하게 힘을 쓴 탓에 매일이 피곤하고 먹어도 먹어도 배가 고팠다. 피닉의 사교 활동에 따라갔다가 돌아올 때면 현기증이 밀려오기도 했다.

간만에 볕이 좋은 날이었다. 늦은 아침을 먹는 피닉의 옆얼굴로 따스한 햇살이 부서졌다. 시중드는 하인을 모두 물린 식당은 고요했다. 아침 식탁을 장식한 크리스털 화병의 흰 장미꽃 향기만이 공기 중을 은은하게 떠돌았다. 아침저녁으로 정원의 장미 덤불을 들여다보는 주인을 위한 하녀장의 배려였다.

나도 피닉의 옆에 앉아 이것저것 집어먹었다. 부유한 오데어가의 사용인들은 언제나 식탁을 풍성하게 차렸다. 아침 식사의 기본 메뉴인 수프와 브리오슈 외에도 저녁 만찬에서나 볼 수 있는 요리들— 버섯 소스를 뿌린 도요새 고기와 샤블리 포도주에 삶은 혀가자미 등이 혓바닥을 달게 적셨다.

음식을 집었던 손가락에 붉고 걸쭉한 소스가 진하게 묻어 나왔다. 아무 생각 없이 손가락에 묻은 그것을 쪽쪽 빨아 먹었다. 그러고도 한참을 정신없이 볼이 미어져라 음식을 집어넣었다. 그러다 문득 조금 전부터 피닉의 식기가 전혀 움직이지 않았음을 깨달았다.

"……."

"……."

그가 걸신들린 양 먹어 대는 나를 경멸하듯 노려보고 있었다. 그 시선에 나도 모르게 꿀꺽 침을 삼켰다. 입 안 가득 꾸역꾸역 욱여넣었던 음식이 통째로 넘어갔다. 사레가 들렸다. 컥컥거리는 나를 잠시 바라보던 그가 포크를 놓고 식당을 나가 버린다. 가슴을 쾅쾅 치며 유리잔의 물을 목구멍에 들이부었다. 얼굴이 시뻘게질 정도로 기침한 뒤에는 토기가 올라왔다.

"우욱……."

황급히 저택 밖으로 이동했다. 일전에 나를 물어뜯으려 했던 사냥개 앞에 오물을 쏟아 냈다. 커다란 검은 개는 이제 나를 보아도 짖지 않는다. 한껏 토악질을 해 대고 나니 댕댕 머리가 울렸다. 장식이 새겨진 지붕 위에 올라 등을 대고 누웠다.

올려다본 한낮의 하늘이 맑고 푸르렀다. 피닉과 내가 처음 만났던 해, 내가 피닉의 아버지와 형을 죽이던 날, 화창한 날씨를 즐기며 천사들조차 나의 솜씨에 놀란 게 아니냐고 으쓱하던 때가 있었다. 그것이 아득한 과거의 일처럼 느껴졌다. 그때의 천사들이 지금 나를 보고 있다면 틀림없이 비웃겠지.

애초에 뭔가를 먹지 않아도 생명을 유지할 수 있는 몸이었다.

음식을 섭취해야만 힘을 유지할 수 있는 상황 자체가 내게는 생소했다. 여태까지의 나는 복잡한 식사 예절을 익힐 필요도, 그럴 이유도 없었다. 하지만 피닉 역시 그런 내 변명을 들어 줄 필요도 이유도 없었다.

한 번만 더 그런 눈길을 받으면 그때야말로 체할 것 같아, 앞으로는 따로 식사하기로 했다. 존재하는지도 모르는 나를 위해 식탁을 차려 줄 사용인은 없으니 몰래, 훔쳐서.

숨어서 뭔가를 먹을 만한 장소를 머릿속으로 꼽아 보며 늘어져 있던 몸을 일으켰다. 주변인의 기억을 정리하는 것 외에도 할 일은 많았다.

남은 기간 철저하게 피닉의 기반을 다져서 다시는 나를 찾을 필요가 없도록 해 줄 작정이었다. 나뿐만 아니라 다른 누구에게도 그토록 간절하게 애걸할 일이 생기지 않도록, 살아가면서 평생 아쉬운 소리를 할 일이 없도록, 내가 그렇게 만들어 줄 것이다. 그러기 위해선 힘이 필요했고, 힘을 쓰기 위해선 무언가를 먹어야 했다.

"하아……!"
"……읏!"

뜨거운 물이 몸 안으로 두드리듯 쏟아졌다. 절정을 마친 피닉이 내 옆으로 쓰러졌다. 여전히 옷을 모두 입은 채였다. 손등으로 눈을 가린 채 거친 숨을 몰아쉰다. 나는 그의 얼굴 위로 짙게 깔린 자기혐오를 읽었다.

그날 이후, 우리는 두어 번 더 몸을 섞었다. 내가 옷을 벗고 유혹하면 견디다 못한 피닉이 달려드는 식이었다. 그는 항상 폭행하듯 나를 안았다. 종종 숨이 넘어갈 때까지 내 목을 조르기도 했다. 그에게 종속된 나는 반항하지 못했고, 내 눈이 뒤로 돌아가고 나서야 피닉은 부들부들 떨며 손을 풀어 주었다.

폭력과도 같은 교접은 나를 향한 화풀이이자 복수였다. 나는 내 몸을 바쳐 그에게 복수할 기회를 주고 있었다. 그러면서 대가를 받아 가듯 그의 팔에 악착같이 매달렸다. 때로 그에게 키스를 요구하기도 했다. 그러면 그는 역겹다는 듯 혀를 내어 주고 피가 나올 때까지 내 입술을 씹었다.

하지만 정말 이상한 것은, 우리가 키스를 나눌 때면 격렬하던 그의 허리짓이 조금 느려진다는 사실이었다. 예전의 나라면 몰랐을 그 이유를 이제는 알 수 있었다.

외롭고 슬퍼서, 자신의 운명이 기구해서 어디에서든 위로를 얻고 싶은 거였다. 타인의 체온에 몸을 묻고 가슴의 응어리를 녹이고 싶은 거였다. 설령 그것이 자신의 삶을 나락으로 몰아 간 악마일지라도.

그렇게 입을 맞춘 날이면 피닉은 늦게까지 잠들지 못했다. 나약한 자신에게 치를 떨며 독한 술을 연거푸 마셨다.

그래서 우리가 마지막으로 몸을 섞은 날, 나는 그에게 키스해 달라고 말하지 않았다.

"아……."

시야가 흐릿하게 번졌다. 또 코피가 쏟아질 것 같아 황급히 몸을 일으켰다. 정액으로 범벅된 아래를 장갑으로 대충 닦고 침대를 벗어나는데, 모른 척 눈을 감고 있던 그가 말을 붙여왔다.

"어디 가는 거지?"

"……피곤해서. 좀 쉬려고."

"감정도 없는 악마 주제에 제 몸 피곤한 줄은 안다…… 가관이군."

"……"

대꾸하지 않고 걸음을 옮겼다. 눈앞이 흔들렸다. 그가 나를 주시하고 있음이 느껴졌지만 돌아보지 않았다. 방문 가까이 가서야 간신히 입술을 뗐다.

"피닉."

"……"

"오늘 갈 거야."

그가 몸을 일으켰다. 나는 돌아보지 않았다.

"너도 같이 가는 거야. 그 여자는 내가 누군지 모르니까, 네가 가서 데려와야 해."

"……"

"그 여자를 구하고 내가 지상으로 통하는 문을 열면…… 뒤돌아보지 말고 달려. 무슨 소리가 들리든."

"……"

"이번 일이 끝나면 당분간 지옥에서 쉴 거야. 지상은 이제 질렸어."

"……"

"죽은 뒤에 봐."

"……"

"……이왕이면 행복하게 오래 살아. 지옥은 인간에게 별로 좋은 곳이 아니니까."

말을 마친 후 손잡이를 잡았다. 문을 닫으며 피닉과 눈이 마주쳤다. 그가 무슨 말을 하려는 듯 입술을 달싹였지만 못 본 척 나와 버렸다. 굳이 나서서 상처를 받기에 나는 너무 지쳤다.

벽에 댄 손끝이 파르르 떨렸다. 조금 걷다가 이내 주저앉았다.

어깨 위로 흩어진 머리카락을 쥐고 입술을 묻었다. 언젠가 피닉이 입을 맞춰 주었던 머리칼이었다. 진정하려 해도 절로 숨이 가빠졌다. 불안을 잊기 위해 가슴을 움켜쥐었다. 심장이 있어야 할 자리는 이제 텅 비어 있다. 내 심장은 이미 그의 것, 돌이킬 수 없다. 심장을 가진 자의 명령에 절대복종해야 하는 것이 악마의 숙명이니까.

스틱스 강. 산 자와 죽은 자의 경계선, 명계를 아홉 번 휘감고 늪으로 흐르는 거대한 물줄기. 스틱스 강에 대고 한 맹세는 설령 신이라 할지라도 거스를 수 없으며, 제아무리 고위 악마라 해도 왕의 허락 없이는 함부로 이곳에 드나들 수 없다.

고대의 영웅이 몸을 담가 불멸의 힘을 얻었다는 이 강을 피닉이 신기한 듯 내려다보았다. 교교하게 흐르는 흑색 강물은 폭과 유속이 일정해서, 아까부터 같은 자리를 돌고 있다는 의심에 빠지기 쉬웠다. 현재 위치를 특정할 수 있는 단서는 땅속에서 발악하듯 뻗어 나온 죽은 나무뿌리뿐이었다.

손에 쥔 작은 칼로 뿌리에 위치를 표시하며 걸었다. 망자와 뱃사공을 제외하면 아무도 오가지 않는 이곳은 사공 카론 외에는 딱히 경계할 만한 것이 존재하지 않았다. 달리 말하면, 카론에게 들키는 순간 모든 계획이 끝이었다. 조금이라도 기운을 풍겼다간 마기를 읽은 카론이 즉시 강물을 거슬러 이쪽으로 올 테다. 그러면 나는 물론이고 피닉 또한 무사하지 못한다. 바짝 긴장한 채 연신 강물로 시선을 주는 내 옆에서 피닉 역시 굳은 얼굴로 걷고 있었다.

시간조차 모른 채 그저 나아가기를 한참, 문득 차가운 시선이 느껴졌다. 뒤를 돌아보았다. 뻥 뚫린 주변은 쥐새끼 하나 숨을 수 없을 만치 휑하다. 누가 있을 리가 없는 곳인데도 분명 뭔가를 느낀 기분이었다. 머리끝이 쭈뼛 섰다.

내가 움직이지 않자 피닉이 의아한 듯 눈을 맞춰 온다. 아무것도 아니라고 고개를 저었다. 입 모양으로만 물었다. '힘들어?' 그도 살짝 고개를 저었다. 감히 닿을 수 없는 공간에 왔다는 두려움, 다시 아내를 만날 수 있다는 흥분, 약간의 긴장이 그의 몸을 띠처럼 감싸고 있었다. 재차 뒤를 돌아보았다. 여전히 아무도 없다.

차끈한 땀이 등을 타고 흘렀다. 존재조차 확실치 않은 무언가를 경계하는 걸음걸이는 극도로 느렸다. 그렇게 여섯 개의 나무뿌리를 더 지나쳤다. 저 멀리 뱃사공 카론의 조각배가 보였다. 금방이라도 부서질 듯 허름한 그 나무배는 강기슭에 아슬아슬하게 걸쳐져 있었다.

피닉의 옷을 잡고 턱짓했다. 소리가 나지 않도록 조심하면서 배를 향해 뛰었다. 한시라도 빨리 이 불길한 공간을 벗어나고 싶었다.

먼저 도착한 내가 배 위에 놓인 노를 쥐었다. 등 뒤에서 피닉이 작게 헐떡이는 소리가 들렸다. 인간이 들이마시기엔 지나치게 무거운 명계의 자색 공기 탓이었다. 배를 강으로 밀며 손만 뒤로 뻗어 노를 건네주었다. '먼저 타.' 속삭였다.

돌아오는 대답이 없었다.

"피닉……?"

그의 숨소리가 들리지 않는다. 얼른 뒤를 돌아봐야 한다는 것을 아는데 몸이 말을 듣지 않았다. 노를 잡은 손에 순식간에 땀이 찼다. 끈적한 침이 목구멍으로 넘어갔다. 뻣뻣하게 굳은 고개를 돌리려 할 때 싸늘한 손이 뒷목을 부드럽게 감아 왔다. 낮게 쉭쉭

대는 목소리가 귓가를 간질인다.

"이럴 줄 알았지."

목에 감긴 손이 애무하듯 다정하게 목을 쓸었다. 다리가 풀렸다. 벌벌 기어 상대의 앞에 엎드렸다. 차마 그의 얼굴을 보지 못했다.

나의 주인, 모든 악마의 왕.

벨리아르였다.

"이스엘."

"……왕이시여."

"새로운 주인을 만들었더구나."

왕이 허리를 굽혔다. 건조한 손가락이 턱을 쓸고 시선을 가져갔다. 떨며 고개를 들었다. 왕은 미소 짓고 있었다. 왕의 뒤로 바닥에 쓰러진 피닉과 그의 머리를 밟고 선 금발 천사가 보였다. 내 시선이 닿은 곳을 본 왕이 가볍게 설명했다.

"너와 한날한시에 태어난 쌍둥이 천사지. 원래대로라면 서로 평생 볼 일이 없어야겠지만, 네가 친 사고 때문에 함께 왔단다."

지난번 휴전 협정 이후로 우리는 천국과 협력할 책임이 있거든. 왕이 어깨를 으쓱였다. 천사는 흥미롭다는 얼굴로 나를 보고 있었다. 그의 밑에 깔린 피닉이 숨을 몰아쉰다. 자신의 머리통을 짓밟는 존재가 선의 대명사인 천사라는 것을 믿을 수가 없다는 표정이었다. 호흡이 모자라 입만 달싹이는 그는 물 밖으로 끌려나온 물고기 같았다.

"어떻게, 아셨……."

"이런, 이스엘."

왕이 웃었다.

"나는 항상 너를 보고 있단다. 아이의 목에 탯줄을 감아 놓은 게 누구라고 생각하니?"

벌벌 떨리는 내 입술을 그가 부드럽게 쓰다듬는다. 커다란 엄지가 아랫입술을 문지르다 점막을 건드리고 떨어졌다. 그리고 내 겨드랑이에 팔을 끼워 일으켰다. 내 몸을 돌려 자신의 앞에 세우고는 팔을 둘러 끌어안았다. 뒷목에 얼굴을 묻은 왕이 속삭였다. 사랑하는 아이야, 어째서 이렇게 어리석은 짓을 한 거니?

"응? 말해 보렴."

"저, 는……."

"내 허락 없이 이곳에 발을 디딘 악마에게는 영원한 소멸의 벌이 내려진다는 걸 알면서."

왕이 내 몸을 바닥에 쓰러진 피닉을 향해 밀었다. 주춤주춤 그에게로 다가갔다. 피닉이 눈동자만 들어 나를 보았다. 파란 시선이 선명하게 부딪쳐 왔다. 놀란 표정이었다.

영원한 소멸……? 그의 입술이 달싹이며 왕의 말을 되새긴다. 내 얼굴에 닿은 그의 눈빛이 흔들렸다. 나도 그를 보았다. 우리는 잠시 말없이 서로를 응시했다.

왕이 내 머리채를 잡아 자신에게 돌렸다.

"윽……!"

"교활한 인간에게 속은 게로구나. 그러게 함부로 지상으로 올라가지 말라고 했잖니. 인간은 뱀 같은 존재야. 너처럼 어린 악마가 마주하기에 그들은 너무나 사악하단다."

하, 금발 천사가 웃었다. 왕은 태연했다. 나는 고개를 저어 부인했다.

"속은 게 아니에요. 제가 원해서 한 거예요."

"그 꼴을 하고도?"

천사가 입을 열어 참견했다. 어둑한 공간에 울리는 낭랑한 미성이 이질적이다. 무리하게 꺾인 목이 아파 왔다. 부인하는 나를 잠시 내려다보던 왕이 내 관자놀이에 다정하게 입술을 눌렀다. 그는 입 안의 혀처럼 달콤하게 굴었지만, 나는 맹수에게 목을 물린 양 섬뜩하게 굳어 버렸다. 입술을 댄 그대로 왕이 천사에게 말했다.

"너는 나의 아이를 이용할 수 없도록 저 인간을 죽이겠다."

흘끗 나를 본 천사가 답했다.

"저야 상관없지만…… 영혼은 어떻게 하실 겁니까?"

"내 아이가 아무것도 모르는 상태에서 맺은 계약이다. 왕의 권한으로 계약을 파기한다. 인간의 영혼은 지옥의 가장 깊은 곳에 갇히게 되겠지."

"안 돼요!"

있는 힘껏 몸을 틀어 왕의 품에서 벗어났다. 말릴 틈도 없이 왕의 발치에 무릎을 꿇었다. 차가운 돌바닥에 머리를 대고 애원했다. 자비를 구하는 목소리가 형편없이 떨렸다.

"피닉은 아무런 잘못도 없어요. 모두 다 제가 한 거예요. 왕이시여, 차라리 제게 벌을 주세요. 종족의 명예를 해친 것은 저이니 제가 벌을 받겠습니다."

끈적한 침묵이 주변을 휘감았다. 왕도, 천사도, 그리고 피닉도 잠시 말이 없었다. 잠깐의 고요를 견디지 못하고 왕의 발에 이마를 비비며 애걸했다. 이내 느릿한 중얼거림이 떨어졌다.

"대신 받겠다……?"

"네, 제가 모두 받겠습니다. 그러니 제발……."

"그렇다면 지금 이 자리에서 저 인간을 소멸시키마."

말이 떨어지기 무섭게 어마어마한 마기가 피닉을 향해 쏘아져 나갔다. 천사가 재빨리 한 걸음 물러났다. 붉은 기운이 뭉텅이째 피닉의 심장을 직격했다.

"우욱……."

피를 토한 것은 나였다. 가슴에 뚫린 구멍으로 붉은 피가 왈칵 솟았다. 놀란 왕이 재빨리 힘을 거두었다. 그제야 내가 피닉에게 심장을 주었음을 떠올린 듯 표정이 굳어 있다. 꺽꺽거리는 나를 왕이 안아 올렸다. 안긴 채 피닉을 보았다. 다행히 무사하다. 당황한 눈으로 나를 보는 그의 가슴팍이 붉게 빛나고 있었다. 내가 바친 심장이었다.

"심장을 줬다는 게…… 거짓말이 아니었나?"

허를 찔린 듯 중얼거리는 피닉을 왕이 무섭게 쏘아 보았다. 고작 저따위 인간을 위해 심장을 바친 거냐고 탓하는 소리가 아득하게 울렸다.

피닉은 믿지 않았던 것 같았다. 심장을 주었다는 말도, 피와 내장을 먹인 일도 모두 자신을 괴롭히기 위한 못된 수작의 하나로 생각했을 터다. 이제 와 변명할 의지도 이유도 없다. 나는 힘없이 왕의 품에 늘어졌다. 울컥, 다시 한번 피가 쏟아졌다. 나를 안은 왕의 팔에 힘이 실렸다.

불쑥 하얀 얼굴이 시야에 들어찬다. 금발 천사였다. 꿀을 녹인 듯한 블론드에 밝은 녹색 눈, 분홍빛 입술이 그림에서 보던 천사 그대로였다. 한심한 내 꼴을 샅샅이 훑는 시선이 집요했다. 아까부터 이상할 정도로 내게서 눈을 떼지 않는다. 천사가 작게 중얼거렸다.

"사랑에 전부를 바치는 건 덜 자란 천사들이나 하는 일이라고 생각했는데."

"……."

"악마 중에서 그런 타입이 나오다니 신기하군. 그것도 겨우 인간에게."

나는 느리게 눈을 깜빡였다. 천사가 손을 뻗어 내 이마를 만졌다. 거부감에 고개를 틀었지만 쌍둥이 천사는 개의치 않았다. 가까이 다가온 그의 손바닥에서 청량한 향기가 났다. 숨이 편해졌다.

치료를 마치고도 떠나지 않는 천사의 손을 왕이 매섭게 쳐 냈다. 상황 파악을 하지 못한 것은 피닉뿐이었다. 명계의 독한 공기가 그의 뇌를 무르게 한 탓일까. 자신이 무얼 들었는지 모르겠다는 듯 혼란스러운 어조로 피닉이 물었다.

"날 사랑했다고?"

어지러운 그의 시선이 내게 꽂힌다. 자욱한 안갯속에서 피닉의 남색 눈동자만이 선명하다. 그 눈이 너무 아름다워서, 고통스러운 와중에도 웃음이 났다.

밤하늘 같은 그의 눈에 별을 달기 위해 뭐든지 해 주고 싶던 때가 있었다. 그의 환한 미소가 내게 향할 거라 기대하던 때도 있었다. 내가 모든 것을 망쳐 버렸다. 나 때문에 전부를 잃은 그에게 내가 해 줄 수 있는 것은 고작 이런 일뿐.

어떤 것을 해 주더라도 보상이 되지는 않을 테지만…….

"왕이시여, 질서를 흩트린 모든 벌은 제가 받겠습니다. 저를 게헨나의 가장 뜨거운 곳에 가두셔도 좋고, 영원한 소멸의 벌을 내리셔도 좋습니다. 다만 저 인간의 처분은 제게 맡겨 주세요. 제 계약자입니다."

"……이미 명계의 땅을 밟은 인간을 지상으로 돌려보내는 건 안 돼."

그것만 아니라면. 낮게 속삭인 왕이 팔을 풀어 주었다. 천사가 거칠게 피닉을 무릎 꿇렸다.

물끄러미 피닉의 얼굴을 보았다. 눈을 감아도 떠오르도록, 그리하여 생의 마지막 순간까지 그의 얼굴이 뇌리에 맺힐 수 있도록 꼼꼼히 뜯어보았다. 도드라진 속눈썹, 활강하는 콧날, 고집이 서린 입매. 깜빡이지도 않고 나를 보는 깊은 눈동자. 그리고 생각했다. 어떤 것이 최선의 선택일까. 어떻게 해야 이 가련하고 지독한 운명에서 그를 구해 낼 수 있을까.

나는 이미 세 번의 실수를 저질렀다. 이번만은 실수가 아니기를 간절히 빈다.

"날 사랑했나?"

피닉이 물었다. 절박하게까지 들리는 음성이었다. 이런 상황에 겨우 그런 것을 묻다니, 저승의 자색 공기에 사고가 물러진 게 틀림없다. 나는 그의 질문을 무시했다. 그의 코언저리에 시선을 맞춘 채 통고했다.

"계약은 무효야. 그러니 이제 네 영혼은 자유야. 네 기억도 지워 줄게. 나와 있었던 일, 모두 잊어버려."

발광하는 피닉을 천사가 한 손으로 가볍게 찍어 누른다. 흔들리는 금발을 보며 부탁했다. 한날한시에 태어난 쌍둥이 천사. 대칭을 이루던 악마가 소멸하면 그의 힘은 더욱 강해질 테다. 그렇다면 이 정도 부탁쯤은 들어줄 수 있겠지.

"나 대신 피닉을 천국으로 데려가 줘. 나는 그곳에 가 보지 못해서 모르지만…… 모든 인간이 꿈꾸는 곳이라고 들었어."

피닉이 행복했으면 했다. 앞으로 영원히 나를 떠올리지 못한대도 상관없다. 오히려 나를 잊는 게 그에게는 더 좋을 것이다. 진작 이렇게 했었더라면. 아니 애초에 그의 앞에 나타나지 않았더라면.

"천국에 가면 아내를 다시 만날 수 있을 거야. 그녀는 선한 인간이었으니까."

"……."

"그동안 괴롭혀서 미안했어. 그녀를 살려 주지 못한 것도, 결국 너까지 말려들게 한 것도…… 정말 미안해."

"……."

눈물 나는군. 천사가 비꼬았다. 나는 몸을 바로 하고 왕의 앞에 섰다. 왕은 모호한 표정을 하고 있었다. 천천히 그가 내 어깨를 밀었다. 등 뒤는 스틱스 강의 검은 강물이다. 이대로 침잠하여 소멸하게 되는 걸까.

받쳐 줄 것 하나 없는 몸이 그대로 뒤로 기울었다. 시간의 흐름이 느려졌다. 마지막으로 피닉을 보았다. 왜인지 울고 있다.

"대답해! 날 사랑했나?!"

주인의 명령을 들은 입술이 저절로 벌어졌다. 하지만 목소리가 나오지 않는다. 그저 그의 눈을 보았다. 피닉이 울고 있다. 이유 없이 그에게 빠졌던 1894년의 그날처럼.

정말로 울게 하고 싶지 않았는데…….

아름다운 저 눈을 뭐라고 표현하면 좋을까. 주박에 걸린 것처럼 나를 꼼짝 못 하게 만드는 저 남색 눈동자를. 밤하늘, 청금석, 별빛이 내린 바다…… 나의 라피스라줄리.

나는 너를…….

제2장 : 추적

당신은 없었다.
나는 하나 있었다.
당신을 사랑했다.
−베르톨트 브레히트, 약점

"무슨 생각해?"

떨어지는 물음에 퍼뜩 정신을 차렸다. 익숙한 얼굴들이 의아한 눈으로 나를 보고 있다. 새삼스레 주변을 둘러보았다.

아주 밝은 한낮, 캠퍼스 한가운데의 인조 잔디가 깔린 광장이었다. 삼삼오오 모인 청년들이 시야에 가득 들어왔다. 한쪽에서는 기타를 치며 노래를 부르고 반대쪽에서는 '무궁화 꽃이 피었습니다'를 하고 있다. 풀밭 구석의 앰프에서는 '벚꽃 엔딩'이 흘러나왔다. 그대여, 그대여, 그대여……. 광장 밖으로 무리 지어 오가는 대학생들의 깔깔대는 웃음소리가 교정을 울렸다. 꽃향기가 난다.

생동하는 봄, 활기 어린 청춘, 그들이 뿜어내는 젊음의 열기와 신학기의 설렘.

오랜 꿈에서 깨어난 기분으로 머리를 흔들었다. 양손으로 뺨을 짝짝 때리며 스스로에게 되새기듯 일러 주었다.

여기는 21세기의 대한민국이라고.

"미안. 무슨 얘기 했어?"

"우리 오늘 수업 끝나고 한강 갈 건데, 너도 갈 거냐고."

"왜?"

"왜긴 왜야. 꽃구경이지. 간 김에 술도 먹고."

"오빠 한강 치맥 해 본 적 한 번도 없다고 그랬잖아요. 같이 가요."

"오늘은 안 돼. 새집에서 가족들이랑 저녁 먹기로 했어."

"아…… 어머니 재혼하셨댔나?"

"아니. 우리 엄마 원래 첩이었는데, 이번에 본처가 죽어서 아버지랑 살림 합치는 거야."

"……."

"……."

"……너 그런 얘기 되게 아무렇지 않게 한다."

"……미안."

맞은편의 후배가 어색한 얼굴로 웃었다. 순식간에 대화가 끊겼다. 이 경직된 분위기의 원인이 나인 것 같은 민망함에 과자 하나를 집어 소리 나게 씹었다. 때마침 휴대 전화에서 진동이 울렸다. 발신인은 확인해 보지 않아도 안다. '엄마'. 이미 수십 통의 부재중이 찍혀 있는 전화기를 쥐고 몸을 일으켰다.

"나 가 봐야겠다."

"어, 그래. 가라. 저녁 맛있게 먹고."

"오빠 다음에 봬요."

몸을 일으켜 잔디 광장을 빠져나왔다. 불현듯 떠올린 과거의 일들에 기분이 가라앉았다. 이대로 곧장 정문으로 내려가도 됐지만, 괜히 방향을 틀어 인문관으로 향했다. 가는 길에 마주치는 아는 얼굴들이 반갑게 인사를 해 온다. "형, 복학하셨어요?", "진하, 오랜만이다." 대충 고개만 끄덕여 주며 걸음을 옮겼다.

건물 3층의 사물함에 도착해 자물쇠를 따고 문을 여는데 커다란 손이 허리를 끌어안았다. 확 끌려간 몸이 단단한 가슴팍에 부딪혔다. 익숙한 냄새. 머리를 젖혀 상대방을 올려다보았다.

"도화야, 무거워."

"뭐 하냐."

"책, 놓고 가려고."

"이번 학기 사물함 신청했어?"

"아니, 아직."

"그럴 줄 알고 내가 했다. 내 거랑 2인용 괜찮지?"

"응."

도화가 미소 지었다. 잘생긴 얼굴이 능글맞게 찡그려지며 눈웃음을 친다. 사내 둘이 끌어안고 있는 모습이 시선을 끌었지만 그도 나도 개의치 않았다. 지나가던 선배 한 명이 '게이 새끼들아!' 하며 장난 섞인 핀잔을 던졌다.

"저희 결혼하려구요."

능청스레 응수한 도화가 손으로 내 심장 부근을 더듬었다. 청량한 느낌. 막힌 혈이 뚫리는 것처럼 편안한 기분에 잠시 그대로 안겨 있었다. 그렇게 몇 분이나 지났을까. 요란한 벨소리가 들렸다. 도화의 휴대 전화였다. 상대를 확인한 그가 내게 말했다.

"너 빨리 가라. 너희 어머니 이제 나한테까지 전화 온다."

"미안."

"미안하면 이따 전화해."

"응. 안녕."

사물함을 잠그고 몸을 돌렸다. 도화가 거칠게 비비고 간 머리카락을 매만졌다. 텅 빈 가방을 들고 건물을 나왔다. 문을 나섬과 동시에 봄바람이 불었다. 교정의 도로를 따라 늘어선 꽃나무에서 벚꽃과 목련 꽃잎이 하늘하늘 흩날렸다.

아름답다.

스틱스 강에 빠진 나는 죽지 않았다. 다만 모든 힘을 잃고 인간으로 태어났을 뿐이다. 어머니의 자궁 속에서 정신이 들었을 때, 뇌중에 마치 계시처럼 남아 있는 왕의 말이 있었다.

'한평생 그를 옆에 두고도 사랑하지 않고 견디는 것이 내가 내리는 벌이란다. 다시 한번 어리석은 짓을 반복한다면, 내 아이야, 이번에야말로 네게 소멸의 벌을 줄 수밖에 없겠구나.'

만약 내가 어리석게 이번에도 그에게 사랑을 고백한다면, 나는 소멸한다.

제일 먼저 든 생각은 '아, 결국 피닉은 천국에 가지 못했구나.'였다. 그 외에도 여러 가지 소회가 있었지만, 점차 희미해졌다. 내내 답도 나오지 않는 문제에 매달리기에 열 달은 너무 길었다.

나는 다시 세상의 빛을 볼 날만을 기다렸다. 이곳은 따스하고 안온했지만, 할 수 있는 일이 아무것도 없었다. 가끔 발길질을 해 봐도 내 어머니는 반응이 없었다. 그녀에게서 전해지는 감정은 불안과 걱정이 전부였다. 무슨 일일까 궁금해하며 고독을 견뎠다. 그렇게 열 달을 인내한 끝에 나는 태어났다. 그리고 태어나자마자 폭발음과 함께 죽었다.

　다음 기다림은 좀 더 지루했다. 대체 이전 생에서 나를 죽인 것이 무엇인지 추리하며 겨우겨우 새로운 열 달을 버텼다. 눈을 뜨고 글을 익히고 전생에 나를 죽인 것이 민간인 주거지역에 떨어진 독일군의 폭격임을 깨달았을 때, 나는 정부군에 협력했다는 죄목으로 끌려 나와 마을 사람들과 함께 사살당했다. 그때가 열두 살이었다. 아마 우리 왕도 인간계가 이렇게 개판인 줄은 몰랐을 터다.

　그리하여 세 번째 환생이 지금이었다. 직전의 삶에서 두 번의 허망한 죽음을 경험한 나는 무엇보다 생존을 우선하며 살아왔다. 일단 살아 있어야 피닉을 만나든 벌을 받든 할 것이 아닌가.

　다행히 이번 생에는 나름대로 평화로운 지역에서 태어나 지금껏 목숨을 부지할 수 있었다. 어릴 적 몇 번의 유괴 시도가 있긴 했지만, 툭하면 폭탄이 터지고 일반인을 끌어다 총살하는 지역에 비하면 아주 안전했다.

　게다가 '평생 그를 옆에 두는 벌'이라는 왕의 말이 무색하게 스물다섯이 된 지금까지도 나는 피닉을 만나지 못했다. 지금에 와서는 그 말이 과연 왕이 남긴 말이 맞는지, 힘을 잃고 물러진 내 뇌가 만들어 낸 거짓 계시는 아닐지 의심될 지경이었다.

　뭐, 아무렴 어때. 우리는 만나지 않는 게 서로에게 더 좋은 일이다. 나만 없으면 행복할 그를 괜히 들쑤셔 봐야 좋을 거 없다. 되도록이면 이대로 평생 만나지 않고 살다가 죽어 각자의 길을 가는 게 좋겠지. 그는 천국으로, 나는 지옥으로.

　피닉이 어디서 태어나 어떤 삶을 살고 있는지 궁금하지 않은 건 아니지만, 이게 내 최선이다. 우리는 처음부터 만나지 말았어야 할 사이니까.

"어쩌면 이미 만났는데 모르고 있는 걸지도."

하늘 아래 어딘가에서 숨 쉬고 있을 피닉을 떠올리며 교문을 나섰다. 목적지는 학교 앞 번화가에 있는 백화점이었다. 아까부터 어머니에게서 계속 전화가 오고 있다. 간당간당한 휴대 전화의 배터리를 분리하며 생각에 잠겼다.

처음 이 나라에 태어나 제대로 된 인간의 교육을 받으면서 가장 신기했던 점은 도덕 교과서에 사람을 죽이면 안 된다는 말이 없다는 사실이었다. 함부로 사람을 죽임으로써 굉장한 곤경에 처했던 나로서는 이해가 가지 않는 일이었다. 그런 중요한 것도 가르쳐 주지 않다니 이 나라 교육도 알 만하다고 생각한 게 십여 년 전, 나는 인간 사회에 섞이기 위해 '법에 어긋나는 일은 잘못'이라는 나름의 기준을 세워 살아가고 있었다.

하지만 법을 어겨 감옥에 다녀오고도 잘 먹고 잘 사는 몇몇 인간들을 보니 그 기준도 모호해졌다. 게다가 만약 법을 어기는 것이 죄라면, 제일 먼저 지옥에 떨어질 사람은 바로 현생의 내 어머니였다.

"아들!"

짜랑짜랑한 목소리가 길바닥을 울렸다. 지나가던 사람들이 눈살을 찌푸리며 돌아본다. 그러거나 말거나, 금연 표지판 앞에서 담배를 피우던 그녀는 빨간 불인 신호등을 흘깃 보더니 거침없이 무단 횡단을 해 길을 건너왔다. 택시 기사가 창문을 열고 욕을 했지만 아랑곳 않는다.

1, 2, 3, 4…… 나는 저게 대체 몇 차선 도로인가를 세어 보다 이내 그만두었다. 국민건강증진법, 도로교통법. 그녀는 벌써 두 가지 법을 위반했다.

"왜 이렇게 전화를 안 받니? 도화도 연락 안 되고."

"어차피 여기서 만나기로 했는데 뭘 전화까지 해요. 그리고 도화한테 자꾸 전화하지 마요. 걔도 수업 있는데."

"당연히 쉬는 시간에 전화했지. 너희 학교 수업 시간을 내가 몰라?"

그녀가 코웃음 쳤다. 나는 설득하길 포기했다. 의기양양한 얼굴로 내 팔짱을 낀 그녀가 백화점 입구로 나를 끌고 갔다. 에스컬레이터 앞에서 향수 뿌린 시향지를 나누어 주는 직원들을 본체만체하며 승강 계단에 몸을 실었다.

어머니는 실내에 들어와서도 선글라스를 벗지 않았다. 얼굴을 드러내면 누군가 본인을 알아볼 거라고 여기는 듯했다. 20여 년 전 몇 편의 영화에 출연했다 소리 소문 없이 사라진 그녀를 알아볼 사람은 아무도 없음에도 불구하고.

"디피 후진 것 좀 봐. 시간만 있었어도 이런 수준 떨어지는 덴 안 왔어. 그러게 오늘은 그냥 학교 빠지라니까."

"수업 빠지면 F 받아요."

"엄마가 교수한테 말해 주면 되지?"

"됐어요. 또 학교 찾아가서 뒤집어 놓으시려고요?"

못마땅한 표정을 지으며 퉁을 주었다. 어머니는 들은 체도 안 했다. 6층의 남성 의류 매장을 꼼꼼히 돌며 그녀는 내게 단정한 남색의 코트와 질 좋은 흰색 앙고라 니트를 사 주었다.

"자녀분 얼굴이 하얘서 이런 것도 잘 받네요. 연예인 같아요."

"그럼요. 누구 아들인데."

선심 쓴다는 듯 선글라스를 슬쩍 내리며 어머니가 '저 아시죠?' 하고 물었다. 난감한 미소를 짓는 직원에게 속으로 위로를 건네며 거울을 보았다. 손을 들어 어깨에 떨어진 머리카락을 떼어 냈다.

어머니는 기분이 매우 좋아 보였다. 오늘은 그녀가 근 30년의 첩 생활을 청산하고 원 엔터테인먼트 대표 이사의 아내로 새 인생을 시작하는 날이었다. 본처의 갑작스러운 죽음이 그녀에게는 천재일우의 기회가 된 셈이다.

행거 여기저기를 뒤적거리는 어머니의 손짓이 발랄했다. 아무리 그래도 사람이 죽었는데 이렇게 기뻐하는 건 좀 그렇지 않나. 인간들의 도덕관념은 종잡을 수가 없다.

문득 시계를 본 어머니가 화들짝 놀라며 나를 재촉했다. 입고 왔던 옷을 가방에 넣을 새도 없이 손에 쥐고 백화점을 나섰다. 택시를 잡은 어머니가 나를 차 안에 마구 구겨 넣었다. 그 와중에 모범택시다. 좌석의 가죽 시트에서 상쾌한 박하 냄새가 났다. 강변북로를 타고 달리며 넌지시 물었다.

"근데, 그분은 왜 죽었대요? 그…… 아버지 부인."

"그런 게 왜 궁금해?"

거울을 보던 그녀가 나를 흘겼다. 받아치는 말투가 사뭇 날카로웠다. 그냥, 하며 얼버무리자 애교 있게 입술을 삐죽거린다. 대답을 피하는 게 수상했다. 설마 어머니가 죽인 건 아니겠지. 어머니가 가진 집착이라면 충분히 그럴 수 있는데. 가정만으로 머리칼이 곤두섰다.

하지만 어머니는 사람을 죽이고도 들키지 않고 넘어갈 만큼 머리 좋은 사람이 아니다. 무슨 마법 같은 걸 부리지 않고서야. 그런 생각에 애써 걱정을 접었다.

쌩쌩 달리는 택시 안에서 화장을 고치는 어머니의 재주가 놀라웠다. 콧노래까지 흥얼거리는 걸 보니 그녀는 진심으로 본처의 죽음이 기꺼운 모양이다. 할 말이 떨어진 나는 창밖만 보았다.

길게 뻗은 도로를 따라 한강 쪽으로 창을 낸 고급 아파트와 맨선이 줄지어 서 있다. 투명 방음벽 뒤로 당당하게 솟은 브랜드 아파트의 외벽을 바라보며 그녀의 말을 들었다.

"벌 받은 거야. 너 그이 아들인 거 뻔히 알면서 성도 안 주고, 졸지에 나 남편도 없이 애 낳은 년 만들고. 이번에 들어가면 제일 먼저 네 성씨부터 바꿀 거야."

그녀가 거울을 가방에 쑤셔 넣으며 씩씩거렸다. 어머니는 죽은 본처 때문에 우리가 크나큰 설움을 받으며 산 것처럼 이야기했지만, 사실 나는 별 불만이 없었다. 직업도 수입도 없는 어머니가 나를 키울 수 있었던 것은 순전히 아버지의 원조 덕이었고, 그 원조는 본처의 허락이 없었다면 불가능했을 테니까. 사실 나는 그녀가 어머니를 찾아와 머리채를 잡지 않은 것만으로도 다행이라고 생각했다.

"그년 아들이 너랑 동갑인데, 쓰레기처럼 생긴 놈이 아역 배우다 뭐다 하는 거 보고 내가 얼마나 분통이 터졌는지 알아? 우리 진하가 백배는 예쁜데, 배우를 해도 내 아들이 해야지."

화제의 초점이 본처의 아들로 옮겨 갔다. 어머니에 의하면 그 애는 끔찍하게 못생긴 데다 성격까지 지독한, 공부만 잘하는 건방진 사내애라고 했다. 우리나라 최고 명문대에 다니며 학부는 어디고, 작년에는 무슨 상을 받았고, 지난 방학에는 무얼 했고……. 어머니가 본처와 그 자식에게 관심이 많은 건 알았지만 이 정도인 줄은 몰랐다. 조금 질려서, 못 들은 척 창밖만 응시했다.

택시는 30분을 달려 새집에 도착했다. 집값 비싸기로 소문난 서울, 그중에서도 최고가를 자랑하는 아파트였다. 서울숲을 마치 제 마당처럼 끼고 있는 녹청색 아파트는 자신의 희소성을 암시하듯 단 두 개 동뿐이었다.

"뭐야, 왜 아무도 없어? 마중 안 나와?"

어머니가 발끈하여 발을 굴렀다. 그녀가 수선을 피우는 동안 홀로 천천히 주변을 돌아보았다. 그렇게 보고 나서야 나는 이 아파트가 세 개의 두꺼운 블록으로 맞춘 T자 형태라는 사실을 깨달았다. 여성의 허리 곡선처럼 양 가운데가 우묵하게 들어간 건물의 아래층 여기저기가 블록처럼 튀어나와 있었다. 유리 외벽이 빛을 받아 번쩍번쩍했다. 녹청색 아파트가 빛을 받으니 그 자체로 하나의 거대한 나무 같았다.

이 눈부신 아파트가 몇 층인지, 대체 저 튀어나온 곳의 용도가 무엇인지 나로서는 짐작도 가지 않았다. 확실한 것은 근방에서 이 아파트가 가장 높은 건물이라는 사실이었다. 이 복잡한 도시에서도 저 위에 올라가기만 하면 방해물 없이 탁 트인 야경을 볼 수 있을 테다. 앞집의 관음을 걱정해 여름에도 창문을 닫고 살아야 했던 이전과는 비교도 되지 않는 환경이겠지.

"늦어서 죄송합니다."

한참 만에 아버지의 비서가 내려왔다. 어머니는 늦은 그에게 무어라 쏘아붙이고는 자신이 든 가방을 떠넘겼다. 비서의 표정이 굳어졌지만 들뜬 어머니는 눈치채지 못했다. 나는 조용히 그녀의 뒤를 따랐다.

미술관 같은 입구를 지나 호텔 같은 로비로 들어섰다. 우리가 지나갈 때 검은 정장을 입은 보안 요원이 꾸벅 인사를 건넸다. 어머니가 거만하게 인사를 받았다. 나는 홀린 듯이 로비의 민들레 모양 벽장식과 화려한 샹들리에를 구경했다. 이런 곳에서 살 수 있다면 어머니가 그토록 욕심을 부린 것도 이해가 간다는 생각을 하면서.

"오셨어요, 사모님."

아무도 마중 나온 이가 없을 때 예견되었던 대로 현관에 들어선 우리를 맞으러 나온 사람은 가정부뿐이었다. 그녀가 허리 굽혀 인사하며 어머니의 코트를 받아 들었다. 어머니가 아무렇게나 벗어 놓은 구두는 내가 정리했다.

　"그이는?"

　어머니의 물음에 가정부가 공손하게 답했다.

　"식당에 계세요. 지훤 학생도 같이 있어요."

　어머니가 내내 이를 갈던 본처의 아들 이름이 지훤인 모양이다. 지훤, 지훤. 익숙하지 않은 이름을 몇 번 굴려 보며 어머니와 함께 거실로 향했다.

　삼면이 탁 트인 널찍한 풍경에 절로 탄성이 나왔다. 어제까지 내가 살던 좁은 빌라가 모두 들어갈 것 같은 크기였다. 창밖으로 내다보이는 검푸른 한강이 빠져들고 싶을 만큼 멋졌다. 다가온 가정부에게 코트를 벗어 주고 뒤돌았다.

　널찍한 아일랜드 식탁에는 초록색 골프웨어를 입은 땅딸막한 남자가 앉아 있었다. 우리가 오든 말든 무관심한 표정으로 서류만 넘겨보고 있다. 웃으며 다가선 어머니가 그의 뺨에 입을 맞췄다. 태어나 처음으로 만나는 아버지는 두꺼비를 닮은 외모였다.

　아버지라고 해도 별다른 느낌은 없었다. 그저 내게 유전자를 준 인간, 그 정도였다. 인상이 생각보다 별로여서 조금 놀랐을 뿐이다. 그리고 그 맞은편에서 등을 보이고 앉은 남자가 내 이복형제일 테지. 끔찍하게 못생긴 데다 성격까지 지독하다는.

　그가 아버지를 닮았다면 못생긴 것도 무리는 아니겠다 싶어 안쓰러운 눈으로 보았다. 내가 녹청색 성의 괴물, 슈렉, 야수 등을 떠올리며 침묵하는 동안 요란한 포옹을 마친 어머니가 남자를 타박했다.

"넌 인사도 안 하니?"

핀잔을 들은 남자가 몸을 일으켰다. 앉아 있을 때와는 달리 일어선 키가 크고 체격이 좋았다. 몸태라도 아버지를 닮지 않았으니 다행인가. 그가 어머니에게 묵례하는 동안 얼른 그들 틈으로 끼어들었다. 인사를 안 한 건 나도 마찬가지였다. 처음 만나는 자기 아들을 마치 상품을 보듯 뜯어보는 아버지와 등짝만 보이는 그의 아들에게 어색하게 웃어 보였다.

"처음 뵙겠습니다. 권진하예요."

말속에 담긴 뼈를 알아챘는지 아버지가 피식 웃는다.

"아들, 권진하가 아니지. 차진하라고 해야지. 그렇죠, 여보?"

어머니가 살갑게 말을 거들었다. 아버지는 대꾸하지 않았다. 아무리 봐도 나와 전혀 닮지 않은 얼굴을 신기하게 보는데 옆에서부터 그림자가 졌다. 고개를 돌리자마자 시야에 가득 차는 목울대에 움찔했다. 주춤 한 걸음 물러났다.

아버지와 마찬가지로 태어나 처음 보는 나의 형제는 키가 훌쩍 컸다. 지독하게 못생겼다는 얼굴을 확인하려 고개를 듦과 동시에 머리 위로 얼떨떨한 목소리가 떨어졌다.

"……이스엘?"

느릿하게 올라가던 고개가 그대로 정지했다. 숨이 멈췄다. 지나치게 가까운 거리에 '그'가 있었다. 멍하게 굳어진 얼굴이 시야를 채운다.

한때 내 전부를 지배했던 얼굴, 눈을 감고도 그려 낼 수 있는 이목구비. 그 눈동자에 내가 비친다. 짙은 속눈썹, 빨려 들어갈 것 같은 눈, 눈매에 담긴 깊이를 가늠할 수 없는 서정. 활강하는 콧날에서 느껴지는 압도적인 야성까지. 200년 전과 조금도 달라지지 않은 얼굴이 눈앞에 있다.

피닉 오데어. 내 삶의 빛, 내 생명의 불꽃. 나의 죄, 나의 영혼.
아, 낮은 탄식이 흘렀다.
피닉과 나는 형제로 태어난 것이다.

━━━◦ ···◦ ━━━

'한평생 그를 옆에 두고도 사랑하지 않고 견디는 것이 내가 내
리는 벌이란다.'

한평생이라는 단서를 붙였던 왕의 말. 그 말이 무색하게 인생
의 4분의 1이 지나도록 내 앞에 나타나지 않던 피닉. 하지만 내가
몰랐을 뿐, 그는 언제나 나의 곁에 있었다. 같은 국적을 갖고 태
어나 같은 하늘 아래 살았고, 심지어 절반의 피를 공유하기까지
했다.

만약 어머니가 내 양육을 포기했거나, 아버지가 그와 나를 한
집에서 키우기로 결심했거나, 하다못해 한 번 만나게라도 해 주
었다면 그와 나는 진작 마주쳤을 것이다. 우리는 여태까지 서로
를 아슬아슬하게 비껴 온 것에 불과했다.

어머니가 종종 본처와 그 아들의 이야기를 하며 이를 갈 때도,
사진을 들여다보며 욕을 할 때도 전혀 눈치채지 못했다. 어머니
의 화장대 위에 뒤집힌 채 놓여 있던 그 사진을 내가 한 번이라도
들춰 보았더라면.

200년의 시간을 돌아 주인을 만난 심장이 불규칙하게 뛰었다.
피닉과 내가 형제라는 사실에 놀란 나머지 그가 부른 내 이름에
대한 경악은 그다음이었다. '이스엘.' 그는 분명 그렇게 말했다.

"뭐……라고?"

"제가 뭐라고 했죠?"

"……."

"……아무것도 아니에요. 그보다 어디 아파요? 안색이 별론데."

여상한 얼굴이다. 대답 없는 나를 물끄러미 내려 보는 시선이 묘했다. 불안한 침묵이 등줄기를 긁었다. 그의 검은 눈이 떨리는 내 눈시울을 살폈다. 한참 탐색하듯 보던 그가 이내 태연하게 시선을 거둔다. 그가 내게 인사를 건넸다.

"안녕하세요."

"……안녕."

"……왜 반말해요?"

"그러게……."

멍청하게 대답했다. 패닉에 빠져 식탁 모서리를 움켜쥐었다. 고개를 옆으로 기울인 피닉이 그런 나를 흥미롭게 바라본다. 이상한 분위기를 감지한 어머니가 내 어깨를 눌러 자리에 앉혔다.

나는 여전히 한 대 얻어맞은 듯 멍한 상태였다. 창백하게 질려 떠는 내 반응에 식탁의 모든 시선이 내게로 모인다. 천천히 물을 삼키며 평정을 가장하려 노력했다. 컵의 물을 반 이상 비워 내고 나서야 그것이 피닉의 잔이라는 사실을 깨달았다. 피닉은 말이 없었다.

가정부가 바지런히 움직여 식탁을 차렸다. 피닉이 나와 어머니에게 찜을 덜어 주었다. 젓가락질하는 그를 훔쳐보았다. 국물 한 방울 흘리지 않고 정갈하게 먹는다. 우아하고 깔끔한 동작이 전생과 다르지 않았다.

방금 내가 들은 것이 정말 내 이름이 맞는 걸까. 어쩌면 잘못 들었는지도 모른다. 하지만 혼란과 당황이 섞인 그 목소리는…….

숟가락을 쥔 손이 저릿했다. 혀 밑으로 더운 침이 고였다. 끈적한 그것을 간신히 넘기며 그의 얼굴에 집중했다. 찬찬히 뜯어보니 전생과의 차이점이 보였다. 내가 사랑했던 파란 눈이 까마귀 깃털처럼 새까만 색으로 변해 있다. 입술은 붉어졌고, 눈매는 길어졌다. 하지만 특유의 우울한 듯 정적인 분위기는 그대로였다. 수천 명 사이에 섞여 있어도 골라낼 수 있을 만큼 근사한 미남.

"왜 자꾸 봐요."

"아…… 그냥."

"빨리 먹어요. 나 쳐다보지 말고."

끊어 내는 말투가 단호했다. 고압적인 명령조에 저절로 팔이 올라갔다. 이 역시 그대로였다. 그의 말을 거스를 수 없는 나. 200년이 지났어도 여전히 내 심장의 주인인 그.

아까부터 가슴이 격렬하게 뛰고 있다. 내 입술이 파랗게 질리는 것을 나조차도 느낄 수 있을 정도였다. 펄떡펄떡 뛰는 심장을 누르듯 밥을 밀어 넣었다. 입술에 붙은 밥풀까지 혀로 훑어 먹었다. 달그락, 숟가락 부딪치는 소리가 났다. 맞은편에 앉아 있던 아버지가 흘긋 나를 보았다. 어머니가 놀라 외쳤다.

"애, 너 왜 그래?"

나는 대꾸하지 않고 밥만 먹었다. 꾸역꾸역 밥을 쑤셔 넣는 내 팔목을 피닉이 잡았다.

"시위해요? 그만 먹어요."

피닉이 내 앞에 컵을 대 주었다. 벌벌 떨리는 손으로 물을 삼켰다. 입 안으로 들어가지 못한 물이 턱을 타고 흐른다. 어머니가 급히 변명했다.

"애가 긴장했나 봐. 우리 진하가 심장이 약해요. 조금만 뭐 하면 가슴 뛴다 그러고 숨 못 쉬겠다 그러고. 병원 가 봐도 딱히 어디 문제가 있는 건 아니라는데…… 답답해 죽겠어."

못 먹어서 그런가, 어머니가 애교 있게 아버지의 옆에 붙었다. 어쩐지 웃음이 났다. 길게 숨을 뱉으며 가슴을 누르는데 뺨에 닿는 시선이 느껴졌다. 모른 척 외면했다. 아버지는 관심 없는 표정으로 갈비찜의 전복을 집어 먹으며 시큰둥하게 말한다.

"좀 떨어져 앉지. 향수 냄새 역해."

어머니의 얼굴이 새빨개졌다. 아무렇지 않은 척 뺨을 감싸는 그녀의 손끝이 붉었다. 몸에서 나는 악취를 가리기 위한 진한 향수, 붉은 손끝. 다이어트를 위해 아사 직전까지 굶은 어머니에게 남은 훈장이었다. 그녀도, 나도, 이 가혹한 부자 앞에 만신창이다.

아버지가 어머니에게 애정이 없는 것은 명백했다. 진작 끊겼어도 이상하지 않을 인연, 대체 왜 이제 와서 그녀와 함께 살겠다고 나선 걸까. 나를 잉태시킨 이후로 한번 찾아와 보지도 않았으면서.

"그나저나 우리 진하 나중에 취업 안 될까 봐 걱정이에요. 세상에, 얘가 돈도 안 되는 종교학과를 다니겠다고 고집 피우지 뭐예요? 안 된다고 그렇게 말려도 들은 체도 안 하고, 지금이라도 경영학과로 바꾸라니까 말도 안 듣고. 학교가 좋아서 그나마 다행이지. 당신 회사에서 일 배우다가 자리 물려받으면 좋을 텐데. 얘가 그래도 기본 머리는 있으니까……."

억지로 기분을 띄운 어머니가 발랄하게 떠들었다. 아까부터 늘어놓는 것이라고는 내 자랑과 피닉의 험담뿐이다. 속 보이는 얄팍함이었다. 평소라면 그런 어머니의 태도에 창피함을 느꼈겠지만, 지금은 평정을 가장하는 일만으로도 벅찼다. 아까부터 옆자리의 피닉이 나를 보고 있다. 몇 번 힐끔거리더니 이제는 대놓고 들여다본다. 그의 얼굴에서 어떤 기색을 읽어 보려 노력했지만 잘 되지 않았다.

금방이라도 그의 입에서 내 이름이 토해질 듯하다. 네가 왜 여기 있느냐고, 또 누구를 죽일 셈이냐고 다그치고, 차가운, 혹은 용암 같은 분노를 쏟아 내며 내 목을 꺾어 버릴 것 같았다.

늘 이런 날이 올지 모른다고 생각했었다. 하지만 지금은 아니다. 이렇게는 아니었다. 그가 어디까지 알고 있는지 몰라 두려웠다. 폭풍이 다가오는데 내 손에 쥐어진 것은 아무것도 없다.

모르는 걸까. 아니면 모르는 척하는 걸까.

정신을 차리려 애쓰는 내 밥그릇 위로 생선 한 점이 올라왔다. 맨밥만 깨작대는 내게 피닉이 집어 준 것이었다. 하얀 살점을 뚫어져라 노려보며 입술을 물었다. 우습게도 그 순간 그가 나를 기억하지 못한다는 확신이 들었다. 내 정체를 안다면 이런 친절을 베풀어 주지는 않을 테니까. 그게 또 비참했다.

어서 먹으라는 듯 그가 툭 밥그릇을 건드린다. 그 모습을 본 어머니가 한마디 했다. 말투가 뾰족했다.

"얘, 너 우리 진하한테 형이라고 불러. 둘이 생일은 같지만 우리 진하가 시간은 좀 더 빠르거든?"

"제가 몇 시에 태어났는지도 아세요?"

피닉이 짧게 웃었다. 어머니는 입만 뻥긋거렸다.

"뭐, 그러죠. 반찬도 드세요, 형."

"하아……."

아버지의 비서에게 받은 출입카드를 들고 집을 나섰다. 새벽의 청명한 공기가 콧속을 적신다. 매연 가득한 서울의 아침치고는 기적적으로 맑은 공기였다. 코앞에 있는 거대한 숲 덕분이다.

멀찍이 떨어져 아파트를 올려다보았다. 한눈에 들어오는 거대한 녹색이 마음을 편안하게 했다. 나뭇가지 사이로 빛나는 건물은 디즈니 영화에 등장하는 신데렐라의 성 같았다. 땅값 비싼 서울 한복판에 이런 형태의 집을 짓는다는 것 자체가 돈에 구애받지 않는다는 자신감의 표현이겠지. 전생에도 현생에도 피닉이 돈 때문에 고생할 일은 없겠다는 생각에 묘한 안도감이 밀려왔다.

찬 기운이 남은 벤치에 엉덩이를 붙였다. 옆으로 누워 웅크렸다. 밤새 한숨도 자지 못한 탓에 머리가 멍했다. 새로 생긴 내 방은 넓었다. 불을 끄고 누우면 완전한 고요에 휩싸이는 공간. 옆집의 TV 소리가 들리지 않는 방이 신기했고 벽 하나 건너에 피닉이 쉬고 있다는 생각에 혼란스러웠다. 그가 자는지, 아니면 깨어 있는지 생각하느라 잠을 설쳤다. 4시가 넘어갈 무렵 퍽 벽을 쳐 보았지만 반응은 돌아오지 않았다.

그가 불렀던 내 이름이 죽을 만큼 신경 쓰였다. 그와 나 사이의 계약은 이미 끊어졌다. 기억도 지웠다. 그런데 어떻게 내 이름을 불렀을까. 문득 기억의 봉인이 불완전했을지도 모른다는 데 생각이 미쳤다. 지금은 이름뿐이지만, 자꾸 나와 부딪치다 보면 다음엔 뭐가 떠오를지 모른다.

기억이 돌아오면 피닉은 틀림없이 불행해질 테다. 전생의 피닉 오데어는 작위를 얻는 대가로 기막힌 희생을 치렀다. 하지만 현생의 차지훤은 아무것도 내놓을 필요가 없다. 피닉은 아버지의 회사를 물려받을 유일한 후계자였고 경쟁자로 나타난 나는 그의 몫을 빼앗을 생각이 없다. 나만 없으면 그는 이대로 초록색 성채에서 부족함 없는 삶을 살다 갈 테지.

그와 나 사이에 오갔던 일들을 기억하고 지키는 건 나 하나면 충분하다. 우리가 이대로 계속 얼굴을 마주하며 사는 것은 여러모로 좋지 않았다. 이는 내가 그를 다시 사랑하게 되는 것, 혹은 여전히 사랑하고 있는 것과는 별개의 문제였다. 그런 지난한 세월을 다시 견디기에 나는 너무 지쳤다.

집으로 돌아가면 어머니에게 학교 근처에서 자취하겠다고 말해야지. 아침 수업 때문에 일어나기 힘들다고 졸라야겠다. 그렇게 집을 나가서 평생 죽은 듯이, 최대한 그를 피하며 살 생각이다. 매사 그의 곁에서 멀어지려 노력하며 그의 존재를, 피닉 오데어의 주변인 역할을 견뎌 보겠다.

우울한 상념에 잠겨 눈을 감았다. 물기까지 느껴지는 딱딱한 나뭇결에 얼굴을 비볐다. 밤새 긴장으로 굳어 있던 몸이 풀리며 어처구니없게 잠이 쏟아졌다. 잠시 그대로 있었다. 타인의 목소리가 끼어들기 전까지.

"괜찮으세요?"

눈을 떴다. 운동복 차림의 여자가 나를 내려다보고 있다. 낯선 타인을 살피는 그녀의 눈이 걱정으로 흐릿했다. 여자의 채 마르지 않은 머리칼에서 장미 향이 풍겼다. 예쁜 여자다.

"도와 드릴까요?"

여자가 손을 뻗어 내 어깨를 짚었다. 예쁜 여자의 갑작스러운 호의에 반사적으로 빙긋 웃어 버렸다. 그녀가 떨떠름한 표정을 짓는다. 민망했다.

"아니에요. 잠깐 졸아서…… 감사합니다."

허둥지둥 몸을 일으켰다. 꾸벅 고개를 숙여 보이고 자리를 벗어났다. 뛰듯이 걷다 슬쩍 돌아보았다. 여자는 반대 방향으로 가

녑게 달려가고 있다. 기시감. 그녀의 등허리로 찰랑대는 머리카락을 잠시 바라보다 다시 걸음을 옮겼다.

집 안은 나갈 때와 같이 조용했다. 휴식을 취하지 못한 눈이 뻑뻑하고 피로했다. 뜨거운 물에 몸을 담글 생각에 욕실 문을 열어젖혔다. 동시에 커다란 체구의 발달한 몸이 시야로 확 빨려 들어왔다. 드로즈 차림의 피닉과 거울을 통해 눈이 마주쳤다. 섬세한 등 근육이 움찔 조여드는 것이 보였다.

"……아."

"……."

"미안."

"알면 닫아요."

"응, 미안."

문을 닫아 주고 나서야 내가 또 반말을 했다는 걸 떠올렸다. 욕실 앞에서 똥 마려운 개처럼 서성이다 내 방으로 들어갔다. 침대에 누워 눈을 감았다가 1초 만에 다시 떴다. 이불을 뒤집어썼다. 이유도 모른 채 안절부절 어쩔 줄을 몰라 하는 와중에 노크 소리가 들렸다. 자동으로 몸이 튕겨 올랐다.

"욕실 써도 돼요."

뭐라 대꾸를 하기도 전에 그가 방 앞을 스쳐 가 버렸다. 황망하게 욕실로 들어갔다. 샤워기 아래 몸을 구겨 넣고 뜨거운 물을 틀었다. 금세 피부가 벌겋게 익었다. 씻는 둥 마는 둥 대강 몸을 헹구고 옷을 입었다.

아무래도 도망가야겠다는 생각이 들었다. 젖은 머리 그대로 신발을 신는데 주방에서 피닉이 걸어 나왔다. 아침 먹어요, 툭 한마디를 던져 놓고는 도로 들어가 버린다. 이미 신은 신발을 벗고 주춤주춤 주방으로 향했다.

피닉이 내 앞에 접시를 놓았다. 블루베리를 얹은 프렌치토스트와 팬케이크, 스크램블 에그였다. 고소한 버터 냄새와 달콤한 시럽 냄새가 번갈아 후각을 자극했다. 나는 포크를 들 생각도 못 하고 그것을 보기만 했다. 설마 이거 피닉이 한 건가.

심각한 표정으로 앉아 있는 내 앞에 피닉이 앉았다. 포크로 블루베리를 긁어 입에 넣고는 천천히 씹는다. 신 걸 먹을 때 한쪽 눈을 찡그리는 습관은 여전하구나. 넋 놓고 그를 보다 시선을 들켰다. 눈을 얽은 채 그가 입 안에 든 베리를 삼켰다. 나는 얼른 팬케이크 하나를 찢어 입에 넣었다. 모른 척 먹는 데만 집중하는데 그가 포크를 놓았다. 붉은 입술이 느릿하게 열린다.

"우리 어디서 만난 적 있죠."

생각하기도 전에 혀가 먼저 움직였다.

"나 꼬시는 거야?"

"······."

"······."

"······아닙니다."

피닉이 정색했다. 뻘쭘해져 입에 든 빵 쪼가리만 우물우물 씹었다. 먹지는 않고 쏘삭대기만 하는 나를 본 그가 물었다.

"맛이 없어요?"

"맛있는데······."

"별로면 말해요. 억지로 먹지 말고. 말 안 하면 모르니까."

내가 눈치가 없어서. 무감히 중얼거린 그가 내 빈 잔에 우유를 따라 주었다. 확실히 피닉답지 않은 행동이다. 그가 전생을 기억하고 있다면 절대 나올 리 없는.

머리를 쓸어 넘기는 피닉에게서 나와 같은 샴푸 냄새가 났다. 쳐다보면 마주 봐 주고, 무심할지언정 배려해 준다. 그는 의식조차 하지 않는 행동이지만 내겐 평생을 가져갈 기억일 그런 배려. 받은 건 한 잔의 우유인데 마음은 파도를 맞은 양 흔들린다.

그의 새까만 눈동자를 들여다보며 생각했다. 이대로 살면 안 되는 걸까. 아무것도 기억하지 못하는 그의 옆에서, 그가 흘리는 호의의 부스러기를 주워 먹으면서. 비열하고 뻔뻔하고 이기적으로.

"아들, 일어났어?"

가운을 걸친 어머니가 맨발로 걸어 나왔다. 나와 피닉이 함께 있는데도 내게만 인사를 건넨다. 피닉은 신경 쓰지 않는 듯 평온한 얼굴이었다. 식탁에 엉덩이를 걸치고 앉은 어머니가 길게 하품을 했다. 피닉의 눈치를 보며 물었다.

"아버지는요?"

생전 쓸 일 없던 아버지란 단어가 어색했다.

"씻고 계셔. 조찬 모임 있으시대. 얘, 나 아침 좀 줘."

어머니가 피닉에게 턱짓을 했다. 식모를 부리듯 자연스러운 명령이었다. 피닉의 아버지가 버젓이 살아 있음에도 그녀는 신데렐라 계모가 되기로 작정한 모양이다. 공연히 내가 불편해서 헛기침을 했다. 말없이 주방에 간 피닉이 접시 가득 팬케이크와 토스트를 쌓아 내왔다.

"이게 뭐야? 난 이런 거 안 먹어. 밥 없어?"

"아주머니 출근하려면 좀 기다려야 해요. 어제 남은 밥 있는데 드릴까요."

"됐어, 그럼. 커피나 한 잔 줘."

어머니가 손끝으로 접시를 밀었다. 당당한 태도였다. 꼭 어딘가 단단히 믿는 구석이 있는 사람 같다. 설마 그 믿는 구석이 나는 아니길 속으로 빌며 그녀가 밀쳐 낸 접시를 끌어왔다. 어머니가 손을 씻으러 간 사이에 물었다.

"기분 안 나빠?"

"별로……. 가족이잖아요."

새어머니는 그렇게 생각 안 하는 것 같지만. 덧붙인 그가 도로 주방으로 들어갔다. 식탁에 덩그러니 남아 침음을 삼켰다. 가족에 대한 그의 이유 없는 관대함이 어디서 왔는지 알 것 같아서였다. 피닉의 영혼에 남은 상처는 환생을 한 지금까지도 어떤 형태로든 힘을 발휘하는가 보다. 그 옆에 잠시나마 붙어살고 싶다 생각한 나를 꾸짖듯이.

가운에 손을 닦은 어머니가 다시 식탁에 앉았다. 피닉이 커피 두 잔을 내왔다. 귀와 어깨 사이에 휴대 전화를 끼운 채였다. 김이 올라오는 하얀 잔이 우리 앞에 놓였다. 잡기 편하게 손잡이를 돌려 준 그가 전화기를 고쳐 잡았다.

"앞에 와 있다고? ……알았어. 지금 내려갈게."

통화를 종료하는 그의 얼굴에 가벼운 미소가 걸렸다. 나가 보겠다 한마디 하더니 부엌 밖으로 성큼성큼 걸어 나간다. 어머니가 '너무 뜨거우니 다시 해 오라'고 외쳤지만 그는 돌아보지 않았다. 나는 한숨을 쉬며 내 앞에 놓인 컵을 쥐었다. 미련을 자르듯 입술을 한번 꾹 붙였다 놓았다. 그리고 말했다.

"엄마, 할 말 있어요."

"그래서 자취한다고?"

"응. 마침 방도 있길래."

"그렇겠지. 어떤 대학생이 이런 데서 자취를 해."

방을 둘러보며 도화가 중얼거렸다. 학교에서 10분 남짓 떨어진 이 방은 널찍한 복층의 원룸으로, 90만 원이라는 살인적인 월세 탓에 아직까지 남아 있던 곳이었다. 둘러보니 과연 돈값을 했다. 한 면이 전부 창문인 덕분에 채광이 좋았고, 역에서 5분 거리인데다 조금만 걸어가면 바로 한강이었다. 카드키로 작동하는 엘리베이터까지 있다.

두 층에 걸친 커다란 창문에서 들어오는 햇빛에 눈이 부셨다. 도화가 블라인드를 쳤다. 멀뚱히 서 있는 나를 들쳐 메고는 2층으로 올라간다. 2층이라고 해 봤자 침대 하나 들어가면 끝인 공간이었지만.

도화가 나를 침대 위에 내려놓았다. 새로 산 흰 침구가 바스락거렸다. 자잘한 꽃무늬 패턴은 어머니의 취향이다. 이불 위에 새겨진 잔꽃을 손가락으로 쓸던 도화가 내 옆에 드러누웠다. 그의 셔츠 단추는 이미 반쯤 풀린 채였다.

도화의 왼손이 내 상의 속으로 들어왔다. 부드럽게 어루만지는 손길에 숨을 골랐다. 그가 내 몸을 만질 때마다 느껴지는 청량한 안정감이 좋았다. 그가 내 귀에 입술을 붙였다.

"이러고 있으니까 고등학교 때 생각난다."

"언제?"

"너랑 나랑 처음 잔 날. 그때 너 넣기도 전에 울었잖아. 아플 거라고."

"내가 그랬나."

"기억 안 나?"

"응."

사실은 난다. 막상 해 보니 전혀 아프지 않아서 당황했던 것도.

정말? 정말 안 나? 그가 집요하게 물었다. 모르쇠로 일관하다 유두를 꼬집혔다. 눈을 흘기자 내 얼굴을 보며 웃는다. 그러고는 내 눈가와 관자놀이에 마구 입술을 눌러 댔다. 그러는 도화의 뺨이 어느새 붉었다.

그가 내 몸 위로 미끄러지듯 올라탔다. 자신의 다리로 내 허벅지를 벌리고는 사타구니를 바짝 붙여 마찰해 온다. 그럴 기분은 아니었지만 가만히 있었다. 어쨌든 내겐 현실에서 도피해 몰두할 것이 필요했다.

네 생각 안 하려는 것도 네 생각이라 했던가. 피닉에 대해 떠올리지 않으려 할수록 더 선명하게 그를 떠올리고 있다.

도화가 양손으로 내 얼굴을 감싸고 콧등에 입을 맞췄다. 따뜻한 피부의 접촉이 위로가 되었다. 동시에 조금씩 흥분이 차올랐다.

선천적으로 심장이 약한 내게 격한 성행위는 무리였다. 그것을 아는 도화는 절대 서두르지 않는다. 그와 내가 몸을 섞었던 수백 번의 경험 동안 그는 언제나 천천히 내 몸에 불을 붙였고, 극한까지 치달았다가도 내 상태를 살피며 박자를 조절하곤 했다.

"그런데 용케 어머니가 허락을 해 주셨네."

"으응……."

"그 집에 동생도 있다며."

"동생 아니야. 우리랑 동갑이야."

"너희 어머니는 동생이라던데?"

"헛소리야."

한숨을 쉬며 도화의 울대뼈를 빨았다. 예상외로 어머니는 순순히 내 자취를 허락해 주었다. 현재 그녀의 신경은 전부 아버지에게 쏠려 있어서, 내게 간섭하거나 내 방에 와 볼 생각도 그닥 없는 것 같았다. 극성맞은 집착에서 벗어나 기뻐해야 할지 어머니의 관심을 한 몸에 받게 된 아버지에게 애도를 보내야 할지 애매했다.

깊숙이 맞물린 두 개의 몸이 잔잔하게 물결쳤다. 피어오르는 성감에 내 뺨도 도화처럼 붉어졌다. 도화의 얼굴은 숫제 터질 것 같았다. 김이 날 듯한 뺨에 뽀뽀하자 키득 웃으며 혀를 물어 온다. 엎치락뒤치락하는 와중에 어젯밤 어머니와의 통화가 떠올랐다.

'걔한테 자주 들러서 청소도 하고 냉장고도 채워 두라고 했어. 너네 형 몸 약해서 무리하면 안 된다고.'

'걔랑 저랑 동갑이에요.'

'얘가 뭘 모르네. 원래 이런 건 초장에 기세를 잡는 거야.'

'그런 걸로 기세 잡아서 뭐 하게요?'

'아들, 상속 안 받을 거야? 처음부터 네가 장남이다 딱 못을 박아 둬야 나중에 탈이 없지.'

'……그건 아닐걸요.'

'시끄러. 잔말 말고 엄마가 시키는 대로 해.'

'근데 엄마.'

'왜.'

'진짜 제가 차지훤보다 빨리 태어났어요?'

'그게 이상하게…… 시간은 그렇다 쳐도 분초까지 똑같더라구? 기분 나쁘게.'

"딴생각하지."

"흣! 아, 아니, 응……!"

"하아……."

흠칫 몸을 비틀며 신음하자 요도 사이로 손가락을 넣을 듯 파고든다. 그 역시 흥분되는 듯 숨이 짙었다. 입고 있던 옷이 하나둘 침대 밑으로 떨어졌다.

이윽고 느리게 진입한 도화가 허리를 숙여 상체를 맞댔다. 서로의 얼굴을 보며 가슴의 돌기를 맞비비는 것은 그가 가장 좋아하는 행위 중 하나였다. 빠져나갈 틈 하나 없이 몸이 감싸였다. 속살을 맛보듯 잘게 움직거리던 성기가 조금씩 힘을 실어 부딪쳐 온다. 그대로 끝까지 갔다.

턱밑까지 튀어 오른 도화의 정액을 손등으로 훔쳤다. 콘돔도 없이 엉겼던 탓에 몸 여기저기에 서로의 체액이 묻었다. 도화가 자신의 손에 묻은 것을 내 가슴부터 배꼽까지 일자로 주욱 그어 내렸다. 간지러움에 몸을 움츠렸다. 다리 사이가 정액으로 범벅이었다.

나체로 침대를 벗어난 도화가 아래층에서 수건을 가져왔다. 얼굴부터 닦아 주는가 싶더니 금세 다시 입을 맞춰 왔다. 결국 또 한바탕 뒹굴고 말았다. 완전히 녹초가 된 채 이불 위로 엎드렸다. 내가 물었다.

"세상에서 제일 치명적인 병이 뭐야?"

"글쎄……. 암인가? 재발도 잘 되잖아."

"암이 재발이 잘 돼?"

"그럴걸."

안 아파 봐서 모르겠는데. 아플 일도 없고. 도화가 답했다. 목소리가 다정했다. 처음 만났을 때부터 지금까지 도화는 단 한 번도 내게 언성을 높인 적이 없다. 인간계에 익숙하지 않은 내가 어처구니없는 실수를 할 때도, 어머니가 시시때때로 전화해 그를 피곤하게 할 때도 언제나 상냥하게 받아 주었다.

도화는 현생의 내가 몸을 섞은 유일한 상대였다. 대학에 온 뒤

여자 친구도 두어 번 만나 봤지만 전부 오래가지 못했다. 나는 최선을 다했는데, 그녀들은 늘 내 마음이 콩밭에 가 있는 것 같다고 했다.

변함없이 내 곁에 남아 준 사람은 도화뿐이었다. 내가 가장 외로울 때 나의 쓸쓸한 틈을 기가 막히게 파고 들어왔고, 나 자신도 몰랐던 마음을 알아주었다. 애인은 아니지만 그보다 더 가까운 사이라고 단언할 수 있다. 진심으로 믿고 모든 걸 나눌 수 있는 상대가 고작 인간이라는 게 슬펐다.

"도화야."

"응."

"너는 착해서…… 죽으면 천국에 갈 거야."

"뭐야…….”

"그래서 슬퍼. 다시는 못 만날까 봐."

"취했냐?"

도화의 울대뼈를 쓰다듬었다. 튀어나온 그곳은 이미 내 침으로 축축하다.

"죽으면 천국 간다는 보장이 어딨어? 신이 있는지 없는지도 모르는데."

"신은 있어. 네가 몰라서 그래. 너 나중에 천국 가려면 지금부터 믿음을 쌓아서."

"야, 어디 가서 그런 말 하지 마. 욕먹는다."

신을 논하는 그의 목소리가 더할 나위 없이 가벼웠다. 진짠데……. 저런 식으로 말하다가 괘씸죄로 천국 못 가는 거 아냐? 걱정이 되어 도톰한 입술을 손가락으로 잡았다. 입을 잡힌 도화의 눈이 휘었다. 등 뒤로 그의 체중이 실린다. 어느새 반쯤 일어난 성기가 엉덩이 사이로 비벼졌다.

구멍 빨고 싶어, 그가 속삭였다. 나는 싫다고 뻗대면서도 순순히 다리를 벌려 주었다. 도화와 살결을 마찰하며 조금 전의 대화를 상기했다.

암이라…… 그럼 나는 피닉의 재발한 암세포 같은 건가.

"집중해. 아무 생각도 안 나게 해 줄 테니까."

"그거야말로……."

내가 바라던 거야. 도화의 입술이 내 어깨를 물었다. 단단하고 긴 성기가 내 안으로 묵직하게 밀려오는 것이 느껴졌다. 까슬한 음모가 살갗에 비벼진다. 선뜩한 쾌감이 머리꼭지를 치고 갔다. 나도 모르게 뒤를 조였다. 낮게 신음을 뱉은 도화가 내 몸을 결박하듯 끌어안았다. 몸이 떨렸다. 섹스에 몰두한 우리는 누군가 계단을 통해 올라오는 소리를 듣지 못했다.

"……뭐 하는 겁니까?"

불쑥 엄정한 목소리가 난입했다. 도화가 재빠르게 내 몸을 감쌌다. 내 얼굴을 자신의 품 안에 감추고는 코끝이 눌릴 정도로 끌어안는다. 나는 도화의 물건을 안에 품은 채로 굳었다. 머리 위에서 도화의 낮은 욕설이 들렸다. 쿵쿵 뛰는 그의 심장 박동이 그대로 전해졌다. 시트를 들어 나를 가린 도화가 침입자에게 고개를 돌렸다. 씹어뱉는 목소리가 거칠었다.

"뭐야?"

"그쪽은 뭔데요."

"너 누구야."

"누구면요."

대답하는 목소리가 무심하다. 아, 질끈 눈을 감았다. 소리도 없이 걸어온 상대가 내 머리를 덮은 시트를 확 열어젖혔다. 피할 새도 없이 그와 나의 눈이 마주쳤다. 그가 인사했다. 낮은 그의 목소리는 태연했다.

"저 왔어요. 형."

안을 채운 도화의 성기가 빠져나간다. 떨어지는 것이 무서워 그악스럽게 그의 팔뚝을 쥐었다.

"괜찮아."

내 뺨을 감싼 도화가 달래듯 속삭였다. 어깨까지 끌려 내려온 이불을 꼼꼼히 여며 주고는 피닉과 내 사이를 가로막는다. 너른 등을 보며 입술을 씹었다. 가슴께가 뻐근했다.

피닉은 평소와 다름없는 표정이었다. 놀람도, 혐오도 없다. 그 것이 내게는 폭풍전야의 고요처럼 다가왔다. 속내를 읽을 수 없는 불투명한 눈으로 나를 응시하던 그가 이내 고개를 돌렸다. 주변을 둘러보며 누구에게랄 것도 없이 묻는다.

"침구 청소기 어디 있어요."

뜬금없는 물음에 잠시 맥락을 놓쳤다. 툭툭, 그의 손가락이 초조하게 허벅지를 두드렸다. 얼떨결에 대답했다.

"……없는데."

"없다고요?"

어떻게 없을 수 있지? 피닉이 중얼거렸다. 이복형제가 남자와 뒹군다는 사실보다 침구 청소기의 부재가 더 충격인 사람처럼. 생활의 필수품인가 싶어 멍하니 보는데 그가 다가왔다. 제지할 틈도 없이 내 몸의 이불을 벗겨 내더니 밑으로 던진다. 곧 베개 커버와 수건까지 그의 손에 의해 아래층으로 떨어졌다. 썰렁한 맨살에 소름이 돋았다.

엉망이 된 내 몸을 무심히 훑어본 피닉이 바닥에 떨어진 내 옷가지를 들고 1층으로 내려간다. 이윽고 세탁기 돌아가는 소리가 들렸다. 바지만 주워 입은 도화가 계단 아래를 내려다보고는 기가 찬 듯 웃었다.

"쟤 결벽증이냐?"

도화가 걸쳐 주는 셔츠 한 장만을 간신히 꿰입고 계단을 밟았다. 세탁기 앞에서 허리에 손을 얹고 서 있던 피닉의 눈길이 훤히 드러난 내 다리에 꽂혔다. 발목과 골반을 거쳐 느릿하게 올라온 시선이 입가에 머무르다 떨어진다. 무언가 말하려는 듯 입술을 달싹이던 그가 이내 말없이 등을 돌렸다. 욕실로 향하는 그의 미간이 찌푸려져 있었다.

"재밌네."

어느새 내려온 도화는 흥미롭다는 얼굴이었다. 도화가 내 셔츠 사이로 손을 밀어 넣으며 장난을 쳤다. 과한 장난을 치는 그의 눈동자가 피닉이 들어간 욕실을 응시했다. 갑자기 왜 이러나 싶어 슬쩍 피하자 끝까지 따라붙어 맨살을 만진다. 당황해 그의 손을 뿌리쳤다. 주춤 떨어져 나간 도화가 나를 보았다. 모른 척 그를 외면했다.

행거에 정리하지 않은 옷가지가 산더미였다. 뭐라도 주워 입으려 옷 무덤을 뒤적이는데 불쑥 뜨거운 수건이 내밀어진다. 피닉이었다. 조개처럼 입을 다문 그의 결후가 짧게 위아래로 움직였다. 움찔 놀라는 내 손목에 수건을 걸쳐 준 그가 여기저기 흩어진 물건을 주워 정리하기 시작했다. 초조하게 혀를 물며 그의 눈치를 살폈다. 도화가 내게서 수건을 가져갔다.

"묻었다."

그가 입술을 닦아 주고 나서야 나는 내 입술에 도화의 침과 정액이 묻어 있다는 사실을 깨달았다. 적나라한 흔적에 뺨이 달아올랐다.

며칠 전에 처음 만난 이복형제가 게이라는 사실을 알게 된 피닉의 반응이 너무 태연해서 도리어 내가 당황스러울 지경이었다. 그를 특이하다 여기기엔 도화 역시 아무렇지 않은 얼굴이었다. 도화는 오히려 보란 듯 내 어깨를 감싸고 머리카락을 집어 물기까지 했다.

도화가 이끄는 대로 엉거주춤 소파에 앉았다. 무릎을 두드리며 내가 대한민국의 정서를 대체 어디서부터 오해하고 있었나 돌이켜보았다. 여기 호모포비아가 득시글거리는 나라 아니었나. 그러는 동안 정리를 마친 피닉이 다가왔다.

"갈게요. 새어머니한테 왔었다고 전해 줘요."

"어…… 벌써?"

"약속 있어서요."

도화가 끼어들었다.

"누구? 애인?"

"네."

"여자? 남자?"

"……그건 왜요."

"아니, 눈앞에서 호모 둘이 떡치는 걸 본 반응이 너무 아무렇지 않길래. 혹시 그쪽 성향도 이쪽인가 해서."

왼손으로 동그라미를 만든 도화가 오른손 중지를 그 안에 쑤시며 실실 웃어 보인다. 그의 머리는 직전까지 격렬하게 뒹굴었음을 증명하듯 마구 헝클어진 채였다. 내 친구지만 어쩐지 창피해 슬그머니 그를 외면했다. 도화는 더할 나위 없이 착한 인간이지만, 하는 행동은 가끔 천박할 때가 있다.

대꾸할 가치도 없다는 듯 고개를 저은 피닉이 몸을 돌려 현관
으로 나갔다. 제멋대로 엉킨 나와 도화의 신발 옆에 가지런히 놓
인 그의 단화가 보인다. 신발을 신고 내 얼굴을 한 번, 도화 얼굴
을 한 번 본 피닉이 인사도 없이 나가 버렸다. 문이 닫히고 도어
락 돌아가는 소리가 들렸다. 조금 전까지 안절부절못하던 내가
우스워질 만큼 싱거운 결말이었다.

그가 떠나고 나서야 정신이 조금 돌아왔다. 이게 대체 무슨 상
황인지 파악해 보려 머리를 굴렸다.

"……망한 상황?"

"뭐가?"

"아냐, 아무것도. 그냥 지금 이 상황이…….."

진득한 시선에 말끝을 흐렸다. 뚫어져라 나를 보는 도화의 눈
빛에 기묘한 열기가 흐른다. 멈칫하며 마주 보자 그가 싱긋 웃었
다. 손바닥으로 내 눈을 가리며 가볍게 코끝을 문다. 팔랑이는
속눈썹이 차가운 손바닥 안에서 파닥거렸다. 갇힌 것처럼.

"지금이 어떤 상황인데."

"피닉…… 아니, 내 동생이 우리 그러는 거 봤잖아."

"흐음."

눈을 가린 도화의 손에 힘이 들어갔다. 가려진 시야가 답답했
다. 벗어나려 몸을 뒤로 뺐지만 놓아 주지 않는다. 얼굴을 덮은
손이 그대로 나를 밀었다. 소파에 드러누운 내 위로 도화가 올라
탔다. 더운 체중이 실렸다. 그가 키스하려는 듯 몸을 내린다. 배
가 맞닿았다. 그가 만드는 진득한 분위기가 곤혹스러웠다.

"하지 마. 지금 그럴 기분 아니야."

양팔로 도화의 어깨를 밀었다. 내 거부에 잠시 멈칫하던 그가
다시 아랫도리를 밀착해 온다. 도화의 엄지가 입술을 가르고 들

어왔다.

"하자."

"싫다니까……!"

닥치는 대로 팔을 휘둘렀다. 입 안에 들어온 손가락을 질끈 물자 윽, 짧은 신음과 함께 그가 떨어져 나갔다. 시야를 차단했던 손이 물러나고 형광등 불빛이 눈에 아프게 박혔다. 옆으로 돌아누워 눈을 감았다.

"잠깐만 놔둬."

그렇게 말하는 내 목소리는 무기력했다.

얼마나 시간이 흘렀을까. 삐드득, 소파가 눌리는 소리에 현실로 돌아왔다. 눈을 뜨고 몸을 일으켰다. 어느새 옷을 갖춰 입은 도화가 무표정한 얼굴로 나를 보고 있다. 분위기가 싸늘했다. 그제야 내가 도화를 옆에 두고 완전히 무시했다는 사실을 깨달았다. 졸지에 내 가족에게 아웃팅을 당한 그에게 사과 한마디 하지 않았다는 것도.

눈이 마주친 그가 입꼬리만 올려 웃었다.

"드디어 보네."

웃고 있지만 화난 기색이 역력하다.

"저 인간이랑 마주친 게 그렇게 충격이었어?"

"도화야."

"충격적인 거라면 나도 말해 줄 수 있는데."

눈을 내리깐 도화의 표정이 낯설었다. 긴장하며 그와 눈을 맞췄다. 그에게서 어떤 기운 같은 것이 뻗어 나오는 듯한 기분이 들었다. 불현듯 시야가 흐릿해지고 속이 답답해졌다. 호흡이 불안정하게 치솟는다. 마른침을 삼키며 진정하려 노력했지만 소용없었다.

"이름이 피닉이라고 했나?"

도화가 엉뚱한 소리를 했다. 대꾸하려는 내 입을 그의 검지가 막았다. 손가락 하나인데도 누르는 힘이 어마어마했다.

"단번에 알아봤나 봐?"

그가 하는 말의 갈피를 짚을 수가 없다.

"근데 왜 나는 기억 못 해? 섭섭하게."

도화가 입술을 찢어 웃는다. 가늘게 휘며 가려지는 그의 눈동자로 일순 섬뜩한 기색이 비쳤다. 순식간에 분위기가 바뀌었다. 마치 껍질을 벗은 듯, 다정한 성도화는 간데없이 사나운 기운만이 감돈다. 왜일까. 그의 입에서 나올 말을 알 것 같았다. 듣고 싶지 않아 도리질 쳤다.

성도화. 인간. 고등학교 때부터의 내 친구. 같은 대학 같은 과를 다니고 부모님끼리도 서로 아는 절친한 사이. 인간 권진하의 처음이자 유일한 섹스 상대이며 나의 전부를 아는 친우. 그런데 어째서 그가 이렇게 낯설어 보이는 거지.

"오랜만이야. 이스엘."

그렇게 말하는 성도화는 여전히 웃고 있다. 웃으며 내 입술을 물고 혀를 박아 넣는다. 멍하니 턱을 벌리고 그의 키스를 받았다. 힘없이 깜빡이는 내 눈을 본 그가 사르르 눈웃음친다. 혀를 감아 빠는 그의 움직임이 뱀처럼 교활했다.

그가 내 입 안으로 타액과 함께 넘겨주는 단어를 받아먹었다.

"나야. 한날한시에 태어난 너의 쌍생. 천사 이스카란."

크림처럼 부드러운 손이 뒷머리로 들어온다. 머리카락 속으로 손을 찔러 넣고 거칠게 얽는다. 나는 물 밖으로 끌려 나온 물고기처럼 숨만 할딱였다. 쿵, 쿵, 쿵…… 머리가 울렸다. 도화의 손길이 닿는 곳마다 화상을 입는 것처럼 쓰리다. 가슴이 답답하고 목

106

이 말랐다.

천천히 시야가 멀어졌다. 늘 나를 편안하게 하던 도화의 접촉도 이번에는 소용없었다.

머리가 무겁고 어지러웠다. 뜨거운 증기가 쏟아지는 온천에서 100년쯤 살다 나온 기분이다. 눈 뜰 힘도 없다는 게 이런 걸까. 물러진 뇌로 상황을 파악해 보려 노력했다. 피닉, 그리고 성도화. 스틱스 강에서 나를 관찰하던 금발 천사.

악마 중에는 드물게 이성애자나 동성애자인 놈들도 있었지만, 대부분의 악마는 '사탄은 성적으로 문란하며 음탕한 종족'이라는 세간의 기대에 부응하기 위해 양성애를 했다. 그리고 천사는 '네 이웃을 사랑하는 박애의 상징'이기 때문에 남자 여자 가리지 않고 품었다. 천사가 사랑을 전하는 데 성별의 구분이 있어서는 안 될 말이다.

하지만 그래도 악마와 천사가 붙어먹는 건 심하잖아.

놀랍지는 않았다. 그저 허탈했다. 다만 좀 우습긴 했다. 보통 배신을 하는 쪽은 악마고, 당하는 쪽은 천사 아닌가?

픽 웃으며 침을 삼켰다. 아까부터 이목구비를 덧그리는 손길이 신경 쓰였다. 억지로 눈을 뜨려 힘을 주는데 순간 콱 숨골이 조였다.

"커헉……."

펄떡 몸이 튀어 올랐다. 쿵, 고통에 발을 굴렀다. 손을 뻗어 목에 감긴 것을 쥐었다. 내 숨통을 죄고 있는 그것은 미끈한 근육이 잡힌 인간의 팔이었다. 누군가 내 목을 조르고 있다. 뜯어내려 몸부림쳤지만 조금도 효과가 없었다.

정신을 차린 나를 알고도 상대는 아랑곳하지 않았다. 천 근 같은 눈꺼풀을 움직여 간신히 한쪽 눈을 떴다. 나를 내려다보는 커다란 형체가 보인다. 늘씬한 체구, 각진 어깨, 어룽한 시야에도 확연하게 보이는 짙은 머리칼.

피닉이다.

"아, 으⋯⋯."

왜냐고 물으려 했지만 목소리가 나오지 않는다. 그의 존재를 인식한 순간 팔을 쥐어뜯던 손에 툭 힘이 빠졌다. 그가 하고자 한다면 나는 거역할 수 없다.

목을 조르는 그의 악력이 무시무시했다. 나를 덮은 그에게서 격한 호흡이 쏟아졌다. 조금씩 몸이 오그라들었다. 이대로 죽으면 지옥으로 돌아가게 되는 걸까. 혀를 빼고 널브러진 내 모습이 너무 추하지 않았으면 좋겠는데.

시뻘게진 얼굴 위로 생리적인 눈물이 흘렀다. 칼끝 같은 손가락이 그 흔적을 더듬는다. 목을 죄던 손에서 스르르 힘이 빠져나갔다.

"왜 가만히 있어요?"

그가 내게서 손을 뗐다. 진심으로 궁금하다는 듯 그렇게 묻는다. 나는 대답하지 못했다. 지악스럽게 공기를 빨아들이는 나를 피닉이 빤히 살핀다. 그가 자신의 손을 내려다보았다. 기묘한 표정이었다. 조금 전 자신의 행동을 스스로도 이해할 수 없는 것처럼.

고개를 든 그는 여상히 말을 붙였다. 평온하고 자연스러운 어조에 소름이 돋았다.

"애인은 잠깐 나갔어요."

"……."

"별로 좋은 남자는 아닌 것 같던데. 병원으로 데려가려 하니까 그냥 내버려 두면 된다더군요."

"……."

"그렇게 좋았어요? 쓰러질 정도로."

몸도 약하다면서. 걱정인지 모욕인지 모를 말을 내뱉는 그의 태도는 정말로 예사로웠다. 나는 대꾸 없이 돌아누웠다. 이불 없는 침대가 휑하게 느껴졌다. 태아처럼 몸을 웅크리자 등 위로 가벼운 천이 내려앉았다. 그의 카디건이었다.

"정신 차렸으니 전 이만 갑니다."

"……."

"새어머니 말도 있고, 종종 들여다볼게요."

"……."

"또 남자한테 대 주다가 심장 마비라도 오면 큰일이잖아요?"

피닉이 몸을 일으켰다. 떠나는 그의 손끝이 가볍게 내 귓불을 스쳤다. 곧이어 문 닫히는 소리가 들렸다. 무덤 같은 정적이 찾아왔다. 그의 카디건을 당겨 얼굴을 묻었다. '종종 들여다볼게요.' 피닉의 그 말에는 불가해한 열기가 묻어 있었다.

그의 속내를 읽을 수가 없었다. 기억이 돌아온 것인지, 아니면 단순히 영혼의 상처에 반응하는 것뿐인지. 만약 기억이 돌아왔다면 어디까지인지.

그대로 누워 피닉이 던져 준 사소한 단서를 해석하는 데 골몰했다. 생각하고 생각하고 생각하다가 지쳐 눈을 감았다. 머리가 아팠다. 팔을 들어 양어깨를 감쌌다. 이유도 없이 서러워 코를 훌쩍였다. 딱히 누구라고 특정할 수 없는 누군가가 보고 싶었다. 하지만 그 누군가가 성도화는 아니다.

"자?"

이마로 올라오는 손을 고개를 저어 거부했다. 말을 하려다 인상을 썼다. 손을 내어 목울대를 쓸었다. 아팠다. 여기도 저기도 온통 아픈 곳뿐이다.

"왜 그래."

"……."

"아파?"

내쳤던 손이 이번에는 목을 감쌌다. 전신을 편안하게 둘러싸는 이 느낌이 실제임을 이제는 안다. 왜 진작 알아채지 못했을까. 그때나 지금이나, 나를 바라보는 그의 시선이 이렇게 지독한데. 걷잡을 수 없는 흥미로 가득한 질 나쁜 눈빛.

천천히 입술을 벌렸다. 가장 묻고 싶던 것을 물었다.

"천국으로 보내 달라고 했잖아."

의아해하던 그의 눈빛이 바뀌었다.

"이제 와 고작 인간 따위를 묻다니. 할 일도 없군."

"대답해."

"내가 언제 그래 준댔어? 지가 착하게 살면 알아서 오겠지."

꼴을 보니 이미 그른 것 같지만. 그가 비아냥거렸다. 헐거운 내 주먹 사이로 손가락을 넣어 벌리더니 깍지를 낀다. 쪽, 깃털처럼 입술이 부딪쳤다. 서로의 정체를 알고 있음에도 거침없는 접촉이었다. 시야에 들어차는 검은 머리카락이 새삼 낯설었다.

"칭찬해 줘. 내가 너 그놈이랑 안 마주치게 하려고 얼마나 노력했는지 알아?"

25년 동안 좆 빠지게 고생했어. 맞닿은 입술 위로 그가 속살거렸다.

"그럼 끝까지 노력하지 그랬어."

110

"어쩔 수 없었어."

눈썹을 찡긋하며 어깨를 으쓱인다. 이죽대는 얼굴이 진심으로 얄미웠다.

"넌 잔인해. 굳이 형제로 만들었어야 했어?"

"오해야. 내가 아니라 너희 왕의 작품이라구. 행여 어리석은 짓 말라는 경고지. 인간에게 근친상간은 금기잖아?"

"난 그런 거 신경 안 써."

"넌 신경 안 써도 그 인간은 쓰겠지."

그가 입술을 늘여 웃었다. 정말이지 누가 악마인지 모르겠다.

느릿하게 그의 몸이 내 위로 덮였다. 이불을 대신하듯 팔다리를 벌려 온몸을 휩싼다. 불한당처럼 치근대며 그가 던진 말은 우습게도 경고였다.

"너희 왕의 말 새겨듣는 게 좋을 거야. 그러지 않으면 넌 영원히 돌아갈 수 없으니까."

"알아."

단호하게 말을 잘랐다. 피닉의 카디건을 쥔 채로 그에게서 벗어나려 바르작댔다. 더없이 편안하던 그의 품이 이제는 천국의 한복판처럼 불편했다. 좀 떨어지라고 그의 가슴팍을 밀자 도리어 내 몸이 밀려 난다. 침대 헤드에 머리가 부딪혔다. 어쨌든 목표를 달성했으니 됐다.

성도화가 몸을 일으켜 앉았다. 양반다리를 하고 앉은 그의 다리 사이가 불룩했다. 떨떠름한 눈으로 그것을 보았다. 딱히 어쩔 생각은 없는지 그저 침묵한다. 한참 만에 그가 물었다.

"복수하려면 지금이 기회야."

"무슨 기회."

"꼬셔서 차 버릴 기회. 네가 저 자식한테 반하면 안 되는 거지,

111

저 자식이 네게 반하면 안 되는 건 아니잖아."

"그러기 싫어."

그럴 자격도 없고.

내 대답에 성도화가 묘한 표정을 지었다. 이어서 딴청을 피우
듯 제 앞섶을 툭 건드리더니 말했다.

"넌 이상해. 악마 같지 않아."

"누가 할 말을 하는 거야?"

"난 원래 이래."

하긴, 200년 전에도 피닉의 머리통을 밟고 서 있었지. 자신을
밟고 선 존재가 천사라는 것을 알고 망연자실하던 피닉의 표정이
아직도 눈에 선했다.

"너도 환생한 거야?"

"내가 왜? 난 잘못한 거 없어."

난 그냥 너 따라온 거야. 그렇게 말한 그가 초조한 듯 웃었다.

"나 감시하려고?"

"감시가 아니라 주시하는 거야."

"그럼 왜 몸까지 섞었어? 너를 믿게 하려고? 그래서 나한테 잘
해 준 거야?"

"글쎄……."

그가 모호한 얼굴을 했다. 정체를 밝힌 뒤에도 그의 태도는 전
과 다름없었다. 여전히 다정했고, 적당히 짓궂었으며, 지나칠 정
도로 몸을 부딪쳐 온다. 내게 죽까지 사다 먹여 준 뒤 이불을 덮
어 주고야 그가 집을 나섰다. 떠나는 등에 대고 말했다.

"잘 가. 그리고 이제 아는 척하지 마."

돌아오는 대답은 없었다. 덮고 있는 녹색 카디건에서는 여전히
피닉의 냄새가 났다.

"꽃구름 떠가고 새들은 포롱거리는데, 외로운 이 내 마음만 갈매빛으로 허우룩하여……."

"야, 때려치워라."

교수가 인상을 썼다. 타박을 들은 학생이 머쓱한 얼굴로 자리에 앉는다. 와르르 웃음이 터졌다.

황사도 미세 먼지도 없는 깨끗한 나날이 이어지고 있었다. 맑은 날씨에 설레는 사람은 비단 학생들만은 아니었는지, 교수가 야외 수업을 제안했다. 찔러도 피 한 방울 안 나올 듯하던 교수의 의외로운 제안에 모두가 환호하며 건물 밖으로 나섰다. 그 결과가 이것이었다. 볕을 즐기는 학생들로 가득한 잔디 광장에서 차례로 일어나 각자가 만든 사랑 노래를 크게 읊는 것. 그것도 마이크를 들고.

처음엔 무관심하던 학생들도 우리가 한 명씩 교수에게 격파당하는 모습에 점차 흥미를 갖기 시작했다. 등나무 벤치에서 수업하던 또 다른 무리는 아예 강의를 접고 이쪽으로 왔다. 우리 주위로 둥그런 원이 생겼다. 수치스러웠다.

"무슨 수업이야?"

사이를 비집고 들어온 동기 녀석이 내 옆구리를 찔렀다. 10분 전 내가 창피를 당할 때 제일 크게 웃었던 놈이다. 불퉁하게 답했다.

"뮤지컬 창작 기초."

"왜 그딴 걸 듣냐."

"재밌거든?"

발표할 때 빼고.

"하긴, 재밌긴 하더라."

답하는 눈빛이 은근했다. 째려보자 참을 수 없다는 듯 크게 웃는다. 팔뚝에 튄 침을 짜증스럽게 닦아 냈다. 샤프로 목젖을 찔러 줄까 하다 그만두었다.

아까 내가 발표할 때 동영상 찍는 거 다 봤다. 과 채팅방에 올리면 어쩌나 싶어 걱정스럽게 살피는데 갑자기 진지한 목소리로 내 가사를 왼다.

"남자는 미모 여자는 근성…… 풉!"

"그만 웃어 줄래."

공책을 뺏어 부채질을 했다. 어느덧 수업도 마무리 단계였다. 대체 내가 뭘 가르쳤냐며 짜증을 내는 교수의 목소리 사이로 벚꽃 엔딩이 들려온다. 학교 방송국이 이 노래에 꽂혔는지 개강 날부터 주야장천 틀어 대고 있다. 그대여 우리 이제 손잡아요, 이 거리에, 마침 들려오는 사랑 노래 어떤가요……. 지겹다고 생각했는데 이제는 대단하게 느껴졌다. 가사를 쓰는 건 정말 보통 일이 아니다. 우선 내 가사를 남이 읽는 수치를 견뎌야 하고, 또…….

"근데 너 가사 진심으로 쓴 거야?"

"뭐가."

"누가 너 좋다고 하면 다 만나?"

"응."

"못생겨도?"

"무슨 상관이야. 날 좋아한다는데."

"너 설마 마음만 본다든지 뭐 그런……."

"맞는데."

그 마음이 진심일수록 나를 강하게 흔들었다. 보답받지 못하는

114

마음이 얼마나 비참한지는 누구보다 내가 잘 안다. 어차피 진심을 줄 수 있는 것도 아닌데, 사귀어 주고 아껴 주는 정도야 뭐 어떤가.

"그러고 보니 너 새내기 때 여자 친구…… 으음. 난 네가 왜 그런 애를 만나나 궁금했는데."

눈이 없었구나. 동기가 고개를 끄덕였다. 안타깝다는 듯 뒤통수를 쓰다듬는 동기 놈의 허벅지를 꽉 꼬집어 주었다. 놈이 비명을 질렀다. 우리 쪽을 보는 교수에게 짐짓 맹한 척 눈을 깜빡여 보였다. 한숨을 쉰 교수가 수업을 마무리했다.

"오늘 과제는 짝사랑입니다. 다음 시간부터 차례대로 전원 발표시킬 거니까 결석하지 마세요."

"악!"

"지금 괴성 지른 학생이 제일 먼저 발표하는 걸로 하겠습니다."

청천벽력을 남긴 교수가 먼저 자리를 떴다. 나는 그대로 벌러덩 뒤로 누워 버렸다. 동기 놈도 나를 따라 누웠다. 두툼한 앞발이 내 배 위로 얹어진다. 옆에서 무어라 조잘대는 것을 외면했다. 짝사랑이라……. 난 안 하고 싶은데.

멍하니 하늘을 보다 후드 주머니에 넣어 놓은 휴대 전화를 꺼내 들었다. 때마침 진동이 울렸다. 성도화. 수신을 거부하자 곧바로 다시 걸려 온다. 또 거부했다.

"누구야?"

"성도화."

"안 받아?"

"응."

"도화 요즘 맨날 너 찾던데. 싸웠냐?"

"아니. 절교했어."

"미친…… 초딩이냐?"

그날 이후 나는 피닉도, 성도화도 피하고 있었다. 자취방 비밀 번호는 바꿔 버렸고 전화는 무시했다. 틈만 나면 꺼 둔 탓에 충전하지 않아도 배터리가 남아돌았다. 성도화와 같이 듣던 수업은 모조리 수강을 취소해 버렸다. 덕분에 전공과 일절 상관없는 뮤지컬 창작 기초를 듣고 있는 신세였다.

행여나 성도화와 마주칠까 봐 학생 식당에도, 과방에도 가지 않았다. 공강 시간에는 무조건 도서관에 가 잠을 잤다. 성도화가 입학 이래 단 한 번도 도서관에 간 적이 없다는 사실을 노린 묘수였다.

하루에도 수십 통씩 전화를 하고 수백 통씩 메시지를 보내는 성도화와 달리 피닉은 조용했다. 하루 이틀 간격으로 전화 몇 통을 하더니 그걸로 끝이었다. 얌전한 그 반응이 어쩐지 더 신경 쓰였다. 폭풍전야의 고요함 같달까. 견디지 못하고 어머니에게 피닉의 근황을 떠봤다가 뒷담화만 실컷 들었다.

상념에 잠긴 사이 주변이 시끄러워졌다. 쉬는 시간이다. 광장을 지키던 무리가 떠나가고 새로운 얼굴들이 자리를 대신했다. 기타를 든 남자가 옆자리에 앉더니 또 벚꽃 엔딩을 연주한다. 스피커와 풀밭 양쪽에서 들려오는 노래에 죽을 맛이었다. 그래도 자리를 뜰 생각은 하지 않았다. 괜히 쉬는 시간에 돌아다니다 이동하는 성도화와 마주치면 곤란하니까.

다음 교시가 시작되고도 10여 분쯤 기다린 뒤에야 몸을 일으켰다. 졸고 있던 동기 녀석이 웅얼거렸다.

"어디 가?"

"과방."

"도화가 너 만나면 자기한테 말해 달라 그랬는데, 말해 줘도 됨?"

"그러든지."

누워 있는 동기 놈의 배를 한 번 꾹 밟아 주고 걸음을 옮겼다. 과방이 위치한 학생회관 건물을 통과해 도서관으로 향했다. 가는 길에 생협에 들러 소시지 하나를 샀다. 중앙도서관에 서식하는 고양이에게 바칠 간식이었다. 복학 후에 친해졌는데, 못생긴 게 어찌나 얌체처럼 구는지 손에 먹을 게 없으면 인사해도 무시한다. 꼬리를 만지려다가 물린 적도 있다.

그래도 꼬박꼬박 먹을 걸 갖다 바치는 내가 진정한 호구였다. 동물을 귀여워하는 인간의 심리를 좀 알 것 같다고 해야 하나. 난 그 정도는 아니지만.

"냐아……."

아니나 다를까, 내 손에 들린 소시지를 본 고양이가 다가와 얼굴을 비볐다. 고양이가 누워 있던 도서관 앞 화단에는 새로 생긴 고양이 집이 떡하니 버티고 있다. 학생들이 지나가며 낙서를 한 탓에 흰 스티로폼 벽이 알록달록했다.

냥냥냥냥냥냥.

신기한 소리를 내며 소시지를 먹는 고양이에게 핀잔을 주었다.

"너 뚱뚱해."

"냥."

"못생겼어."

"냥!"

고양이가 내 손가락을 물었다. 주고도 욕을 먹는다. 꼬리로 바닥을 탁탁 치는 고양이의 등을 쓰다듬으며 고양이 집을 살펴보았다. 스티로폼과 박스를 이용해 단단하게 벽을 세운 집은 제법 튼

튼해 보였다. 앞에 박힌 팻말을 읽었다. '도서관 뚱땡이네 집.'

"되게 잘 만들었네."

자랑하듯 고양이가 길게 울었다. 이렇게 보니 좀 귀여운 것 같기도 하고.

"나중에 태풍 오면 저기 들어가 있어. 잘못하면 날아간다."

"날아갈 무게가 아닌데요."

저음의 목소리가 끼어들었다. 놀라 돌아보았다. 피닉이 팔짱을 낀 채 나를 내려다보고 있다. 학교에서 바로 온 듯 티셔츠에 백팩 차림이었다. 그의 시선이 내 손에 쥐여진 소시지 껍질에서 발치에 드러누운 고양이로 이동했다.

"고양이 밥도 줘요?"

굉장히 의외롭다는 투다. 때마침 내려온 햇살이 그의 얼굴에 음영을 만들었다. 소멸 직전의 흡혈귀 같은 몰골에 절로 턱이 벌어졌다. 아연하여 물었다.

"너 얼굴이 왜 그래?"

며칠 사이 그의 얼굴이 눈에 띄게 말라 있었다. 살짝 패인 뺨이 건조하게 도드라진다. 눈가엔 어두운 그늘이 졌고 입술은 까칠했다. 30일은 굶은 사람처럼.

지적을 받은 그가 손등으로 턱을 쓸었다. 혀로 입술을 축이는 그의 목울대가 느릿하게 움직였다.

"잠을 못 자서요."

"잠?"

"꿈을……."

멍하게 답하던 그가 말을 끊었다. 기색이 일변했다. 입술을 꾹 붙였다 놓으며 무표정으로 나를 본다. 그제야 나는 내가 그를 피하던 중이었음을 깨달았다. 툭 바닥을 차는 그의 다리를 위아래로 훑어보았다. 이대로 급한 일이 생긴 척 도망치면 어떻게 될까.

"왜요."

"어?"

"왜 그렇게 봐요. 도망갈 사람처럼."

그가 내 팔을 잡고 일으켜 세웠다. 확 얼굴이 다가왔다. 숨결이 느껴질 만큼 가까운 거리, 창백한 그의 얼굴이 시야 가득 들어찼다. 그가 왜 왔는지, 여긴 어떻게 찾았는지, 지금은 또 왜 이러는지 몰라 얼떨떨했다. 피닉에게 이런 홍길동 기질이 있는 줄은 몰랐는데.

안면을 뚫을 기세로 쳐다보는 피닉의 시선이 부담스러워 슬쩍 눈을 굴렸다. 긴장에 입 안에 침이 모였다. 이 침을 어떻게 삼켜야 자연스러울까 고민하는데 피닉이 입을 열었다. 여전히 내 팔을 꽉 쥔 채였다.

"나 피했어요?"

"……아니."

"근데 왜 전화 안 받아요."

사람 초조하게. 마지막 말은 거의 혼잣말이었다.

"네가 왜 초조해?"

"……."

돌아오는 답이 없다. 타액을 삼키며 그를 보았다. 피닉을 피했던 며칠간, 그를 만나면 이렇게 저렇게 하겠다고 수십 가지의 대응책을 짜 두었다. 하지만 이렇게 학교로 그가 날 찾아오는 상황은 전혀 예상치 못했다.

피닉이 느릿느릿 눈을 깜빡였다.

"가요."

"어딜?"

"뭐…… 카페라든지."

그가 가볍게 내 등을 밀었다. 피닉의 요청을 들은 몸이 자동으로 반응했다. 도서관 언덕을 따라 내려와 가장 가까운 카페로 들어갔다. 가는 내내 그는 연행하듯 내 팔을 붙들고 있었다. 놔 달라고 요구했지만 들은 체도 않는다. 포획당한 기분이었다.

와이파이를 제공하지 않는 카페엔 손님이 적었다. 바깥 테라스에 자리를 잡고 나서야 여기가 성도화가 수업을 듣는 인문관 바로 앞이라는 사실이 떠올랐다. 어쩌지 생각할 틈도 없이 피닉에게 끌려 계산대 앞에 섰다.

"주문하시겠어요?"

모자를 쓴 아르바이트생이 물었다. 피닉을 보는 그녀의 뺨이 약간 상기되어 있었다.

"뭐 마실래요?"

"아이스 아메리카노."

"아이스 아메리카노랑 파인애플 주스 주세요."

피닉이 카드를 내밀었다. 쿠폰에 도장까지 야무지게 받아 내게 건넨다. 그가 음료를 받아 오는 동안 냉큼 자리로 돌아왔다. 그와 내 가방을 들고 최대한 안쪽 구석 자리로 옮겼다. 후배가 인사를 해 왔지만 받는 둥 마는 둥 무시했다. 빛도 들어오지 않는 모서리에 앉아 후드를 뒤집어썼다.

쟁반을 들고 테라스에서 헤매던 피닉이 내 쪽으로 다가왔다. 그가 나를 이상하게 보는 것을 모른 척했다.

학교까지 찾아온 행동력이 무색하게 그는 말이 없었다. 빨대를 입에 물며 그의 눈치를 보았다. 정적이 불편해 뭐라도 말하고 싶었지만, 그렇다고 아무 말이나 할 수는 없다. 신중하게 화제를 골랐다. 하고 싶은 말은 많지만 할 수 있는 말은 하나뿐. 무심함을 가장해 입을 여는 목소리가 조금 떨렸다.

"야."

"네."

"나 만나러 오지 마. 너 그러면 안 돼."

"왜요."

"……안 되니까."

"싫은데."

"……"

자르는 어조가 단호했다. 피닉이 나를 노려보았다. 진심으로 불쾌한 듯 어딘가 억울해 보이기까지 하는 시선이다. 사나운 눈빛에 졸아들어 커피만 마셨다. 몇 모금 빨지도 않았는데 금세 바닥을 보인다. 얼음만 남은 음료 컵에서 꾸르륵 소리가 났다.

피닉이 내 입에서 빨대를 뺐냈다. 내 잔을 가져가더니 자기 잔과 바꿔 준다. 한 입도 마시지 않은 파인애플 주스가 담긴 컵은 물방울이 맺혀 차가웠다. 그가 이런 호의를 건넬 때마다 견딜 수가 없었다.

나는 괜히 몸을 뒤틀고 다리를 떨었다. 탁자 밑으로 무릎이 닿았다. 움찔해 치우려 하자 그가 지그시 힘을 주고 버틴다. 다리를 얽은 채 어색함을 견디는데 그가 운을 뗐다.

"전부터 궁금했는데……"

"……"

"왜 그렇게 내 눈치를 봐요?"

몸을 숙인 그가 거침없이 눈을 맞춰 왔다. 겹쳐진 다리가 일순 강하게 조여들었다. 혼탁한 시선으로 그를 보았다.

"내가 부모님께 말씀드릴까 봐 그래요? 남자 만난다고?"

121

"······응."

"나 그렇게 유치한 사람 아니에요."

그가 단언했다. 진심으로 경멸한다는 듯 살짝 인상까지 쓴다. 그 말은 한 치의 거짓 없는 진심이었다. 나는 고개를 끄덕여 수긍했다. 그가 그런 졸렬한 인간이 아니라는 것은 누구보다 내가 잘 알았다.

피닉이 상체를 뒤로 물렸다. 한쪽 턱을 괴고는 느긋하게 나를 관찰한다. 내게는 칼끝 같은 이 침묵이 그에게는 더없이 편안한 모양이다. 뻣뻣해진 혓바닥 아래로 침이 고였다.

행여나 시선이 따라잡힐까 죽어라 테이블만 노려보았다. 단정하게 깎인 그의 손톱이 보였다. 손가락 안쪽에 펜대를 잡아 생긴 굳은살이 박여 있다. 딱딱한 그 살을 이로 갉작이고 싶다는 충동이 들었다.

테이블 위에 올려 둔 그의 휴대 전화 액정이 환해졌다. 메시지였다. 내용을 확인한 피닉이 작게 웃음을 터뜨린다. 긴 손가락이 화면을 두드렸다. 풀어진 표정이 다정했다. 그때 말했던 여자 친구일까. 힐끗 자판을 넘겨다보았다. 하트 여러 개를 입력하는 것이 눈에 띄었다.

"뭘 봐요."

웃음기를 지우지 않은 채 그가 말했다. 올려다보자 눈이 마주친다. 그가 어깨를 으쓱였다. 쑥스러운 듯 농담처럼 말을 던진다.

"그거나 마저 마셔요. 남 훔쳐보지 말고."

그의 말이 떨어지기 무섭게 몸이 반응했다. 이런 사소한 명령까지 성실하게 이행하는 신체가 어이없다 못해 놀라웠다. 아무런 능력이 없는 인간의 몸이라 더 그런 것 같았다. 악마의 심장을 가진 자는 그의 주인이 된다. 그 말의 무게를 우습게도 환생을 하고 난 뒤에야 실감하고 있었다.

내가 숨도 쉬지 않고 음료를 빨아들이자 피닉이 내게서 컵을 빼앗았다. 벗어나는 컵을 따라 고개가 움직였다. 자신에게 딸려 오는 얼굴을 그가 턱을 잡아 제지했다.

"그만."

그 말에 가까스로 기침을 터뜨리며 스트로를 뱉었다. 투명한 빨대 윗부분이 타액으로 번들거렸다.

"말 되게 잘 듣네요."

한 모금밖에 남지 않은 컵을 본 피닉이 황당한 표정을 지었다. 대꾸하지 않고 침을 삼켰다. 목구멍이 얼얼했다.

"목이 말랐으면 말을 하지."

"……."

"그렇게 맛있나?"

그가 손에 든 컵을 입으로 가져갔다. 도톰한 입술이 빨대를 문다. 내 타액이 묻은 빨대, 붉은 입술이 쿠션처럼 눌리는 것이 보였다. 그의 목울대가 작게 출렁거렸다. 깊게 빨아들인 그가 내게 컵을 돌려주었다.

그가 물었던 빨대를 이번엔 내가 입에 넣었다. 축축한 원통을 입술을 오므려 머금었다. 입 안에 들어온 것을 혀끝으로 더듬었다. 얼음밖에 남지 않은 빈 컵에서 무형의 열기가 솟구쳐 올라왔다. 자신의 입술이 닿았던 빨대를 무는 나를 그가 말없이 응시한다. 저릿하게 곱아드는 손바닥을 말아 쥐었다.

천천히 그가 자리에서 일어섰다. 내게로 다가올 듯하더니 몸을 돌려 계산대로 향했다. 잠시 뒤 내 앞에 김이 오르는 커피 한 잔이 놓였다.

"이번엔 흡입하지 마요."

목이 마르기는커녕 물배가 차 죽을 지경이었지만 얌전히 잔을 받았다. 더운 커피를 삼키며 살얼음이 낀 속을 달랬다. 기묘한 침묵, 뭔가가 있는 듯한 정적. 문득 그가 습격처럼 말을 붙여 왔다.

"요즘 꿈에 자꾸 어떤 남자가 나와요."

아무도 그 남자를 볼 수 없어요. 나만 그 남자를 볼 수 있고, 그 남자도 나만 보고 있어요. 하얀 얼굴이 예쁘다고 생각했어요. 이것저것 물어볼 때는 곤란했지만 한편으론 조금 귀엽기도 했어요. 처음엔 잘해 줬는데…… 어느 순간부터 제가 그 남자의 목을 조르고 있어요. 뺨을 때리고 짓밟고, 이리저리 흔들며 윽박질러요. 옷을 벗기고 아래가 헐 때까지 성기를 처박아요. 입을 맞추다가도 혀를 물어뜯어요. 예쁜 얼굴이 엉망으로 일그러질 때까지.

그런데 정말로 이상한 건…… 그 남자가 반항하지 않더라고요. 숨이 넘어갈 때까지 목이 졸리는데도.

"그 남자가 어쩐지 누굴 닮아서."

손에 들린 머그가 요동쳤다.

피닉의 입에서, 이제는 내 이복동생이 된 차지훤의 입에서 묘사되는 것은 우리의 전생이었다.

테이블 위로 갈색 커피 방울이 점점이 떨어졌다. 나는 약물에 중독된 환자처럼 손을 떨었다. 짙은 얼룩에 흘긋 시선을 준 피닉이 말을 이었다. 탐색하듯 부딪쳐 오는 눈빛이 유심했다.

"그 남자…… 누구 닮았는지 알아요?"

무관심을 가장하려 애쓰며 답했다. 목소리가 처참했다.

"몰라."

"……."

"그 꿈…… 언제부터 꿨는데?"

"얼마 안 됐어요."

그가 기억을 더듬듯 눈을 내리깔았다. 내가 왜 그랬을까요. 괴롭게 중얼거린다. 이미 그에게 꿈은 단순한 악몽이 아니라 무언가의 암시인 것이다. 힘겹게 그를 보았다. 당장에라도 그의 입에서 내 이름이 토해질까 두려웠다. 만약 그가 모든 기억을 떠올리게 된다면…….

"여기 있었네."

화들짝 놀라 어깨를 떨었다. 손가락에 걸린 머그잔이 뒤집혔다. 내 무릎으로 흐르는 커피를 하얀 손이 막았다.

"앗, 뜨거워."

손의 주인이 인상을 썼다. 성도화였다.

"괜찮습니까?"

"괜찮으니까 손 치워요. 남자랑 닿는 거 별론데."

맞은편에서 팔을 뻗은 피닉과 성도화의 손이 겹쳐 있었다. 둘 다 팔꿈치까지 커피로 젖어 질척했다. 피닉이 성도화의 손등을 덮은 자신의 손을 떼어 냈다. 옆 테이블의 후배가 황급히 티슈를 가져다주었다.

"고마워."

성도화가 웃었다. 아니에요, 중얼거리며 얼굴을 붉힌 후배가 되돌아갔다. 내 위치를 성도화에게 알려 준 범인인 듯했다. 티슈로 손을 닦으며 성도화가 말했다.

"깜찍해졌더라. 하마터면 과방까지 갈 뻔했잖아."

"수업은."

"내가 수업 듣는 거 봤어?"

더러워진 휴지를 대충 뭉쳐 놓은 그가 내 옆으로 비집고 들어왔다. 무표정한 피닉을 흘끔 보더니 등받이에 팔을 걸친다. 매끈하게 근육 잡힌 팔이 내 어깨를 감쌌다. 그가 머리에 덮은 후드 안으로 손을 집어넣어 귓불을 만졌다. 나는 몸을 털어 그의 팔을 떼어 냈다. 지켜보는 피닉의 미간에 골이 파였다.

"남자 친구도 이 학교 다녀요?"

"남자 친구 아니야."

성도화가 끼어들었다.

"좆질 하는 사이가 남친이 아니면 뭐야."

"그냥……."

"그냥 뭐. 섹스 파트너?"

"……헤어졌어."

피닉이 쯧, 혀를 찼다. 심판하는 시선으로 나를 내려다본다. 나는 애꿎은 영수증만 만지작거렸다. 그가 턱짓으로 성도화를 가리켰다.

"저쪽은 그렇게 생각 안 하는 것 같은데."

지적받은 성도화가 피닉을 보았다. 피닉도 성도화를 보았다. 두 쌍의 눈이 공중에서 부딪쳤다. 팽팽한 시선이 오갔다. 날 선 고요로 서로를 공격하듯 한 치의 물러섬도 없다. 그러다 비죽, 성도화의 입꼬리가 올라갔다.

내 쪽으로 몸을 기울인 그가 뻐기듯 입을 열었다. 여전히 피닉에게 눈길을 고정한 채였다.

"우리 이스엘이 한번 삐지면 오래가는 편이라."

"……이스엘?"

"아, 실수. 진하. 권진하."

성도화가 어깨를 으쓱했다. 전혀 실수하지 않은 얼굴이었다.

피닉이 천천히 입 속으로 그 이름을 굴렸다. 뭔가를 되짚던 낮고 조용한 눈이 내게로 돌아온다. 바짝 굳어 그의 눈치를 보았다. 증거를 수집하듯 내 얼굴을 뜯어보던 그가 불현듯 시선을 떼고 몸을 일으켰다. 훤칠한 그의 그림자가 내 머리를 덮었다.

"가 볼게요."

"어, 벌써?"

"학교 가기 전에 들른 거라."

지금도 늦었어요. 그렇게 말하는 그의 동작은 여전히 답답할 정도로 느렸다. 가방을 멘 그가 테이블 위의 휴지 뭉치를 쥐었다. 걸음을 옮기려다 문득 한마디를 덧붙인다.

"앞으론 전화 받아요."

카페의 노란 조명에 싸인 그의 표정은 의미가 불분명했다. 교정의 환한 햇살 속으로 그의 뒷모습이 천천히 멀어졌다.

한숨을 쉬며 성도화를 돌아보았다. 생글생글 웃는 얼굴이 기가 막히게 얄밉다. 그와 나 사이의 관계에 대해 다시 한번 일러 줄 필요성을 느꼈다.

"이제 너랑 말 안 해."

"왜?"

"하기 싫으니까."

잠시 고민하다 첨언했다.

"섹스도 안 할 거야."

붙어먹을 상대가 필요한 거라면 다른 사람을 알아보란 뜻이었다. 부러 단호하게 말하며 눈을 부릅떴다. 잠시 허를 찔린 표정을 짓던 성도화가 이내 허탈하게 웃었다.

"평생 수절하게 생겼군."

너도, 나도. 그가 검지로 내 가슴팍을 쿡 찔렀다. 정확히 유두에 꽂힌 손길에 움찔 몸이 떨렸다. 우연이 아닌 듯 지그시 누르며 자극한다. 손을 떼어 내며 그를 노려보았다.

"무슨 소리야?"

"죽을 때까지 네 옆에 붙어 있을 거란 소리."

나 말고는 아무하고도 못 하게 하겠단 소리. 그가 소곤대며 눈웃음을 쳤다. 어이가 없어 반박했다.

"나 예전에 여자 친구 있었는데."

"그땐 그때고."

본색 드러났는데 참을 필요 없잖아? 그렇게 말한 성도화가 혀를 내어 입술을 핥았다. 살짝 드러난 송곳니가 짐승의 것처럼 뾰족했다.

"긍정적으로 생각해. 천사와 떡쳐 본 악마는 앞으로도 이후로도 계속 너 하나일 테니까."

"긍정적으로 생각할 게 따로 있……."

"왜, 흥분되잖아."

생각만 해도 쌀 것 같지 않아? 헛소리를 뱉은 그가 자리에서 일어섰다. 벗어 놓은 내 가방을 인질처럼 들고는 달랑달랑 흔든다. 빼앗으려 손을 뻗었지만 간단히 제압당했다. 내 정수리에 턱을 얹은 그가 달래듯 말했다.

"수업 끝났지? 집에 가자. 안마해 줄게."

"……."

"아, 그리고."

"……."

"너 여자 친구들이랑 안 잔 거 알아."

"……."

"그 전에 내가 떼 냈거든."

결국 그는 끝까지 쫓아와 저녁까지 먹은 뒤에야 집에 갔다.

갓 중학교에 입학했을 무렵 어머니가 학교를 뒤집어 놓은 적이 있다. 몸이 약한 내게 체육을 시켰다는 이유에서였다. 수업 중간에 난입한 그녀가 선생의 뺨을 치며 난리를 부린 뒤로 친구들은 나를 피했다. 어디에도 끼지 못하고 혼자 덩그러니 남아 있는 일은 생각보다 서러웠다.

휴일에도 놀러 나가지 않고 집에만 있는 나를 본 어머니는 직접 반 친구들에게 전화를 돌렸다. 우아한 설득 대신 싸구려 욕설이 오갔다. 그 선택은 나를 외톨이로 만드는 지름길이었다.

고등학교에 진학한 다음에도 내게 다가오는 친구는 없었다. 1학년 여름에 전학 온 성도화가 아니었다면 학창 시절 내내 혼자였을 것이다.

그는 극성스러운 내 어머니의 간섭에도 여상했고, 가끔 이상한 행동을 하는 나를 보고도 웃으며 넘겼다. 그리고 스물다섯이 된 지금까지도 내게 친구는 그뿐이었다.

그런 성도화가 없으니 시간이 남아돌았다. 과제를 하고, 운동을 하고, 밀린 드라마를 모두 본 후에도 여유가 넘쳐흘렀다. 하는 수 없이 집안일을 하기로 했다. 청소기로 바닥을 밀고 물티슈로 틈새를 닦았다. 한 통을 다 쓰고 나니 쓰레기통이 꽉 찼다. 쓰레기를 내다 버리는 김에 자취방 근처 대형 마트에 가 장도 보았다. 계란, 버섯, 두부, 양파……. 사는 김에 고양이용 통조림도 몇 개 샀다.

봄꽃이 떨어진 자리를 녹음이 채웠다. 휴대 전화 대리점에서 여자 아이돌의 노래가 흘러나왔다. 소악마 콘셉트로 뿔과 꼬리를 달고 고양이 같은 안무를 추는 그룹이었다. 제목과 의상이 마음에 들어 흐뭇하게 본 기억이 있다. 집에 가서 벨소리를 바꿔야겠다고 생각하며 봉투를 추켜들었다.

문득 본 지하철 역사의 꽃집 앞에는 색색의 장미가 물통에 꽂힌 채 가득 나와 있었다. 흰 장미 몇 송이가 갈색으로 시들어 있다. 그 모습이 이상하게 눈에 박혔다.

냉장고에 달걀을 정리해 넣는데 전화가 울렸다. 피닉으로부터 온 메시지였다.

[내일 갈게요.]

내 의사는 묻지도 않는다. 새삼 강압적인 데가 있다고 생각하며 휴대 전화를 뒤집어 두었다.

성도화가 빠져나간 자리를 대신한 사람은 의외로 피닉이었다. 학교에서의 그날 이후 그는 사나흘에 한 번씩 불쑥 얼굴을 내밀었다. 학교로 올 때도 있었고, 자취방으로 올 때도 있었다. 내 시간표도 모르면서 어찌나 나를 잘 찾아내는지 가끔 신기할 정도였다.

찾아와서 별다른 일을 하는 것도 아니었다. 장을 봐다 생필품을 채워 주거나, 밥을 하고 청소를 해 주거나. 그러면서 한참 내 얼굴을 보다 또 갑자기 가 버리곤 했다.

불안했지만, 내게는 그를 막을 명분도 능력도 없었다. 잘 숨어 있다가도 그의 말 한마디면 끌려 나올 수밖에 없는 게 내 위치였으니까. 우리는 기한 없는 숨바꼭질 중이었고, 승자는 늘 피닉이었다.

"신데렐라 체질인가."

사 온 재료로 된장찌개를 만들었다. 식탁 겸용으로 쓰는 소파 앞 테이블에 밥을 차려 두고 바닥에 앉았다. TV를 켜고 찌개를 한술 떴다.

"이게 뭐야······."

물과 된장이 따로 노는 느낌이었다. 인터넷이 하라는 대로 했는데 왜 이러지. 하는 수 없이 찌개에 소금을 쳤다. 냉장고에서 반찬 통을 꺼냈다. 피닉이 만들어 두고 간 잡채와 감자 볶음이 그대로 남아 있었다. 기가 막히게 맛있어서 반이나 먹어 버렸다. 아껴 먹으려고 했는데.

설거지까지 마치자 또 할 일이 없었다. 벨소리를 바꾸려고 했던 게 떠올라 휴대 전화를 집어 들었다. 잡자마자 전화가 왔다. 이번엔 어머니였다. 언제나처럼 피닉의 욕과 아버지에 대한 자랑을 길게 늘어놓는다.

금세 휴대 전화가 뜨끈해졌다. 충전기를 찾아 연결하며 아무 생각 없이 전화를 받은 것을 조금 후회했다.

"그러니까 아들, 집에 한번 와. 아버지도 너 보고 싶어 하셔."

"거짓말."

"진짜라니까? 그이가 무뚝뚝해서 그렇지 알고 보면 정말 좋은 사람이야."

그러면서 30년 전 꽃다발을 선물 받았던 일에 관해 이야기한다. 처녀 시절 단 한 번의 기억을 여태껏 소중히 품고 있는 그녀가 안쓰러웠다.

"엄마는 그 못생긴 남자 어디가 좋아요?"

당신을 사랑하지도 않는데. 자신의 아이를 가진 여자를 20년 넘게 버려뒀는데. 지금은 나와 피닉뿐이지만, 또 어디에 형제가 있을지 모르는데.

"그이가 어디가 못생겼어? 못생긴 건 그 아들놈이지."

어머니가 타박을 놓았다. 그녀에게 유일한 눈엣가시는 피닉뿐인 듯 그의 일거수일투족에 대한 험담과 그를 제외한 아버지의 모든 것에 대한 자랑을 끊임없이 주워섬긴다. 어제저녁 아버지가 무엇을 먹었는지, 주말에는 아버지와 함께 뭘 했는지, 아버지의 친구들은 어떤 사람들이며 아버지 회사의 신인 배우는 누구인지.

수화기 너머 그녀의 목소리는 행복과 만족으로 가득했다. 불현듯 생각 하나가 머릿속을 스쳐 갔다.

"엄마 혹시…… 아버지 사랑하세요?"

"당연하지."

"……."

"나는 네 아버지 곁에 있기 위해서라면 뭐든지 할 수 있어."

뭐든지. 그녀가 되풀이했다. 그녀의 음성에는 어떠한 확신마저 깃들어 있다. 답을 구하는 심정으로 물었다.

"왜요?"

"사랑하니까."

"……."

사랑은 그런 거야. 피하려 해도 어쩔 수 없이 끌리는 거. 영혼을 바쳐서라도 뭐든지 해 주고 싶은 거. 사랑을 말하는 그녀의 목소리는 마치 열다섯 소녀 같았다. 악착같다고 생각했던 어머니가 처음으로 순수해 보였다.

"처음 본 순간부터 반했었지. 지금도 그렇지만 그때는 정말 왕자님 같았어."

"……그래도 차지훤 너무 괴롭히지 마요. 걔도 아버지 아들인데."

"아들, 내가 걔를 괴롭히는 게 아니고 걔가 날 괴롭히는 거야. 밤마다 잠 안 자고 돌아다니는 꼴 보면 아주 소름이 끼친다니까?"

그렇게 말하는 어머니의 목소리와 함께 영화 신데렐라의 유명한 주제곡이 들렸다. 'A dream is a wish your heart makes.' 어머니가 제일 좋아하는 영화의 제일 좋아하는 곡이다.

그녀는 자신이 신데렐라 같다고 굳게 믿는 듯했다. 자신을 방해하는 나쁜 계모를 물리치고 끝내 녹색 성채에 입성한 재투성이의 미녀. 고난과 역경을 이겨 낸 그녀에게 남은 결말은 왕자와의 해피 엔딩뿐. 어머니의 눈에 피닉은 끈덕지게 남아 자신을 괴롭히는 계모의 자식쯤으로 보이는 모양이다.

어머니가 이토록 그악스럽게 피닉을 미워하는 이유는 분명했다. 사랑하는 남자를 비난할 수 없으니 애꿎은 본처와 그 자식에게 화살을 돌리는 것이다. 이 관계의 유일한 가해자는 혼외정사로 자식을 낳은 아버지이며 본처도 피닉도 그녀 자신도 모두 피해자일 뿐이지만, 그걸 인정하면 스스로가 너무 비참해지니까. 애써 외면하며 모든 걸 본처의 탓이라고 합리화하는 거다. 눈을 감고 귀를 막은 채 오직 편해지기 위해서. 그런 사랑은 비극이었다.

전화를 끊고 바닥에 누웠다. 성기게 친 블라인드 틈으로 주홍빛이 쏟아져 들어왔다. 휴대 전화를 만지작거렸다. 채팅 앱에는 피닉이 보낸 메시지가 확인되지 않은 채 남아 있다. 상태 메시지도, 프로필 사진도 없는 썰렁한 그 이름을 훔쳐보다 깜빡 잠이 들었다.

딩동. 차임벨 소리에 정신이 들었다. 시계를 보니 새벽 1시다. 의아해하며 몸을 일으켰다. 딩동. 딩동딩동. 딩동딩동딩동. 그러는 사이에도 벨소리가 점차 급박해졌다. 술 취한 옆집 사람인가 싶어 무시하기로 했다. 그대로 천장을 보고 누워 찌뿌듯한 몸을 쭉 폈다.

딩동딩동딩동딩동딩동.

불청객은 의외로 집요했다.

"뭐야……."

성가셔 귀를 막았다. 그러다 문득 한 가지 사실이 떠올랐다.

옆집에는 아무도 살지 않는다.

벨을 누르던 낯선 사람이 이번에는 주먹으로 쿵쿵 문을 두드려 왔다. 덜컥덜컥 문고리를 잡아채는 힘에 문짝이 뜯겨져 나갈 듯했다. 무서운 힘. 절대 나가지 말아야겠다는 생각에 바싹 숨을 죽였다.

냉장고에서 물을 꺼냈다. 병째로 뚜껑을 따 마시며 휴대 전화를 확인했다. 1시 3분. 10분까지 저 사람이 가지 않으면 경찰에 신고할 작정이었다.

그래도 혹시 몰라 집 안을 둘러보며 무기가 될 만한 것을 확인했다. 유튜브에서 보니까 숟가락으로도 살인이 가능하다던데. 공익으로나마 군대도 갔다 왔으니까 여차하면 때려눕힐 테다. 그 전에 가 주면 좋을 텐데…….

딩동. 딩동. 딩동. 뚝뚝 끊어지던 초인종 소리가 이내 멈췄다. 지잉. 휴대 전화가 울렸다. 간결한 메시지의 주인은 피닉이었다.

[문 열어요.]

얼떨떨하게 문을 열었다.

"무슨 일이야……?"

그는 거칠게 숨을 몰아쉬고 있었다. 구겨진 트레이닝 바지에 머리엔 까치집이 서 있다. 자다가 온 것 같았다. 그가 나를 밀치고 집 안으로 들어왔다. 그러고는 누군가를 찾는 듯 집 안 곳곳을 뒤지기 시작했다.

황망히 문을 닫고 그의 뒤를 따랐다. 그는 양말도 신지 않은 맨발이었다. 신고 온 슬리퍼가 현관 이쪽저쪽에 어지럽게 굴렀다.

둘뿐임을 확인한 피닉이 뒤돌아 내게 다가왔다. 내 팔을 거세게 휘어잡아 소파에 주저앉힌다. 반사적으로 일어나려는 내 어깨를 그가 힘으로 눌렀다. 꽉 잠긴 목소리가 위협적이었다.

"내가 전에 꿈 얘기했었죠."

피닉의 시선이 곧게 부딪쳐 왔다. 내 몸을 꽉 붙들고는 숨 쉴 틈 없이 옭아맨다. 눈빛이 형형했다.

"늘 궁금했어요. 왜 그 남자는 내 말을 거스르지 못할까."

그의 혀가 마른 입술을 축였다. 간신히 대답했다.

"그게 나랑 무슨 상관인데."

"그걸 지금부터 확인해 보려고요."

피닉의 손가락이 어깨와 이어진 목줄기를 아프게 파고들었다.

"벗어요."

경악스런 요구를 하는 그는 놀랍도록 태연했다.

"뭐……?"

귀를 의심하며 그를 보았다. 거침없이 눈을 맞춰 온다. 저절로 올라가려는 손을 있는 힘껏 잡아 눌렀다. 온몸으로 거부하는 나를 보며 그가 재차 '명령'했다.

"벗으라니까?"

수치심에 혀끝을 물었다. 의지와 상관없이 손이 움직였다. 파르르 떨리는 손가락이 하나둘 단추를 푼다. 아무것도 걸치지 않은 맨 어깨가 공기 중에 노출되었다. 내 몸에 시선을 박은 채 그가 턱짓했다.

"전부 벗어요."

"이러지 마. 나 너랑 형제야."

근친. 인간 사회의 최대 금기.

"알아요."

피닉이 가볍게 응수했다. 팔짱까지 끼고 숫제 품평하는 자세로 내 몸을 훑어본다. 금기를 깨고 형제를 벗기려는 자의 눈빛이 심상했다. 그에겐 일말의 가책도 죄책감도 없었다. 가족이란 이유로 어머니의 횡포를 아무렇지 않게 넘기던 그가 아니었다. 피닉이 가진 혈육에 대한 애착을 무시할 만큼 강한 무언가가 그의 심중을 건드리고 있는 것이다.

맞은편 TV에 일그러진 얼굴의 내가 비쳤다. 울먹이는 표정과 달리 스스로 착실히 옷을 벗고 있다. 마침내 속옷까지 모두 끌려 내려갔다. 실오라기 한 장 남기지 않은 채로 주저앉았다.

내려다보는 그의 시선을 피해 살을 가렸다. 옷을 모두 입은 피닉의 앞에서 나 혼자만 맨몸이다. 그 사실이 참을 수 없이 부끄러웠다. 피닉의 앞에서 알몸으로 활보하던 200년 전의 내가 거짓말인 것처럼.

고민하듯 턱을 쓸던 그가 말했다.

"혼자 해 봐요."

"뭘……."

"자위."

아, 나는 신음했다.

그가 시키는 대로 소파에 등을 기대고 앉았다. 마주 보고 선 피닉이 지시했다.

"다리 벌려요."

치욕적인 명령을 내려 놓고 미동조차 없다. 그가 보낸 눈빛이 드러난 피부 위를 어지럽게 기어 다녔다.

질끈 눈을 감았다. 허벅지를 벌리고 손을 아래로 내렸다. 닫힌 시야로도 그의 시선이 느껴졌다. 손이 앞으로 가는 게 아니라 뒤로 들어가는 모양을 보고 흥미롭다는 듯 음, 하는 소리를 낸다. 끔찍했다.

테이블 위에 다리를 꼬고 앉은 그가 이것저것을 지시했다. 다리 더 벌려요. 눈 감지 말고 나 봐요. 좋아요? 대답해요.

나는 조종당하는 인형처럼 그의 말에 따랐다. 스스로 성기를 만지고 유두를 만졌다. 그동안 남은 손은 끊임없이 뒤를 자극했다. 손가락이 내벽의 한곳을 정확히 찌를 때마다 허리가 떨렸다.

벌어진 입술 사이로 신음이 샜다. 머릿속의 수치와 상관없이 쾌락이 밀려왔다. 나는 온몸을 들썩이며 끙끙거렸다. 애가 타 바닥에 엉덩이를 비비적거렸다. 무게에 눌린 소파 가죽이 빠드득 소리를 낸다. 그대로 완전히 허물어졌다. 마지막으로 페니스를 만지며 절정에 오르려 했을 때, 그의 목소리가 나를 가로막았다.

"뒤로만."

쾌감에 무너진 정신은 부끄러움도 잊은 채 그의 말에 복종했다. 손가락을 안쪽 깊숙이 찔러 넣으며 힘껏 조였다. 일시에 감각이 폭발했다.

수치와 오욕으로 뒤덮인 행위가 끝났을 때는 더 이상 거칠 것이 없었다. 피닉의 앞에서 다리를 벌린 채 쌕쌕 숨을 몰아쉬었다. 힘 빠진 눈을 들어 그를 보았다. 그 역시 참았던 숨을 조금씩 내뱉고 있었다. 딱딱하게 굳은 그 얼굴은 내가 해석할 수 없는 신호로 가득했다. 내게서 튀어 오른 정액이 피닉의 가슴팍에 묻어 있었다.

물끄러미 나를 보던 그가 손을 뻗었다. 고개를 돌려 피하자 비식 웃는다. 커다란 손이 늘어진 내 성기를 쥐었다. 비어져 나온 정액을 엄지로 훔쳐 관찰하듯 본다. 돌연 그의 몸이 덮치듯 성큼 다가섰다. 호흡이 닿을 만치 가까운 거리, 그가 키스하듯 고개를 기울였다.

생각할 새도 없이 몸을 틀어 거부했다. 그러거나 말거나 내 턱을 쥔 그는 멈추지 않았다. 반항의 의미로 입술을 앙다물었다.

"키스하는 줄 알았어요?"

코앞에서 정지한 그가 조롱하듯 말한다.

"말했잖아요. 저 여자 친구 있다고."

그가 단어를 발음할 때마다 붉은 입술이 내 입술에 스치듯 닿았다 떨어진다. 눈을 들어 그를 쏘아보았다.

"여자 친구가 있으면 이런 짓을 하지 말았어야지."

"그러게요."

확실히 잘한 짓은 아니죠. 그렇게 말한 피닉이 손가락으로 달아오른 입구를 톡 건드렸다. 채 식지 않은 몸이 진저리쳤다. 형태를 가늠하듯 천천히 더듬으며 그가 물었다.

"여기를 채워 줘야 느껴요?"

단단한 손끝이 피부 위를 지그시 눌렀다. 그의 손이 금방이라도 몸 안으로 파고들 것만 같다. 울먹이는 내 목소리는 거의 애원이었다.

"하지 마……."

"싫어요?"

"그래."

"그럼 스스로 벗어나 봐요."

짧게 깎은 손톱이 점막 안으로 파고들었다. 움직이지 마요. 몸을 빼려는 내게 그가 말했다. 뜨거운 숨이 얼굴을 간지럽힌다.

그의 손가락 첫 마디가 맛보듯 내 안을 더듬는 동안 나는 덫에 걸린 새처럼 떨기만 했다.

"진짜 반항 안 하네요."

왜일까……. 중얼거린 그가 얼굴을 뒤로 물렸다. 그제야 그의 눈이 제대로 보였다. 속을 알 수 없는 눈빛이 짙고 검었다.

"울지 마요. 내가 잘못한 거 아니잖아."

"……."

"잘못한 건 너지."

그가 내 정액이 묻은 엄지를 혀로 핥았다. 낮은 숨을 내쉬고는 곧장 뒤돌아 걷는다. 욕실로 들어간 그가 문을 닫았다. 물소리가 들렸다.

조금씩 기억의 흔적을 추적해 오는 그의 모습이 두려웠다.

살갗을 매만지는 손길에 눈을 떴다. 피닉이 무표정한 얼굴로 나를 내려 보고 있었다. 샤워를 한듯 머리가 젖어 있다.

깜빡 잠이 들었는지 어느새 창밖이 희붐하게 밝았다. 그가 내 팔뚝을 감싸 일으켰다. 어제 피닉이 앉아 있던 테이블 위에 아침 식사가 차려진 것이 눈에 들어왔다. 난민 같은 몰골로 숟가락을 들었다. 그가 다시 끓인 된장찌개는 맹맹하던 내 것과는 비교도 되지 않았다.

그가 설거지하는 동안 욕실에 들어가 몸을 씻었다. 다리 사이에 허옇게 엉겨 있던 점액질이 뜨거운 물에 씻겨 내려갔다.

욕실 문 앞에는 그가 가져다 둔 티셔츠와 반바지가 놓여 있다. 눈치를 보며 옷을 주워 입었다. 그가 속옷은 주지 않은 탓에 맨살에 천 자락이 그대로 감겼다.

벽에 기대 그런 나를 응시하던 피닉이 나직이 물었다.

"내가 왜 그쪽을 보면 화가 나는지 말해 줘요."

"……기억나지 않는 거 억지로 떠올릴 필요 없어."

"말해요."

거스를 수 없는 입술이 벌어진다. 아득한 시간이 눈앞으로 스쳐 갔다. 형언할 수 없는 후회를 담아 알려 주었다.

"내가, 너의…… 부모와 형제를 죽였어."

피닉이 실소했다.

"난 형제 없는데요."

"……"

"뭐, 좋아요. 그럼 내 말을 거역하지 못하는 이유는요?"

"내가 네게 심장을 줬기 때문에."

"하."

피닉이 고개를 저었다. 그는 내 말을 어떤 은유나 망상쯤으로 취급했다. 확실하지도 않은 꿈을 믿고 한밤중에 여기까지 달려왔으면서, 정작 더할 나위 없는 진실은 믿지 않는다니.

어깨를 으쓱인 그가 몸을 돌렸다.

"이만 갈게요. 여자 친구가 불러서."

여자 친구. 순간 어제 보았던 시든 장미가 떠올랐다. 다급하게 그를 잡았다. 팔꿈치에 손을 대자 움찔하며 돌아본다.

"왜요."

"혹시 그 여자 이름이…… 로렌이야?"

그가 툭 웃음을 뱉었다.

"아니요. 제 여자 친구 이름은 세영이에요. 유세영."

이어서 뭔가 말하려던 그가 망설이며 침을 삼켰다. 끝내 말없이 등을 돌린다. 문이 닫히고 도어락 돌아가는 소리가 났다. 비칠대며 소파로 가 누웠다. 어제의 열기가 남은 듯 가죽이 척척하게 몸에 들러붙는다. 팔목을 들어 눈을 가리고 길게 숨을 뱉었다.

얼굴도 모르는 그의 여자 친구가 신경 쓰였다. 현생의 그는 어떤 여자를 만나고 있을까. 신분도 작위도 없는 곳에서 그는 어떤 사랑을 할까. 어떻게 그녀를 안고, 어떤 말로 사랑을 속삭일까.

뻗어 가는 감정의 가지를 억지로 잘라 냈다. 죽음을 감수하는 격정은 생애 한 번이면 충분하다.

"늦은 봄눈 같은 나의 고백도 꽃노래가 될 수 있을까, 그런 생각을 해 보았어……."

"표절이지?"

"아닌데요."

"나도 바보 아닌데. 지금 인터넷 뒤져 보면 바로 나오는데, 어떻게 할래?"

"……죄송합니다."

교수가 기가 찬 듯 웃었다. 발표자의 이름과 학번을 묻더니 '끝나고 남아요.' 한다. 표절범이 우울한 얼굴로 자리에 앉았다. 창작 수업에서 기존 작품을 표절하는 학생이 종종 있다고는 들었지만 실제로 본 건 처음이다.

미친. 뒷자리 여학생이 친구에게 소곤거렸다. 교실이 술렁였다. 저마다 옆 사람과 눈짓을 교환하거나 휴대 전화를 두드린다. 나 혼자만 멀뚱멀뚱 펜을 굴렸다. 나도 표절범을 비웃는 무리에 동참하고 싶었지만 말을 들어 줄 상대가 없었다.

괜히 메시지를 보내는 척 휴대 전화를 만지작거렸다. 때마침 걸려 오는 성도화의 전화를 거절했다. 아까부터, 아니 몇 주 전부터 끊임없이 전화가 오고 있었다. 미친 듯이 문자와 전화를 해대는 성도화도, 그걸 차단하지 않고 보고만 있는 나도 이상했다.

결국 어수선한 상태로 수업이 끝나 버렸다. 가방을 챙겨 강의실을 나섰다. 조금 전 남학생이 표절했던 가사를 곱씹으며 운동장을 가로질렀다. 수업은 끝났지만 할 일이 없다. 과방엔 불편한 얼굴들뿐이고, 동아리 활동도 하지 않는다. 도서관에 가 책이나 몇 권 빌릴까 하다 이내 그만두었다. 틈틈이 들르던 학교 체육관도 그냥 지나쳤다. 무기력했다.

활기 넘치는 교정에서 나 혼자만 동떨어진 기분이었다. 누구라도 보고 싶었지만 정말로 떠오르는 사람이 없었다. 아무리 생각해도 할 일이 없어 그냥 집에 가기로 했다.

가라앉은 기분으로 캠퍼스를 나왔다. 마트를 지나고 휴대 전화 대리점을 지나고 꽃집을 지났다. 꽃집 앞에는 일전의 장미 대신 영산홍이 나와 있다. 붉게 핀 송이송이가 시선을 사로잡았다. 잠시 고민하다 결국 중간 크기의 화분 하나를 샀다. 흙과 돌로 꽉 찬 화분이 제법 묵직했다.

"아유, 남학생이 겨우 이거 들고 휘청휘청하면 어떡해. 화분 잘 키워서 이파리 따다 먹어요. 몸에 좋아. 약재로도 쓴다니까?"

"네에……."

만개한 꽃이 시야를 가렸다. 화분을 받친 팔이 후들거린다.

"도와 드릴까요?"

비틀비틀 걷는 내가 위태로워 보였는지 지나가던 남자가 도움의 손길을 건넸다.

"아니요."

괜히 자존심이 상해 거절하고 재게 발걸음을 놀렸다. 쓸데없는 충동에 화분을 산 것을 후회할 즈음 집 앞에 도착했다. 헉헉 숨을 몰아쉬는데 누군가 내 손에 들린 화분을 받아 갔다. 성도화였다.

"오랜만이네."

그가 화분을 한쪽으로 옮겨 들었다. 무겁지도 않은지 한 팔만으로 가뿐히 끌어안는다. 화려한 그 얼굴을 물끄러미 올려다보았다. 근 3주 만에 본 그는 어딘가 지친 기색이었다. 익숙한 얼굴에 서린 풀 죽은 표정이 낯설다.

"언제부터 여기 있었어?"

"9시."

시계를 보았다. 6시 17분.

"학교 안 갔어?"

"어."

"왜?"

"네가 없으니까."

네가 날 피하니까. 그가 중얼거렸다. 믿기지 않아 눈만 깜빡였다. 고작 나를 만나려고, 여기서 아홉 시간을 넘게 기다렸다고?

"학교에선 내내 피하고, 전화는 안 받고, 찾아와도 문도 안 열어 주면……."

"……."

"나는 어떻게 해야 하는데."

성도화가 호소했다. 무너진 얼굴, 떨리는 음성. 고작 3주 피해 다녔을 뿐인데, 그는 사형 선고라도 받은 사람처럼 말한다. 낮게 쉰 그의 목소리는 일견 침울하게까지 들렸다. 그 태도가 나를 헷갈리게 만들었다. 우리가 친구라고 믿던 나를 속이고 가지고 논 건 본인이면서, 왜 이제 와서 이런 얼굴로 나를 보는 걸까.

무슨 말을 해야 할지 몰라 입을 다물었다. 잠시 머뭇거리다 무시한 채 돌아섰다.

"아……!"

사나운 힘으로 내 팔뚝을 움켜쥔 성도화가 나를 제 쪽으로 돌렸다. 반사적으로 뻗대는 나를 강한 힘으로 누른다. 그에게서 경험해 본 적 없는 악력이었다. 다리 사이로 그의 허벅지가 들어왔다. 단단한 허벅지와 가슴팍이 내 몸을 눌러 고정한다. 서늘한 성도화의 체향이 훅 콧속으로 들어왔다. 울컥 떨리는 그의 목울대가 보였다.

성도화가 내게 얼굴을 들이대었다. 코가 닿을 정도로 밀어붙이고는 조용히 입을 연다. 잔뜩 일그러진 표정과 달리 그의 말투는 평온했다.

"왜 피해?"

나는 대답하지 않았다. 그저 그를 살펴보았다. 조금 전까진 비 맞은 강아지처럼 처량하게 굴더니 이제는 돌변해 나를 압박하고 다그치는 그를.

나를 내려다보는 성도화의 미간에 골이 팼다. 인내심이 바닥난 듯 초조하게 입술을 문다. 나는 그대로 침묵했다. 그가 재촉하듯 살짝 팔을 흔들었지만 반응하지 않았다. 지금 이 순간 침묵이 가장 큰 무기라는 것을 본능적으로 알았다. 치열한 시선만 오가는 정적 속에 그의 눈동자가 격렬하게 끓기 시작했다.

내가 계속 반응하지 않자 팔을 틀어쥔 손에 슬쩍 힘이 풀린다. 별안간 엉뚱한 것이 떠올랐다.

"너 거짓말했어."

"……."

"근친은 인간계의 터부랬지."

혈육이 서로를 탐하는 건 용서받지 못할 죄라고 했잖아. 그런

144

데 피닉은 나를 벗기고 희롱하는 데 전혀 주저하지 않던걸. 남 앞에서 옷을 벗는 게 그렇게 수치스러운 일인 줄은 미처 몰랐는데.

성도화가 고개를 어깨 쪽으로 기울였다. 잠시 생각을 더듬다 이내 하, 하고 웃는다.

"그 인간 얘기인가?"

"……그래."

"나는 지금 우리 둘 얘기를 하고 있어."

부러 과장된 표정을 지어 보였다. 우리 사이에 이야기가 있었나, 뭐 그런 표정. 성도화는 이번에야말로 참을 수가 없는 모양이다. 분기를 누르듯 숨을 몰아쉬며 무언가를 전하려 한다.

"내가…… 나는……!"

늘 여유롭던 그가 할 말을 찾지 못하는 모습은 처음 보았다. 그가 막 화를 터트리려는 찰나, 불쑥 뻗어 나온 손이 그와 나 사이를 갈라놓았다. 피닉이었다.

"이리 와요."

그가 짧게 명령했다. 명령으로 그치지 않고 내 팔목을 잡아 제품으로 끌어간다. 나를 가운데 둔 두 남자가 대치하듯 시선을 주고받았다. 성도화가 웃었다.

"또 보네. 이제 좀 그만 보고 싶은데."

피닉은 대꾸 없이 눈동자만 굴려 나를 보았다.

"헤어졌다면서요."

"……."

"가요. 새어머니가 불렀어요."

피닉이 내 팔목을 쥔 손에 힘을 주었다. 인사도 없이 성큼성큼 걸어 자리를 벗어난다. 맥없이 끌려가며 힐끗 뒤를 돌아보았다. 한 손에 화분을 든 성도화가 나를 보고 있다. 또 그 표정이었다.

주인에게 버림받은 강아지처럼 처량한, 애처로운, 그래서 이해할
수 없는 표정.

"야."

나에게서 시선을 떼지 않은 채 성도화가 피닉을 불렀다.

"너 애 건드렸어?"

성도화의 이유 모를 적개심에도 무심하던 피닉이 그 말에는 반
응을 보였다.

"권진하가 그런 얘기도 합니까?"

그는 더는 나를 형이라고 부르지 않았다. 그새 내게 다가온 성
도화가 허리를 굽혔다. 귓가에 바짝 입술을 대고는 낮게 소곤거
린다. 느긋함을 가장하는 목소리가 비열했다.

"궁금하지 않아? 건방진 인간 따위를 내가 얼마나 더 참아 줄
수 있을지."

"……."

"지금 저 인간을 죽이면 네가 나를 영원히 안 볼까 봐, 그래서
참는 것뿐이야."

"……."

"나한테 상처 주지 마."

천천히 허리를 편 성도화가 뒤돌아섰다. 내게서 건네받은 붉은
영산홍을 든 채다. 그가 계단으로 사라지는 모습을 눈 한 번 깜빡
이지 않고 보았다. 그런 내 눈을 가린 피닉이 나를 붙든 손에 힘
을 주었다. 눈가를 덮은 손끝으로 관자놀이를 쓸며 나직이 말한
다.

"한시도 방심할 수가 없네요."

"……."

"만나지 말라고 명령하면 들을 겁니까?"

천천히 그의 손이 떨어져 나갔다. 낮은 호흡이 정수리를 간질였다. 얼핏 부드러운 것이 뒷목을 스쳤지만 확실하지 않았다.

피닉의 차에 올라 익숙한 도로를 달렸다. 처음 그를 만났던 날의 강변북로였다. 건너편으로 여의도의 마천루가 보인다. 빛을 받은 한강이 은어처럼 반짝였다. 마포대교, 생명의 다리. 생명의 다리를 설치한 뒤로 자살률은 줄었지만 투신 시도는 오히려 늘었다고 했던가. 지금 자살하면 생을 한 번 더 반복해야 할까?

대시보드에 던져둔 피닉의 휴대 전화가 울렸다. 메시지를 확인한 피닉이 전화를 뒤집어 둔다. 그의 긴 손가락이 핸들을 툭툭 두드렸다. 잠시 망설이는 듯하다 이내 묻는다.

"어떻게 알았어요?"

"뭐를."

"세영이 이름. 세영이가 회사에서 쓰는 이름이 로렌이라더군요."

"……."

여태 왜 몰랐을까. 그의 얼굴을 덮은 흰 장미 그림자를. 그에게서 풍기는 짙은 장미의 냄새를.

창밖을 보던 눈길을 돌려 그를 보았다. 그도 나를 보았다. 아무런 감정도 없는 미온의 시선, 미지근한 동공에 내가 비쳤다. 로렌 그라프, 피닉 오데어. 200년의 시간을 돌아 끝내 다시 만난 연인. 그리고 지겹게 따라붙는 방해꾼인 나.

나는 너를 다시 만나 슬프고 안타깝고 애틋하고 초조하고…… 그리고 기뻤는데, 너는 내가 지긋지긋하겠지. 어떻게, 왜…… 네가 그런 것을 물으면 나는 정말로 해 줄 말이 없다. 모른 척 팔짱을 끼고 눈을 감았다.

본격적인 퇴근 시간에 접어들어 차가 막히기 시작했다. 도로 위의 외딴섬에 단둘이 고립된 기분에 계속해서 자는 척을 했다. 아까부터 뺨 위로 느껴지는 시선이 숨통을 조인다. 감은 눈꺼풀이 나를 지켜 줄 유일한 방패인 양 꾹 눌러 감고 뜨지 않았다.

한참을 머무르던 시선이 차의 이동과 함께 겨우 떨어져 나갔다. 낮게 한숨을 쉰 피닉이 라디오를 틀었다. 귀에 익은 곡이 흘러나왔다. 오후 수업 시간, 남학생이 표절했던 그 노래였다.

정답지도 살갑지도 않던 눈동자…….

단조로운 멜로디가 내게 미래를 선고하는 것 같다. 노래 가사에 감정 이입하는 멍청이가 될 거라고는 생각해 본 적 없었는데.

선연하게 박히는 노랫말을 되새겼다.

넌 절대 결단코 수백 날이 지나도 나밖에 모르는 바보는 안 될 거야……. 그렇겐 안 될 거야.

"아들, 왜 이렇게 얼굴 보기가 힘들어. 엄마 안 보고 싶었어?"

곱게 화장을 한 어머니가 나를 반겼다. 마른 몸의 선을 따라 흐르는 진한 녹색 원피스, 완벽하게 세팅된 머리. 활짝 핀 그녀의 모습이 아름다웠다. 옆자리에는 아버지가 앉아 있었다. 어머니보다 최소 10년은 나이 들어 보이는 남자는 여전히 무표정했다.

"안녕하세요."

타인을 대하듯 어색하게 인사했다. 그가 고개만 까닥여 인사를 받는다. 어머니가 그런 아버지의 어깨를 만지며 애교를 부렸다.

"다녀왔습니다."

무심하던 아버지의 얼굴이 피닉을 대하자 희미하게 허물어졌다. 나는 어머니의 앞에, 피닉은 아버지의 앞에 앉았다. 가정부가 바지런히 움직여 식탁을 차렸다. 찹쌀과 인삼, 대추 등으로 속을 채운 닭이 유기에 담겨 나왔다. 뽀얀 국물을 보아도 식욕이 돌지 않는다.

아버지가 먼저 수저를 들었다. 뒤따라 모두가 숟가락을 들었다. 어머니는 먹는 척만 했다. 조용한 식탁에 아버지의 국물 마시는 소리만 울렸다. 나도 젓가락으로 대충 고기를 찌르며 시늉했다.

문득 앞에 놓인 콩자반이 눈에 들어왔다. 집으려 젓가락을 움직이는데 자꾸 손에서 미끄러진다. 연이어 몇 번을 실패하는 동안 아버지의 젓가락이 내가 놓친 콩을 집어 갔다. 눈치를 보다 그 옆에 놓인 김치를 가져왔다. 콩을 삼킨 아버지가 입을 열었다. 오랜만에 듣는 목소리였다.

"세영이는 요즘 뭐 하냐."

터지는 한숨을 가까스로 억눌렀다. 관심 없는 척 밥그릇에 시선을 주었다. 의미 없이 휘젓기를 반복하는 내 숟가락에 콩자반 한 알이 올라왔다. 피닉이었다. 젓가락질이 깔끔했다. 하나, 둘 숟가락 위로 콩이 쌓였다. 식탁 밑으로 내 발을 꾹 누르며 그가 답했다.

"그냥 회사 다녀요. 바쁜가 보더라구요."

"신입이면 그럴 때지. 잘해 줘라."

"세영이가 누구예요?"

어머니의 눈이 뾰족해졌다. 아버지의 입에서 친근하게 불리는 이름이라면 무조건 경계하고 보는 모양이다. 아버지는 대꾸 없이 고기만 씹었다. 피닉이 대신 말을 받았다.

"제 여자 친구요."

"여자 친구? 너 여자 친구 있었어?"

"네."

"언제부터 만났는데? 학교는? 학교는 어디 나왔어? 회사는? 몇 살인데?"

어머니의 음성이 치솟았다. 아예 수저까지 놓은 채 본격적으로 추궁한다. 콩을 옮기는 데 집중하던 피닉이 고개를 들었다. 당황한 듯 눈만 끔뻑거린다. 그녀가 저러는 이유를 몰라 나까지 면구해졌다. 피닉이 느릿하게 답했다.

"몇 년 됐어요. 저랑 동갑이고, 학교 동기예요. ABC화장품 다니고요."

"뭐?!"

그녀의 목소리는 이제 거의 비명에 가까웠다. ABC화장품. 유명 브랜드를 수십 개나 소유한 굴지의 화장품 회사로, 주가가 400만 원에 이르는 대기업이다. 삼성과 LG 외에 어머니가 아는 유일한 회사기도 했다. 그 회사의 화장품 모델이 되는 것은 어머니의 오랜 소원이었으며, 그녀가 달에 한 번씩 카운셀러를 불러 싹쓸이하는 기초 화장품 역시 ABC화장품의 산하 브랜드였다.

어머니의 격렬한 반응에 피닉이 떨떠름한 표정을 지었다. 아버지는 말없이 식사만 했다. 어머니가 팔을 흔들며 재우치자 그제야 마지못해 몇 마디 덧붙인다.

"애가 영리하고 성실해. 지훤이가 많이 좋아하지. 졸업하고 자리 잡는 대로 결혼할 생각이라고 했지?"

챙강, 숟가락을 떨어뜨렸다. 숟가락 위에 올라와 있던 콩들이 식탁 밖으로 튀어 나갔다. 어쩔 줄 몰라 허둥지둥하는 나를 흘긋 본 피닉이 살짝 인상을 썼다.

"꼭 그런 건 아니고요."

그러면서 내 반응을 관찰하듯 뚫어져라 나를 본다.

"왜, 언제는 졸업하자마자 청혼한다더니."

"세영이 의견도 들어 봐야죠."

그답지 않게 변명하는 투였다. 아버지에게 말하면서 시선은 계속 내 뺨에 꽂혀 있다. 나는 얌전히 앉아 가정부가 쥐여 준 새 숟가락만 만지작거렸다. 자리가 가시방석이었다. 내 발을 누르고 있는 그의 발이 점점 무거워진다. 모른 척 발을 빼 발목끼리 교차해 앉았다. 그의 미간에 힘이 들어가는 것이 보였다.

아버지가 무어라고 더 말하려는 찰나 어머니가 조급하게 말을 가로챘다.

"우리 진하도 여자 친구 있어."

"없어요."

단호하게 잘랐다. 말문이 막힌 어머니의 얼굴이 붉어졌다. 빨갛게 칠한 손톱으로 입술을 뜯으며 나를 노려본다. 모른 척 고개를 숙였다. 하얀 닭고기 위에 검은 콩 하나가 남아 있었다. 퉁퉁 불은 콩을 숟가락으로 떠먹었다. 달았다.

땀까지 흘려 가며 닭을 삶은 가정부의 노력이 무색하게도 그날의 만찬은 엉망으로 끝났다. 아버지의 몫을 제외한 나머지 닭은 거의 손도 대지 않은 상태 그대로 쓰레기통에 들어갔다. 후식으로 나온 차를 술처럼 삼킨 어머니가 나를 보았다.

"아들, 간만에 엄마랑 산책 좀 할까?"

"우리가 언제 산책을 했어요."

"기억 안 나? 예전 집에 있을 때 자주 했었잖아, 산책."

미소를 가장한 어머니의 입꼬리가 부들부들 떨렸다. 하는 수 없이 일어섰다.

집을 나설 때까지만 해도 웃고 있던 어머니는 엘리베이터를 타는 순간 발을 구르며 욕을 하기 시작했다. 피닉에게 아버지가 직접 안부를 묻는 여자 친구가 있다는 것과 아버지가 식사 내내 내게는 말 한마디 걸지 않았다는 것 중 뭐가 더 그녀를 화나게 하는지 나로서는 짐작조차 할 수 없었다. 널뛰는 여배우의 감정은 내가 이해할 수 없는 영역의 것이었다.

땡 소리와 함께 로비로 뛰쳐나온 그녀가 담배를 빼 물었다. 손을 떨며 불을 붙이는데 보안 요원이 제지한다.

"너 내가 누군지 알아?!"

달려드는 어머니를 끌고 밖으로 나왔다. 아파트 현관의 청동상에 앉은 그녀가 훅, 필터를 빨아들였다. 격하게 연기를 뿜어낸 그녀가 내게 삿대질했다. 불기에 명치를 델 뻔했다. 한 걸음 물러나 흥분한 그녀를 경계했다.

"너는 저놈보다 무조건 잘나야 해."

"······."

"하나라도 뒤처지면 안 돼. 그럼 엄마 불행해져."

"······."

"아들, 엄마 불행한 여자로 만들 거야?"

얌전히 고개를 숙이고 그녀의 말을 들었다. 머릿속을 채우던 우울함이 정점을 두드리고 바닥으로 까라졌다. 떼와 억지로 가득한 어머니의 모든 말은 씹다 뱉은 껌만큼이나 가치가 없었다. 도를 넘은 발악을 한 귀로 흘리며 교과서에서 배웠던 효에 대해 생각했다.

어차피 정말 날 사랑해서 낳은 것도 아니잖아. 아버지와의 관계를 유지할 끈이 필요했을 뿐이면서, 왜 자꾸만 뭔가를 바라는 거야. 나는 당신의 보험이 아닌데.

문득 이 생에서 단 한 번도 사랑을 받아 본 적이 없다는 생각이 들었다. 뻑뻑한 눈가를 손으로 눌렀다. 피곤했다.

그녀의 잔소리는 이제 결혼하라는 헛소리로 치닫고 있었다. 눈을 비비며 대답했다. 엄마, 나 이제 겨우 스물다섯이에요.

"아침마다 아가씨가 차려 주는 뜨끈한 밥 먹으면 얼마나 좋아, 응?"

"왜 남의 집 귀한 딸 데려와서 부려 먹을 생각부터 해요. 밥 차려 줄 생각을 해야지."

"그게 왜 부려 먹는 거야? 사랑하는 남편 밥 해 주는 건데."

그럼 제가 사랑하는 아내 밥 해 주면 되잖아요. 올라오는 말을 속으로 삼켰다. 대신 다른 말을 했다. 좀 더 뚜렷한 진심.

"저는 사랑하는 사람한테 뭐 받고 싶은 생각 없어요. 그런 생각보다…… 해 줄 생각을 먼저 하고 싶어요."

"어휴, 내가 자식이 아니라 웬수를 낳은 거야."

어머니의 저 말도 이제 아무렇지 않았다. 처음 들었을 때는 뜨끔해서 원수라는 단어에 혹시 악마라는 뜻이 있나 찾아봤었는데. 내가 자식이 아니라 원수라면, 지금쯤 질투와 역병도 나를 원수라고 생각하고 있을까. 갑자기 그들이 보고 싶었다. 돌아가고 싶다.

"다 피웠으면 빨리 들어가요. 아버지 기다리실 거예요."

"너는."

"전 좀 있다가……."

투덜대던 어머니는 기어코 여자 친구를 만들겠다는 확답을 듣고 나서야 걸음을 옮겼다. 기진맥진해 하늘을 올려다보았다. 주머니를 뒤적이자 천 원짜리 두 장이 나온다. 여기서 지하철 타고 집까지 가면 얼마나 걸리지. 이천 원으로 되려나.

"의외네요. 그런 생각을 다 하고."

피닉의 갑작스러운 등장도 이제 익숙해졌다. 미술관에나 있을 법한 검은 구조물에 등을 기대고 있던 피닉이 성큼 내게로 다가왔다.

"내가 되게 이기적으로 보였나 봐. 겨우 이게 의외일 만큼."

"네."

받아칠 힘도 없다. 들어가려는 나를 피닉이 잡았다. 손목에 뜨거운 다섯 손가락이 족쇄처럼 감겼다.

"좀 걷죠."

"추워."

"참아요."

하는 수 없이 몸을 돌렸다. 그도 나를 따랐다. 손목을 잡은 그의 검지가 손목 안쪽의 살을 더듬었다. 살짝 팔을 털자 아무렇지 않게 놓아 준다. 불에 덴 듯 화끈한 손목을 매만졌다. 그가 다시 내 팔을 잡을 수 없도록 팔짱을 꼈다.

편의점에서 커피 하나씩을 사 들고 공원을 걸었다. 한낮의 열기가 식은 서울숲은 조용했다. 이렇게 아무도 없는 어두운 길을 그와 나 단둘이서 걸었던 때가 있었다.

기억에 잠겨 피닉의 얼굴을 보았다. 무언가를 생각하는 양 눈을 내리깔고 있다. 나무 사이로 불어오는 바람이 그의 짧은 머리칼을 흔들었다. 조명이 얼굴에 그림자를 만든다. 늘어뜨린 손이 스쳤다. 내 손과 닿은 그의 손이 조금 구부러드는 것이 곁눈으로 들어왔다.

나는 어색함에 주먹을 쥐었다. 떨림을 감추려 아무렇게나 입을 열었다.

"혹시 봉사 활동 같은 거 해?"

"군대 가기 전에 봉사 동아리였어요. 세영이도 거기서 만났고."

"그래, 착한 일 많이 해."

"왜요."

"그래야 천국 가지."

"그런 거 믿어요?"

"응."

"난 안 믿는데."

"……."

천국은 진짜 있다고 말해 주려다 말았다. 담아 놓은 속마음이 튀어나올까 입을 다물었다. 그가 고개를 돌려 나를 보았다. 조금씩 그의 걸음이 느려졌다. 안절부절 커피를 삼키더니 이내 와작 캔을 구긴다. 초조하게 턱 끝을 문지른 그가 나와 눈을 맞췄다.

"아까 세영이 얘기 나올 때."

멈칫 시선을 내렸다. 집요한 눈길이 따라붙었다.

"놀랐죠."

"안 놀랐어."

"거짓말. 숟가락 떨어트렸잖아요."

"……."

"왜 그랬어요?"

"……그냥 헛손질한 거야. 그거 물어보려고 못 들어가게 한 거야?"

절로 부루퉁하게 말이 나갔다. 나야말로 묻고 싶었다. 너는 대체 뭐가 궁금한 거냐고. 나한테서 뭘 확인하려고 그런 걸 묻는 거냐고.

"그런 사소한 데 의미 부여하는 거 바보 같아. 왜 신경 써? 남

155

이야 숟가락을 떨어트리든 젓가락을 떨어트리든."

"신경 쓰여요."

그가 말을 끊었다. 빠르게 단어를 쏟아 내는 그의 목소리가 조금 쉬어 있었다.

"괜히 심술부리게 되고 거슬리고……, 어떻게든 상처 주고 싶고. 근데 또 자꾸 눈에 걸리고. 그냥 무시하려고 하는데 잘 안 돼요. 내가 모르는 뭔가가 있는 것 같아."

"……."

"대체 내가 왜 이래요?"

마지막 말은 바람결에 묻혀 잘 들리지 않았다. 타오르는 그의 눈빛에서 도망가려 고개를 숙였다. 하지만 곧장 턱이 잡혔다.

써늘한 늦봄의 공기 아래 우리 둘 사이만 타는 듯 뜨겁다. 기묘한 침묵이 우리 사이를 베고, 그가 느릿하게 내 눈가를 쓸었다. 깜박이는 속눈썹이 그의 엄지를 스쳤다. 뜬금없는 말이 흘러나왔다.

"여기 점이 있네요."

내 몸에 있는 유일한 점이다. 보이지도 않을 만큼 작은 점을 그의 엄지가 도장을 찍듯 눌렀다. 조금씩 다가오는 그의 얼굴을 멍하니 바라보았다. 모양 좋은 입술이, 반듯한 콧대가, 마지막으로 짙은 눈이 보였다. 가까웠다. 시야가 흐릿할 정도로. 나도 모르게 그의 어깨를 밀었다.

코앞에서 멈춘 그가 문득 정신을 차린 듯 눈을 감았다 떴다. 턱을 쥔 손아귀에 강한 힘이 실렸다.

"이러기 전에 해야 할 일이 있어요."

바람피우는 인간은 쓰레기라고 생각했는데, 내가 그러고 있네. 그가 농담하듯 중얼거렸다. 그에게서 퍼지는 싸한 숨결이 온 얼굴을 덮었다. 치약 냄새가 났다.

"어쨌든…… 그 전엔 이러면 안 되죠."

"……."

"이미 늦은 것 같지만."

"……."

"들어가요. 난 좀 더 있다가 들어갈 테니까."

한 발짝 물러난 그가 상의를 벗었다. 흰 반팔 티셔츠 한 장만 걸친 채 몸을 움츠린다. 그가 벗은 옷을 넓게 펼쳐 내 어깨에 덮어 주었다. 그러면서 귓불에 대고 속삭인다.

"조심해요. 거기 점이 있으면 울 일이 많다니까."

그대로 달빛 속으로 사라지는 그의 모습을 망연히 지켜보았다. 불길이 지나간 듯 화끈한 손목과 눈가를 차례로 만져 보았다. 그의 옷에 뺨을 묻었다. 피닉의 향이 났다. 장미인 듯 아닌 듯, 나를 취하게 하는 냄새였다.

어머니의 탁월한 행동력은 바로 다음 주에 증명되었다. 주말, 한창 과제에 매달리던 와중에 어머니에게서 전화가 왔다. 스마트폰으로 논문을 검색하다 무심결에 받고 말았다. 휴대 전화를 귀에 가져다 대며 속으로 혀를 찼다. 예상대로 헛소리였다.

"엄마, 나 스물다섯이라니까요. 무슨 선이에요."

"아들이 정 불편하면 소개팅이라고 해도 되고. 결혼을 전제로 한 소개팅."

냄새나게 고양이 같은 거 키우지 말고 애인 만들어. 어머니가 강요했다. 휴대 전화를 어깨에 끼고 고개를 기울였다.

"저 고양이 안 키워요."

"저번에 가방 보니까 참치 있던데 뭐."

"······제 가방 뒤지셨어요?"

"넌 무슨 말을 그렇게 해? 부모가 아들 가방 보는 것도 허락 맡아야 하니?"

안 나가면 월세고 용돈이고 없을 줄 알아. 자기 말만 한 어머니가 전화를 뚝 끊어 버렸다. 끊긴 전화를 붙잡고 잠시 망연자실했다. 처음엔 황망했고 다음에 화가 났다. 노트북을 덮고 일어섰다. 과제고 뭐고 맥주라도 한 캔 하지 않으면 폭발할 것 같았다.

전단을 뒤져 치킨집에 전화를 걸었다. 결국 그날 레포트는 한 줄도 쓰지 못했다.

일주일 뒤, 나는 신라호텔 영빈관 앞에 서 있었다. 밤새워 과제를 하느라 퀭해진 눈을 달고 주변을 둘러보았다. 생전 처음 와 보는 호텔이다. 로비를 두리번거리다 결국 직원의 도움을 받아 커피숍으로 들어섰다. 커피, 아포가토, 빙수······ 뭘 시킬까 고민하다 전부 다 시켜 버렸다. 여자가 오든 말든 아구아구 먹고 있는데 뒤에서 누군가 내 이름을 불렀다.

"차진하 씨?"

"······네."

엉거주춤 자리에서 일어섰다. 살구색 블라우스를 입은 긴 머리의 여자가 나를 보고 있었다. 늘씬한 몸매보다, 단아한 얼굴보다 향기가 먼저 그녀의 존재를 알렸다. 진한 장미꽃 냄새. 그녀였다. 피닉을 처음 만난 다음 날, 벤치에 노숙자처럼 누워 있던 나를 걱정해 주었던 그 예쁜 여자.

반가워 슬쩍 웃고 말았다. 그녀는 나를 기억하지 못하는 듯했다. 전과 달리 뚱한 얼굴로 손을 내민다. 자세가 곧고 당당했다.

"처음 뵙겠습니다. 유세영이에요."

짧은 순간, 숨이 멈췄다.

유세영. 로렌 그라프. 내게 모든 것을 **빼앗겼던** 여자. 평판, 연인, 태어난 자신의 아이를 안아 볼 권리, 그리고 끝내 목숨까지도.

내가 죽였던 피닉의 연인이 나를 보고 있었다.

"······."

귀신을 마주하는 심정으로 그녀를 보았다. 눈밑이 파르르 경련하는 것이 느껴졌다. 분명 내 낯빛은 시체처럼 질렸을 터다. 그런 나를 여자가 의아하게 살핀다. 직선의 눈빛. 선함을 그대로 드러내는 흑갈색 눈에 작살을 맞은 양 몸이 움츠러들었다. 목소리가 형편없이 갈라졌다.

"권······진하입니다."

"권진하요?"

차진하가 아니라? 그녀가 고개를 갸웃했다. 한 걸음 다가서더니 맞은편 자리에 앉는다. 예민하게 날이 선 코로 그녀의 향기가 쏟아졌다. 눈을 내려 시선을 피했다. 말아 쥔 손바닥으로 차끈한 땀이 고인다. 쿵, 쿵, 쿵······. 가슴이 두근거렸다.

징벌을 내리는 판관을 앞에 둔 기분이었다. 틀린 말은 아니다. 내 존재가 누군가에게 심판받아야 한다면 틀림없이 그녀일 테니.

"일단 뭐 좀 시키고 얘기할게요. 더워서······."

아무것도 모르는 그녀가 한숨을 쉬며 메뉴판을 펼쳤다. 내 앞에 수북이 쌓인 아이스크림이며 빙수 따위를 흘긋 보더니 커피를 주문한다. 메뉴판을 거둬 간 직원이 음료를 내올 때까지, 그녀와 나 사이엔 묵직한 침묵만이 흘렀다. 떨리는 손을 진정시키려 잔을 쥐었다. 그대로 쏟지 않고 입까지 가져가는 데는 상당한 노력이 필요했다. 독액처럼 흘러 들어오는 검은 음료를 깊이 삼켰다. 아무 맛도 나지 않았다.

"주문하신 아이스 모카 바닐라 나왔습니다."

"감사합니다."

음료를 내려놓는 직원에게 그녀가 미소를 건넸다. 매끄러운 태도였다. 후들거리는 마음을 주체하지 못하는 나와는 대조적이다. 그렇겠지. 그녀는 잘못한 게 없으니까.

차가운 커피를 한 모금 홀짝인 그녀가 입을 열었다. 딱딱한 어조에서 불편한 심기가 그대로 드러났다.

"제가 착각했나 봐요. 지훤이 형님이라고 들었는데."

"……형은 아니고, 그냥 형제예요."

"그래요……."

그녀는 더 묻지 않았다. 피닉과 내 성이 다르다는 점에서 이미 많은 것을 유추해 낸 듯했다. 고개를 끄덕이는 그녀의 눈동자는 여전히 총기로 가득하다. 과거의 로렌 그라프, 현재의 유세영. 외모가 판이해진 가운데서도 그 눈빛만은 여전했다. 그녀에게서 풍기는 장미 향에 정신이 흐릿해졌다. 유세영이 말했다.

"무슨 수를 쓰셨는지는 모르겠지만, 사실 저 정말 나오고 싶지 않았어요."

또렷한 시선이 내게 꽂혔다.

"저희 부모님도 제가 지훤이 만나는 거 아세요. 이변 없는 한 결혼까지 생각하고 있고요. 그런데 난데없이 지훤이가 아니라 그 형을 만나 보라시잖아요. 마치 뭐에 홀린 것처럼 막무가내로…… 원래 그런 분들이 아닌데."

얼마나 황당했는지 아세요? 그녀가 인상을 썼다. 깨끗한 콧잔

등에 미세한 주름이 잡혔다.

"어제는 가방이며 옷 같은 걸 잔뜩 받아 오셨더라고요. 이런 말 하는 거 제 얼굴에 침 뱉기지만, 그런 행동 천박하다고 생각해요. 주는 사람이나 받는 사람이나."

순간 말문이 막혔다. 어머니가 그런 짓까지 했을 줄은 몰랐다. 나도 피해자라는 사실을 알릴 틈도 없이 그녀가 말을 이었다.

"저 여기 나온 거 지훤이도 알아요. 제가 말했어요."

"그……."

"분명하게 말씀드려야 할 것 같아서 나온 거예요. 그쪽에서 아무리 강요해도 저 지훤이 배신할 생각 없습니다. 지훤이 말고 그 형이라니, 무슨 드라마도 아니고. 권진하 씨가 생각해도 이상하지 않나요?"

찌푸린 그녀의 얼굴에 경멸의 빛이 선연했다. 유세영은 이 모든 촌극이 나와 내 어머니의 계략이라고 단정하고 있었다. 그리고 거기에 넘어간 제 부모를 한심하게 여겼다. 어조는 분명했고, 맺음은 단호하다. 어떤 가식이나 겸양도 섞이지 않은, 더할 나위 없는 진심이었다.

그녀가 자신의 말을 마치고 나서야 겨우 해명의 기회가 찾아왔다. 눈치를 보며 변명했다.

"뭔가 오해하고 계신 것 같아요. 저도 어머니가 강요해서 나온 거예요. 억지로."

'억지로'라는 단어에 힘을 주었다.

"어머."

유세영이 눈을 크게 떴다. 화장품을 칠한 긴 속눈썹이 예쁘게 파닥거린다. 잔을 내려놓은 그녀가 내 쪽으로 몸을 기울였다. 나는 나 역시 용돈을 빌미로 협박당해 나온 신세이며, 내가 그녀를 탐낼 일은 예전에도, 지금도, 그리고 앞으로도 없을 것임을 진심을 담아 설명해 주었다. 그녀가 나를 책망할 거리는 산처럼 쌓여 있지만, 적어도 이번 일은 아니었다.

"그래요……."

"네."

"어쩐지. 그렇게 몰상식한 사람이 있을 리가 없는데 말이에요."

그 몰상식한 사람을 어머니로 둔 나는 입을 다물었다. 유세영이 크게 숨을 뱉었다. 한시름 덜었다는 태도로 어깨를 늘어뜨린 그녀가 미소 지었다.

"한 입 먹어 봐도 되죠?"

내가 채 대답을 하기도 전에 내 앞에 놓인 빙수를 끌어간다. 나를 향한 경멸이 사라진 그녀의 태도는 퍽 친근했다. 반쯤 녹은 얼음과 과일을 야무지게 한 입 떠먹은 유세영이 눈을 굴렸다.

"그럼 저희 부모님은 대체 왜 그러신 거죠?"

"그러게요."

그녀의 의문에 나 역시 동감하는 바였다. 이번 일은 아무리 생각해도 이상했다. 딸을 남자 친구의 형제와 선보게 하는 부모가 대체 어디 있단 말인가. 말도 안 되는 일이다. 심지어 그녀는 아직 스물다섯인데.

스푼을 내려놓은 유세영이 한탄했다.

"며칠 전부터 지훤이가 중요하게 할 말이 있다고 했는데, 이 일 때문에 만나지도 못했어요. 어머니고 아버지고 그놈 만나면 안 된다고 도끼눈을 뜨고 감시하셔서."

'이러기 전에 해야 할 일이 있어요.'

문득 그 말에 며칠 전 피닉의 말소리가 겹쳐 들렸다. 잔을 부여잡고 있던 손이 흠칫 떨렸다. 꼴사납게 커피를 엎지를 뻔했다.

"닦으세요."

티슈를 건네주며 유세영이 웃었다. 선의와 호감을 그대로 드러내는 다정한 표정. 자신이 누구를 대하고 있는지 그녀가 깨달을 날이 올까. 나에게는 티슈 한 장짜리 호의조차 과분하다는 사실을.

"사실 좀 긴장하고 나왔는데, 말이 통하시는 분이라 다행이에요."

"네에……."

"그럼 저 이만 가 봐도 되죠?"

그녀가 가방을 챙겨 몸을 일으켰다. 얼결에 따라 일어났다. 벌써? 휴대 전화를 눌러 시각을 확인했다. 그녀가 온 지 아직 30분도 채 되지 않았다.

"식사까지는 같이해야 예의겠지만, 주말에는 좀 쉬고 싶어서요."

바라던 바였다.

그녀가 자리에서 일어서고 나서야 막힌 숨통이 트였다. 배웅하려 고개를 꾸벅하는데 그녀가 명함을 내민다. 얼결에 두 손으로 받았다. 흰 바탕에 푸른 로고가 박힌 빳빳한 명함을 내려다보았다.

ABC화장품 해외영업 1팀 사원 유세영. 휴대 전화 번호 밑에 작게 메일 주소가 적혀 있다. 'lauren@abccosmetics.co.kr'. 예상한 그대로의 이름을 확인한 순간 아무 이유 없이 웃음이 나왔다.

과거 어느 날, 그녀와 피닉이 참석한 사교 모임을 지켜본 적이 있었다. 당당하게 자신의 의견을 주장하던 그녀, 벽처럼 주변을 둘러싼 비웃음 속에서 홀로 밝게 빛나던 로렌 그라프.

진심으로, 그녀가 현대에 환생해 다행이라고 생각했다. 손에 들어온 명함을 소중하게 갈무리하며 바랐다. 유세영의 미래가 그녀 자신처럼 환하기를. 고작 성별 따위에 발목 잡힐 일 없는 21세기에서 자유롭게 살아갔으면. 지금껏 그래 왔듯 앞으로도.

그녀가 뒤돌아섰다. 처음이자 마지막이 될 로렌과의 대화가 끝을 고한다. 내내 떨고 있던 주제에 묘한 아쉬움이 뇌리를 감돌았다. 의식할 새도 없이 그녀를 불렀다.

"저, 유세영 씨."

"네."

돌아본 그녀에게 튀어 나간 질문은 아주 사소한 것이었다.

"혹시 제인 에어 좋아하세요?"

"제인 에어요? 소설?"

잠시 고민하는 표정을 짓던 그녀가 이내 씩 얼굴을 구기며 개구지게 웃는다.

"음, 별로요. 이유야 어찌 됐건 자기를 기만한 남자와 결국 잘되는 결말이 마음에 안 들어서."

그거 사기 결혼이잖아요? 그녀가 덧붙였다.

"그렇군요······."

"그럼 가 보겠습니다. 다음엔 지원이랑 같이 봬요."

걸어가는 그녀의 뒤로 긴 생머리가 나풀나풀 흩날렸다. 무겁게 쌓이는 죄책감과 이유 모를 반가움을 갈무리하며 사라지는 그녀를 지켜보았다. 당당하게 어깨를 편 그녀의 뒷모습이 눈부셔서 눈물겨웠다.

호텔을 나왔을 때는 여전히 한낮이었다. 쨍쨍한 햇빛이 순식간에 현실감을 돌려주었다. 불현듯 걷고 싶은 마음이 들었다. 정류장을 향해 가다 말고 발걸음을 돌렸다.

충무로와 명동, 소공동을 지나 아현역 웨딩타운까지 정신을 놓고 걸었다. 귀에 꽂은 이어폰에서 수십 곡의 노래가 스쳐 지나갔다. 이화여대를 지날 즈음엔 갈증에 목이 말랐다. 편의점에 들어가 음료수를 사 마셨다. 그러고도 한참을 더 걸었다.

자취방으로 돌아왔을 때는 온몸이 땀으로 범벅이었다. 손에 쥔 휴대 전화가 벽돌처럼 무겁게 느껴졌다. 이어폰을 빼 휴대 전화 몸체에 둘둘 말았다. 마침 들어오는 성도화의 메시지를 삭제했다. 메시지와 동시에 걸려오는 전화도 무시해 버렸다.

소금기가 남은 손을 옷자락에 문지르고 현관 비밀번호를 눌렀다. 힘 빠진 손으로 문을 닫고 들어가려는데 별안간 커다란 발 하나가 불쑥 들어왔다. 머리 위로 그림자가 졌다.

"무슨······!"

상대를 확인할 새도 없이 거칠게 현관문이 열렸다. 당황하며 올려다보는 시야로 피닉의 얼굴이 들어왔다. 표정이 굳어 있다. 그가 내 멱살을 잡았다. 그대로 신발도 벗지 못한 채 끌려 들어갔다.

소파 위에 나를 팽개치듯 던진 피닉이 고함쳤다.

"로렌에게 무슨 짓을 하려고 했지?!"

"······!"

퍼뜩 고개를 들어 그를 보았다.

"또 죽이려고 했나?!"

"대답해!"

그의 손이 나를 덮쳤다. 양손으로 내 목을 감싸고 부술 듯 힘을 준다. 과거처럼.

"말해!"

힘껏 졸리는 와중에도 명령을 들은 입술은 충실하게 벌어진다.

하지만 아무 소리도 낼 수 없었다.

압력을 받은 두 눈이 순식간에 달구어졌다. 눈시울이 타는 듯 뜨겁다. 바들바들 떨리는 손을 들어 간신히 그의 팔을 잡았다. 멈칫한 피닉이 목을 쥔 손에 더욱 힘을 주었다. 나는 그를 떨쳐 내지 않았다. 더 쉽게 조를 수 있도록 자세를 고쳐 주었을 뿐. 그 접촉이 신호가 된 양 피닉의 몸이 앞으로 기울었다.

덜컥 심장이 내려앉았다.

목에 들러붙었던 손이 떨어져 나가고 그의 상체가 쏟아지듯 앞으로 기대 왔다. 다친 목을 추스를 틈도 없이 허물어지는 그의 몸을 받았다. 새카만 머리통이 품 안으로 들어온다. 모든 것이 급작스러워 정신을 차릴 수가 없다. 더듬더듬 물었다.

"왜, 왜 그래. 무슨 일인데…… 어디 아파?"

미동조차 없다. 잠잠히 안겨 있는 피닉의 고개를 살며시 들어 보았다. 일순 그의 몸이 전기 충격을 받은 것처럼 크게 튀었다. 잠깐 경련하던 몸이 이내 축 늘어진다. 동시에 가슴에 기대어 있던 그의 목이 툭, 힘없이 꺾였다. 놀라 그를 불렀다.

"피닉!"

돌아오는 대답이 없다. 피닉의 검은 눈도, 붉은 입술도 모두 굳게 닫힌 채 침묵할 뿐. 시체처럼 늘어진 그의 가슴에 귀를 대 보았다. 긴장한 탓인지 아무 소리도 들리지 않는다. 어깨를 잡아 흔들었다. 억지로 눈꺼풀을 올려 보았다. 여전히 무반응이다. 돌연, 품 안의 그가 죽었다는 생각이 들었다.

그 순간 사고가 날아갔다.

"어떡해, 어떡……."

힘 빠진 몸이 스르르 무너져 내렸다. 그 통에 무릎까지 미끄러진 피닉의 머리를 감쌌다. 심장이 너무 뛰어 아플 지경이다. 정신 좀 차려 보라고 뺨을 쳤다. 손이 형편없이 떨렸다. 기껏 닦아낸 손바닥에 땀이 흥건했다.

텅 빈 머리는 조급함만을 느낄 뿐 어떤 쓸모 있는 생각도 해 내지 못한다. 이대로 있으면 안 되는데, 뭔가를 해야 하는데…… 허둥지둥 주변을 더듬었다. 그때 저만치 떨어진 휴대 전화가 보였다.

기다시피 걸음을 옮겨 가까스로 전화를 움켜쥐었다. 바들거리는 손으로 잠금을 해제하자 성도화의 이름이 보인다. 그래, 성도화. 성도화를 부르자. 그러면 피닉을 살려 줄 수 있을 것이다.

시야가 흐려 터치가 잘 되지 않았다. 뚝뚝 액정으로 눈물이 떨어졌다. 땀투성이 손이 자꾸 빗나간다. 초조함에 입 밖으로 끊임없이 욕설이 새어 나왔다. 던져 버리고 싶은 것을 겨우 참고 꾹꾹 화면을 만졌다. 간신히 통화 버튼을 누르려던 때, 굳센 손이 손목을 틀어쥐었다.

"윽!"

저릿한 통증에 절로 손에서 힘이 풀렸다. 손쉽게 휴대 전화를 빼앗은 피닉이 쥔 것을 저만치 던져 버렸다.

다시 눈을 뜬 그의 얼굴엔 생기가 없었다. 무감한 시선이 느릿하게 내 얼굴을 훑었다. 턱끝으로 뚝뚝 떨어지는 땀, 짓이겨진 입술, 흠뻑 젖은 뺨, 마구 일렁이는 눈동자. 눈물이 그렁그렁한 눈을 본 그가 야릇한 표정을 지었다.

무릎을 굽혀 눈높이를 맞춘 그가 천천히 손을 뻗는다. 다가온 손가락이 젖은 속눈썹을 만지고, 흐르는 눈물을 훔쳤다. 그가 만지는 대로 얼굴을 맡기고 눈을 감았다. 선연하게 번지는 안도에 깊게 숨을 내쉴 찰나, 눈 밑이 긁히는 느낌과 함께 화끈거림이 밀려들었다.

"아……!"

열 오른 뺨을 타고 눈물처럼 핏방울이 흘렀다.

감았던 눈꺼풀을 들어 올렸다. 코앞에서 나를 보던 그와 눈이 마주쳤다. 아득한 과거의 시선을 한 그가 말했다.

"또 나를 기만하니 재미있었나?"

천천히 몸을 일으킨 피닉이 나를 내려다본다. 삭막한 눈동자, 경직된 얼굴. 써늘한 그 시선을 대하자 찬물을 뒤집어쓴 듯 정신이 들었다. 그 얼굴이었다. 나를 반하게 하고 심장을 바치게 했던 피닉 오데어의 표정. 나를 증오하고 경멸하고 혐오하던 과거의 눈빛. 그 눈짓 한 번에 모든 기억이 해일처럼 되살아났다.

파란 향기가 덮쳐 온다.

"……피닉?"

"그래."

어째서 울고 있어? 이룰 수 없는 사랑의 고통 때문에. 우리 계약을 하자. 내가 너의 세 가지 소원을 들어줄게. 대신 네가 죽고 나면 네 영혼을 나에게 줘. 내 심장을 먹어. 그러면 나를 지배할 수 있어.

"오랜만이야."

계약은 무효야. 네 영혼은 자유야. 나와 있었던 일, 모두 잊어 버려. 나 대신 피닉을 천국으로 데려가 줘. 나는 그곳에 가 보지 못해서 모르지만…… 모든 인간이 꿈꾸는 곳이라고 들었어……. 대답해! 날 사랑했나?!

"이스엘."

제3장 : 꽃노래

참으로 사랑이라는 것은 눈빛을 섞고 몸을 섞고 심지어 피마저 섞어도 뜻대로 안 되는 사업인 것이군요.

　－신형철, 〈느낌의 공동체〉 중에서

"지옥으로 가는 길은 선의로 포장되어 있다. 유명한 말이죠. 시작은 호의였을지언정 그 결과는 지옥일 수 있습니다. 따라서 선한 의도도 중요하지만, 그보다는 결과에 책임지려는 자세가 필요합니다. 이상으로 오늘 수업 마치겠습니다. 시험 범위는 3장 책임 윤리까지입니다. 교탁에서 과제 찾아가세요."

"감사합니다."

"감사합니다."

손에서 굴리던 펜을 책상에 놓고 일어났다. 죄책감을 자극하는 강의 내용에 수업 내내 기분이 좋지 않았다. 마지막 교수의 말이 머릿속을 맴돌았다.

선한 의도도 중요하지만, 그보다는 결과에 책임지려는 자세가 필요합니다…….

누군가 나에게 책임지는 법을 가르쳐 주었으면 좋겠다. 그 수단이 천국의 끝자락에 있다 해도 기꺼이 몸을 던질 테니.

답이 묘연한 생각을 하며 교탁으로 향하던 찰나 코앞으로 털북숭이 손이 다가왔다.

"권진하, 네 거."

"응, 고마워."

"오늘 올 거지?"

"아니."

"또?"

과제를 건네주던 동기의 목소리가 삐딱해졌다. 못 들은 척 가방을 챙겼다. 그대로 나가려 하자 옷소매를 잡아 온다. 팔을 흔들어 떨쳐 냈다. 밀려난 남자의 콧등에 주름이 잡혔다. 못마땅함을 드러내는 그 표정에 찔끔하여 멈춰 섰다. 과대라는 이유로 아웃사이더인 나까지 열심히 챙겨 주는 고마운 녀석이다. 화나게 하는 건 내키지 않았다. 친하진 않지만.

동기가 어깨를 으쓱했다.

"넌 은근히 사람한테 벽을 치더라."

"내가?"

"그래. 어디 가자고 해도 절대 안 가고, 술 먹자고 해도 빼고. 성도화랑만 다니고."

"……그랬나."

"그랬어. 솔직히 나 처음에 뒤에서 너 욕했다. 까다롭고 재수 없다고."

할 말이 없어 입술만 삐죽였다. 동기의 말이 이어졌다.

"그런데 막상 말해 보니까 애가 순한 거야."

"아닌데. 나 사악한데."

정색하고 정정했다. 조금 전까지 나 자신의 책임과 의무에 대해 생각하고 있던 나로서는 기함할 소리였다. 황당한 발언에 절로 턱이 벌어졌다. 나도 나지만 이놈도 참 큰일이다. 이렇게 보는 눈이 없어서 어떻게 살지?

"됐고, 가자고 좀! 형들이 너 꼭 데려오라고 했단 말이야!"

권진하 안 데려오면 내 목을 부러뜨리겠대! 솥뚜껑 같은 손이 어깨에 얹혔다. 곰 같은 덩치가 휘두르는 대로 덜렁덜렁 몸뚱이가 흔들렸다.

"야, 그러다 애 죽겠다."

출석부를 정리해 나가던 조교가 구해 주지 않았다면 틀림없이 목이 부러졌을 테다. 계면쩍은 얼굴로 손을 뗀 동기가 문득 내 얼굴을 들여다보았다. 의혹에 찬 시선이 눈가를 쓴다.

"여기 왜 이래?"

"그냥 좀⋯⋯ 긁혔어."

"그러고 보니 발음도 이상하네. 어디 아파?"

"그것도 그냥 좀⋯⋯ 다쳤어."

"어쩌다?"

"⋯⋯데었어."

"데었다고? 혀를? 뭐, 국물?"

"응⋯⋯. 뜨거웠어."

"어디 좀 봐."

커다란 얼굴이 바싹 다가왔다. 두툼한 손끝으로 눈밑을 만지면서 혀를 내밀어 보란다. 부담스러워 볼을 붉혔다. 피닉과 성도화 외에 누가 이렇게 가까이 다가온 건 몇 년 만이다. 숨결이 닿는 거리가 불편해 몸을 물렸다. 얼굴을 한가득 쥔 동기의 손에 얼핏 힘이 들어가는 것이 느껴졌다.

눈을 들어 동기를 보았다. 표정이 몽롱했다. 그가 말했다.

"너 내 첫사랑 닮았어."

미쳤나…….

나도 모르게 발길질을 했다. 제대로 들어갔는지 인상을 쓰며 허리를 굽힌다. 틈을 타 잽싸게 빠져나왔다. 강의실 문을 열고서야 내가 찬 부위가 그의 중심이라는 사실이 떠올랐다. 행여나 쫓아올까 뛰다시피 걸어가는 내 뒤에 대고 동기 놈이 외친다.

"고자 만들려고 그랬냐?!"

"미안!"

"당신 부숴 버릴 거야!"

마지막 말은 못 들은 척했다.

도서관 언덕을 오르는 길은 아침부터 고인 열기로 후끈후끈했다. 과제물 맨 뒷장에 적힌 점수를 확인해 보니 B−였다. 한숨 쉬며 하늘을 보았다. 연일 최고 수치를 경신하는 미세 먼지에도 불구하고 하늘은 파랗기만 하다. 어찌나 해가 밝은지, 지나가는 학생들의 솜털까지 보일 정도였다.

하얗게 뭉친 민들레 씨앗이 공기 중에 나풀나풀 흩날렸다. 하늘과 나무의 녹색 배경 사이로 떠다니는 하얀 꽃씨가 눈 오는 봄을 연상케 했다.

건조한 얼굴을 괜히 한번 손으로 문질렀다. 아스팔트의 열 때문에 신발이 타는 듯하다. 지옥의 주방 위에 있는 것 같은 발바닥, 그보다 더 뜨거운 귓불. 귓바퀴를 만지며 귓가에 진득하게 엉겨 붙은 낱말을 떼어 냈다.

'당신 부숴 버릴 거야!'

바로 어제, 비슷한 말을 들은 기억이 났다.

기억을 되찾은 피닉은 더는 내게 존대하지 않았다. 예의상 보여 주던 존중도 없었다. 그는 차지훤이자 피닉 오데어였고 피닉 오데어이자 차지훤이었다. 나를 증오하고 나를 망치고 싶어 하는, 내가 미워 견딜 수가 없는 분노에 찬 영혼.

"이스엘."

그렇게 나를 부른 그가 제일 먼저 한 일은 내게서 물러나는 것이었다. 팔을 뻗어도 닿을 수 없는 거리가 되어서야 그는 멈췄고, 나는 왼손으로 반대편 팔꿈치를 잡았다. 팔뚝을 몸 앞에 방패처럼 세운 뒤에야 조금 마음이 진정되었다. 상처 난 눈가가 따끔따끔했다.

피닉이 어수선하게 머리를 쓸어 올렸다. 원한이 가득한 눈길로 나를 쏘아보았다. 로렌의 행방을 묻더니, 곧 그녀가 환생했다는 사실을 떠올리곤 허탈한 웃음을 터뜨린다. 그러다 별안간 울 것 같은 표정을 했다.

그의 입에서 알아들을 수 없는 말이 몇 마디 쏟아져 나왔다. 처음 나를 만났을 때 빌었던 소원, 로렌에게 사랑을 고백하며 했던 말, 이미 죽어 버렸을 아들의 이름…….

그는 동시다발로 떠오르는 기억에 괴로워하며 구역질하다 두통을 호소하며 잠들었다. 나는 잠든 피닉을 소파 위로 옮겨 놓았다. 그리고 그 앞에 석상처럼 자리했다. 언제 깨어날지 모르는 피닉을 기다리며 시계침의 움직임을 헤아렸다.

정확히 네 시간 23분 후에 피닉이 깨어났다. 다시 눈을 뜬 그의 표정은 혼란스러웠다. 그는 어떤 말도 하지 않았다. 그저 나를 보았다. 식은 눈빛은 건조하고 메말랐으며 한편으론 진득했다. 시선에 형체가 있다면 나는 그의 눈길에 꿰여 죽었을 것이다.

모호한 그의 얼굴은 미친 듯 화를 내는 것 같기도 했고 솟구치는 정염을 억지로 누르는 것 같기도 했다. 사납게 후려쳐야 할지 뜨겁게 끌어안아야 할지 모르겠다는 얼굴. 그런 그의 심중을 알지 못해 나야말로 혼란스러웠다.

견디지 못한 내가 등을 돌리고 나서야 그의 응시가 끝났다. 천천히 몸을 일으킨 피닉이 현관으로 향했다. 그가 내 곁을 스칠 때 나는 움찔 어깨를 떨었고, 그는 잠시 걸음을 멈추었다.

현관 신발장에는 전신 거울이 달려 있었다. 그는 살짝 허리를 굽혀 거울에 비친 자신을 보았다. 유려한 손가락이 이목구비를 더듬었다. 25년간 봐 온 얼굴이 새삼 낯선 듯 한참 관찰하더니 휴대 전화를 꺼낸다. 이윽고 조용한 방안으로 저음의 목소리가 넘어왔다. 아버지의 비서였다.

"어, 지훤아. 무슨 일이야?"

"형, 저 짐 좀 옮겨 주세요. 네, 노트북이랑 책이랑……. 아니요. 저 이사하려고요. 주소는 지금 문자로 보내 드릴게요."

전화를 끊기 전에 2층을 잠깐 올려다본 그가 말했다.

"아, 그리고 형. 이불 하나만 새로 갖다 주세요. 네. 새 걸로요."

30분도 지나지 않아 그의 옷가지와 전공서적, 노트북 등이 내 방으로 줄줄이 배달되었다. 피닉을 눕혀 두었던 소파에 그의 베개와 이불이 깔렸다.

황망한 얼굴로 보는 내게 그는 나와의 동거를 선언했다.

마지막 짐을 들고 올라온 아버지의 비서는 내게 인사하지 않았다. 데면데면하던 이복형제가 갑자기 함께 살겠다는데 이유조차 묻지 않는다. 그저 조금 걱정스러운 얼굴로 피닉에게 물을 뿐이었다.

"주차장이 좁다고 해서 차는 안 가져왔는데, 학교는 어떻게 가려고?"

"여기서 2호선 타면 금방이에요."

"괜히 무리하지 말고 택시 타고 다녀. 이사님께는 내가 말씀드릴까?"

"제가 이따가 전화드릴게요. 고마워요, 형."

그리고 끝이었다. 정작 집주인인 내 의사는 하나도 반영되지 않은 채, 한 시간도 걸리지 않아서.

비서가 나가고 문이 잠겼다. 사위가 다시 고요해졌다. 얼떨떨하게 주변을 둘러보았다. 내가 늘 사용하던 소파와 테이블과 블라인드와 물을 따라 마시던 컵이 갑자기 어색하게 보였다. 이 모든 일이 전부 현실감이 떨어졌다. 하루 만에 너무 많은 일이 일어났다.

나는 위기에 처한 사냥감처럼 방구석으로 몸을 물렸다. 갑자기 동거인이 생긴 자취방은 한없이 좁게 느껴졌다. 그 동거인이 피닉이라 생각하자 더욱 그랬다. 침대도 하나, 화장실도 하나. 칸막이도 없는 원룸에서 그와 단둘이.

망연자실 서 있는 내게 피닉이 다가왔다. 겨우 피가 멎은 눈가의 상처를 손톱으로 긁으며 나직이 묻는다.

"어땠어?"

파인 상처에 닿는 체온이 괴롭다. 그가 연이어 말했다.

"떠오를 듯 말 듯, 사람 미치게 하는 기분은."

내가 그를 미치게 했다고 피닉이 말하고 있었다. 내가 그를 미치게 했다고.

"너 때문에 잠도 못 자고 힘들어하는 거 보니까 재미있었어?"

갈고리처럼 파고든 손가락이 뒷머리에 얽힌다. 그가 이어 말했다.

"넌 언제나 주는 척하면서 내 걸 하나하나 빼앗았지. 하지만 이번엔 그렇게 두지 않을 거야."

"……그래서 감시하겠다는 거야?"

이렇게 내 옆에 붙어서, 내가 네 걸 가져갈 수 없도록?

"그래."

동시에 그가 입술을 겹쳐 왔다. 뜻밖의 행동에 그대로 당하고 말았다. 피닉이 무력하게 바쳐진 내 혀를 씹었다. 뒤통수를 감은 그의 손 때문에 저항조차 할 수 없다. 비명과 신음은 전부 그의 입 속으로 먹혀 들어갔다. 핏물을 삼키며 독액처럼 말을 흘려 넣는다.

"널 부수고 싶어. 산산조각 내고 싶어. 하지만……."

마지막 말은 들리지 않았다. 혀와 입 속을 빨아 삼키듯 제멋대로 맛본 그가 냉정하게 돌아섰다. 차가운 눈동자. 짧게 맞물린 시선이 뱀 같았다.

나는 항상 그에게 주고 싶은 마음뿐이었는데, 그는 늘 내게 전부를 빼앗길 것 같은 눈을 한다.

피닉이 씹어 놓은 혀를 입천장에 문질렀다. 쓰린 통증이 번져 왔다. 하얀 이가 살점을 씹을 때의 섬뜩한 감각, 짙게 문질러지던 입술의 감촉. 어두운 쾌감으로 반짝이던 검은 눈. 그때의 느낌을 상기한 가슴께가 욱신 조여들었다.

괜히 코앞의 덤불을 툭 찼다. 기다렸다는 듯 고양이가 튀어나온다. 그새 한층 더 뚱뚱해진 도서관 뚱땡이였다.

"오랜만이다. 넌…… 잘 지냈나 보네."

살이 찐 건지 부은 건지 모를 고양이를 잠시 쳐다보다 가방을 뒤졌다. 밑바닥에 박혀 있는 캔을 꺼냈다. 더러운 가방 속에서 오래 구른 탓에 먼지가 조금 붙어 있었다.

유통기한을 확인하려 심각하게 보는데 어느새 다가온 고양이가 다리에 얼굴을 비빈다. 눈높이를 맞추려 쪼그리고 앉았다. 고양이 입에 웬 쓰레기가 물려있는 게 보였다.

"……으."

구정물에 절인 지렁이였다. 거뭇하고 길쭉한 것이 먹다 남은 쥐꼬리 같기도 했다. 뭐가 됐든 더러웠다. 받으라는 듯 자랑스럽게 주둥이를 내미는 고양이에게 진지하게 물었다.

"그거 나 주는 거야?"

제발 아니길.

냥냥냥냥냥.

고양이가 입에 문 것을 내 쪽으로 들이밀었다. 긴 수염이 살랑살랑 흔들린다. 바지에 묻히기 전에 얼른 받아들었다. 두 손가락으로 집어 든 그것은 흐물흐물하고 축축했다.

동물 나름의 호의를 거절하면 안 될 것 같아 잠깐 고민하다 입으로 가져갔다. 하, 하, 하…… 어색하게 웃으며 야금야금 먹는 시늉을 했다. 그 모습을 보는 고양이의 눈이 만족으로 가늘어졌다.

"와, 맛있다. 고마워."

뚝뚝 끊어지는 목소리는 내가 들어도 어색했다. 남은 손으로 얼른 캔을 따 바닥에 내려놓았다. 고양이가 캔에 정신이 팔린 틈을 타 휙 뒤로 던져 버렸다. 최대한 멀리.

눈물까지 흘리며 음식을 먹는 고양이에게 말했다.

"그래도 나 생각해 주는 건 너밖에 없다. 넌 천국 갈 거야. 혹시 반대로 오게 되면 나 찾아. 잘해 줄게."

"나는 왜 빼먹어."

동시에 커다란 발이 내 신발 위로 얹혔다. 목소리보다 향기가 먼저 그의 정체를 알려 준다. 기묘할 정도로 시원하고 상쾌한, 한여름 냇물 같은 체향.

"……성도화."

눈을 들었다. 바닥에서 시작한 시선이 그의 얼굴까지 가 닿는 데는 오랜 시간이 필요했다. 곧게 뻗은 정강이, 옷감 안쪽으로 드러나는 탄탄한 허벅지, 가볍게 늘어뜨린 하얀 손, 미끈한 목과 깔끔한 입술.

그는 가방도 없이 웬 상자 하나만 든 채 껄렁하게 서 있었다. 커다란 손아귀에 잡힌 직사각형 상자가 유난히 작게 느껴졌다. 고급스러운 흰 포장을 살필 틈도 없이 그가 부루퉁하게 중얼거렸다.

"어쩐지 아무리 찾아도 없더라니. 도서관에 있었을 줄이야."

네 행동반경은 다 꿰고 있다고 생각했는데. 성도화가 이죽댔다. 나를 잘 안다는 양 말하는 태도에 속이 꼬였다. 노려보며 응수했다.

"네가 날 아는 만큼 나도 널 아니까."

넌 절대 도서관에는 안 오잖아? 그의 자존심을 생각해 마지막 말은 생략했다.

"하."

가볍게 코웃음 친 성도화가 눈을 내리깔았다. 긴 속눈썹이 그의 뺨에 그늘을 만들었다. 자기가 누르고 있는 내 발등을 잠깐 본 그가 이내 캔에 주둥이를 박은 고양이에게 관심을 준다. 고양이를 주의 깊게 살피는 그의 눈빛이 희한했다. 음, 이게 고양이군. 뭐 이런 표정이다. 그는 아마 우리 학교에 고양이가 사는지도 몰랐겠지.

그 순간 우습게도 고양이에 대한 성도화의 평가가 궁금했다. 비꼬려던 입을 다물고 조용히 기다렸다. 곧 내려온 그의 감상은 이랬다.

"방해돼."

"……."

성도화가 엎드린 고양이의 배 밑으로 발을 넣었다. 발등에 고양이를 얹어 들어 올린다. 컴퍼스처럼 휘둘러진 긴 다리가 멀찍이 위치한 수풀에 고양이를 내려놓았다. 곧 반쯤 빈 고양이 캔까지 그 옆으로 옮겨 갔다.

불시의 습격을 당한 도서관 뚱땡이가 앙칼지게 울었다. 두툼한 앞발을 휘둘러 성도화의 발목을 할퀴려 든다. 심드렁한 표정으로 고양이의 옆구리를 밀어 내는 그를 보며 확신했다. 천국 제일의 골칫거리는 바로 이 자식일 거라고.

"이거 네가 준 거야?"

그가 턱짓으로 캔을 가리켰다.

"아니야."

"맞는데, 뭘."

"그냥 남아서 준 거야."

"거짓말."

넌 고양이 캔이 남냐? 비웃은 그가 눈썹을 얄밉게 으쓱였다. 울컥하는 내 반응을 살피며 짓궂게 웃는다. 장난스러운 성도화의 눈길이 뺨과 눈에 깃털처럼 내려앉았다. 그 눈빛을 받으니 날을 세우던 게 무색해졌다. 머쓱하게 눈을 굴렸다.

그는 정말로 유쾌해 보였다. 마지막으로 보았을 때 우리가 어색했던 일은 깡그리 잊은 눈치다. 그가 순간적으로 내보인 진심을 기억하는 것은 오직 나뿐인 양.

부루퉁하게 있는 새 서서히 그의 미소도 가라앉았다. 불쑥 그가 물었다.

"너 무슨 일 있냐."

"없어."

얼굴을 만지려는 그의 손을 고개를 기울여 피했다.

"있는 것 같은데."

"너 봐서 그래."

고양이의 머리를 한번 쓰다듬어 주고 몸을 일으켰다. 어디 가냐 묻는 성도화를 무시하고 가방을 고쳐 멨다. 도서관은 글렀고, PC방 가서 게임이나 하다 집에 가야겠다. 얼굴에 먼지처럼 달라붙는 민들레 홀씨를 떼며 발을 옮겼다.

언덕을 내려가는 내 옆으로 성도화가 따라붙었다. 등에 멘 가방을 흔들며 끈질기게 말을 걸어온다. 사물함 안 쓸 거냐, 그러니까 가방이 무겁지, 내가 들어 줄까, 어머니는 잘 계시냐……. 그답지 않게 바보 같은 말들이다. 들리지 않는 척 죄다 무시했다.

결국 할 말이 떨어진 성도화도 입을 다물었다. 그제야 겨우 마음에 평화가 찾아왔다. 더 이상 말하지 않는 그를 힐끔 보고 걸음을 재촉하려는 찰나, 그가 내 손목을 감아쥐었다. 순간 얼음장 같은 체온에 놀라고 말았다. 무의식중에 세게 뿌리치고 당황해 멈춰 섰다.

휘두른 손에 어깨를 얻어맞은 성도화가 침묵했다. 이러지도 저러지도 못한 채 입술만 달싹였다. 사과하고 싶은데, 사과하는 게 맞는 걸까. 악마가 천사한테 사과를? 하지만 불편함에 가슴이 따끔거렸다. 그럼에도 끝내 나는 아무 말도 하지 않았다.

잠시 내쳐진 제 손을 내려다보던 그가 고개를 들었다. 이윽고 내게 질문하는 그의 목소리는 너무 작아서, 나는 귀를 기울여야만 했다. 목이 졸린 듯한 음성이었다.

"내가 싫어?"

그걸 이제 알았어? 당연한 그 대답을 하기가 어쩐지 망설여진다. 마음을 다잡듯 부러 더 단호하게 말했다.

"그래."

앞으로도 네가 좋아질 일은 없을 거야. 무슨 일이 있어도.

"너 나 좋아했잖아. 근데 왜 갑자기 내가 싫어지는데."

"네가 날 속였으니까."

자기를 기만한 나를 피닉이 싫어하는 것처럼, 나를 기만한 너를 내가 싫어하는 것도 당연하잖아.

"그건……!"

무어라 말하려는 그를 가로막았다.

"그리고 넌 천사잖아. 난 악마고."

"천사면 다 싫어?"

"그래야 한다고 배웠어."

"누구한테."

"우리 엄마."

지금 엄마 말고 진짜 엄마. 손바닥을 펼쳐 땅바닥을 가리켜 보였다. 아래를 내려다본 성도화가 짧게 웃었다. 그가 상스러운 말을 뱉는 것을 못 들은 척했다.

성도화의 혀가 입술을 핥았다. 그렇게라도 메마른 성대에 물을 주려는 듯. 소용이 없었는지, 다시 입을 연 그의 목소리는 가뭄처럼 갈라져 있었다.

"네가 이렇게 싫어할 줄 알았으면 끝까지 말 안 했어."

"차라리 그러지 그랬어."

그랬다면 이렇게 네가 밉지 않았을 텐데. 친구라고 믿었던 성도화가 실은 내 옆에 붙은 감시자였다는 사실 따위, 죽을 때까지 몰라도 좋았다.

이런 감정 소모를 하기에 오늘 나는 너무 피곤했다. 더 할 말도 없었다. 노려보던 시선을 거두고 몸을 돌렸다. 팔 한 마디 정도 거리를 벌렸을 즈음 낮은 목소리가 들렸다.

"그럼 뭘 해도 지금보다 더 싫어지진 않겠네?"

별안간 성도화의 손이 뒷덜미를 잡았다. 한 손으로 목을 감싸 쥐고는 제 쪽으로 당긴다. 기름한 손가락이 목을 반 이상 잡고도 남았다. 그대로 그의 손에 붙들린 채 질질 끌려갔다.

"어디 가!"

"우리 집."

"싫어! 놔!"

"나도 싫어. 너 나 좋아질 때까지 거기 갇혀 있을 줄 알아."

이럴 줄 알고 수갑을 샀지. 그가 노래하듯 속삭였다. 웃으며 하는 말이 농담인지 진담인지 구분을 할 수가 없다. 본색을 드러낸 그는 내가 10년 가까이 알아온 성도화가 아니었다. 수갑과 감금에 관해 이야기하는 목소리가 진심으로 기껍게 들렸다.

뜨거운 아스팔트에 신발이 질질 끌렸다. 반항하는 내 몸을 가뿐히 들어 올린 성도화가 나를 제 어깨에 보쌈하듯 얹었다.

발버둥치다 엉덩이를 맞았다. 살갗에 천이 달라붙으며 찰싹 소리가 났다. 눈물이 날 만큼 매운 손길이었다. 움찔하는 내 반응에 오히려 흥이 돋는 양 박자를 맞춰 두들기다 마구 주무르기까

지 한다. 내 허리를 감싼 그의 손에 들린 흰 상자가 골반에 달각
달각 부딪혔다.

 그 상태로 정문까지 내려갔다. 지나가던 학생 전부가 우리를
돌아보았다. 마주친 여학생의 눈이 튀어나올 것처럼 커진다. 파
도처럼 덮쳐 오는 수치심에 나는 눈을 감아 버리는 쪽을 택했다.

 얼굴에 닿는 성도화의 티셔츠 자락을 쥐고 등판에 얼굴을 묻었
다. 상황에 맞지 않는 향긋한 냄새가 코를 간질였다. 그가 걸음
을 옮길 때마다 꽉 짜인 등 근육의 움직임이 뺨으로 전해졌다. 우
습게도 퍽 안정된 자세였다.

 그때였다.

 "내려놓죠."

 "뭐야."

 엉덩이를 희롱하던 성도화의 손이 멈췄다. 그의 옷자락을 구기
던 내 손도 멈췄다. 이제는 우리 왕이 나타난대도 놀라지 않을 테
다. 다들 어찌나 신출귀몰한지.

 단단하고 뜨거운 손이 골반을 감았다. 그대로 내려놓는다. 직
전까지 붙들고 있던 성도화를 마주보며 땅에 발을 딛고 섰다. 그
리고 허리에 감긴 손. 돌아보지 않아도 손의 주인을 알 수 있었
다. 상대를 확인한 성도화의 표정이 일그러졌다. 그의 눈동자를
통해 등 뒤의 피닉을 보았다. 피닉의 표정도 한껏 비틀려 있었
다.

 급하게 뛰어왔는지 몰아쉬는 숨이 거칠다. 등과 맞닿은 그의
심장이 쿵쿵 뛰는 것이 선연했다. 나를 사이에 둔 그들이 또다시
대치한다. 불꽃이 튀었다.

 피닉을 속이고 그의 옆에 붙어 있던 나, 나를 속이고 내 옆에
붙어 있던 성도화.

기묘한 재회였다.

폭발 직전의 긴장이 주변을 감쌌다. 호시탐탐 때를 엿보며 터질 기회만을 노리고 있다. 내 몸에 각각 닿은 두 남자의 체온에 머리가 지끈거렸다. 목구멍으로 끈적한 침이 넘어가고 눈두덩이 묵직하다. 이대로 녹아내려 아스팔트에 흡수되고 싶은 기분이었다.

조심스레 몸을 움츠려 그들에게서 벗어나려 시도했다. 당연하게도, 성공하지 못했다. 먼저 입을 뗀 것은 피닉이었다. 주위를 둘러본 그가 느릿하게 평했다.

"아주⋯⋯."

"⋯⋯."

"개판이네요."

부서질 듯 뛰는 심장과 달리 그의 말투는 여유로웠다. 너무 여유로워서 비열하게 느껴질 정도로. 성도화가 즉시 받아쳤다.

"개가 와서 그런가 보지. 낄 데 안 낄 데 분간 못 하고 날뛰는."

"하."

"아, 개만도 못한 인간인가? 개는 그래도 볼 때마다 기분이 좆같아지진 않거든."

"이제 와서 새삼 자기소개를 할 필요는 없는데요."

성인 남자 두 명이 서로가 개라고 주장하고 있었다. 초등학생도 넘어가지 않을 수준 낮은 도발에도 화가 나는지, 내 몸에 똬리를 튼 피닉의 양팔에 한층 힘이 실렸다. 성도화가 나를 잡아당기며 으르렁댄다. 벌어진 입술 사이로 날카로운 송곳니가 엿보였다.

"말귀를 못 알아듣네. 좀 꺼져 줄래? 내가 오늘 애를 꼭 만나야 하거든."

"그래요? 나는 만나게 해 줄 생각이 없는데."

"웃기시네. 네가 뭔데?"

"동생."

동생이라는 단어를 발음하는 피닉의 확고한 말투가 나를 당황하게 했다. 원래 형제끼리는 서로를 구속하나? 아니면 피닉이 유난한 건가. 인간이 된지 이제 겨우 20여 년인 나로서는 도무지 따라가기 힘든 감정선이다.

'동생'이 내게 좀 더 가까이 붙었다. 이미 지나치리만치 밀착된 몸이 이번에야말로 틈 하나 없이 단단히 맞물린다. 엉덩이 위쪽에 피닉의 하체가 문질러졌다. 흠칫하는 나를 뻔히 느끼고도 거리끼는 기색 없이 태평하다. 너무 놀라 말도 잊었다.

눈만 껌뻑이는 나를 보는 성도화의 미간에 골이 팼다. 그가 무어라 말하려는 찰나 피닉이 내 턱을 잡아 뒤로 돌렸다. 무리하게 꺾인 목에 아파할 새도 없이 검은 눈동자와 마주했다. 이어진 시선을 떼지 않은 채 피닉이 낮게 명령했다.

"집에 가서 기다려."

"뭘 하려……."

"질문하지 말고."

그가 명령하면 나는 해야 한다. 자동으로 돌아서는 나를 성도화가 제지했다. 무력한 내 모습에 분기를 참듯 씨근대다 문득 인상을 쓴다.

"너네 같이 살아?"

대답은 피닉이 했다.

"그쪽이 상관할 일이 아니죠."

낄 데 안 낄 데 구분 못하는 건 개나 하는 짓이라던데. 피닉의 어조는 나조차 흠칫할 만큼 선명하게 날 서 있었다. 성도화의 표정 역시 더욱 험악해졌다. 나는 이러지도 저러지도 못한 채 버둥거렸다. 피닉의 지시를 따르려는 몸을 성도화가 잡고 있었기 때문에.

가짜 동생과 가짜 친구의 대치. 이 곤혹스러운 상황 어디에도 나의 의지가 끼어들 틈은 없는 것 같았다.

장신의 남자 둘이 정문을 가로막고 맞서 버티는 꼴에 주변의 이목이 집중되었다. 그러거나 말거나 그들은 서로에게 적의를 드러내는 데만 열중한다. 나는 떠밀리는 몸을 가누는 것만으로도 벅찼다. 피닉과 성도화가 각자 내 신체를 한 군데씩 잡고 제 쪽으로 당기고 있었다.

유치한 싸움이었지만 그 유치함을 차마 지적도 못할 만큼 아팠다. 이러다 몸이 하지에서부터 양쪽으로 갈려 찢어질 것만 같았다. 그들은 솔로몬 앞에 선 어머니였다. 가짜 동생과 가짜 친구 중 누가 진정 나를 염려하는 진짜인가. 내 생각엔 둘 다 아니었다.

참다못한 내 입에서 신음이 터지고서야 그들이 개싸움을 멈췄다. 똑같이 허를 찔린 얼굴을 하더니 손에 힘을 뺀다. 그러나 여전히 나를 한쪽씩 나눠 잡은 채였다.

성도화가 짧게 경고했다.

"적당히 해. 너 죽여 버리는 수가 있어."

피닉이 웃었다.

"생각보다 허세가 있네요."

성도화도 웃었다.

"허세?"

그의 눈초리가 조소를 담고 실쭉했다. 웃지 못하는 것은 나뿐이었다. 성도화의 죽인다는 말은 그냥 하는 말이 아니다. 그는 나의 쌍둥이 천사였고, 손가락 하나로도 인간의 심장을 터뜨리고 육신을 벌할 수 있는 존재였다.

성도화의 말이 이어졌다.

"남의 보석 막 굴리는 데도 정도가 있어."

보석. 그는 나를 보석이라고 칭했다. 내가 자기의 보석이라고.

"보석?"

피닉이 기가 찬 듯 나를 본다. 희한한 말을 들었다는 투였다. 나를 위아래로 빤히 관찰하던 그가 새삼스레 성도화에게로 시선을 옮겼다. 눈가를 좁히며 말한다.

"그쪽은 아무것도 모르는군요."

"뭐?"

"시간 지나면 나한테 고마워할 때가 올 겁니다."

피닉의 표정이 암시하는 감정은 명확했다. 악마에게 속아 간도 쓸개도 다 빼 주는 인간을 보는 한심함. 경멸과 동정이 그의 눈빛을 양분하고 있었다. 어쩌면 과거의 자신을 비추어 보며 어떤 동병상련 같은 것을 느끼는지도 모른다.

기억이 돌아온 피닉이 자신을 밟았던 천사를 알아보지 못하는 데 비해 성도화는 피닉의 그 표정이 의미하는 바를 정확히 알아챈 모양이었다.

"너⋯⋯."

잠시 말을 끊었던 성도화가 이내 물었다.

"안다면?"

"⋯⋯."

"알고도 이러는 거면? 어쩔 건데."

피닉의 대답은 단호했다.

"불쌍하게 여길 겁니다."

"불쌍하게 여긴다고……?"

성도화의 음성이 가파르게 치솟았다. 고작 인간 따위에게 동정을 받은 천사의 입술이 수치와 분노로 경련했다. 그가 울컥 주먹을 쥐었다. 질세라 피닉의 손에도 힘이 들어갔다. 청결한 손등에 푸른 핏대가 선다. 일촉즉발의 긴장이 주변을 감쌌다. 그들은 당장에라도 치고받고 끝을 볼 태세였다. 그러면 결과는…….

나도 모르게 입을 열었다.

"하지 마."

둘 중 누구도 대답하지 않는다. 다시 한번 말했다.

"하지 마."

붉게 달아오른 성도화의 얼굴에 시선을 주었다.

"성도화. 그만해."

"……."

"도화야."

가늘어진 성도화의 눈매가 일순 움찔한다. 피닉에게 고정되었던 눈이 천천히 내게로 떨어졌다. 흐려진 그의 눈을 마주하며 힘주어 말했다.

"여기서 더 하면…… 진짜 네가 싫어질 거야."

마법의 단어를 들은 것처럼, 흉흉하던 기세가 거짓말처럼 사그라졌다. 무언가에 세게 얻어맞은 표정으로 나를 보던 성도화가 허탈하게 웃었다.

"너 악마 맞구나."

"……."

"어떻게 하면 내가 굴복하는지 너무 잘 알잖아."

서서히 그의 손이 다가왔다. 조심스러운 동작이었다. 나는 피하지 않았다. 그의 부드러운 손이 눈언저리를 매만지는 것을 내

버려 두었다. 본능적으로 느껴지는 거부감을 견디려 볼 안쪽을 물었다. 그가 피닉을 해치지 않도록 하기 위해 대가를 지불하는 거라고 생각하면서, 나는 성도화의 손길을 말 그대로 참았다.

거슬리던 상처의 따가움이 사라졌다. 아쉬운 듯 속눈썹을 더듬던 엄지가 입 안으로 파고든다. 망설이다 살짝 입술을 벌려 주었다. 곧 깨끗한 손가락이 혀를 눌렀다. 무른 입 속을 유영하듯 맛보고는 느리게 떨어져 나간다. 침으로 젖은 손끝이 점막을 스쳐 가는 느낌이 야릇했다.

그가 손가락을 제 입술에 문지르고 나서야 퉁퉁 부었던 혀가 원래대로 돌아왔음을 깨달았다.

"제대로 고치려면 입을 맞춰야 하지만."

"……."

"그러면 또 내가 싫어졌다고 하겠지."

"……."

"이거."

그가 손에 쥐고 있던 상자를 내밀어 보인다. 거기서 나온 것은 전혀 의외의 물건이었다. 순간 그가 말했던 수갑인가 생각했던 내가 아연해질 정도로 예쁘고 세련된. 순백의 케이스 안에 빛을 받아 반짝이는 그것은 일전에 내가 갖고 싶다고 말했던 시계였다.

늘어뜨린 손목을 들어 시계를 채워 준 성도화가 속삭였다.

"생일 축하해."

그 말을 하고 나서야 비로소 그는 돌아섰다.

나도 몰랐던 내 생일에 당황스러운 기분이 들었다. 우리가 내려왔던 언덕을 다시 오르는 성도화의 뒷모습을 한참이나 바라보았다. 큰 키의 그가 걸어가는 뒷모습이 어쩐지 작게 느껴져서 이

189

상했다.

그는 천사고 나는 그를 증오해야만 하는 의무가 있는데, 그는 나를 속이고 기만했으며 친구인 척 근 10년을 옆에 붙어 감시했는데, 어째서 나는 홀로 걸어가는 그의 너른 등이 이렇게 안타까운가.

성도화의 속박이 사라진 몸이 피닉의 명령을 이행하려 움직였다. 문득 아까부터 말이 없는 피닉에게 신경이 갔다. 그는 침묵하며 스산하게 나를 주시하고 있었다. 전신을 샅샅이 훑는 피닉의 검은 눈동자가 미심쩍은 빛으로 반짝였다. 학교를 벗어나려는 나를 피닉이 붙잡아 세웠다. 코앞까지 얼굴을 들이밀고 추궁한다.

"따라가고 싶었나?"

나는 대꾸 없이 고개만 저었다. 그가 다시 물었다.

"왜 저쪽을 말렸지? 내가 질까 봐?"

이번에는 대답할 수 있었다.

"그래."

딱 잘라 대답하자 피닉이 어이없다는 얼굴을 한다. 자존심이 상한 것이 확연했다. 하지만 사실은 사실이다. 이미 사라진 성도화의 잔영을 노려보던 그의 눈동자가 다시 내게로 돌아왔다.

그가 내 손목을 아프게 쥐었다. 방금 채워진 시계를 거칠게 끌러 낸 그가 그것을 바닥에 내팽개쳤다. 그리고 밟았다. 말릴 새도 없었다. 발길질 한 번에 부서진 시계를 망연히 보았다. 항의하려 하자 그가 대뜸 두서없는 말로 선수를 친다.

"피부가 너무 창백해."

무슨 말인지 몰라 인상을 썼다. 그의 말이 이어졌다.

"너보다 더 하얄지도 모르겠어."

"성격도 좋지 않아. 말버릇도 나쁘고."

"눈매도 더러워. 그리고……."

거기까지 듣고 나서야 그게 성도화의 험담이라는 사실을 깨달 았다. 맥락도 함의도 알 수 없는 말을 늘어놓던 그가 곧 입을 다 물었다. 남을 헐뜯는 게 스스로도 어색한 경험이었는지 입매가 묘하게 비틀린다. 그대로 안절부절못하던 그가 재차 말을 꺼냈 다. 정말로 하고자 했던 말은 이거였다는 듯.

"혹시 저 새끼 좋아해?"

"뭐?"

전혀 생각해 보지 못한 질문에 목소리가 삐끗했다. 황당하다는 반문에도 아랑곳없이 그가 답을 재촉했다.

"대답해."

그가 명령하면 나는 따라야 한다. 그래서 대답했다.

"그렇다면?"

그는 대답하라고 했지, 솔직하게 대답하라고는 하지 않았다. 빈정대며 내뱉은 말에 그의 표정이 무거워졌다. 피닉이 고개를 저었다.

"아니야. 넌 나를……."

뒷말은 이어지지 않았다. 그가 거칠게 머리를 쓸어 올렸다. 발 밑의 부서진 시계를 짓밟다시피 하더니 이내 멀리 차 버린다. 처 음 보는 어수선함에 어안이 벙벙했다. 오늘의 그는 정말로 하찮 다.

내 팔목을 단단히 잡은 피닉이 학교를 빠져나갔다. 지하철역이 있는 사거리로 이어지는 좁은 길을 빠르게 내려갔다. 마트를 지 나고 휴대 전화 대리점을 지날 즈음 그가 다물고 있던 입을 열었 다. 스피커에서 울려 퍼지는 아이돌 노래에 묻힐 만큼 아주 작은 목소리였다.

"앞으론 저 남자 만나지 마."

대답 대신 물었다.

"왜 왔어."

"감시하려고."

또 뭔가를 빼앗기 전에 지키려고. 의도를 천명하는 게 아니라 당위를 주장하는 듯한 말투였다. 기가 죽어 말을 받았다.

"집에서 만나면 되잖아."

"네가 무슨 짓을 할 줄 알고 집에서 기다려."

"……."

"앞으로 학교 끝나면 바로 집으로 와."

"공부해야 돼."

"집에서 해."

지옥으로 데려가는 건 나 하나면 충분하잖아? 피닉이 덧붙였다. 다음 말은 귀에 들어오지 않았다.

굳은 표정의 그가 처음으로 미워 보였다.

현관에 그와 나의 신발이 어지럽게 뒤섞여 있다. 시위하듯 거칠게 신을 벗고 올라섰다. 내 발에 차인 그의 운동화가 아무렇게나 뒹군다. 피닉이 허리를 숙여 정리했다. 이쯤은 화도 나지 않는다는 듯 무심한 얼굴이었다. 나는 팔짱을 끼고 그런 그를 쏘아보았다. 피닉의 등 뒤로 문이 닫혔다. 둘 뿐이다.

구부렸던 몸을 편 그가 거실 바닥으로 올라섰다. 그를 노려보던 시선이 높아지며 고개가 위로 들렸다. 두 개의 눈빛이 진득하게 엉긴다. 침묵. 공기의 밀도가 순식간에 치솟고, 한일자로 다물린 그의 입술에 힘이 들어간다. 그대로 입을 맞춰도 이상할 게

192

없는 구도였다.

불현듯 그가 내게 키스하고 싶어 한다는 생각이 들었다. 스스로의 황당한 망상에 기가 질릴 때쯤 그가 내게서 눈을 뗐다.

그대로 나를 지나쳐 안으로 향하던 피닉이 돌연 걸음을 멈췄다. 몸을 돌린 그가 내게로 성큼 다가왔다. 다시 사이가 좁아졌다. 호흡이 느껴지는 거리, 이마 위로 그림자가 졌다.

삽시간에 고이는 긴장을 숨기며 그를 올려다보았다. 짐짓 태연한 척하려 먼저 입을 열었다. 차분함을 가장한 말꼬리가 형편없이 떨렸다.

"뭐……야."

그는 말하지 않았다. 대신 자신의 손을 내 어깨에 감았다. 흡반처럼 달라붙는 다섯 손가락의 감촉이 피부 위로 선연하다. 불같은 체온에 놀라 한 걸음 물러서고 말았다.

피닉은 따라붙지 않았다. 허공에 정지한 그의 손가락에 빳빳한 고양이 털 한 가닥이 들려 있었다. 제 손에 들린 것의 정체를 확인한 그의 표정이 떨떠름해졌다.

모른 척 욕실로 직행했다. 변기 뚜껑을 내리고 그 위에 털썩 주저앉았다. 어처구니없는 착각을 한 자신이 바보 같았다. 붉어진 뺨을 손으로 문지르며 생각했다.

그는 내가 일부러 자기 곁에 맴돌았다고 오해하고 있었다. 아무것도 기억하지 못하는 자기 옆에서 다시금 그의 인생을 망치려 들며 즐거워했다고, 로렌을 불러낸 일 역시 그녀를 해코지해 자신을 괴롭히기 위한 수작의 일환이라고 생각했다.

해명할 의지는 생기지 않았다. 어차피 믿어 줄 리 없다. 도리어 나를 대하는 그의 태도가 너무 온건해서 의아할 지경이었다. 왜 복수하지 않지?

"……."

그의 감정을 읽어 보려 노력했지만 어려웠다. 그가 내 마음을 모르는 만큼 나도 그의 마음을 모른다. 우리 사이엔 서로의 언어를 흡수하는 어떤 블랙홀 같은 게 존재하는 듯하다. 각자의 감정을 발산하지만, 전달되지 않는다.

웅크리고 앉아 있던 몸을 일으켰다. 탈력감이 밀려왔다. 수도꼭지를 돌리자 찬물이 쏟아진다. 미지근하게 식은 손을 세면대에 넣고 얼렸다. 내친김에 세수까지 마치고 문을 열었다. 문간에 기대어 있던 피닉이 나를 본다. 젖은 나를 빤히 응시하는 그를 지나쳐 위층으로 올라갔다.

이불도 덮지 않고 누웠다. 손등으로 눈을 가리고 잠을 청했다. 복잡한 심경과 상관없이 잠은 혼곤하게 쏟아졌다. 아, 시험공부 해야 하는데……. 말뿐인 고민을 마지막으로 의식이 끊겼다.

피닉과 함께하는 저녁 식사는 불편했다. 그가 내 수음을 지켜보던 테이블 위에 밥과 반찬이 차려졌다. 그가 지은 밥에 그가 만든 반찬이었다. 우리는 기역자로 앉아 밥을 먹었다. 닿아 있는 무릎을 끊임없이 의식하며 조심조심 밥술을 떴다. 불안정한 젓가락질로 집어 올린 계란말이가 공중에서 휘청휘청했다.

오래전의 기억이 떠올랐다. 그와 내가 나란히 앉아 식사하던 어느 아침, 그는 손으로 이것저것 집어 먹는 나를 혐오스럽게 쳐다보고는 식당을 나가 버렸었다.

이후 200년이 지났지만 아직 나는 도구를 사용하는데 서툴다. 지금의 그는 나를 그렇게 보지 않음에도 여전히 나는 그때의 그를 의식한다. 그 표정을 떠올리니 입 안이 깔깔해졌다. 밥을 국에 말아 깨작깨작 떠먹었다. 반도 먹지 않았는데 속이 부대껴 숟

194

가락을 내려놓았다.

"맛이 없나?"

"여자 친구 안 만나?"

질문은 동시였다. 잠깐 눈살을 찌푸리던 그가 이내 직접 반찬을 집어 내 입가로 들이밀었다. 쑤셔 넣다시피 하며 짧게 대답한다.

"안 만나."

"생일인데……."

"내가 나갔으면 좋겠어?"

말을 아꼈다. 확실히 그와 있으면 편하진 않다.

"안 나가. 너랑 있을 거야."

"나 나갈 건데……."

"가지 마."

"……."

"같이 있어. 나랑."

그리고 서둘러 내 입 안에 밥을 밀어 넣는다.

그가 강권하는 밥을 먹으며 리모컨을 집어 들었다. 아무 프로그램이나 대강 틀어 놓고 볼륨을 높였다. 어머니가 즐겨 보는 드라마였다. 성격 나쁜 남자 주인공의 발악을 멍하니 보고 있는데 그가 그릇을 거둬 간다. 스치듯 본 피닉의 밥공기는 거의 그대로 남은 채였다.

피닉이 설거지하는 동안 테이블을 닦았다. 말끔하게 닦은 상위에 책을 펼쳐 놓고 공부할 준비를 했다. 뭐라도 집중하는 척해야 이 어색함을 떨칠 수 있을 것 같았다. 텔레비전도 꺼 버렸다. 괜히 요란스레 책을 펴는 와중에 그가 물었다.

"아까 그거."

그가 말하는 '그거'가 무엇인지는 금방 알아들을 수 있었다.

"갖고 싶었나?"

대답하지 않았다. 질문의 답을 스스로도 몰라서였다. 나는 성도화가 준 선물을 받고 싶었을까? 갈팡질팡하는 심중의 혼란을 피닉이 끝내 주었다.

"받아 왔어도 소용없었을걸. 내가 버렸을 테니까."

뚝. 그가 수도를 잠갔다. 고무장갑도 없이 그릇을 닦은 그의 맨손에서 물기가 떨어졌다. 젖은 손을 바지에 아무렇게나 문질러 닦으며 냉장고를 연다. 자그마한 냉장고를 심각하게 들여다보던 그가 이내 조용히 문을 닫았다. 나는 몰두한 척 책만 보았다.

맞은편에 앉은 피닉이 노트북을 열었다. 오른손에 볼펜을 쥔 채 자판을 두드리고, 공책에 무언가를 적어 넣는다. 나는 책에 코를 박았다. 아까부터 꾸준히 보고 있었지만 사실 한 장도 제대로 읽기 힘들었다. 분명히 계속해서 글을 읽고 있는데 좀처럼 페이지가 넘어가지 않는다. 테이블 건너의 존재감에 정신이 산란했다.

고요가 내려앉은 방 안에 피닉의 볼펜 달각이는 소리만 들렸다. 그가 펼쳐 놓은 공책과 유인물이 각종 수식으로 빼곡했다. 키보드만으로 PPT를 만들며 능숙하게 책을 뒤진다. 바로 앞에 있는 내 존재는 그의 몰입에 아무런 방해도 되지 않는 것 같았다.

책 모서리를 만지작대며 힐끔 그를 훔쳐보았다. 무시무시한 집중력. 아까의 불안정함은 간데없는 의연함에 까닭 없이 부아가 솟았다.

과거의 그는 사냥을 잘했다. 동물만 잘 죽이는 것이 아니라 사람도 잘 죽였다. 집요할 정도의 인내심과 무언가에 몰두하는 집중력은 그가 가진 최고의 자산이었다. 아내를 모욕한 자의 목숨을 단번에 끊어 놓던 집중, 아내를 살리기 위해 원수와 몸을 섞을 정도의 인내. 그러니 지금 내 옆에서도 이렇게 태연히 앉아 공부에 파묻힐 수 있는 거겠지.

집중하지 못하는 시간이 10분이 되고 100분이 되었다. 걷어 놓은 블라인드 사이로 짙은 어둠이 침범해 들어왔다. 창문 너머로 비치는 밤하늘이 피닉의 눈처럼 깊다.

오늘 몫의 공부를 마친 피닉은 책을 읽고 있었다. 기억이 돌아온 그는 옛날의 피닉 오데어처럼 능숙한 불어 실력을 갖추게 되었고, 자신이 익힌 불어와 현재의 불어가 얼마나 다른지를 확인하려는 듯 불어로 쓰인 책을 읽기 시작했다. 로브그리예의 대표작을 원서로 읽는 그는 진지한 얼굴이었다. 이따금 이해가 가지 않는 문장이 있는지 눈매를 좁히며 몇 번이고 되풀이해 읽는다.

그가 책 한 권을 독파할 동안 나는 한 챕터도 넘기지 못했다. 내내 흘깃대며 훔쳐보기만 하던 중에 휴대 전화 벨소리가 울렸다. 발랄한 걸그룹의 노랫소리가 방안을 휘감았다. 지금 이 상황을 벗어나게 해 준다면 누구라도 좋다는 생각에 냉큼 전화를 받았다. 건너오는 날카로운 목소리를 듣고서야 어머니임을 알았다.

"세영이랑 어떻게 된 거야?!"

찢어지는 고함이 방안을 울렸다. 블라인드가 흔들리는 착각이 일 정도였다. 마지막 장을 넘기던 피닉이 눈을 들어 나를 본다. 허둥지둥 휴대 전화의 음량을 줄였다. 그럼에도 불구하고 어머니의 음성은 연신 기계 너머로 선명하게 새어 나왔다. 배우다운 성량이었다.

피닉이 책을 덮었다. 테이블 위에 올려 두고는 내게로 몸을 기울인다. 그녀는 고래고래 악을 썼고, 피닉은 아예 턱까지 괸 채 그녀의 목소리를 듣고 있었다. 반짝이는 눈에 담긴 것은 흥미였다. 창피함에 목이 멨다. 겨우겨우 말했다.

"엄마, 진정해요."

"내가 지금 진정하게 생겼어? 그게 어떻게 만든 자리인지 알아? 내가 뭘 바치고 만든 자린데, 그걸!"

뇌물로 준 가방과 옷 따위에 이렇게 열을 내는 그녀가 이해가 가지 않았다.

"만들어 달라고 안 했어요."

옆에 뒀던 책가방을 끌어왔다. 속을 뒤져 이어폰을 찾았다. 다급한 마음에 자꾸 헛손질을 한다. 그러는 동안에도 휴대 전화 너머에선 끊임없이 헛소리가 쏟아져 나왔다.

"다시 만나자고 해. 세영이한텐 엄마가 잘 말해 볼게. 계집애가 왜 이렇게 뻣뻣해? 그깟 학교 좀 좋은 데 나왔다고 콧대만 높아 가지고선."

"하지 마요."

정색하고 말했다. 그녀는 들은 체도 하지 않았다. 그쯤 되자 진심으로 화가 났다. 그녀가 이렇게 막무가내로 나오는 이유를 알 수도 없었고, 알고 싶지도 않았다.

건너편의 피닉이 일어서는 기척이 느껴졌다. 휴대 전화를 주머니에 넣더니 지갑을 챙긴다. 나가려는 모양이었다. 나까지 엉겁결에 따라 일어섰다. 시간을 확인한 그가 골똘히 나를 보다 말했다.

"혹시 새어머니도 너랑 같은 족속인가?"

아니라고 고개를 저었다.

"하긴, 그렇다기엔 너무……."

그는 말꼬리를 흐렸지만, 맺지 못한 말이 무엇이었는지는 굳이 듣지 않아도 알 수 있었다. 눈을 내리깔고 잠시 생각하던 그가 이내 문을 닫고 나가 버렸다. 띠리릭. 도어락이 잠겼다. 순식간에 혼자 남았다.

같이 있자고 하더니.

"아들, 엄마 말 듣니?!"

전화기가 터질 정도로 소리를 지르는 그녀의 말을 끊었다.

"엄마, 나 오늘 생일인 거 알아요?"

"뭐?"

순간 폭주하듯 밀려들던 그녀의 목소리가 뚝 끊겼다. 휴대 전화 너머로 곤혹스러운 침묵이 흘렀다. 말문이 막힌 양 입을 다문 그녀에게 말했다.

"저 유세영 씨 다시 만날 생각 없어요. 그리고 저 다음 주부터 시험이라 공부해야 돼요. 이만 끊어요."

그녀가 무어라 말하려는 것을 무시하고 통화 종료 버튼을 눌렀다. 배터리를 분리하고 고개를 들었다. 뻣뻣하게 굳은 몸을 일으켜 창가로 다가갔다. 창백한 마른 얼굴이 비친다. 줄을 당겨 블라인드를 쳤다. 집의 한 면을 장식하던 어둠이 손짓 한 번에 사라졌다.

블라인드의 살을 벌리고 아래를 내려다보았다. 건물을 나서는 까만 머리꼭지가 보인다. 느릿한 그의 걸음을 눈으로 끈질기게 좇았다.

피닉이 읽던 책은 로브그리예의 'La Jalousie'였다. La Jalousie. 질투, 혹은 블라인드. 아내가 부정을 저지르고 있다는 의혹에 사로잡힌 남편은 블라인드 사이로 그녀의 일거수일투족을 감시한다. 한 인간이 어디까지 떨어질 수 있는지를 보여 주는 처절한 관찰의 기록. 남편의 집착은 심연처럼 깊었고 그래서 초라했다. 피닉과 로렌의 잠자리를 엿들으며 발정했던 나처럼.

돌연 그가 뒤를 돌아보았다. 고개를 든 피닉의 시선이 정확히 이쪽을 향했다. 블라인드로 가려져 보이지 않는 창문 너머를 한참이나 올려다본다. 뚫을 듯이. 문득 블라인드 틈새로 눈이 마주친 것 같은 착각이 들었다. 그가 나를 본다고 생각하는 것만으로도 나는 갈증을 느꼈다. 창틀에서 손을 떼고 천천히 뒷걸음질 쳤다.

피닉이 사라졌지만 여전히 집중이 어려웠다. 펼쳐 둔 그의 책과 노트북을 바라보다 2층으로 올라갔다. 침대는 그대로였다. 한숨을 내쉬며 털썩 엎드린 순간 시야에 뭔가가 들어왔다.

베개 바로 옆에 작은 쇼핑백이 놓여 있었다. 아까는 미처 보지 못했던 것이다. 안에는 직사각형의 우단 박스가 있었다. 짙은 푸른색 리본으로 장식된 걸로 보아 선물용이 확실했다.

머뭇머뭇 손을 넣어 내용물을 꺼냈다. 동봉된 흰 카드에 적힌 이름이 눈에 들어왔다. '권진하 님.' 상자를 열어 안을 확인했다. 시계였다. 아까 피닉이 부순 성도화의 선물과 정확히 같은 모델.

구르다시피 1층으로 내려왔다. 냉장고를 열어젖혔다. 손도 대지 않은 케이크 상자가 한 칸을 가득 차지하고 있다. 상자를 꺼내 보았다. 포슬포슬한 원형의 케이크 위로 딸기와 크림이 빼곡했다. 옆면에 붙은 초의 개수를 확인하자 저도 모르게 입가로 손이 갔다. 벌어지는 입을 가렸다. 그때 현관문이 열렸다.

"어……."

반사적으로 자리에서 일어섰다. 품 안 가득 케이크 상자를 안은 채였다. 내 손에 들린 상자와 시계를 본 피닉의 몸이 굳었다. 냉랭하던 무표정이 당혹으로 희미하게 일그러진다.

"이거……."

"네 거야."

대답하는 그의 목소리가 평소보다 더 무뚝뚝했다. 신발을 벗는 동작이 어쩐지 부산스럽다. 다가온 그가 내 앞에 마주 섰다. 머뭇대다 손에 쥔 것을 내밀어 보인다.

"담배를 안 피워서."

그가 사 온 건 편의점에서 파는 300원짜리 라이터였다.

"불을 붙여야 하는데."

할 말이 생각나지 않았다. 그저 전해 오는 감정을 읽으려 그의 눈을 들여다보았다. 밤바다처럼 아름다운 검은 눈이 출렁인다. 들여다볼수록 그 눈은 더욱 심하게 파도쳤다. 오늘의 그는 정말로 평소답지 않았다. 오늘 피닉의 행동은 사소한 것까지 죄다 너무나 하찮았다. 멍청하고 한심해 보였다.

그래서 나는 혼란에 빠졌다.

문제지를 받아 든 순간 그런 기운이 왔다. 하나도 모르겠다. 집중해서 볼수록 그 기운은 더욱 강해졌다. 온 우주가 나를 망치려고 하는 걸까. 최선을 다해 머리를 굴렸지만 여전히 빈칸이 너무나도 많았다.

주장인지 억지인지 모를 문장들로 꾸역꾸역 여백을 채웠다. 사탄은 존재한다, 왜냐, 존재하기 때문이다⋯⋯. '내가 봤다'고 쓰지 않은 건 아주 약간 남은 이성 덕분이었다. 그대로 허접스러운 답지를 제출했다. 답안지를 훑은 조교가 비웃으며 나를 보았다. 부루퉁하게 째려봐 주고 강의실을 나섰다. 진실을 알면서도 말할 수 없다니 억울하다.

시험 기간에 접어든 교정은 썰렁했다. 지금 학교에 있는 학생들은 죄다 시험을 치러 들어갔거나, 아니면 도서관에 있을 터였다. 휴대 전화 배터리를 도로 끼우며 시계를 보았다. 10시 15분이다. 시험이 10시에 시작했는데. 한숨을 쉬며 흡연 구역으로 향했다. 손목에 찬 시계가 유난히 묵직하게 느껴졌다.

'내가 이거 갖고 싶어 하는 거 어떻게 알았어?'

'새어머니한테 물어봤어.'

'엄마 너 싫어하는데…….'

'알아.'

말을 자르는 피닉의 표정이 어떠했던가. 화상을 입은 듯 화끈 달아오르는 뺨을 감쌌다. 덥다.

내가 다니는 학교는 지대가 높고 경사가 심했다. 비탈길에 지어져 있어서, 건물의 현관으로 들어가면 3층이거나 4층인 경우가 대부분이었다. 인문관을 이루는 두 건물 역시 주 출입구는 4층이었다. 그리고 사이에 3층부터 1층을 잇는 외부 계단을 두고 있었다. 그 계단의 구석에 있는 흡연 구역으로 향했다.

피닉은 학교가 끝나면 바로 집으로 오라고 명령했지만, 사실 그 말은 모호한 구석이 있었다. 시험이 끝나려면 아직 한 시간 정도 남았으니 내게도 한 시간의 여유가 있는 셈이었다. 한 시간 뒤에는 저절로 몸이 움직일 테지만.

"권진하!"

흡연 구역에는 선객이 있었다. 추가 학기를 다니며 공무원 준비를 한다는 과 선배였다. 스탠드형 재떨이 앞에서 담배를 태우다 나를 보더니 싱긋 웃는다. 그가 낄낄거리며 물었다.

"망했지?"

우울하게 고개를 끄덕였다.

"나도야. 난 10분 만에 나왔다."

"우와."

선배가 자랑스레 고개를 치켜들었다. 잠시 동병상련의 심정으로 서로의 얼굴을 보았다. 그가 손에 든 담뱃갑을 내밀었다.

"피울래?"

"네."

받아 든 담배를 물고 불을 붙였다. 오래간만에 맛보는 알싸함이 코끝을 달군다. 기침하며 연기를 뿜어냈다. 손등으로 눈을 훔치고 다시 한번 깊게 빨아들였다. 건네줬던 라이터를 거둬 가며 그가 재차 말을 걸었다.

"너 사채 썼냐?"

헛소리를 하는 걸 보니 정말로 시험을 망쳤나 보다.

"저 돈 많은데요."

"그럼 걘 뭐야."

"누구요."

"저번 주에 정문에서 너 끌고 간 걔."

"……동생이에요."

"어머니 재혼하셔서 생겼다는?"

"재혼 아닌……."

"안다."

선배가 휘휘 손을 저었다. 그가 줄줄 내뱉는 이야기를 잠자코 들었다. 생각보다 내 얘기가 유명한 모양이다. 남의 가정사를 공유하는 게 한국 사회의 미풍양속인가? 25년을 살았는데도 아직 모르는 게 많아 큰일이었다.

그가 말하는 '동생'은 주말 내내 나와 함께 있었다. 칸막이도 없는 원룸에서는 어딜 가든 혈육의 시야 안이었다. 그는 심지어 내가 현관 근처에만 가도 도끼눈을 했다. 고개를 들 때마다 고집스럽게 나를 응시하는 그의 눈동자가 있었다.

무의미한 감시라는 생각이 들었지만 항의하지 않았다. 이렇게 해서 그의 마음이 편해진다면 그걸로 됐다. 다만 막혀 오는 숨통을 터 보려 낮게 호흡할 뿐.

"성도화한테 물어봤는데 뭔 상관이냐고, 신경 끄라고 하잖아. 싸가지 없는 놈."

"……."

"그러고 보니 걔랑은 왜 요즘 같이 안 다녀? 싸웠어?"

"절교했어요."

"유치하긴. 걔 오늘 시험 안 들어왔다."

"걔가 그렇죠……."

"아냐, 원래도 성실하진 않았지만 요즘은 정말 심각해. 수업 들어오는 꼴을 못 봤어. 학교는 꼬박꼬박 나오는 거 같은데 대체 뭘 하나 모르겠다."

"그러게요."

눈을 내리깔며 딴청을 부렸다.

"유정이는 성도화가 네 동생한테 맞아서 입원한 거 아니냐고 그러더라."

그거야말로 헛소리였다. 재빨리 반박했다.

"성도화가 인간한테 맞고 다닐 리가 없는데요. 그리고 제 동생 그런 애 아니에요."

"우리가 뭐 네 동생인 줄 알았냐? 끌고 가는 꼴이 영락없는 빚쟁이라기에 당연히 그런 줄 알았지. 나는 너 뭐 어디 호스트바라도 나가는 줄 알았다."

"제가 그런 델 어떻게 나가요."

"왜, 너 예쁘잖아. 내 첫사랑 닮았는데."

팍 인상을 썼다. 이 사람도 미쳤나…….

"어쨌든 성도화 만나면 공부 좀 하라고 해. 내가 참견할 일은 아니지만 그러다 걔 진짜 망한다. 요즘 기업들 학점 3.0 이하면 받아 주지도 않아."

선배가 혀를 찼다. 후회할 거라고 중얼거리며 다 탄 담배를 건물 벽에 비벼 끈다. 나도 따라서 필터를 재떨이에 파묻었다. 그가 던진 담배도 주워 쓰레기통에 넣었다.

성도화에 대해선 더 말하고 싶지 않았다. 괜히 목을 푸는 척 기침을 했다. 그도 망나니 같은 성도화에 관한 이야기를 오래 끌 생각은 없는지 곧 말을 돌렸다. 시시껄렁한 농담을 주고받는 사이 하나둘씩 사람이 모였다. 하나같이 얼굴이 죽상이다.

"잘 보셨어요?"

"조졌어."

"형, 저 담배 하나만 주세요."

"사서 피워."

그 뒤론 만나는 사람마다 저번 주의 그 일을 물었다. 나중엔 누가 툭 치기만 해도 좔좔 읊어 댈 정도가 됐다. 그런 거 아니에요, 제 동생이에요, 착해요…….

대답하기도 지쳐 계단에 웅크리고 앉았다. 손으로 정강이를 감싸고 신발코를 내려다보았다. 차라리 집에 가고 싶어 시계를 보는데 누군가 내 겨드랑이에 팔을 끼우곤 그대로 일으켰다. 민감한 부위에 쑥 들어오는 손날에 발버둥 치려는 찰나 빠져나간 손이 팔목을 감쌌다. 익숙한 체온.

"어, 그…… 진하 형 동생분이시네."

후배가 호감 어린 얼굴로 인사를 건넸다. 이럴 때조차 피닉의

205

잘생긴 얼굴은 위력을 발휘하는가 보다. 빚쟁이 아니냐고 할 땐 언제고.

"안녕하세요."

피닉은 무표정했다. 그가 내 주변에 동그랗게 모인 사람들을 한 명씩 오래 쳐다보았다. 그러더니 무언가를 확인하듯 내 정수리에 코를 댄다. 활강하는 콧날이 머리카락에 닿아 간지러웠다.

"담배 피웠어?"

"응."

"너 담배 없잖아."

"아, 제가 빌려줬어요."

선배가 끼어들었다. 사람 좋은 얼굴로 실실 웃으며 장난치듯 그런다.

"진하가 피우고 싶다고 해서 한 대 줬는데…… 지금 화내시는 거 아니죠?"

피닉은 대답하지 않았다. 선배가 머쓱한 얼굴로 입을 다물었다. 혀로 입술을 축이고 가방을 추슬렀다.

"저 이만 가 볼게요."

"어, 그래. 가."

"안녕히 가세요, 형."

"시험 잘 보세요."

"그래, 너네도 시험 잘 봐."

두터운 인의 장막을 빠져나온 뒤에야 피닉의 표정이 조금 풀렸다. 손목에 감긴 그의 손이 느슨해지는가 싶더니 이내 손을 잡아 온다.

손가락 사이를 벌리며 거침없이 파고드는 감촉에 팔뚝으로 소름이 돋았다. 불편해 팔을 비틀자 더 세게 틀어쥔다. 내가 몸을 꼬아 대거나 말거나 그는 무심한 얼굴이었다. 문득 그가 물었다.

"누구랑 친하지?"

"뭐?"

"아까 그 남자랑 친한가?"

"아니. 이름도 몰라."

"그럼 누구랑 친한데."

"친한 사람 없어."

맞잡은 그의 손에 조금 힘이 들어갔다. 놔 달라고 흔들어도 무반응이었다. 한숨을 쉬며 하늘을 올려다보았다. 그가 대놓고 고집이 세며, 또 은근히 제멋대로라는 생각을 하면서.

불현듯 손목에 찬 시계 생각이 났다. 아직 감사 인사를 하지 못했다. 주말 내내 망설였지만 끝내 하지 못한 말을 입 속으로 되뇌어 보았다. 고마워, 피닉. 피닉, 고마워. 태어나 몇 번 쓰지 않은 단어에는 먼지가 잔뜩 앉아 있다. 속으로 몇 번이나 중얼거린 후에야 겨우 꺼내 쓸 수 있을 것 같았다.

속으로만 말하는데도 민망해 눈을 굴렸다. 피닉에게 하게 될 거라고는 생각지도 못했던 말이 어색했다. 내가 평생 그에게 전할 수 있는 문장이라고는 미안해가 전부일 줄 알았는데.

자취방에 도착해 문을 열며 그가 혼잣말했다.

"집이 더 좁았으면 좋겠어."

남의 집에 밀고 들어와 사는 사람치곤 뻔뻔한 발언이었다. 심지어 넓었으면 좋겠다도 아니고 좁았으면 좋겠다니, 덩치 큰 그가 들어오고 나서 이 집이 얼마나 작아 보이는지 알면 그런 말 함부로 못 한다.

하지만 돈을 내는 건 우리의 아버지였으므로 나는 입을 다물었다. 대신 가방을 풀고 공부할 준비를 했다. 오늘 저녁엔 어머니와 약속이 있다. 거기 나가려면 지금 많이 해 둬야 했다.

피닉이 가져다주는 참외를 먹으며 끊임없이 읽고 썼다. 발등에 불이 떨어지니 집중도 잘 됐다. 약속 시각이 두어 시간쯤 남았을 때 휴대 전화가 울렸다. 어머니였다. 장소를 확인하는 통화를 마치고 휴대 전화의 액정을 닦았다. 씻고 나오던 피닉이 물었다.

"아이돌 좋아해?"

눈만 껌뻑거리자 턱으로 휴대 전화를 가리킨다. 아, 벨소리.

"응, 좋아해. 예쁘고…… 나 춤도 알아."

"춰 봐, 그럼."

새로운 종류의 복수인가 생각하기도 전에 몸이 자동으로 움직였다. 잠깐 지켜보던 피닉이 도로 욕실로 들어가 버린다. 그가 그렇게 급하게 문을 닫는 것은 200년 만에 처음 보았다.

식사 자리는 조용했다. 아버지 없이 세 모자로만 구성된 모임이었다. 어머니는 피닉과 함께 나타난 나를 보고 마뜩잖은 얼굴을 했지만, 뭐라고 입을 대진 않았다. 그때 그렇게 전화를 끊어 버린 내가 여태 화가 났다고 생각하는 듯했다.

그녀는 모른 척 내 옆에 피닉을 앉히고 전채로 나온 해물 요리를 먹었다. 나와 달리 그는 어머니가 음식을 뜨는 것을 확인한 뒤에야 식사를 시작했다. 어김없이 자세가 반듯했다.

어머니는 시종일관 눈치를 보며 끊임없이 내 기분을 풀어 주려 애썼다. 디저트와 함께 나온 커다란 케이크가 그 예였다.

꽃잎 같은 연분홍 크림이 층층이 쌓인 케이크의 상단이 금색으로 빛났다. 정교하게 만든 3단 케이크의 정상에는 설탕으로 빚은 사람 모형이 올라가 있었다. 화려한 녹색 드레스를 입고 머리를 늘어뜨린 젊은 시절의 어머니였다. 마이크 앞에서 트로피를 들고 활짝 웃는 표정의 묘사가 섬세했다.

모형의 정체를 인식한 순간 웃고 말았다. 이런 때조차 자기 모습을 본뜬 슈가 크래프트를 올린다는 발상이 너무나 그녀다워서. 실소하는 나를 본 그녀가 배시시 눈웃음쳤다.

"아들, 이제 화 풀렸어?"

"화난 적 없어요."

"엄마가 까먹어서 미안해. 한 번만 봐줘. 이번이 처음이잖아. 원래 처음은 봐주는 거야, 그렇지?"

대신 선물 많이 사 왔어. 그렇게 말한 그녀가 옆에 챙겨 두었던 쇼핑백 더미를 내밀었다. 그 가녀린 팔로 어찌 들고 왔는지 의문일 만큼 많은 양이었다. 어마어마한 개수의 쇼핑백 안에서 각양각색의 선물 상자가 와르르 쏟아져 나왔다.

옷, 신발, 향수, 가방, 남성용 화장품…… 뭔지도 모를 전자 기기까지. 백화점을 통째로 털어 온 건 아닌가 걱정되었다. 그야말로 선물 폭탄이다. 하지만 식당을 초토화할 수 있을 만한 폭탄 안에 피닉의 몫은 없었다.

품에 안기도 벅찬 쇼핑백 뭉치를 넘겨받으며 피닉의 표정을 살폈다. 그는 말없이 눈을 내리깔고 상자들을 응시하고 있었다. 그 표정엔 한 점의 기대도 없었다. 어머니가 자신의 선물까지 준비했으리라는 생각은 애초에 하지도 않은 듯했다. 침묵하는 피닉을 힐끔 본 어머니가 과장되게 웃으며 말했다.

"초 불까? 직원한테 노래도 불러 달라고 하고. 왜, 그 동물 모자 같은 거 쓰고 기타치고 춤춰 주는 애들 있잖아. 사진도 찍어 주고."

"여기서 그런 거 해 달라고 하는 사람 아무도 없을걸요."

"재미없긴. 그럼 엄마가 직접 부르지 뭐."

하나밖에 없는 아들의 생일을 축하하며! 그녀가 밝게 외쳤다. 곧 고급 레스토랑에 어울리지 않는 경박한 노랫소리가 울렸다. 카랑카랑한 고음에 사람들의 시선이 모인다. 부끄러울 만도 하건만 어머니의 기세는 오히려 더 당당해졌다. 주목받는 걸 좋아하는 타고난 연예인다웠다.

구석에서 클래식을 연주하던 첼리스트가 잠깐 삐끗하더니 이내 생일 축하 노래로 곡을 바꿔 주었다. 나와 눈이 마주치자 짓궂게 눈썹을 찡긋거린다. 민망함에 얼굴이 발개졌다.

노래하는 내내 어머니는 나만 보았다. 태어난 사람과 낳은 사람, 생일을 축하하는 모자 사이에서 피닉은 이방인이었다. 하나밖에 없는 아들. 그렇게 확실하게 본인의 심중을 보여 주는 단어 선택도 없을 거라고 생각했다.

생일 축하를 빙자한 개인 무대를 마친 어머니가 어서 촛불을 끄라고 재촉했다. 행여나 불이 먼저 꺼질세라 손바닥을 휘저으며 발을 구른다. 여전히 무심한 얼굴인 피닉의 팔꿈치를 잡았다. 흠칫 고개 돌려 나를 보는 그에게 조심스레 제안했다.

"같이 불자."

"……."

"너도 생일이잖아."

대답도 듣지 않고 케이크를 끌어왔다. 그의 턱밑에 불타는 초를 가져다 대고 후, 입김을 불었다. 움찔한 그가 저도 모르게 숨을 내보낸다. 두 사람분의 입김을 받은 초가 순식간에 꺼졌다. 못마땅한 얼굴이 된 어머니를 무시하고 속삭였다.

"생일 축하해."

"얼굴 델 뻔했어."

"……미안."

그도 그럴 것이 초가 피닉의 턱 바로 아래에 닿아 있었다. 그가 떨떠름하게 케이크를 밀어 치웠다. 드러난 그의 목에 묻은 크림을 재빨리 손을 뻗어 훔쳤다. 손가락이 스치고 간 목울대가 울컥 떨리고 그의 눈동자가 내게로 떨어졌다.

닦아 낸 크림을 별생각 없이 입에 넣었다. 바짝 붙은 피닉의 시선이 손가락의 자취를 쫓는다. 팔꿈치를 잡고 있던 반대쪽 손을 놓고 몸을 바로 하려는 찰나 그가 손을 쥐어 왔다. 테이블 밑으로 깍지를 끼고 강하게 꾹 잡았다 놓는다. 파도가 모래를 쓸듯 서서히 물러나는 손끝의 감촉이 묘하게 느껴졌다.

그의 엄지가 내 검지 손톱을 문질렀다. 손톱의 형태를 가늠하는 양 지분대며 작게 말한다. '너도.' 습격처럼 다가와 욕심껏 약탈하고 사라지던 손이 마지막으로 건드린 곳은 자신이 선물한 시계였다.

다시 얌전한 얼굴로 돌아간 피닉이 디저트로 나온 아이스크림을 먹었다. 나는 전기가 오른 손바닥을 쥐었다 펴며 어머니의 수다를 들었다. 피닉은 어머니와 나 사이에 오가는 어떤 말에도 반응하지 않았다. 누가 봐도 부당한 대우에도 한마디 항의조차 하지 않는다. 어머니가 대놓고 드러내는 적의가 그에게는 닿지 않는 듯했다.

그가 처음으로 눈을 들어 어머니를 본 것은 로렌의 이야기가 나왔을 때였다.

"그래서, 세영이하고는 연락해 봤어?"

테이블 위로 올라가려던 손이 툭 떨어졌다. 뻔뻔스럽기까지 한 물음에 기가 질려 입만 벙긋거렸다. 어머니가 말을 이었다.

"그쪽 부모님하고는 얘기 다 됐어. 너만 마음 돌리면 돼."

"무슨 헛소리예요? 그걸 왜 그쪽 부모님하고 얘기하는데요."

"왜, 세영이 마음에 안 들어?"

어머니의 대꾸는 천연덕스러웠다. 거울을 보며 성의 없이 대꾸하는 그녀는 뭐가 문제인지 전혀 모르는 것 같았다. 말이 통하지 않는다. 할 말을 잃고 입을 다물었다.

답답해서 화가 났다. 불꽃을 삼킨 듯 가슴속이 뜨거웠다. 앞에 놓인 물을 마시며 이성적으로 판단하려 노력했다. 어머니의 행동은 죽은 본부인과 그 아들을 향한 열등감의 발로다. 거기에 장단을 맞추는 로렌의 부모 역시 제정신이 아닌 사람들이다. 그러니까 내가 이해해야 한다.

하지만 꼭 오늘 이래야 하나?

어머니의 행동은 피닉 앞에서 행해졌다는 점에서 더 최악이었다. 그녀가 한 일은 이 이상 나빠질 것도 없는 피닉과 나의 관계를 나락으로 떨어트리는 가장 효과적인 방법이었다.

흘끗 눈동자를 옆으로 굴렸다. 차분히 어머니의 얼굴을 들여다보는 피닉의 태도가 나를 불안하게 했다. 그 얼굴에 드리운 장미 그림자가 유난히 짙게 느껴졌다. 그가 지금 무슨 생각을 하는지 알고 싶지 않았다.

'넌 언제나 주는 척하면서 내 걸 하나하나 빼앗았지. 하지만 이번엔 그렇게 두지 않을 거야.'

"제까짓 게 부모가 말하면 들어야지 어쩌겠어? 계속 뻗대면 집에서 쫓아내 버린다고 했으니까 너무 걱정하지 마. 여차하면 엄마가 직접 만나서 잘 타이르면……."

눈앞에서 조잘대는 붉은 입술을 바라보았다. 하필 이런 여자를 나의 어머니로 만든 우리 왕은 취미가 고약한 게 틀림없다고 생각하면서.

"엄마. 유세영 씨 남자 친구 있어요. 그게 누군지 엄마도 알잖아요."

"무슨 상관이야? 남녀가 사귀다 보면 헤어지기도 하고 그런 거지."

더 들을 가치도 없는 말들이다. 혓바닥이 창처럼 삐죽하게 솟았다.

"그래서 남의 애인을 가로채라고요? 엄마가 그랬던 것처럼?"

"뭐?"

발랄하게 움직이던 그녀의 입술이 정지했다. 파리하게 질리는 그녀의 얼굴을 보자 우습게도 기분이 좋아진다. 무어라 더 난도질하고 싶은 욕구를 외면하고 자르듯 말했다.

"나는 엄마가 그런 식으로 행동할 때마다 창피해요."

어머니의 커다란 눈동자가 순식간에 눈물로 부푼다. 감정이 풍부한 그녀는 정말로 타고난 배우였다. 하지만 오늘 그녀의 역할은 신데렐라가 아니라 계모다.

"오늘은 이만 갈게요."

"……."

"나가자."

앉아 있는 피닉의 손목을 잡아 일으켰다.

건물 밖으로 나오고서야 선물이고 뭐고 하나도 챙겨 오지 않았다는 사실을 깨달았다. 심지어 지갑조차 없다. 게다가 아직 안에 앉아 있는 어머니는 분명 상처받았을 테다. 하지만 그런 것이 중요한 게 아니었다.

잡고 있던 손목을 놓고 피닉의 안색을 살폈다. 주머니를 뒤져 휴대 전화를 꺼내는 그는 별다른 표정 변화가 없었다. 냉랭한 그 얼굴에서는 불쾌도 상처도 느껴지지 않았다. 그래서 더 무서웠다. 한 손으로 전화를 만지던 그가 말했다.

“택시 불렀으니 조금만 기다려.”

“나 돈 없는데…….”

“너한테 내라고 안 해.”

근처를 둘러보던 그가 정류장 의자에 나를 앉혔다. 주머니에
손을 찌르고 서서 내 얼굴을 내려다본다. 여전히 건조한 낯빛이
었다. 어머니의 행동을 사과하려면 지금이 적절한 타이밍이다.
꽉 붙어 떨어지지 않는 입을 억지로 열었다. 그러고도 한참을 뻐
끔대며 망설였다. 미적대다 엉뚱한 말을 했다.

“주토피아 알아?”

“영화.”

“거기 나오는 사막여우 이름 알아?”

“몰라.”

“피닉.”

“…….”

“……미안해.”

“미안한 줄 알면 하지 마.”

“그거 말고, 아까…… 레스토랑에서.”

이런 말을 하는 것조차 염치없게 느껴져 몸이 움츠러들었다.
무시할 것 같던 피닉에게선 의외로 즉답이 돌아왔다.

“별로 기분 상하지 않았어.”

잠시 사이를 두고 그가 덧붙였다.

“새어머니 싫어하지 않아. 일단 내 가족이고, 불쌍한 사람이니
까.”

“불쌍하다고?”

“저렇게 애지중지하는 아들의 실체를 모르고 있으니 당연히
불쌍하지.”

"……."

"가끔 좀 궁금해. 열 달간 품어 낳은 자식이 악마라는 걸 알면 새어머니가 어떤 표정을 할지."

눈을 들어 그를 보았다. 이죽대는 말투와 달리 표정은 덤덤했다. 일견 부드러워 보이기까지 하는 풀어진 입매, 느슨한 눈빛. 기억이 돌아온 그의 행동은 이해하기 어려웠다.

마주 보는 그와 나 사이로 습한 바람이 불었다. 정류장 벽에 붙은 광고판에서 나오는 환한 빛이 그의 얼굴에 음영을 만든다. 무더운 밤, 애매한 그의 시선을 받고 있자니 괜스레 입이 말랐다. 맞닿은 무릎이 좀 더 바싹 붙었다. 몇 대의 버스가 지나가고 주변 사람들이 바뀌는 동안 피닉과 나는 그대로였다.

"저기."

티 나지 않게 다리를 치우려다 포기하고 입을 열었다. 운은 띄웠지만 할 말은 정하지 못한 상태였다. 사과는 이미 했다. 해야 할 말을 했으니, 이번엔 하고 싶은 말을 해도 되지 않을까.

"생일 축하해."

지났지만.

"선물도 고마워. 잘 쓸게."

얼굴을 집요하게 훑던 그의 눈길이 잠깐 팔목을 향했다. 다시 올라온 그의 눈빛은 더욱 따뜻해져서, 이제는 다정하다고 표현할 수 있을 정도였다. 그와 나 사이에 그런 말이 허락된다면.

빤히 바라보는 검은 눈동자를 마주하지 못하고 눈을 피했다.

"난 준비한 게 없는데 어쩌지? 뭐 갖고 싶은 거 있으면."

수백만 원짜리 시계를 선물 받은 사람치곤 뻔뻔한 발언이라는 생각이 들 때쯤 그가 말을 잘랐다.

"너한테 선물 받는 건 무서우니까 관둬."

아차 싶은 마음에 입을 다물었다. 흠칫 굳어지는 나를 본 그가 엄지로 눈썹을 문지른다. 잠시 어색한 침묵이 흘렀다. 그 사이 또 한 대의 버스가 지나갔다. 다시 입을 여는 그는 곤란한 기색이었다.

"비꼬려는 건 아니었어."

그가 허리를 낮췄다. 다가온 그의 얼굴에서 깨끗한 냄새가 난다. 높은 코끝이 뺨을 스쳤다. 뭔가 더 말하려는 그를 가로막았다.

"너 괴롭히지 않을 거야."

피닉이 한쪽 눈을 찡그렸다.

"무슨 뜻이지."

"나 그냥 이대로 조용히 있다가 돌아갈 거야. 정말로. 그러니까 지금처럼 나 감시하고 그러지 않아도 돼."

"……."

"굳이 네 인생 낭비해 가며 내 옆에 붙어 있지 않아도."

"그래서, 이만 꺼져 달라고?"

"그런 뜻은 아닌……."

"네 말을 어떻게 믿어."

그의 왼손이 내 뺨을 감쌌다. 커다란 손이 얼굴을 한가득 쥔다. 손 하나에 뺨과 목까지 다 들어가고도 남았다. 턱뼈가 부서질 것 같은 악력에 입을 다물었다. 피닉이 싸늘하게 말했다. 조금 전까지 그의 얼굴에 머물렀던 다정함은 간데없는 차가움이었다.

"화나게 좀 하지 마."

마침 택시가 오지 않았다면 그대로 얼굴이 우그러졌을지도 모른다. 택시 기사의 재촉에도 아랑곳없이 한참 나를 노려보던 그가 손을 떼고 돌아섰다. 족쇄처럼 내 손목을 감아쥔 채였다.

손자국이 묻은 차창 밖으로 서울의 야경이 흘러간다. 각양각색으로 빛나는 전광판들은 지상에 쏟아진 별빛 같았다.

정지 신호를 받고 멈춘 틈을 타 몸을 비틀었다. 맞붙은 피닉의 다리가 정신을 산란하게 했다. 과속방지턱을 넘을 때마다 단단한 허벅지가 닿아 온다. 두 사람이 앉기에 충분한 차내에서 굳이 붙어 앉은 우리를 기사가 이상하게 보는 것이 느껴졌다.

피닉은 아무렇지 않은 듯 휴대 전화만 만지작거리고 있었다. 덩달아 전화를 확인했지만 배터리가 다 되었는지 켜지지 않는다. 무료한 시선을 창밖으로 고정했다. 창을 통해 피닉과 시선을 겹치고 있음을 깨달은 것은 내릴 때가 다 되어서였다.

도착해 어둑한 자취방의 불을 켜며 피닉이 중얼거렸다.

"배고파."

이해가 가지 않아 미간을 찌푸렸다. 레스토랑에서 고기며 해물이며 잔뜩 먹은 다음이었다. 돌아보니 그 역시 나를 보고 있었다. 내 눈을 뚫어져라 응시하며 다시 한번 정확하게 짚어 말한다.

"배고파."

"……."

"라면 먹고 싶지 않아?"

속삭이는 눈빛이 묘한데 해석을 못하겠다.

"라면 끓여 줘?"

컵라면밖에 없을 텐데.

"먹고 가라고 할 건가?"

"집에 가게?"

"아니."

피닉이 한숨을 쉬었다. 피곤한 듯 손으로 콧등을 주무른다.

"됐어."

알아들을 수 없어 눈만 끔뻑거렸다. 새로 나온 속담인가.

손으로 콧대를 지압하던 그가 바로 욕실로 향했다. 문도 닫지
않은 채 옷을 벗는다. 구겨진 옷가지가 아무렇게나 던져지고 유
려하게 다듬어진 야성적인 근육이 시야를 점령했다. 눈 안으로
확 빨려 들어오는 그 모습에 멈칫 굳어 피닉을 보았다.

시선을 느꼈을까. 막 칫솔을 입에 넣으려던 그가 문득 고개를
돌렸다. 경직되어 선 나를 보더니 얼굴을 찡그린다. 화들짝 놀라
문을 닫아 주었다. 닫히는 문 사이로 바람 빠지는 웃음소리가 들
렸다.

젖은 머리가 다 마르기도 전에 잠이 쏟아졌다. 하루가 너무 길
었다. 축축하게 물기가 남은 머리카락을 더듬어 보다 이내 포기
하고 침대로 기어들어 갔다. 베개에 머리를 누이고 바스락거리는
하얀 이불을 끌어당겼다. 일전에 성도화가 내 위로 덮어씌웠던
바로 그 이불이었다.

길게 뺀 시야의 끝으로 피닉이 사용하는 소파의 끄트머리가 눈
에 들어왔다. 양껏 목을 늘여 보았지만 거기 누운 사람은 보이지
않는다. 그의 동태를 살피는 것을 포기하고 돌아누웠다.

지척에 피닉을 두고 있음에도 눈앞이 가물가물했다. 벽 하나
건너에 그가 있다는 사실만으로도 밤 지새우던 때가 아득한 과거
의 일처럼 느껴졌다. 여전히 피닉을 마주하면 숨도 제대로 쉬지
못할 만큼 긴장되었고 온 신경이 뻐근하게 당겨 왔지만, 그럭저
럭 잠은 잘 수 있었다. 인간의 적응의 동물이라더니, 인간의 껍
데기를 뒤집어쓴 악마에게도 그 말은 해당되나 보다.

지난 몇 달간을 되새기며 힘없이 눈을 감았다. 그간 너무나 많은 일이 있었다.

깊게 쏟아지는 날숨을 막지 않았다. 그대로 야트막한 잠에 빠지려던 찰나 포근하게 몸을 감싼 이불이 확 빠져나갔다. 전신에 썰렁한 기운이 밀어닥쳤다. 갑작스러운 냉기에 놀라 눈을 떴다. 코앞에서 피닉이 못마땅한 얼굴로 이불을 쥐고 있었다.

찬물을 뒤집어쓴 기분에 눈을 굴렸다. 이불의 정체를 확인하듯 쓸어 본 그가 말했다.

"이걸 아직도 안 버렸나."

그의 팔에 돌돌 말린 이불이 침대 밖으로 빠져나갔다. 그것으로도 모자라 아예 1층으로 던져 버린다. 두꺼운 이불이 추락하며 퍽 소리가 났다.

졸지에 침구를 약탈당한 황당함에 말문이 막혔다. 항의할 틈도 없이 그가 내 침대 안으로 기어들어 왔다. 좁은 침대 위에서 그와 내 몸이 포개졌다. 그 순간 하려던 말을 죄다 잊어버리고 말았다. 잠이 달아났다.

불편한 듯 이리저리 움직이던 그가 자세를 잡고 나서야 간신히 한마디를 쥐어짤 수 있었다.

"뭐 하는 거야?"

"이불 대신."

이불이 없으면 추우니까. 피닉이 덧붙였다. 떨어진 이불 대신 자기가 이불 역할을 하겠다고. 말도 안 되는 소리에 절로 입이 벌어졌다. 그러거나 말거나, 그는 정말로 이불의 대용품이 되겠다는 듯 나를 자신 쪽으로 끌어당겼다. 피부에 뜨끈한 그의 맨살이 닿았다. 그는 속옷만을 남기고 모두 벗은 채였다.

피닉과 내가 침대 위에서 벗은 살결을 맞비비고 있음을 인식한 순간 치솟아 오르는 떨림에 숨이 막혔다. 심장이 주체할 수 없이 뛰었다. 너무 떨려서 울 것 같다. 손등으로 턱을 쓸며 애써 무뚝뚝하게 말했다.

"필요 없어."

그대로 침대를 벗어나려는 나를 그가 짧게 제지했다.

"이리 와. 명령이야."

그리고 팔을 뻗어 내 허리를 끌어당긴다. 명령을 받은 몸은 꼼짝없이 그의 말에 복종할 수밖에 없었다. 다시 그의 팔 안에 갇히게 되자 이번에야말로 온몸의 수분이 죄다 마르는 기분이었다. 이런 사소한 일에까지 언령을 이용해 먹다니 믿기지가 않는다.

치졸하게 구는 피닉을 노려보았다. 사나운 눈빛을 받은 그가 보란 듯 입꼬리를 끌어 올렸다.

"계속 그렇게 쳐다보면 벗고 자라고 할 거야."

맥없이 눈을 내리깔고 입을 다물었다.

나를 모로 눕힌 그가 내 등에 가슴을 붙였다. 단단한 가슴과 판판한 배의 감촉에 솜털까지 쭈뼛 섰다. 피닉의 살결에서 전해지는 온기에 등줄기가 뻣뻣하게 굳었다. 튀어나올 듯한 심장을 갈무리하려 입술을 꾹 붙였다. 아까부터 숨쉬기가 힘들었다.

그가 침대 위로 올라올 때부터 희미하게 느껴지던 비누 냄새가 점점 더 짙어지고 있었다. 모른 척, 자는 척 호흡을 골랐다. 내 위로 덮은 자신의 팔을 느릿하게 움직이며 피닉이 물었다.

"왜 이렇게 굳었어."

너 때문에. 대답하지 않고 계속 자는 척을 했다. 돌아오는 대꾸가 없자 그의 손가락이 아랫배를 꼬집었다. 성기 바로 위로 확 들어오는 손길에 물었던 입술을 놓쳤다.

"아!"

"왜 자는 척해."

"잘 거니까……."

"긴장돼?"

부루퉁하게 말했다.

"아니. 전혀."

"근데 몸이 왜 이렇게 뜨거워."

"……."

"터질 것 같은데."

"기분 탓이야."

"내 얼굴 봐."

피닉의 손이 겨드랑이 아래로 들어왔다. 그가 손쉽게 내 몸을 뒤집었다. 양손으로 뺨을 감싸 얼굴을 확인하고는 픽 웃는다.

"빨개진 거 맞잖아."

"……."

그가 자신의 아랫입술을 느리게 핥는 것이 보였다. 나는 열 오른 뺨을 감추려 고개를 숙였다. 하필이면 그의 품 안이었다. 이마가 닿는 순간 그의 가슴 근육이 확 조여들었다.

"차가워……."

피닉이 쉰 목소리로 중얼거렸다. 어처구니없는 추궁이 이어졌다.

"주토피아 누구랑 봤어?"

"친구랑."

"친구 누구."

"……성도화."

쯧, 피닉이 혀를 찼다. 또 한 번 그의 손이 나를 꼬집었다. 이번엔 귓불이었다. 그가 이렇게 접촉할 때마다 속에서 무언가 와

221

르르 쏟아지는 기분이다. 내가 흠칫할 만한 장소만 골라 꼬집던 그가 이내 낮게 선언했다.

"이제 내 맘대로 할 거야."

그 말엔 반박하지 않을 수가 없었다.

"이미 그러고 있잖아."

"그러게."

치약 냄새가 나는 호흡이 정수리를 간질인다.

"얼른 자."

잠을 종용하는 그의 입술이 덜 마른 머리카락에 닿았다. 우습게도 그 순간 잠이 쏟아졌다. 뇌리를 지배한 온갖 혼란과 의문에도 불구하고 기꺼이 몸을 맡기고 싶은, 달콤하고 평온한 잠이었다. 정신까지 조종할 수 있는 언령의 힘은 이토록 무섭다. 허물어지듯 눈을 감으며 마지막으로 말했다.

"나 시험공부 해야 하는데⋯⋯."

"내가 가르쳐 줄 테니까 자."

"뭐 배우는지도 모르면서. 나 공부 잘하는데⋯⋯."

호소하는 목소리에 억울함이 섞였다. 그 말을 끝으로 의식이 끊겼다.

열어 둔 창문 틈으로 빗소리가 흐른다. 계절에 맞지 않는 비는 특유의 눅눅함으로 귀를 채우고, 코를 적시고, 마지막으로 피부에 달라붙었다. 의미 없이 딸각이던 볼펜을 멈추고 소리에 귀 기울였다. 쏴아아⋯⋯. 어쩐지 불안하게 들리는 소리의 파동에 초조한 기분이 되고 만다.

흘깃 눈을 들어 앞자리의 남자를 보았다. 이마 위로 흐트러진 까만 머리칼, 부채처럼 펼쳐진 속눈썹 사이 반짝이는 눈동자, 책장을 넘기는 섬세한 손가락. 달라붙는 시선을 느꼈을 텐데도 소파에 살짝 기댄 채 한만하기 그지없는 태도였다. 기름한 그의 손가락이 종이 위의 한 단어를 되새기듯 갉작거렸다. 문득 목하의 현실이 막연하게 느껴졌다.

피닉과의 동거는 의외로 무탈하게 흘러가고 있었다. 일상은 전혀라고 해도 좋을 만큼 변하지 않았다. 탈이 난 것은 오로지 내 마음뿐이었다. 긴장을 숨기는 법, 태연한 척 행세하는 법, 그조차 여의치 않을 땐 피곤한 척 눈을 내리깔고 무심을 가장하는 법 등은 내가 그와 함께하며 제일 먼저 익히게 된 소중한 처세술이었다.

그러나 빙판 위를 걷듯 아슬아슬한 긴장은 역시나 나 혼자만의 것이라는 듯, 피닉은 언제나 자연스러웠다. 짐짓 평온해 보이기까지 하는 모습에 때때로 부아가 날 정도로.

함께 살기 시작하며 그가 내게 요구한 조건은 단순했다. 나는 두 가지만 지키면 되었다. 피닉의 시야에서 벗어나지 않을 것, 함부로 타인과 말을 섞지 말 것. 애인도 친구도 없는 단조로운 생활 패턴의 나에게는 전혀 어려운 규칙이 아니었다. 집요하게 나를 관찰하는 그의 시선이 폐부를 아프게 찌르는 것만 빼면.

훔쳐보던 시선을 내렸다. 코앞에 펼쳐진 책을 보자 절로 한숨이 샌다. 피닉과 마주 앉아 시험공부를 하는 지금의 상황과 내일 당장 치러야 하는 시험, 둘 중에 뭐가 더 문제인지 판단이 어려웠다. 본인이 가르쳐 주겠다 호언장담했던 피닉 오데어조차 10분 만에 나가떨어지게 만든 과목이다.

엉망진창인 내 필기를 보며 그가 지었던 경악의 표정은 그렇지 않아도 눌어붙어 있던 나를 더욱 의기소침하게 만들었다. 졸면서 쓴 듯 이곳저곳 삐쳐 나간 글씨를 더듬었다.

내가 해독할 수 없는 필기와 씨름하는 동안 피닉의 책장은 술술 넘어갔다. 책을 전부 독파할 때까지 절대 일어나지 않을 기세였다. 목표를 달성할 때까지 결코 포기하지 않는 피닉다운 집중력이었다. 그래서 그가 갑자기 말을 걸어왔을 때, 나는 정말로 놀랐다.

"심장이 안 좋다고 했지."

"힉!"

확 조여든 성대가 괴상한 소리를 냈다. 창피해 얼굴이 붉어졌지만 그는 신경도 쓰지 않는 눈치였다. 책을 덮고 고개를 든 그가 내게 시선을 맞추었다.

"그거 혹시 나 때문인가?"

옭아매는 듯한 그의 눈을 피했다. 시큰둥하게 답했다.

"그냥 몸이 약한 거야."

그는 포기하지 않았다.

"원인도 모른다며."

"원래 인간들 몸이 다 그런 거 아닌가."

툭하면 상하고 부러지고. 그게 다 미개함의 증거야. 부러 위악을 떨자 피닉이 눈을 좁혔다. 무어라 덧붙이려던 입술이 굳게 다물렸다. 그가 저런 표정을 지을 때마다 안절부절못하게 되는 나는 아랑곳없이.

잠깐 뭔가를 생각하던 그가 몸을 일으켰다. 흠칫 긴장한 내가 무색하게 그대로 티셔츠를 벗으며 욕실로 향한다. 탁, 문이 닫히고 나서야 나는 안정을 찾을 수 있었다. 씻기를 좋아하는 그는 한 번 욕실에 들어가면 좀처럼 나오지 않았다.

언제 그를 의식했냐는 듯 책에 눈을 고정했다. 괜히 책을 뒤집어 저자를 확인하고, 지면을 빽빽하게 채운 줄글을 소리 내어 읽었다.

"나는 잠을 자고 싶은데, 너는 춤을 춰야만 하네……."

성도화를 피해 억지로 수강한 문학의 이해는 내게 커다란 고통이었다. 애초에 현실의 대화도 제대로 이해하지 못하는 내가 고차원의 문학을 이해할 수 있을 리가 없었다. 재수강 가능한 학점이 C+이었나, C0였나……. 고민하며 던져두었던 휴대 전화를 끌어왔다.

방금 읽었던 구절을 검색창에 입력했다. 몇몇 페이지를 클릭해 보았지만, 교과서에 쓰인 것 이상의 정보는 얻지 못했다. 한숨 쉬며 책 위에 엎드렸다가 바로 다시 일어났다. 눈을 부릅뜨고 필기를 들여다보았다. 여전히 의미 모를 문장들의 향연이다.

내일 시험의 결과를 예감한 몸이 산만하게 움직였다. 신경질적으로 볼펜을 딸각대고, 거칠게 책을 덮고, 휴대 전화 계산기로 예상 학점을 계산해 보고, 그러다 다시 책을 펴고. 정서 불안의 표상처럼 보이는 모습이었다. 일주일간 모든 과목을 전부 망쳤다. 마지막 시험까지 죽 쏜다면 차라리 휴학해 버리는 게 낫다.

중간고사 이후 휴학한 사례가 얼마나 있을까 고민하며 등 뒤의 소파에 기댔다. 가죽 소파가 짓눌리며 빠드득 소리를 냈다. 손을 뒤로 뻗어 아직 온기가 남은 소파 위를 더듬었다. 피닉이 사용하던 이불과 베개는 지금 내 침대 위에 있었다.

전일 그가 쓰레기 버리듯 내던졌던 그때 그 이불은 결국 버렸다. 남은 이불이 하나라는 핑계로 우리는 한 침대에서 잤다. 하루가 멀다 하고 마트에서 식재료를 사 오는 그가 어쩐지 새 이불 구입에만은 인색했다.

돌연 삐뚜름한 심술이 일었다.

　자리에서 벌떡 일어나 피닉이 들어 있는 화장실 문을 쾅쾅 두
드렸다. 문이 부서져라 주먹질하자 안쪽에서 벌컥 문이 열렸다.
뜨거운 김이 훅 얼굴을 덮쳤다. 어마어마한 열기에 주춤해 한 발
짝 물러나자 안쪽에서 팔을 잡고 끌어당긴다. 성질이 난 표정의
피닉이 나를 노려보고 있었다.

　바짝 붙은 그의 뺨이 물기에 젖어 미끈했다. 울컥한 것을 참는
듯한 태도에, 나는 태연한 표정으로 물었다.

　"편의점 갔다 와도 돼?"

　호기롭게 입을 연 것이 민망한 부탁조였다. 우물거리며 '과자
사러' 하고 덧붙이기까지 했다. 우물쭈물하는 나를 묵묵히 내려
다본 피닉이 잡은 팔을 놓아 주었다. 그리고 그대로 성큼성큼 걸
어 밖으로 나왔다. 열기와 향내가 동시에 끼쳤다. 유려한 알몸이
내 앞을 스쳐 갈 때는 나도 모르게 호흡을 멈추고 말았다.

　피닉의 몸에서 떨어진 물이 바닥에 척척한 자국을 만들었다.
등골을 따라 비누 거품이 흘렀다. 흠뻑 젖은 꼴로 그가 찬장을 열
어 꺼낸 것은 과자 봉지 한 아름이었다. 그것을 내 품에 떠밀다
시피 안겨 준 피닉이 도로 욕실로 들어간다. 코앞에서 문이 닫혔
다. 툭, 과자 하나가 바닥으로 떨어졌다.

　나는 괜히 바닥에 묻은 물을 발로 문질러 닦았다. 욕실에선 다
시 샤워기 물 떨어지는 소리가 났다. 까닭 없이 애처럼 군 것 같
아 민망했다.

　피닉이 나온 다음에는 내 차례였다. 직전까지 그가 쓰던 욕실
은 머리카락 한 올 없이 깨끗했다. 거울에 뿌옇게 서린 김만이 여
기서 나간 사람의 존재를 증명했다.

　뜨거운 물을 정면으로 맞으며 타일 벽에 등을 기댔다. 피닉의

시선을 피했다는 것만으로도 마음이 편했다. 뻣뻣하게 굳어 있던 등이 그제야 풀리는 기분이 들었다.

얼굴을 적시고 떨어진 물이 판판한 배를 지나 허벅지 아래로 사라진다. 멍하니 물줄기가 그린 궤적을 내려다보다 샤워볼에 거품을 냈다. 관성에 젖은 몸이 기계적으로 움직였다. 한 번, 두 번……. 아무렇게나 벅벅 문지르던 손이 별안간 삐끗하며 애매한 부위를 스쳤다.

"읏!"

소름이 돋는 것은 금방이었다.

"아……."

머리가 띵해지는 감각에 아래를 보았다. 부드러운 샤워볼을 쥔 손이 다리 사이 언저리에 굳은 채 멈춰있다. 바짝 긴장한 손을 치우자 반쯤 일어난 성기가 보인다. 애매하게 건드려 버린 중심에서 손을 떼는 데는 상당한 인내가 필요했다.

찬물을 조금 틀어 보았지만 가라앉을 기미가 없다. 난처하게 한숨을 쉬며 닫힌 문을 곁눈질했다. 조금 전 본 피닉의 벗은 몸을 떠올리지 않는 데는 더한 인내가 필요했다. 마지막으로 사정한 날짜를 세어 보려다 이내 그만두었다. 이런 건 정말로 곤란하다.

샤워볼을 쥐지 않은 다른 손으로 살짝 성기를 감쌌다. 따뜻하게 젖은 손에 감싸이는 느낌에 절로 다리가 떨렸다. 손이 제멋대로 움직였다. 거친 움직임에 자극받은 허리가 움찔하며 보조를 맞춘다. 불안하게 구르는 눈이 연신 바깥으로 향했다. 이러면 안 될 것 같은데 도통 멈춰지지가 않았다. 머릿속이 번쩍번쩍했다.

차라리 빨리 끝내는 게 나을지도 모르겠다 합리화하며 손에 힘을 더했다. 빠르게 앞뒤로 훑으며 자극하자 저릿한 감각이 올라온다. 손안에 쥔 것이 조금 더 단단해졌다. 하지만 그뿐, 이걸로는 모자랐다. 애가 타 발을 굴렀다. 어느새 놓친 샤워볼이 바닥을 굴렀다. 뭐가 부족한지는 이미 알고 있다. 절로 뒤로 향하는 손을 막지 않았다.

끓어오른 몸은 씻겨 내려가는 거품조차 예민하게 의식했다. 보지 않아도 뺨이 붉게 달궈졌음을 알 수 있었다. 빨리 뭔가를 넣어 채우고 싶은 충동을 애써 무시하며 천천히 주름을 더듬었다. 집게손가락 끄트머리를 살짝 밀어 넣자 빡빡하게 조여 온다. 처음부터 두 개를 넣어도 될까, 흐릿해진 머리로 되지도 않는 고민을 하던 때였다. 벌컥, 문이 열렸다.

"왜 이렇게 오래……."

막 손가락을 찔러 넣으려던 그대로 굳어 버렸다. 삐걱삐걱 고개를 돌려 문가를 보았다. 나와 마찬가지로 딱딱하게 굳은 피닉이 거기 있다. 문고리에 손을 올린 어정쩡한 자세였다.

반투명한 샤워 부스를 넘어온 시선이 곧장 내 몸에 박혔다. 달아올랐을 게 분명한 얼굴, 이미 다 씻겨 내려간 거품 탓에 적나라하게 드러난 알몸. 헐떡이며 벌어진 입술과 꼿꼿이 선 유두에 머물렀던 검은 눈이 단단하게 발기한 성기로 향했다. 피닉의 눈동자가 내 하반신을 훑듯이 움직였다.

한동안 우두커니 서 있던 그가 천천히 문을 닫았다. 동시에 내 몸도 허물어졌다.

"하……."

순식간에 힘을 잃은 성기가 허벅지 사이에서 흔들렸다. 수치로 바들거리는 손을 들어 수도를 잠갔다. 피닉이 지금 무슨 생각을 하고 있는지 절대로 알고 싶지 않았다.

아무렇지 않은 얼굴로 욕실에서 나오기까지는 한참의 시간이 필요했다. 이번엔 피닉도 재촉하지 않았다. 괜히 머리를 터는 척 욕실 앞에서 시간을 끌었다. 무례한 사람은 그인데 민망한 것은 나였다. 어떻게 태연히 거실로 진입할까 고민하는 때, 정확한 타이밍에 차임벨이 울렸다. 짐짓 목소리를 높여 반갑게 물었다.

"누구세요?"

"저예요, 유세영."

돌아온 것은 의외의 대답이었다.

소파에 앉아 있던 피닉이 몸을 일으켰다. 나는 그저 서 있기만 했다. 대답을 하지도, 문을 열지도 못했다. 멍청하게 있는 사이 한 번 더 초인종 소리가 들렸다. 문득 어깨에 살갗이 닿았다. 훌쩍 키가 큰 피닉이 내 팔을 스쳐 현관으로 다가갔다.

그가 문을 열자 무심한 표정의 로렌이 보였다. 회사에서 바로 온 듯 정장 차림이었다. 늘어뜨린 머리카락에서 상징처럼 장미 향기가 났다. 피닉이 무어라 말하려는 찰나 그녀가 선수를 쳤다.

"매달리러 온 거 아니야."

그녀가 손을 내밀었다. 가녀린 손에 들린 것은 반지 케이스였다.

"너희 어머니가 나한테 이거 보냈더라. 돌려주러 왔어."

피닉이 묵묵히 그 손에서 상자를 건네받았다. 말없이 케이스를 살펴보던 그가 슬쩍 고갯짓했다.

"들어올래?"

건조한 목소리였다. 답하는 로렌의 음성 역시 밝지 않았다.

"아냐, 바로 가 봐야 해."

"바래다줄게."

"됐어. 헤어져 놓고 붙어 다니는 것도 웃기잖아."

"뭐라고?"

소리를 지른 것은 나였다. 피닉과 로렌의 시선이 동시에 나에게 향했다. 민망함을 느낄 여력이 없었다. 나는 경악에 차 둘을 보았다. 그런 내게 예의상의 미소를 보낸 로렌이 다시 피닉을 보았다. 그리고 머뭇대다 덧붙인다.

"그날…… 내가 했던 말 있잖아."

"어떤?"

"널 좋아하지만, 그런 어머니 감수하며 만날 정도로 사랑하진 않는다고 했던 거."

"아아."

"말실수였어."

"……."

"이 상황에서 헤어지자고 해야 할 사람은 나인 것 같은데, 네가 선수를 쳐 버리니까…… 순간 울컥했나 봐. 유치한 짓이었어. 미안해."

"……나야말로, 그동안 소홀했던 거 사과하고 싶어."

"……."

"행복했으면 좋겠다. 진심이야."

"그래."

그걸로 끝이었다. 정말로 끝.

돌아서려는 그녀를 피닉이 잡았다.

"세영아."

"왜."

"미안하다."

유세영은 말없이 어깨만 으쓱이며 웃어 보였지만, 나는 알 수 있었다. 피닉의 마지막 말은 그녀가 기억하지 못하는 수많은 일에 대한 사과였음을.

그들은 정말로 아무렇지 않아 보였다. 피닉도, 로렌도 너무나 담담했다. 당황한 것은 나뿐이었다. 그가 떠나는 로렌을 배웅하고 돌아설 때까지도 전혀 상황파악이 되지 않았다.

그녀가 멀어진다. 탁, 문이 닫혔다. 향기가 사라졌다. 과거의 오데어 저택을 지배했던, 늘 언제나 피닉의 얼굴 위에 그림자처럼 드리우던 그 장미 냄새가 씻은 듯 걷혔다.

문을 닫은 피닉이 내 앞에 섰다. 멍청히 물었다.

"헤어졌어?"

그의 대답은 간단했다.

"그래."

200년을 끌어온 사랑의 결말을 낸 사람치고는 허무할 정도로 싱겁지 않은가. 재차 물었다. 캐물을 자격이 없음을 알지만 멈출 수 없었다.

"언제?"

"그게 궁금해?"

아니, 지금 이 순간 제일 궁금한 건 따로 있다.

"왜?"

왜 그녀와 헤어졌는데?

"마음이 식었으니까."

거짓말.

"나 때문이야? 우리 엄마 때문에?"

로렌이 또 죽을까 봐?

"그런 거라면."

"그런 게 아니야."

거짓말이다.

"넌 저 여자를 좋아하잖아. 아니, 좋아하는 게 아니라 사랑하잖아."

그런데 왜 헤어지려고 하지?

"왜 그렇게 확신하지?"

"저 여자가 로렌이니까."

"그런데?"

태연한 반문에 말문이 막혀 입을 다물었다. 그의 말이 이어졌다.

"전생의 감정은 전생의 것일 뿐이야."

"……."

"과거의 내가 로렌을 목숨 바쳐 사랑했다고 해서, 현생에까지 그러란 법은 없단 뜻이지."

"말도 안 돼……."

뒷걸음치며 중얼거렸다. 전생의 감정일 뿐이라고? 하지만 넌 다 알잖아. 로렌이 누군지, 네가 그녀를 얼마나 사랑했는지 전부 다 알고 있잖아. 그런데 어떻게 그럴 수 있어?

내가 물러선 만큼 벌어진 거리를 다가온 피닉이 좁혔다. 젖은 내 머리카락을 손가락으로 건드린 그가 나직이 말했다.

"어쩌면 기억이 돌아와서 더 그랬을지도 몰라."

나도 모르게 손으로 입술을 뜯고 있었나 보다. 바짝 붙은 그가 내 손을 잡아 내렸다. 놓아 주지 않은 채 그대로 쥐고 속삭인다.

"처음 본 순간부터 세영이한테선 기묘한 온기가 느껴졌어. 이 상하다고 생각했지. 나는 저 여자를 처음 보는데, 왜 이런 감정이 들까."

"……."

"생각해 보면 그건 다 탄 재가 남기는 마지막 따뜻함 같은 거였어. 기억이 돌아오고 나서야 깨달았지. 로렌을 향한 내 감정은 이미 오래전에 전부 타 버렸고…… 그 온기만으로 여태 끌어왔음을."

"……."

"오히려 나는……."

그의 얼굴이 다가온다.

"기억이 돌아온 후 종일 네 생각만 했어."

내리뜬 눈의 속눈썹이 잘게 떨리는 것이 보인다. 그 밑에 감춰진 아름다운 눈.

"넌 대체 뭐였을까, 왜 내게 심장을 줬을까, 내가 듣지 못한 네 감정의 정체가 대체 무얼까……."

치약 냄새가 나는 입김이 뺨을 간질인다. 검은 속눈썹은 여전히 파르르 떨리고 있다.

문득 그의 눈이 뜨이고 선명한 눈동자가 드러난다. 눈을 마주하며 그의 생각을 읽으려 노력했다.

"네가 나를 쫓아온 게 아니라, 내가 너를 쫓아왔을지도 모른다는 생각까지 했지."

검은 눈동자가 너무 가까워 보이지 않는다.

"듣지 못한 대답을 들으려고."

나는 묻는다.

"왜 키스해?"

날 놀리려는 거야? 두 번째 말은 다시 한번 맞붙은 입술에 묻혀 공중으로 사라졌다. 아득한 시간이 흐르고 그가 픽 웃으며 답했다.

"그럴지도 모르지."

"……."

"아니면 네게 키스하는 게 좋든가."

단단한 손가락이 뺨을 쥔다. 한가득 감싸며 재차 속삭인다.

"말해 줘."

"……."

"날 사랑했어?"

우습게도 제일 먼저 생각난 것은 성도화의 말이다. 근친. 인간 사회 최고의 금기. 이를 범하려는 피닉. 금기를 어긴 인간에게 남는 것은…….

피닉의 얼굴을 보려 노력하지만 상기된 뺨밖에 눈에 들어오지 않는다.

"응?"

내 볼을 감싼 건조한 손바닥에 조금 힘이 들어간다.

다음으로 떠오르는 것은 왕의 말이다.

한평생 그를 옆에 두고도 사랑하지 않고 견디는 것이 내가 내리는 벌이란다. 다시 한번 어리석은 짓을 반복한다면, 내 아이야, 이번에야말로 네게 소멸의 벌을 줄 수밖에 없겠구나.

내가 소멸해 버린다면, 금기를 어기고 천사의 미움을 산 너를 지켜 줄 수 있는 존재는…….

그래서 나는 대답하기로 했다.

"나는, 너를……."

"……."

"사랑하지 않아."

얼굴을 쥔 피닉의 손을 떼고 한 걸음 뒤로 물러났다. 그제야 그의 표정을 볼 수 있었다. 천천히, 그의 얼굴이 일그러진다.

나는 공허하게 들리는 말을 반복했다.

"내가 인간 따위를 진심으로 사랑할 리 없잖아."

나는 모든 것을 끝내고 싶은데, 그는 이제야 무언가를 시작하려 한다. 서로 다른 두 사공을 둔 감정의 배가 침몰한다. 이해할 수 없던 구절의 의미를 이제야 알 것 같다.

나는 잠을 자고 싶은데, 너는 춤을 춰야만 하네…….

"그럼 왜 나한테 심장을 줬는데."

"순간적인 충동이었어."

"넌 순간의 충동으로 목숨을 던지나?"

"동정심이었어."

"악마에게도 그런 감정이 있던가."

"처음 가진 장난감에 대한 약간의 애정이었어. 지금은 후회 중이야. 내가 왜 그랬을까."

"……."

"돌려받고 싶은데, 그럴 수 없겠지?"

"진심인가?"

"난 거짓말 안 해."

노력하지 않아도 말은 술술 나왔다. 이쯤은 아무렇지 않다는 듯 생긋 웃어 보이기까지 했다. 피닉의 아름다운 눈이 싸늘하게 굳어 가는 걸 보면서도 태연하게 지껄였다. 그의 검은 눈동자에 비치는 내 모습은 정말이지 지독하게 얄미워서…… 그가 여태 내 목을 조르지 않는 게 신기하다고 생각했다.

침묵하던 피닉이 다시 입을 열었다. 도드라진 목울대가 위태롭게 떨리는 것이 보인다. 순식간에 쉬어 버린 그의 목소리는 어쩐지 절박하게 들렸다. 나지막한 고백이 이어졌다.

"가족을 죽였어도 상관없다고 생각했어."

그가 양 손바닥을 펼쳐 내려다본다. 그 손에 묻었던 아내의 피를 회상하듯.

"그건 과거의 일이라고, 현재의 나와는 아무런 상관도 없다고 억지로 합리화했지."

고개를 든 그가 식은 미소를 짓는다.

"그런데 내가 간과한 게 있군."

조금 전까지 그가 나를 보던 방식과는 다른, 차갑게 얼어붙은 시선. 익숙한 그 표정에 오히려 안도를 느낀다. 그의 목소리도, 나를 보는 표정도, 애써 정중함을 가장하는 말투도 모두 과거로 돌아온 것만 같아서.

그는 내게 다정해서는 안 된다.

"과거건, 현재건…… 너는 너라는 걸."

불현듯 그의 얼굴이 왈칵 일그러진다.

"그런데 내가 왜 이러지."

"……."

"대체 나한테 무슨 짓을 한 거야?"

캐묻는 목소리가 가파르게 치솟는다. 매달리는 표정을 짓고 있다. 나는 네가 그런 표정을 지어야 할 상대가 아닌데. 제멋대로 말이 튀어 나간다.

"뭐야, 너 혹시 나 좋아했어?"

"……."

"너 정말 바보구나. 나 누군지 몰라?"

한껏 비아냥대는데도 피닉은 답하지 않는다. 그런 고요함에 나는 어린애를 찌른 가해자의 기분이 되고 만다. 잘게 떨리는 입술에 힘을 주었다.

피닉은 그저 나를 응시할 뿐이었다. 죄책감을 느끼게 하는 시선. 애처로운, 서러운, 적나라한— 무언가를 갈구하는 얼굴. 저 얼굴을 알고 있다. 제발 나를 외면하지 말아 달라고 울고 기도하고 애원하는, 예전의 내가 그를 보며 짓던 표정이다. 그가 끝내 알아차리지 못했던 바로 그 표정을 지금 그가 내게 보이고 있다.

문득 떨어지는 그의 말이 어처구니없었다.

"성도화 때문인가?"

"뭐?"

"그놈을 좋아하나?"

똑똑한 그가 분별없는 추측을 하고 있다. 성도화를 좋아하느냐고. 그놈 때문에 제게 이러는 거냐고. 하, 비웃으려다 말고 숨을 멈췄다. 어쩌면 이게 기회일지도 모른다는 생각에.

"응, 좋아."

가벼운 말투를 가장하는 건 어렵지 않다. 효과적으로 상처 입히는 방법 같은 건 날 때부터 알고 있었다.

"너랑 하면 아팠어. 진짜 죽을 것 같았어. 200년 전인데도 아직 그 고통이 생생해. 근데 도화랑 하면 안 아파. 하나도 안 아프고 너무 좋아. 진짜 죽을 만큼 좋아서 더 해 달라고 막 매달린 적도 있어. 너도 그때 봤으니까 알 거 아냐, 내가 얼마나 좋아했는지."

이해할 수 없는 말을 들은 것처럼 피닉이 미간을 좁힌다. 유리처럼 딱딱해진 그의 안면이 쩡, 깨져 나갈 듯했다.

그가 느리게 곱씹었다.

"죽을 것 같았다……."

"그래, 진짜 더럽게 아팠어……."

"그럼 죽어. 말로만 그러지 말고."

말과 동시에 그가 튀어 오르듯 덮쳐 왔다. 순식간에 짓눌린 몸이 쾅 소리를 내며 넘어간다. 호되게 부딪히려는 머리를 피닉의 손바닥이 감싸 막았다. 뒷머리를 감싼 그의 손은 건조하고 뜨거웠다.

가까운 거리에서 흥분한 호흡이 느껴졌다. 그가 온 체중을 실어 나를 덮쳐누르고 있었다. 근육의 힘으로 짓누르는 통에 숨을 쉴 수가 없었다. 전신이 묵직한 돌에 깔린 것만 같았다. 절로 숨이 가빠졌다.

커다란 손이 내가 입은 티셔츠를 찢을 듯 움켜쥐었다. 그 손을 뜯어내려고 발버둥 쳤다. 경계하며 노려보자 그가 웃는다.

"왜. 죽여 주겠다는데."

동시에 뒤통수를 보호하던 손이 머리칼 사이를 파고들었다. 그대로 목을 꺾어 제 앞으로 들이대고는 속삭인다.

"사실 나 너랑 이러는 거 좋거든. 차라리 잘됐어."

마주친 피닉의 눈은 그 어느 때보다 또렷했다. 머리카락을 움켜쥔 손에 힘을 주어 각도를 맞춘 그가 보란 듯 허리를 흔든다. 허벅지 언저리에 비벼지는 그의 남성이 벌써 단단해져 있었다. 징그러울 정도의 부피였다.

위험을 감지한 하반신의 근육이 딱딱하게 굳었다. 몸서리치는 내 반응을 즐기는 듯 그가 지그시 성기를 누르며 신음한다. 거칠 것 없는 동작이었다.

붉은 혀가 뺨에 닿았다. 닥치는 대로 핥아 대다 내키는 대로 깨물고는 혀를 세워 쿡쿡 찔러 댄다. 피부를 뚫고 입 안으로 짓쳐 들어갈 기세였다. 그의 손은 여전히 내 뒷머리를 틀어쥔 채였다. 허리 아래로 들어간 남은 손은 날개뼈를 더듬고 있었다.

숨이 차 입술을 벌리자 놓치지 않고 베어 문다. 젖은 두 개의 입술이 맞물렸다. 적나라한 마찰음에 화끈 열이 올랐다. 두툼한 피닉의 혀가 입 안을 가르고 입천장을 긁었다. 혀가 겹치는 감촉이 생생했다.

"흐으……."

내가 내뱉는 신음 전부를 그가 삼켰다. 옆구리 부근을 애무하던 피닉의 손이 어느덧 한쪽 엉덩이를 쥐고 있었다.

미친 듯이 그를 밀어 댔다. 입 안을 꽉 채운 혀를 있는 힘껏 물자 그가 인상을 쓰며 멈칫한다. 구르듯 일어나 거리를 벌렸다. 차림새가 엉망이었다. 가슴께까지 말려 올라간 상의를 끌어 내리며 그를 경계했다.

금세 자리에서 일어난 그가 나를 보고 있었다. 차분한 낯빛과 달리 귓불이 터질 듯 붉었다. 가늠하듯 혀로 볼 안쪽을 더듬어 본 그가 내게 다가왔다. 세 걸음 만에 거리가 좁혀졌다. 반격할 새도 없이 기술에 걸리듯 몸이 뒤집혔다. 다시 한번 바닥에 머리를 찧으며 넘어갔다. 이번엔 그도 내 머리를 받쳐 주지 않았다.

둔중한 아픔에 일순 멈칫한 사이 그가 내 다리를 벌리고 올라탔다. 양 팔목을 한 손으로 감아쥐고는 바닥에 붙여 고정한다. 흥분한 그의 입술이 턱과 귓불을 마구잡이로 스치고 지나갔다. 잡힌 손목을 흔들어 떨쳐 내려 해도 꿈쩍조차 하지 않는다. 그의 손 하나에 붙들려 꼼짝 못하는 모양새가 치욕적이었다.

무릎을 들어 그의 중심을 가격했다. 막 옷 위로 가슴을 훑으려던 그가 고개를 들었다. 엉망이 된 나를 내려다보더니 눈매를 찡그리며 웃는다. 그가 친절하게 경고했다.

"이러면 더 흥분돼."

말과 동시에 티셔츠가 벗겨졌다. 두꺼운 재질의 옷감으로 양 손목을 결박한 피닉이 남은 천을 테이블 다리에 묶어 고정한다. 훤히 드러난 가슴을 진하게 훑어 올린 그가 다시 젖꼭지 위로 얼굴을 붙였다. 장난치듯 코로 문지르고는 입술 전체를 사용해 빨아 댄다. 나와 달리 자유로운 그의 두 손이 몸 이곳저곳을 만져 대는 통에 수치와 쾌감이 번갈아 몰아쳤다.

내가 펄떡이며 버둥거릴 때마다 그도 박자를 맞추듯 하체를 비벼 왔다. 어느새 내 성기도 조금 서 있었다. 그 감각을 느꼈을 때는 정말이지 참을 수가 없었다.

미친 듯 도리질 치자 손목이 연결된 테이블이 덜컹거리며 흔들렸다. 와르르 쏟아진 책이 관자놀이를 쳤다. 잠시 그 꼴을 지켜본 그가 이마 위로 흐트러진 내 머리카락을 쓸어 올렸다. 상처 부위를 확인하고는 곧장 목을 물어뜯는다.

"아윽!"

울컥 피가 솟는 것이 느껴졌다. 고개를 든 그의 입술이 피와 타액으로 반짝였다. 얼굴이 가까웠다. 나는 경멸을 담아 그를 바라보았다.

"하아…… 맛있어?"

그는 내 가슴을 손으로 쥐어뜯는 것으로 답을 대신했다.

"하지 마, 하지 마아……!"

나는 머리를 바닥에 쿵쿵 찧으며 아픔을 호소했다. 몸 위에 올라탄 그를 떨쳐 내려 온몸을 들썩이며 반항했다. 심한 저항에 중심을 잡지 못한 그가 유두를 짓이기던 손을 떼어 냈다. 다리 사이를 파고든 그의 허벅지가 반쯤 선 내 성기를 강하게 압박했다.

고통을 표현하는 것은 아무런 소용도 없었다. 묶인 손목이 빠개지는 것 같았다. 헤벌어진 턱을 타고 타액이 흘렀다. 입가를 잔뜩 적신 것을 그가 모조리 핥아 먹었다.

찌익, 천 찢어지는 소리가 났다. 내 옷인지 그의 옷인지 알 수 없었다. 발작에 가까운 반항에 그도 침착하기 어려운지 거칠게 욕설을 씹어뱉었다. 내 어깨를 누르며 구속하던 그에게서 별안간 벼락같은 고함이 터져 나왔다.

"가만히 있어!"

그리고 나는 발을 구르던 그대로 굳었다. 정지 버튼을 누른 양 온몸의 저항이 멈추고 순간적인 정적이 찾아왔다. 사위가 고요해졌다. 시간이 멈춘 듯한 내 반응에 잠시 당황하던 피닉이 이내 무언가를 상기한 듯 천천히 미소 지었다.

"아하……."

피닉이 입술을 비틀었다. 눈매가 살풋 좁혀지며 비릿한 곡선을 그린다. 잔인한 기대를 담은 그 표정에 나는 질끈 눈을 감았다. 천국 같은 밤이 될 것을 예감하면서.

그가 내 이마의 생채기에 상냥하게 입을 맞췄다. 나는 눈을 감은 채 얌전히 있었다. 그의 손등이 내 뺨을 쓸어내릴 때도, 메마른 엄지가 입술 사이를 파고들 때도 거부하지 못했다. 시체처럼 굳은 나를 본 피닉의 움직임이 나른해졌다. 아이를 다루듯 부드럽게 바지를 벗기고는 속옷 위로 코를 묻는다.

그의 손가락이 토도독, 피아노 치듯 허벅지 위를 두드렸다. 이윽고 고개를 든 그가 촉촉하게 땀이 배어 나온 목덜미에 혀를 대었다. 맛보듯 깊게 빨아들이고는 무어라 중얼거린다. 그의 입술이 피부 위에서 음란하게 움직이는 느낌이 선연했다. 나는 이를 악물고 신음을 참는 게 전부였다.

오른쪽 귀를 입 안에 넣고 빨던 그가 손을 뻗어 팔목을 묶은 티셔츠를 풀어 주었다. 낮은 명령이 떨어졌다. 여전히 내 귀를 한가득 문 채였다.

"이스엘, 침대로 가."

그 뒤는 잘 기억나지 않는다. 정신을 차렸을 때는 이미 2층의 침대 위였다. 표본실의 개구리처럼 팔다리를 벌리고 누운 알몸이었다. 피닉이 무표정한 얼굴로 내 위에 겹쳐져 있었다. 나는 포획 당한 짐승처럼 숨만 할딱였다. 어쩌다 이렇게 되었는지 알 수 없다.

유려한 그의 손가락이 가슴을 더듬었다. 이미 실컷 괴롭혀 발

갖게 부푼 돌기를 엄지로 짓이기듯 문지르더니 손톱을 세워 누른
다. 고통에 신음하자 픽 웃으며 묻는다.

"아파?"

나는 입을 다물고 아무 대답도 하지 않았다.

"안 아픈가 보네. 그럼 이건?"

그의 이가 상처 난 젖꼭지를 물어뜯었다. 그 바람에 물고 있던
입술을 놓쳤다. 외마디 신음이 터졌다.

"아!"

그제야 흡족한 얼굴을 한 그가 쇄골에 쪽 소리가 나도록 입을
맞춰 주었다. 그의 한 손이 내 심장 위를 토닥토닥 두드렸다. 그
는 내 다리를 벌리고 그 위에 온 체중을 실어 누워 있었다. 내가
몸을 움찔할 때마다 바짝 올라붙은 그의 성기가 내 것과 선명하
게 마찰했다. 자극이 마음에 들었는지 그가 숨을 뱉으며 명령했
다.

"다리 더 벌려."

"……."

"소리 참지 말고."

"……흐으……."

"가슴 내밀고 허리 흔들어."

"……아!"

그가 입술을 오므려 젖꼭지를 물었다. 아까부터 유난히 그곳에
집착하고 있다. 상처 난 부위를 혀로 집요하게 건드리고 이로 잘
근잘근 씹어 대는 통에 온 신경이 그쪽으로 쏠렸다. 그가 내 장골
을 쓰다듬는 것도, 내 손으로 제 페니스를 쥐고 느리게 자위하는
것도 느끼지 못했다.

그러길 한참, 그가 붉어진 입술로 내게 키스했다. 나는 힘 빠

진 턱을 벌려 그를 받아 주었다.

입 안을 점령한 피닉의 혀가 집요하게 점막을 핥아 댔다. 도망가길 포기한 혀끝을 빨며 타액을 넘긴다. 그가 넘겨주는 것을 모조리 받아 삼켰다. 그가 맞닿은 입술을 늘여 웃었다. 그의 혀가 입 속에서 원을 그렸다. 실컷 맛보고 유린한 뒤에도 물러나지 않는다. 숨이 막히다 못해 몸이 뻣뻣하게 굳을 때쯤에야 그가 나를 놓아주었다.

혼곤해진 눈을 들어 그를 올려다보았다. 무어라 말하려는 순간 몸이 뒤집혔다. 어느새 미끄러지듯 내려간 그가 내 엉덩이를 잡아 벌렸다. 그리고 거침없이 그 사이로 얼굴을 파묻었다.

"흐윽!"

눈에 핏발이 일 정도로 치떴다. 달아오른 숨이 애널 근처에서 느껴졌다. 피닉이 내 뒤를 빨고 있었다. 주름 하나하나를 입술로 오물대더니 혀끝에 힘을 주고 삽입하듯 들락날락한다. 입술로 빨아 대고 혀를 넓게 펼쳐 문지르다 뾰족하게 세워 진입해 들어온다.

엉덩이 골에 날카로운 콧날이 스치고 지나갔다. 그가 혀를 움직일 때마다 쩝쩝 게걸스러운 소리가 났다. 그가 내 구멍을 핥는 소리였다. 난잡하게 핥는 것으로 모자라 혀를 쑤셔 넣고 점막을 빨아 대는 소리였다.

선득한 감각에 온몸에 소름이 돋았다. 튕기듯 벗어나려 했지만 명령을 받은 몸은 꼼짝도 하지 못한다. 자지러지며 그에게 애원했다.

"아, 하지 마, 하지 마……!"

그는 들은 체도 않았다. 어느새 주름 사이를 깊게 파고든 혀가 입구 가까운 곳의 자극점에 닿았다.

"아아……."

저절로 떨리는 성기를 그가 한 손으로 감싸 쥐었다. 여전히 애널에 얼굴을 박은 채였다. 입술 전체로 감싸고는 조이듯 물며 깊게 입맞춤한다. 동시에 커다란 엄지가 귀두를 문질렀다. 의지와 상관없이 흥분감이 치달았다. 피닉이 내 구멍에 고개를 처박고 빨아 대고 있다. 집요하고 끈질기게.

나는 그에게 앞과 뒤를 모두 내준 채 울먹이고 있다. 그의 혀가 믿을 수 없는 곳에 닿아올 때마다 주름이 움찔움찔 떨렸다. 흥분한 성기에서 흘러나온 쿠퍼액이 그의 손을 끈적하게 적셨다. 한참 만에 얼굴을 든 그가 야유하듯 물었다.

"그 새끼도 여길 빨아 줬나?"

대답하지 못하고 허리를 떨었다. 질척하게 젖은 치부를 피닉의 손끝이 확인하듯 더듬었다.

녹진하게 풀린 것을 확인하고는 등골에 입을 맞춘다. 흠뻑 젖은 제 손을 내 배에 문질러 닦은 그가 허리를 거세게 압박했다. 곧바로 엉덩이 사이로 묵직한 부피감이 느껴졌다. 삽입당할 것을 예감한 몸이 파랗게 굳었다.

"싫……!"

"……."

"아, 아아……!"

"……."

"아으윽!"

잔뜩 발기한 그의 성기가 쑤시고 들어왔다. 비명을 지르며 거부했지만 그는 막무가내였다. 순식간에 호흡이 흐트러졌다. 두 개의 숨이 어지럽게 뒤섞였다. 기어코 좁은 틈을 비집고 끄트머리가 들어왔다. 그것만으로 울컥 숨이 막혔다. 수치도 잊고 엉덩이를 흔들자 버티지 못하고 밀려 나간다. 뒤를 돌아보며 애원했다.

"시, 싫어…… 싫……."

"가만히 있어."

그는 그 말밖에 할 줄 모르는 사람 같았다. 이스엘, 가만히 있어. 이스엘, 움직이지 마.

다리 사이로 손을 넣은 그가 허벅지를 활짝 벌렸다. 허리를 눌러 숙이게 하고는 엉덩이만 치켜들도록 만든다. 자신을 받아 내기 쉽도록 자세를 만드는 거였다. 그가 내 몸을 제멋대로 조종하는 동안 나는 아무것도 하지 못했다. 조금 전 무리하게 벌어졌던 입구가 화끈거렸다.

문득 머리채가 잡혀 올라갔다. 어느새 내 앞에 무릎을 꿇고 앉은 그가 명령했다.

"빨아."

말과 동시에 그의 성기가 입 안을 채웠다. 한입에 담을 수도 없는 것을 억지로 처넣는 탓에 일순 숨이 막혔다. 저도 모르게 기침하며 고개를 젓자 그의 손이 뒤통수를 잡는다. 그 상태로 한계까지 틀어박혔다. 보지 않아도 입술이 찢어졌음을 알 수 있었다. 굴곡진 귀두, 도드라진 핏줄, 뜨거운 열기와 단단함까지 남김없이 느껴졌다.

굵은 살덩이가 꽉 들어찬 입술이 벌벌 떨리며 타액이 흘렀다. 줄줄 흐르는 침을 그의 손가락이 남김없이 훑었다. 반들거리는 손가락을 잠시 응시하던 그가 곧이어 그것을 내 얼굴에 펴 발랐다.

"우욱……."

"더 깊게 넣어."

제 성기가 내 타액으로 엉망이 된 것을 확인한 후에야 그가 나를 놓아 주었다. 나는 힘없이 무너져 숨을 골랐다. 뒤로 돌아간 피닉이 다시금 자세를 잡는다. 손가락을 뻗어 내벽 상태를 확인하고는 이번에도 제멋대로 중심을 밀어붙여 온다. 달궈진 그의 것이 허벅지 안쪽을 진하게 문질렀다.

"힘 빼."

그대로 한 번에 긴 성기가 진입해 들어왔다.

쑤셔 박혔다.

"하윽!"

"후우."

비명과 신음이 동시에 터져 나왔다. 발작하듯 침대를 치며 몸을 뒤틀었다. 자지러지려는 내 팔을 그가 무작스럽게 잡아당겼다. 그럴수록 결합이 깊어지고 속살이 틈 없이 맞물렸다. 딱딱한 그의 성기는 거대한 바게트 같았다. 그것은 끝의 끝까지 박힌 채 몸을 둘로 가르고 있었다.

나는 자유로운 한 손으로 가슴을 쥐어뜯었다. 가쁘게 숨을 뱉었다. 명치가 답답하고 발끝이 간지러웠다. 아팠다.

얼핏 본 피닉의 눈동자는 완전히 꼭지가 돌아 있었다. 그는 정신이 나간 것처럼 움직였다. 뭐에 홀린 사람처럼 내 몸을 굳게 결박하고 마구잡이로 찔러 올렸다. 불규칙한 움직임에 박자를 맞출수가 없었다. 통증이 배가 되고 호흡이 모자랐다.

"흐읏…… 아, 싫……."

그가 내 어깨에 이를 박았다. 잘근잘근 씹어 대며 살점이 뜯기도록 아래를 쳐 댄다. 격한 움직임에 절로 눈물이 흘렀다. 시야가 뿌옇게 흐려졌다. 그 와중에 간헐적으로 올라오는 성감이 머리를 돌게 했다. 뇌를 짓이기고 눈을 멀게 하는, 폭력과도 같은 쾌감이었다.

익숙지 않은 방향으로 찔러 올리던 그의 성기가 안쪽 어딘가를 건드렸다.

"훗!"

억제하지 못한 신음이 터졌다. 속살이 절로 조여들었다.

"웃……."

등과 맞닿은 그의 복근이 긴장하는 것이 느껴졌다. 잠시 멈추었던 그가 이내 손으로 배를 감싸 당기며 강하게 박는다.

"아, 아!"

그대로 두들기듯 마구 찔러 올려졌다. 소리가 쏟아졌다.

"윽, 흐웃! 아, 아…… 흐윽!"

베개에 얼굴을 묻은 채 비명을 질렀다. 바짝 서 덜렁거리는 성기에서 뚝뚝 정액이 떨어졌다. 지독한 감각에 의식하지 못한 새 사정해 버리고 만 것이었다.

불현듯 피닉이 내 몸을 잡아 돌렸다. 사정한 것이 수치스러워 손으로 가리려 하자 거칠게 떼어 내고 기어코 다리를 벌려 확인한다. 두 다리가 활짝 벌어졌다. 침과 눈물로 범벅이 되었을 게 분명한 내 얼굴을 그가 찡그린 눈으로 보았다.

울며 그의 어깨를 밀고 뺨을 때렸다. 그는 얻어맞고도 꿈쩍하지 않았다. 여전히 내 몸속에 자신의 성기를 박은 채였다.

그의 손에 잡힌 허벅지가 어깨까지 밀어붙여졌다. 엉덩이는 물론이고 허리까지 공중으로 들렸다. 벌주듯 무릎 뒤를 잡아 누른 채 콱콱 찔러 넣는다. 나는 말 그대로 꿰뚫리고 있었다. 단단한 고환이 퍽퍽 엉덩이 골에 부딪쳐 왔다.

입구와 회음부가 체액으로 질척했다. 죽음 같은 쾌감에 다리 사이가 통제되지 않았다. 구멍이 멋대로 조이고 풀어졌다. 나는 헐떡헐떡 숨만 뱉었다.

배 속에 그의 성기가 묵직하게 차올랐다. 더는 들어갈 곳이 없을 정도로 넣어졌다. 접합부에서 철퍽철퍽 살이 마찰하는 소리가 났다. 아까부터 집요하게 느끼는 곳만 찔러 대고 있다. 귀두까지 모조리 빼냈다 한 번에 삽입하는 통에 뜨겁고 화끈거려 견딜 수가 없었다.

어느 순간 나는 소리도 내지 못한 채 입만 벌리고 있었다. 시트를 쥐어뜯으며 버티던 손으로 깍지가 끼워졌다. 격렬하게 치대던 그의 페니스가 일순 박자를 놓치며 더 깊은 안쪽 어딘가를 찔러 올렸다.

"하윽!"

정신이 반쯤 나갔다 돌아왔다. 내 허리가 튕기듯 치솟았었다는 것은 침대 위로 떨어지고 나서야 알았다. 엉덩이가 제멋대로 움찔거렸다. 목이 꺾이고 눈이 풀렸다. 부들부들 떨리는 성기에서 쏟아지는 감각이 내가 두 번째 사정을 했음을 알려 주었다.

그리고 그 순간 피닉이 황소처럼 들이받기 시작했다. 여태까지는 애들 장난이었다는 듯 끝의 끝까지 몰아붙인다.

숨을 쉴 수가 없었다. 앞도 보이지 않았다. 고장 난 감각은 시각 외의 모든 것을 예민하게 의식했다. 다리 사이에서 퍼억퍼억 살 부딪치는 소리가 났다. 피닉의 땀이 내 가슴팍으로 뚝뚝 떨어졌다. 그의 오른손은 여전히 내 손을 부술 듯 움켜쥐고 있었다.

몸이 반으로 접히다시피 했음에도 아프지 않았다. 느껴지는 것은 오직 엉덩이 사이를 출입하는 두꺼운 흉기가 주는 감각이었다.

"아, 안 돼, 하, 으, 아, 안, 아, 으으웃……!"

눈앞으로 번쩍번쩍 번개가 쳤다. 나도 모르게 손을 뻗어 그의 엉덩이를 움켜쥐었다. 피닉이 짐승 같은 소리를 냈다. 몸 안을 꽉 채운 살덩이가 부르르 경련했다. 그의 배에 문질러지던 내 성기는 세 번째 사정을 했다. 머리끝까지 치솟은 쾌감이 터지며 전신의 근육이 바들바들 떨렸다.

"아⋯⋯!"

격한 폭발 뒤로 주르르 눈물이 흘렀다. 곧이어 그의 성기도 요동치며 정액을 토해 냈다. 절정을 맞은 그가 내 목줄기에 달아오른 얼굴을 묻었다. 땀에 젖은 피부를 이로 긁으며 어쩔 줄을 몰라 한다. 울컥 뜨거운 액이 내벽을 적시는 감각이 느껴지는 것 같았다. 금방이라도 심장이 터져 죽어 버릴 것만 같다.

"하아⋯⋯."

두 다리가 힘없이 침대 위로 떨어졌다. 숨이 막혀 쌕쌕대자 그가 손만 들어 내 얼굴을 쓰다듬었다. 폭행하듯 허리를 놀리던 조금 전과는 상반된 부드러운 손길이었다. 커다란 손이 닿아 오는 감촉이 낯설었다.

그가 내 목에 파묻었던 얼굴을 들었다. 얼굴을 흠뻑 적신 눈물의 궤적을 따라 올라온 그가 양 눈가에 입을 맞췄다. 그제야 시야가 돌아왔다. 눈이 마주치고, 굵은 기둥이 쑥하고 빠져나갔다. 주룩 흘러나온 정액이 회음부를 적시고 시트 위로 고였다.

얼핏 본 그의 성기는 조금도 줄지 않았다. 배꼽 위로 탄력 있게 올라붙는 것을 외면하자 그가 피식 웃는다. 애액으로 번질거리는 제 페니스를 느리게 쓸던 그가 여봐란 듯이 내 얼굴 위로 그것을 가져왔다. 깍지 낀 손을 끌어다 기어코 제 것을 확인하게 한 뒤에야 그는 만족스럽게 신음했다.

나는 힘이 빠져 부들거리는 손을 들어 그의 얼굴로 가져갔다. 그대로 손등으로 뺨을 쳤다. 그는 태연하게 뺨을 내주고는 곧장 내 팔뚝을 물어뜯었다. 이번엔 주먹으로 그의 얼굴을 가격했다.

그도 복수하듯 내 갈비뼈를 씹었다. 전신이 그의 잇자국으로 엉망이었다.

그가 말했다. 조금 전의 배부른 표정은 간데없이 이죽거리는 얼굴로.

"너한테 홀려서 전생의 연인까지 내버린 꼴을 보니 어때?"

"좆……같아."

"가족과 아내를 데려간 것도 모자라서, 이제 내 마음까지 가져갈 생각이었나?"

그렇다면 성공이야, 말하며 입꼬리를 올린다.

"제멋대로 쥐 놓고, 무슨 말을 하는……."

"가는 게 있으면 오는 것도 있다는 걸 알았어야지."

이어지는 말은 날숨이 잔뜩 섞여 은근하다.

"아, 악마라서 그런 건 모르나?"

비웃고 있다.

"잔뜩 받아 갔으니까…… 너도 대가를 지불해."

받아 간 만큼. 말과 동시에 그가 벌어진 다리 사이로 손가락을 쑤셔 넣었다. 사정 봐주지 않고 한 번에 들어온 것에 순간 온몸이 경련했다.

"윽…… 흑……."

가슴이 터질 것 같았다. 쌕쌕거리는 숨소리가 스스로 듣기에도 불안정하다. 별안간 굳어 버린 나를 확인한 피닉의 표정이 깨어졌다. 급히 손가락을 빼낸 그가 내게로 몸을 겹쳤다. 머리통을 감싸 품에 안고는 가슴을 문지르며 달랜다. 우습게도 진심으로 걱정하는 얼굴이다. 이중인격이라고 해도 좋을 태도 변화에 가쁜 호흡 사이로 헛웃음이 터져 나온다.

"괜찮아?"

"……"

"이스엘, 정신 차려 봐. 이스엘!"

왜일까. 그와 내가 처음으로 몸을 섞었던 날의 기억이 머리를 베고 지나간다. 1899년이었던가, 1900년이었던가. 피 섞인 정액을 닦아 내던 나 스스로가 얼마나 끔찍하게 비참했었는지.

그의 어깨를 밀어 냈다.

"하지 마!"

독 오른 눈으로 그를 쏘아보았다.

"나한테 왜 이래?"

"뭐?"

"내가 잘못되면 너는 좋은 거잖아. 너는 날 싫어하니까."

닿아 오는 체온과 살결이 형벌 같다.

"다 알아. 넌 내가 아주 미워 죽겠잖아, 끔찍하게 증오하잖아……. 그런데 나한테 대체 왜 이래!"

발작하는 목소리가 스스로 듣기에도 끔찍하다. 발악하며 따지고 드는 나를 내려다보던 피닉이 이내 차분하게 대꾸했다.

"내가 묻고 싶은 말이야."

"뭐?"

"왜 그런 짓을 했지?"

어느새 그의 눈빛도 진득하게 가라앉아 있었다.

"네 말대로 내가 네 장난감이라면, 왜 고작 인간에게 전부를 줬지?"

영리한 그답지 않게 같은 것을 반복해 묻고 있다. 마치 오랜 세월 그 생각만을 해 왔던 사람처럼.

불쑥 원망이 치솟았다.

"말해야 해?"

"······."

"너 어차피 관심도 없었잖아. 왜 이제 와서 그런 걸 물어?"

"말해 줄 생각이나 있었나?"

"들을 생각도 없었잖아."

정적이 흘렀다. 소리는 없고, 동물 같은 냄새만이 짙게 풍긴다. 그가 뚫어져라 나를 본다. 그러다 허탈하게 중얼거린다. 나를 이해할 수 없다고.

그런 그에게 상처를 주고 싶었다. 다른 이를 상처 내는 방법 따위 배우지 않아도 알고 있다.

한 자, 한 자 신중하게 뱉어 냈다. 이유는 모르지만, 왠지 이 말이면 그를 찌를 수 있을 것 같았다.

"너랑 만난 거······ 후회해."

"이제야?"

그가 즉시 맞받았다. 전혀 상처받지 않은 표정이다. 나는 실패한 걸까. 돌연 서러워져 눈을 감아 버렸다. 그러자 단단한 손이 뒷머리를 파고든다. 고개를 저어 피하려 하자 더욱 깊숙이 안는다. 내 뺨에 입술을 대고 깃털 같은 키스를 남긴다. 다정하게 말한다.

"입 놀리는 걸 보니 살 만한 모양이군."

다시 눈을 뜨고 본 피닉은 차분한 표정이었다.

"내가 오늘 너 죽인다고 했던 것 같은데."

"······."

"다리 벌려."

그의 손가락이 부풀어 오른 입구를 더듬었다. 자신의 정액으로 희게 젖어 있을 주름을 비집고 마디 하나를 밀어 넣는다. 상태를 가늠하듯 긁어 대며 말한다.

"찢어질 때까지 할 거니까."

그가 내 몸을 옆으로 뒤집었다. 한쪽 다리를 제 어깨에 걸치더니 새끼발가락을 입에 넣는다. 부드럽게 발가락을 빨리는 감촉에 등줄기로 쭈뼛 소름이 돋았다.

촉촉해진 피닉의 손이 내 성기를 쥐었다. 그의 손가락은 여전히 내 몸 안에 들어 있다. 중심이 자극받을 때마다 움찔거리는 내부가 선연히 느껴지도록.

"네가 싫어."

흠뻑 젖은 눈동자에 그가 키스한다.

"정말이야. 정말 끔찍하게 미워."

혀를 깊숙이 넣어 눈알을 파먹을 듯 핥아 댄다.

"죽이고 싶을 정도로."

날카롭게 선 코끝이 뺨을 문질렀다. 몸 안을 점령한 손가락이 정확히 느끼는 곳을 찾아 움직인다. 자극점 언저리를 애매하게 찌르면서 정작 중요한 것은 넣어 주지 않는다. 부족함을 느낀 내가 결국 입술을 떨며 애원하도록.

새벽이 밝아 올 때쯤에야 그가 떨어져 나갔다. 침대를 벗어나는 그는 빈털터리의 표정이었다. 나는 푹 젖은 시트 위에서 그를 보았다. 늘어진 다리가 경련했다.

아까부터 귓가에 맴도는 목소리는 누구의 것일까. 형제를 범하는 자는 영원히 지옥 불에서 타는 벌을 받게 되리라. 이는 중죄라 반드시 형벌을 받아야 할 무서운 악이며 타인의 육신을 욕보인 자도 이와 같을 것이라— 너희의 죄가 너희를 고발하리니 죄인의 몸은 살 속까지 성한 곳이 없으리라…….

내가 이 땅에 벌을 받으러 왔음을 이제야 실감한다.

"권진하."

"……."

"종교학과 권진하."

"……네."

"이 답안지, 자네가 직접 작성한 거 맞나?"

"네."

답지를 돌려주던 교수가 어이없다는 표정으로 나를 훑는다. 해명을 요구하는 눈초리였다. 나는 별다른 반응 없이 종이만 건네받았다. 돌아서는 귓가에 노교수의 불편한 기침 소리가 들린다. 지금이야말로 답지의 내용에 관해 무어라 변명할 타이밍이지만, 나는 그저 자리로 돌아가 엎드렸다.

통상적인 인간의 반응을 보이기엔 전신에서 풍기는 수컷 냄새가 너무 심했다.

움직일 때마다 등줄기를 타고 오르는 저릿함, 다리 사이가 텅 빈 듯한 허전함.

일주일간 하루도 빼놓지 않고 당했다. 지금도 몸 안엔 미처 긁어내지 못한 피닉의 음액이 차 있었다. 오늘 아침엔 정말로 심해서, 나는 그가 사다 준 생리대를 차고 학교에 와야만 했다.

온몸이 부서질 듯 아팠다. 간신히 앞으로 나가 답안지를 받고 자리로 돌아와 점수를 확인한 것으로 내게 남은 체력의 전부를 소진했다.

잔뜩 구겨진 종이를 펼쳤다. 이름 위에 붉은 펜으로 동그라미가 쳐져 있었다. 몇 번이고 되풀이해 읽은 듯 종이 표면이 거칠었다. 내용을 확인했다. '사탄은 존재한다. 왜냐, 존재하기 때문이다…….' 총점 0점. F였다.

혼곤한 와중에도 한숨이 났다. 문득 머리 위로 그림자가 졌다. 고개를 들자 못마땅하게 나를 깔아 보는 교수가 있다. 그의 후각이 불온한 냄새를 감지할까 몸을 움츠렸다. 가래 낀 목소리가 다 그치듯 물어 왔다.

"자네, 혹시 사탄 믿나?"

'예'라고 하면 화형 당하나? 하지만 적절한 대답이 생각나지 않는다.

"네."

"왜?"

제가 봤으니까요. 오늘 아침에도 거울 속에서. 사내의 좆을 꽂고 울며 엉덩이를 돌리던 무력한 모습을.

"생각 고쳐먹지 않으면 앞으로 내 수업 들어올 필요 없어. 나가."

저는 등록금을 냈는데요.

고목처럼 버티고 선 노교수를 흘긋 보았다. 여상한 내 태도에 노인의 미간이 심하게 구겨졌다. 꼬장꼬장한 얼굴의 주름을 세다 곧 그만두었다. 항의할 의지도 기운도 없었다.

가방을 챙겨 일어섰다. 아까부터 열이 올라 머리가 어질어질했다. 출입문을 향하는 몸이 앞뒤로 흔들거렸다. 시야가 흐릿하게 번졌다 돌아오길 반복한다. 당장 어딘가에 눕고만 싶었다.

모두의 주목을 받으며 강의실을 나섰다. 그때까지 손에 들고 있던 답안지를 구겨 쓰레기통에 넣었다. 제대로 들어가지 못하고 튕겨 나온다. 휴대 전화가 울려 무의식중에 받았다. 어머니였다.

날카로운 목소리가 나를 재우쳤다.

"드디어 받네. 신고할 뻔했어, 우리 아들 죽은 줄 알고."

"……무슨 일이세요."

"세영이랑 연락해 봤어?"

그 이름을 듣는 순간 전신의 피가 발끝으로 빠져나갔다. 버티지 못하고 주저앉았다. 발치에 떨어진 종이가 가물가물하게 보였다. 여전히 몸에선 비릿한 냄새가 난다. 견딜 수 없고 참을 수 없는 짐승의 냄새. 영역을 표시하듯 강제로 다리를 벌리고 자신의 것을 쏟아붓던 피닉 오데어. 그의 어디에 그런 야만이 숨어 있었던가.

"걔 그렇게 안 봤는데 영 애가 뻣뻣해. 문자 보내도 답장도 없고, 전화도 안 받고."

"엄마, 제발 좀…….."

"……아들, 엄마가 엄마 혼자 좋자고 이러는 거 같아? 넌 아무 생각도 없는데 나 혼자 이기적으로 구는 거야, 지금?"

"……그런 뜻 아닌 거 아시잖아요."

"아니면, 설마 너 지금 나 귀찮니? 너도 나 귀찮아?"

마지막 말은 숫제 찢어지듯 들렸다. 순식간에 확 끓어 넘치는 그녀의 감정을 따라가기가 벅차다. 휴대 전화를 쥐고 있는 손이 추위를 타는 것처럼 떨렸다. 몸에서 퍼지는 수컷 냄새는 점점 짙어지기만 한다. 잠깐만, 조금만 참아 보자고 생각하지만 소용이 없다.

여기가 어디든 쓰러지고 싶었다. 껌 자국이 눌어붙은 먼지투성이 바닥이라도 상관없었다. 수치 같은 것은 나중 문제였다.

"너 자꾸 그런 식으로 나오면 엄마 학교 찾아갈 거야. 이게 머리 좀 컸다고 엄마 말을 개똥으로 알고 아주…… 너 내가 못할 거 같지? 가만, 지금 수업 중 아니야? 전화는 왜 받아?!"

귓전을 쑤시는 어머니의 목소리가 점차 멀어졌다. 자신이 신데렐라라고 굳게 믿는 계모. 계모가 되어 버린 신데렐라. 한때 모두의 사랑을 받았지만 지금은 단 한 사람의 사랑도 받지 못하는 여자. 그녀가 뿜는 녹색 기운에 머리가 어지럽다. 차라리 다행이라고, 멀어지는 정신으로도 그렇게 생각했다. 인간의 몸은 역시 너무 약하다고도 생각했다.

휴대 전화가 손에서 빠져나가고 그대로 고꾸라지려는 내 몸을 누군가 받쳐 안는다. 익숙한 품. 기분 좋은 냄새가 났다. 깨끗하고 신선하고, 아주아주 청량한⋯⋯.

눈보다 코가 먼저 장소를 인식했다. 머리를 맑게 하는 투명한 냄새, 그 누구보다 확실한 존재감을 가진 향기.

천천히 눈꺼풀을 들어 올렸다. 시야로 보이는 파란 천장과 커다란 창문이 예상을 확인해 준다. 목 끝까지 덮인 이불을 치우고 일어났다. 머리가 멍하게 가라앉았지만 견딜 만했다.

창틀엔 언젠가 성도화가 가지고 사라졌던 영산홍 화분이 놓여 있었다. 햇살을 받아 빛나는 꽃은 이파리 끝까지 싱싱하다. 진작 말려 죽였을 줄 알았는데. 만져 보고 싶다.

철컹.

동작은 의외의 부분에서 제지당했다. 멈칫하며 어깨 아래를 내려다보았다. 눈을 뜰 때부터 묘하게 나를 괴롭히던 부자연스러움의 정체. 왼쪽 손목에 수갑이 채워져 침대 머리에 고정되어 있었다. 장난감인가. 팔을 살짝 당겨 보았다. 꿈쩍도 하지 않는다. 차가운 은색 쇠의 고리를 더듬어 보았다. 진짜였다.

"이⋯⋯ 미친⋯⋯."

당황할 틈도 없이 뱃전에 얹어지는 돌덩이에 헉 인상을 썼다. 이건 또 뭐야, 하며 보자 도서관 고양이가 여기에 와 있다. 제 무

게에 배가 터질 뻔한 나는 아랑곳없이 긴 혀로 앞발을 핥으며 갸
르릉거린다.

황망하게 중얼거렸다.

"너 정말 뚱뚱하구나……."

어처구니없는 존재만 자꾸 등장하는 탓에 현실감이 떨어졌다.

자유로운 오른손을 이용해 고양이의 앞발을 쥐었다. 보송보송
한 털손을 흔들며 어설프게 인사를 나눴다. 머리를 쓰다듬는데도
웬일인지 얌전하다. 순순한 태도에 소용없음을 알면서도 말해 보
았다.

"안녕. 오랜만이다. 근데 내가 좀 급해서 그러는데…… 이것
좀 풀어 줄래?"

"싫은데."

"어……."

돌아보았다. 묘하게 들뜬 낯의 성도화가 양손을 주머니에 꽂고
비뚜름히 서 있었다. 손목에는 봉투 하나가 덜렁 걸려 있다.

그가 말했다.

"안녕."

얼결에 따라 인사했다.

"안녕."

그리고 바로 본론을 꺼냈다.

"이거 풀어 줘."

"싫어."

"너 만나지 말랬어. 집에 가야 돼."

"싫어."

"그게 명령인 거 알잖아."

성도화를 만나지 말라는 피닉의 언령은 아직도 유효했다. 주인

의 명령을 이행하지 못하는 몸이 불안하게 흔들거린다. 힘만 주어진다면 당장에라도 손목을 구속한 사슬을 끊고 뛰쳐나갈 기세였다.

'명령'이란 말을 들은 성도화가 웃었다. 다가와 침대에 걸터앉더니 다정하게 머리를 쓸어 넘겨 주며 그런다.

"너는 지금 명령을 따르지 않는 게 아니라 따르지 못하는 거야. 너는 감금당했어, 나한테."

납치에 감금, 이 정도면 나도 지옥 가냐? 그가 불량하게 웃는다. 나는 대꾸하지 않았다. 여전히 욱신거리는 몸과 멍한 머리가 저항의 의지를 희석했다. 장난기와 불안이 동시에 묻어나는 옛 친구의 눈을 보고 있으니 말해 봤자란 생각도 들었다. 차라리 침묵으로 항의해 볼까.

하지만 궁금한 것이 있어서 딱 그것만 묻고 입을 다물기로 했다. 우선 고양이를 가리켰다. 아직까지 내 배 위에 올라앉아 내려갈 생각도 않는 돌덩어리.

"얘 왜 여기 있어?"

돌아오는 답변은 성의 없었다.

"몰라."

이번엔 화분을 가리켰다.

"저건 뭐야."

"내 보물 2호."

그걸로 끝이었다.

내가 침묵한 사이 그는 손목에 끼워 두었던 봉투에서 포장된 죽을 꺼냈다. 비협조적으로 나오면 평생 가둬 둔다고 협박하는 통에 얌전히 그가 떠먹여 주는 죽을 먹었다. 고소한 전복이 입 안에서 씹혔다.

그와 이렇게 마주 앉아 있는 건 정말 오랜만이다. 지쳐서 그런 걸까. 내내 세우고 있던 날이 조금 누그러져 있었다. 도망갈 기력도 방법도 없다는 핑계로 나는 자포자기의 심정이 되었다. 언령을 이행하려 바르작거리는 몸을 편안하게 풀어 두었다.

입바람으로 죽을 식히며 성도화가 핀잔을 놓았다.

"빵점 맞은 게 그렇게 충격이었냐. 기절할 정도로?"

"……."

"걱정 마. 그 교수, 다시는 그런 짓 못 하게 내가 잘 손봤으니까."

뜨거운 죽이 꿀떡 넘어갔다.

"교수님 죽였어?"

"내가 너야?"

"……."

남은 한 손으로 성도화의 얼굴에 주먹을 날렸다. 요 일주일간 나는 말보다 주먹이 먼저 나가는 악마가 되어 있었다. 그것을 가볍게 잡아챈 천사가 벌이라며 내게서 장조림 반찬을 빼앗아 갔다. 기막히기도 하고 황당하기도 해서 어쩐지 맥이 풀렸다. 입을 다물기로 한 것도 잊고 그에게 물었다.

"너 왜 시험 안 들어갔어?"

"자느라."

"……잠은 죽어서 자."

"우리 안 죽잖아. 넌 지금 하는 꼴 봐선 곧 죽겠지만."

얼마나 남았으려나. 3개월? 5개월? 그가 얄밉게 손가락을 흔들어 보였다. 이죽거리는 성미 하나만큼은 정말 처음 봤을 때 그대로였다. 놀랄 정도로 기분이 가벼워졌다. 그리고 성도화가 한심했다.

"너 그러다 학고 맞아."

"나 휴학했는데."

"언제?"

"시험 안 들어간 날 바로."

시험을 망친 뒤에 중도 휴학. 내가 생각만 한 걸 그는 실행에 옮겼다.

어느새 전복죽도 바닥을 보였다. 내 입에서 나온 숟가락을 그가 자신의 입으로 가져가 쪽 빨았다.

"다 먹었으면 잠이나 자. 너 다음 수업은 박수하가 대출해 준 대."

"교수님이 내 얼굴 아는데."

"아씨."

그가 욕을 하며 협탁에 올려 두었던 죽과 반찬을 정리했다. 플라스틱 그릇에 뚜껑을 덮어 대충 구석에 밀어 둔 그가 내 옆에 자리를 잡고 누웠다. 성도화 혼자 눕기도 버거워 보이는 싱글 침대였다.

살갗이 닿자 체온이 겹쳐 불편했다. 피하려 뒤척거리자 아예 나를 제 몸 위로 올려 엎드리게 한다. 몸부림쳤지만 손목만 아팠다. 일단 이렇게 묶이고 나면 반항은 소용이 없다는 것을 경험으로 알고 있다.

그냥 얌전히 눈을 감았다. 내가 저항하길 포기하자 성도화도 안락하게 자세를 고쳤다. 성인 남자 두 명의 무게를 진 움직임에 따라 침대 스프링이 삐그덕삐그덕 소리를 냈다.

성도화 위에 얹힌 내 위로 고양이가 올라왔다. 등으로 뜨끈한 무게가 실리고 물컹한 뱃살이 느껴졌다. 얼굴을 기댄 성도화의 가슴이 일정한 리듬으로 오르내렸다. 그대로 한참을 있었다. 슈

퍼맨처럼 왼쪽 팔만 위로 뻗은 불편한 자세였지만 이상하게 편안했다. 천사 특유의 체향 때문인지도 모른다. 졸음으로 눈이 가물가물해질 때쯤 입을 열었다. 내내 생각하던 말이었다.

"내가 예전에 했던 말 기억해?"

"무슨 말."

대답하는 성도화의 목소리는 또렷했다. 허리 언저리를 토닥이는 그의 손바닥은 아까부터 조금 떨리고 있다. 장난기와 불안. 이 상황에 이런 말을 꺼내는 내가 구제불능처럼 여겨졌다.

하지만 해야 했다. 어차피 나는 악마니까, 염치나 죄책감 같은 건 모르는 존재니까…… 지금 마음을 무겁게 하는 모든 감정들도 다 착각일 것이다. 혹은 내 눈앞의 쌍둥이 천사를 속여 의도대로 조종하려는 위선이며 기만이거나.

"피닉을 천국으로 보내 달라던 말."

"아, 그 헛소리?"

단칼에 말을 자르는 어조는 싸늘하기 그지없다.

"말했잖아. 그놈이 착하게 살면 알아서 올 거라고."

"그렇게 안 살아도 갈 수 있게 해 줘."

"예를 들면?"

"……."

성도화가 벌떡 몸을 일으켰다. 고양이가 야옹, 하며 뛰어내렸다. 그가 나를 무릎에 앉히고 팔목과 어깨의 잇자국을 조용히 쓸어 만진다. 가늘게 떨리던 그의 손은 이제 약을 먹은 것처럼 떨리고 있다. 그의 눈동자가 너무나 많은 말을 하는 바람에 나는 눈물이 날 것 같다. 공기의 밀도와 열감이 높아 속이 답답했다.

쌍둥이 천사, 내가 없어지면 가장 이득을 볼 존재가 나직하게 묻는다.

"너희 왕이 했던 말 벌써 잊었어? 다시 사랑에 빠지면."

"네가 상관할 바 아니야."

단호한 대답에 하얀 얼굴이 천천히 굳어 간다. 이윽고 그가 차갑게 내뱉었다.

"마음대로 해."

그런데 대가는 받아야겠어. 말을 마친 성도화가 나를 누르고 올라탔다. 손목을 구속한 수갑이 짤랑, 소리를 낸다. 나는 반항하지 않았다.

그에게 대가를 지불할 수 있다는 게 차라리 편했다.

나도 대가를 받아야겠다는 성도화의 말은 과거의 나를 떠오르게 했다.

'안아 줘. 네 부인에게 했던 것처럼. 그러면 그녀를 살려 줄게……'

나는 내가 했던 그대로 돌려받고 있었다. 어쩌면 이 모든 일은 대가에서 비롯된 게 아닐까.

내가 피닉에게 요구했던 대가와 이제 와 피닉이 내게 요구하는 대가, 그리고 성도화가 내게 요구하는 대가. 그 모든 대가가 얽혀 상황은 이미 파국이었다.

그가 내 손목에 뾰족한 송곳니를 박는 것을 내버려 두었다. 쉽게 나를 벗길 수 있도록 허리를 조금 들어 주었다. 그는 추위를 타는 짐승처럼 내게 파고들었다. 단단한 손가락이 내가 입은 니트 여기저기를 마구잡이로 잡아당겼다. 옷자락을 찢을 기세로 헛손질하더니 성질을 내며 욕을 한다.

뜨거운 숨을 뱉는 입술이 손목을 빨고 귓불을 빨고 혀를 빨았다. 서툴게 이가 맞부딪치고 타액이 흘렀다. 성도화답지 않은 미숙함이었다. 곧이어 탄탄한 허벅지가 내 것을 누르고 움직이기 시작했다.

갈구하듯 따라붙는 입술에 호흡이 모자랐다. 쌕쌕 가쁜 숨이
새어 나갔다. 피하려 고개를 꺾자 곧장 목줄기에 혀를 대고 문지
른다. 맞닿은 하체의 피부로 그의 발기가 느껴졌다.

그사이 드디어 옷을 찢는 데 성공한 성도화가 내 가슴팍을 쓸
었다. 붉게 부푼 유두를 조심스레 더듬어 만진다. 성도화의 커다
란 손은 살짝 땀이 배어 촉촉했다. 열기를 품은 손가락이 피멍이
든 돌기를 스칠 때마다 따가움에 흠칫 몸이 떨렸다. 그가 심술궂
게 말했다.

"상처가 많네. 죄다 잇자국에 손자국이고."

목소리만큼 눈빛도 심술궂었다.

"안 고쳐 줄 거야."

말과 달리 성도화의 손길이 닿는 부위마다 통증이 옅어지고 있
었다. 피부의 멍이 흐려질수록 그의 표정도 고요해졌다. 마지막
으로 내 뒷머리를 한번 강하게 쥐었다 놓은 그가 아래로 시선을
옮겼다. 어느새 차분해진 손으로 바지를 벗기고 속옷을 잡아 내
린다. 다리 사이의 맨살이 드러날 때 문득 비릿한 정액 냄새가 끼
치는 착각이 일었다.

속옷엔 오늘 아침 피닉이 붙여 준 흰 패드가 붙어 있다. 무의
식중에 오므려지는 다리를 그의 무릎이 제지했다. 꽉 힘을 주어
닫으며 반항해 보았지만 소용없다. 마지막 남은 수치심마저 깨
버리려는 듯 그의 손길은 단호했다.

마침내 드로즈가 완전히 벗겨지고 거기 붙은 하얀 생리대 끄트
머리가 튕기듯 머리를 내밀었다. 입술 자국으로 엉망이 된 피부
가 드러났다. 손의 움직임이 멈췄다.

"……하."

성도화의 표정이 황망해졌다. 그가 내 속옷에 붙은 생리대를

떼어 냈다. 제가 본 것을 믿을 수 없다는 양 눈을 끔뻑거리더니 이내 얼굴을 일그러뜨린다. 미간이 심하게 구겨진 표정, 웃는지 우는지 화내는지 종잡을 수 없는 기색이었다.

나는 체념한 채 그저 누워 있었다. 그의 눈길이 힘없이 늘어진 내 다리 사이로 집중되었다. 온통 짓무른 아래가 암시하는 바는 명확했다. 영역 표시. 아무리 바보라도 지금 내 아래를 본다면 알 수 있을 터였다.

생리대와 속옷을 함께 구겨 던진 성도화가 이를 갈았다. 이런 와중에도 아직 그의 성기는 딱딱하게 발기해 있었다. 그가 비아냥거렸다.

"누가 여기를…… 껍질이 까질 정도로 빨아 댔나 봐."

"……."

"생리대도 찼네. 여자처럼."

"……."

"그럼 여기가 보진가."

그의 손가락이 툭, 입구를 건드렸다. 나는 맥없이 누워 있기만 했다. 그 정도 말로는 이제 부끄럽지도 않았다. 지난 일주일간 내 귓전에 쏟아부어진 음란한 언어들은 악마인 나조차 처음 듣는 것이 대부분이었으므로.

배 속이 허전했다. 밑은 다물리지 않는 것 같았고 여전히 체액이 새어 나오는 듯했다. 추웠고 피부가 욱신거렸다. 호되게 얻어맞은 기분이다. 성도화가 원한 '대가의 지불'이 바로 이루어지지 않을 거라면 잠깐이라도 따뜻했으면 했다. 오른손으로 이불을 끌어 덮었다.

"추워."

야차 같은 표정을 짓는 그에게 조그맣게 말했다. 미동도 없다.

굴하지 않고 반복해 말하자 그의 표정이 조금 허물어졌다. 애벌 레처럼 몸을 꿈틀거리자 멍하니 있던 성도화가 한숨을 쉰다. 이어 그가 내 움직임을 도와 이불을 끌어 올렸다. 내 몸을 턱밑까지 꼼꼼히 감싸 준 성도화가 내게서 조금 물러나 앉았다.

그의 하얀 손이 제 머리카락을 쓸어올린다. 확연히 힘 빠진 동작이었다. 여전히 공기 중에선 여기 없는 남자의 정액 냄새가 났다. 허탈한 음성이 떨어졌다.

"한 가지만 말해 주면 들어줄게. 네 부탁."

"……뭔데."

"내 이름 불러 줘."

시선을 맞춰 오는 그의 눈동자가 파랗게 빛났다. 우습게도 그는 진심이었다. 도리어 내가 놀라 그의 눈을 들여다볼 정도로. 고작 이름 한 번에 말도 안 되는 거래를 수락하겠다고. 고작 이름 한 번에 바보 같은 짓을 하려고 한다. 누가 천사 아니랄까 봐. 내가 냉큼 받아들일 걸 다 알면서.

깔깔해진 입 안을 다스리며 입술을 벌렸다. 음절 하나가 천 근 같았다. 내게 긴장과 후회를 가르치는 게 피닉이라면, 죄악감을 가르치는 건 성도화였다.

"……성도화."

"말고, 내 진짜 이름."

전에 말해 줬잖아. 그가 덧붙였다.

나는 대답하지 못했다. 마주한 눈을 피하지도 못한 채 당황을 그대로 드러내 보였다. 한날한시에 태어난 쌍둥이 천사. 일생을 새기고 경계해야 할 이름. 나와 별반 다르지도 않을 몇 자의 신어. 그런데 그 이름이 기억나지 않는다. 정말로, 기억이 나지 않았다. 기억나지 않는 걸까, 차마 기억할 수 없는 걸까.

잠깐의 침묵이 흐르고 그가 비죽 입꼬리를 끌어 올렸다.

"넌 나한테 관심도 없지?"

느릿하게 뻗어 나온 손이 식은 내 뺨을 쥔다. 간절하게 묻는다.

"난 안 돼?"

"……."

"어떻게 해도 안 되겠어?"

속을 그대로 드러내 보이는 질문에 나는 해 줄 말이 없다. 대신 다른 말을 했다.

"우리 처음 만났던 날 말이야. 그때…… 스틱스 강에서. 사실 그때 나 도망치고 싶었다."

의외의 말이었을까. 그의 눈이 조금 커진다.

"막상 닥치니까 너무 무섭더라고."

악마인 내게 죽음이란 강 건너의 일이었으므로.

"솔직히 지금도 무섭고, 후회할 때도 있지만……."

무거운 눈을 깜빡였다. 꺼질 듯한 목소리에 힘을 실어 고백했다.

"그래도 이렇게 해 주고 싶어."

그럼에도 불구하고, 이렇게 해 주고 싶다고.

여전히 뺨을 감싼 손에 얼굴을 기댔다. 움찔 굳어지는 그의 표정을 직시했다. 반듯한 이마, 깨끗한 피부, 굳게 다물린 입술 속 뾰족한 송곳니, 뇌를 두드리는 청량한 냄새. 하나하나 머리에 새기며 똑똑히 알려 주었다.

"나는 너 이용할 거야."

내 멍청한 쌍둥이 천사에게 내가 해 줄 수 있는 유일한 것.

"나 되게 잔인해. 양심도 없고 남의 감정 같은 건 벌레보다 못하게 취급해. 동정심도 없어. 필요한 대로 막 이용하다 버리고 그게 내 본성이야. 그리고 너는 태어날 때부터 정해진 내 영혼의 적이야. 네가 잘못되면 제일 기뻐할 사람은 나야. 네가 만약 죽으면…….”

그러면.

“나는 가장 먼저 네 시체를 밟고 비웃을 거야.”

그러니까 나 좋아하지 마.

신랄한 말을 들은 성도화는 잠깐 반응이 없었다. 구석에 박힌 고양이가 야옹, 울었다. 충격을 받았을까. 나는 그의 손바닥에 뺨을 비비며 부러 모질게 웃어 보였다. 곧 떨어져 나갈 그의 온기를 기다리며.

그런 내 미소를 본 그도 이내 따라 웃었다. 입매를 한껏 끌어올린 장난기 어린 미소였다. 당황스러웠다. 그의 정신이 이상해졌는가 의심할 즈음 그가 손을 떼고 일어섰다. 흐트러진 매무새를 다듬으며 짓궂게 눈을 맞춘다.

“그럼 나는 널 위해 희생해야 하나? 천사니까.”

가볍게 속닥인다. 이번에야말로 나는 할 말이 없었다. 그는 제 희생을, 그것도 적을 위한 희생을 너무나 손쉽게 언급했다. 마트에서 계란을 고르는 사람도 이보다는 신중할 테다. 이런 건 내가 바라던 게 아닌데. 넋을 놓고 아무 말이나 지껄이려는 찰나, 현관문이 덜컹 소리를 냈다.

덜컹. 절걱절걱. 절걱절걱절걱. 잠긴 문이 강제로 잡아당겨지는 소리였다. 동시에 벨이 울렸다. 딩동딩동딩동딩동딩동. 소음이 한꺼번에 귀를 울렸다. 소리의 주인은 그것도 모자라 쾅쾅 소리가 나도록 발길질을 해 댔다.

이 그악스런 방문의 주인공은 분명 피닉이다. 절로 튀어나가려는 몸을 통해 알 수 있었다.

성도화가 인상을 쓰며 일어났다.

"입어."

찢어진 옷가지를 대강 그러모아 내게 던져 주고는 현관으로 다가간다. 하라는 대로 했다. 이미 내 알몸을 속속들이 다 본 피닉 앞에서 몸을 가리는 게 무슨 소용이 있는지는 모르겠지만. 자유로운 한 손으로 성도화가 낸 구멍에 머리를 끼워 넣었다. 찢어진 옷이나마 걸친 것을 확인한 후에야 성도화가 손을 뻗었다.

철컥, 잠금장치가 풀리고 현관이 거세게 열어젖혀졌다.

"부수겠네."

피닉은 성도화의 야유에도 아랑곳없이 단어 그대로 박차고 들어왔다. 다급한 발소리가 들리고 곧이어 엉망진창인 피닉의 모습이 보였다. 순간 성도화에게 집중되어 있던 신경이 그에게로 전부 쏠렸다. 그의 꼴이 너무 만신창이여서.

그는 지금 막 결투를 마치고 돌아온 사람 같았다. 잔뜩 흐트러진 머리와 거칠어진 숨, 입술을 앙다문 비장한 표정. 딱딱하게 굳어 있던 낯빛이 나를 보자 조금씩 무너진다. 잘생긴 이목구비에 희미한 미소가 떠올랐다. 긴장이 풀린 양 그가 길게 숨을 내쉬었다. 나는 궤도를 벗어나려는 정신을 억지로 잡아 세웠다.

내가 제대로 이해한 게 맞다면, 나를 발견한 피닉의 얼굴은 불안이 가신다는 표정이었다. 길을 잃고 헤매던 아이가 엄마를 찾은 것처럼. 그는 나를 찾아내서 안심하고 있었다.

침대 맡으로 다가온 그가 멀거니 나를 내려다보았다. 가까이 온 그에게선 바람과 땀 냄새가 났다. 어색하게 인사했다.

"안녕."

과거에도 이렇게 그와 마주한 적이 있었다. 그때 피닉은 침묵하다가, 다가와 내 뺨을 때렸었다. 이번에 그는 말릴 새도 없이 와락 내게로 달려들었다. 손목을 구속한 수갑을 쓸어 만지고 뺨을 감싼다. 이제는 익숙해진 피닉의 체중이 묵직하게 실려 왔다. 그대로 이마가 맞대어졌다.

"도망간 줄 알았어."

빨갛게 부푼 눈시울. 피닉이 내 얼굴 여기저기를 만져 확인했다. 진정하지 못하는 그가 낯설어 멀거니 바라보았다.

"여긴 어떻게 왔어?"

그가 이마를 맞비비며 답했다.

"휴대 전화 위치 추적."

소름 끼치는 말을 상냥하게 하고 있다. 언제나 건조하고 청결하던 피닉의 손바닥이 뜨겁고 끈적했다.

"너 손에 땀 나."

"미안."

순순히 사과한 그가 침대 시트 위로 제 손을 문질러 닦았다. 그리고 다시 내 뺨을 쥐었다. 이미 충분히 닿아 있는데도 더 닿지 못해 안달이었다. 이리저리 마구 흔들리고 떨리는 눈, 지독한 얼굴. 새삼스레 그를 보았다.

그는 정말로 나를 잃을 뻔했다는 동요에 잠긴 사람 같았다. 그의 그런 동요를 이해할 수가 없었다. 제 배 밑에서 나를 섹스로 죽여 버릴 것처럼 굴 땐 언제고 이제는 어미를 잃은 새끼 오리 행세를 하다니. 영혼이 부서진 사람도 이보다는 경황이 있지 않나.

애교를 부리듯 파고드는 피닉의 어깨를 성도화가 거칠게 잡아 돌렸다. 야옹, 뚱뚱한 고양이가 창틀로 뛰어올랐다.

"야. 네가 애 이렇게 만들었어?"

건들거리며 시비를 거는 성도화의 목소리는 제법 불량하게 들렸다. 피닉이 미간을 찡그리며 일어섰다. 그가 무표정하게 돌아보는 것에 맞춰 퍽 소리가 났다. 둔탁한 타격음과 함께 피닉의 고개가 휙 돌아갔다. 놀라 벌떡 몸을 일으켰다. 침대에 연결된 수갑이 찰캉 소음을 낸다.

부지불식간에 주먹으로 얼굴을 얻어맞은 피닉이 천천히 고개를 들었다. 입술이 터져 피가 맺혀 있었다. 손등으로 살짝 쓸어 본 그가 내게로 고개를 숙였다. 평소 눈엣가시로 여기던 남자에게 맞아 놓고도 발끈하는 기색조차 없었다. 희미하게 웃는 낯으로 내 머리를 넘겨 주며 다정하게 속삭인다.

"이스엘."

대답도 듣지 않고 말을 잇는다.

"음, 내가…… 솔직히 말해서. 저 새끼 못 이길 수도 있을 것 같거든."

지금 허리 아래 감각이 별로 없어서. 그렇게 중얼거린 그가 기껏 정리해 준 머리를 다시 헝클며 말했다. 지금부터 얻어터질 것 같은데, 네 앞에서 망신당하긴 싫다고.

"그러니까 한숨 자."

그가 손으로 내 눈을 감겼다.

"깨면 집에 와 있을 테니까."

그의 손이 떨어지자마자 도로 눈을 떴다. 그새 피닉의 등이 보였다. 반격하는 그의 움직임은 재빨랐다. 허리 아래 감각이 없다는 사람 같지 않게. 성도화는 말할 것도 없었다.

와장창 소리와 함께 창틀에 올려둔 화분에 깨져 나갔다. 놀란 고양이가 꼬리를 세우며 뛰어내렸다. 두 남자가 엉켜 엎치락뒤치락하더니 이내 한쪽이 다른 한쪽을 올라타고 앉아 마구잡이로 주먹을 날린다.

가물가물한 눈을 뜨고 억지로 지켜보려 했지만 곧 정신이 흐릿해졌다. 마지막으로 본 것은 이 작태가 한심하다는 듯 구석의 박스 안으로 피신해 하품하는 뚱뚱한 고양이였다.

정신이 들었을 땐 피닉의 말대로 집이었다. 바스락대는 흰 시트 위에 깨끗하게 씻긴 몸이 잘 말려져 놓여 있다. 수갑도 없었다. 뻐근한 통증이 이는 손목을 돌리며 몸을 일으켰다. 전신에서 보송한 비누 냄새가 났다. 불 켜진 아래층에서 맛있는 음식 냄새가 올라온다. 잠든 사이 시간이 꽤 흐른 것 같았다.

허기가 지는 배를 문지르며 침대를 벗어났다. 계단을 내려오며 시각을 확인했다. 오후 8시 17분, 오랜만에 맛본 단잠이었다. 지난 일주일간은 지쳐 쓰러져 기절하듯 잠들던 게 전부였으니까.

피닉은 불 앞에서 요리를 하고 있었다. 큰 몸을 감싼 티셔츠 밖으로 널찍한 등의 근육이 도드라진다. 어색하게 뒤로 다가서자 돌아보지도 않고 말한다.

"앉아 있어."

이런 사소한 말조차 명령이 된다는 걸 그는 인식하고 있을까.

테이블 위엔 이미 통째로 찐 게와 양념 장어, 삼계탕 등이 줄줄이 올라와 있었다. 가로로 긴 테이블이 음식으로 빼곡하다. 그의 요리 실력은 이제 놀랍지도 않았다. 내가 헨젤과 그레텔도 아닌데 자꾸 뭘 먹이지 못해 안달이다.

혼자 먹기는 좀 민망해서 멀뚱히 앉아 TV를 켰다. 휙휙 채널을 돌리다 드라마 재방송에 고정했다. 피닉이 만져 놓은 휴대 전화를 확인하며 소리만 들었다. 지난번에 본 남자 주인공이 아직도 성질을 내고 있다. 발을 구르고 온갖 땡깡을 다 부리며 외친다.

"사랑받고 싶어!"

사랑받고 싶은데 왜 저럴까. 그때는 몰랐던 주인공의 내심을 지금은 알 듯했다. 저건 질투였다. 심장을 녹이고 뇌를 태워 이성을 잃게 하는 시기의 감정.

피닉이 내 앞에 참기름을 친 산낙지를 놓아 주었다. 이상하게 움직임이 부산했다. 왔다 갔다 하는 그의 팔을 미심쩍게 보았다. 시야를 스친 그의 손등이 온통 까져 있다. 그 손을 잡았다. 피닉이 움찔 턱을 돌렸고, 그제야 나는 그의 얼굴을 제대로 볼 수 있었다.

미끈한 얼굴 여기저기가 붓고 터져 엉망이었다. 오른쪽 광대뼈 언저리엔 푸르스름한 멍까지 들어 있었다. 누가 만든 건지는 말 안 해도 알 만했다. 짜증이 났다.

잡힌 손을 털어 내고 돌아서려는 그의 정강이를 발로 찼다. 그러자 곧장 발끈하며 돌아본다. 이렇게 보니 더 가관이었다.

퉁퉁 부은 얼굴을 노려보았다. 저도 눈은 있어 거울은 봤는지 무뚝뚝하게 마주 보다 슬쩍 눈을 피한다. 때마침 브라운관 속 남자 주인공이 울며 소리쳤다.

'나도 어떻게 해야 할지 모르겠어! 방법이 그것밖에 딱 생각이 안 나는데 어떡하라고!'

답답하기도 하고 한심하기도 했다.

머뭇거린 피닉이 조금 떨어진 옆에 앉았다. 꼼짝도 하지 않는 나 대신 젓가락을 들더니 낙지를 집어 입에 대 준다. 꿈틀거리는 낙지 빨판이 입술에 달라붙었다. 그가 재촉하듯 낙지로 입을 문질렀다. 하는 수 없이 입술을 벌려 받아먹었다. 그가 변명하듯 덧붙였다.

"몸이 안 좋아서 그런 거야."

자기가 얻어터진 것이 몸 상태 때문이란다.

"상태가 아무리 좋아도 너는 걔 못 이겨."

즉각 반문해 온다.

"왜, 그 자식이 천사라서?"

멍하니 턱이 벌어졌다. 그새를 놓치지 않고 그가 내 입 속으로 삼계탕에서 꺼낸 황기를 밀어 넣었다. 인상을 쓰며 뱉으려 하자 손바닥으로 눈을 가리며 명령한다.

"먹어."

이번엔 확실히 의식하고 뱉는 명령이었다. 제 얼굴을 볼 수 없도록 계속 눈을 가린 채 그가 낮게 중얼거렸다.

"그 새끼는 날 패 놓고 널 걱정했어. 널 때린 것도 아닌데 계속 네 몸 상태를 걱정하더군."

그건 피닉이 내 심장의 주인이기 때문이다. 내가 막아 줄 수 있는 건 저주와 횡액이지 물리적 폭력이 아닌데, 행여 과하게 상처 입히면 그 상처가 내게 올까 봐.

"거슬려."

"왜?"

눈을 덮은 그의 손에 힘이 실렸다. 이어지는 그의 말은 솔직했다.

"내가 생각해도 그 새끼가 나보다 나으니까. 여태까지 내가 너한테 한 짓이라곤 화내고 패악 부린 일밖에 없으니까."

"휴대 전화도 가져갔지."

"그건 어쩔 수 없었어."

"다른 사람 번호 다 지운 것도 어쩔 수 없었어?"

"남자만 지웠어."

어처구니가 없어 고개를 저었다. 손등을 꼬집자 커다란 손이 떨어져 나갔다. 그 자리를 검은 눈동자가 대신한다. 유치한 언행과 달리 그 눈빛은 짙은 호소가 담겨 묵직했다. 그 어떤 불보다 효과적으로 마음을 녹이는 뜨거움.

"이제부터라도, 내가 더 잘하면……."

그러면 나한테 돌아올래.

나는 고개를 저었다.

"안 돼."

넌 안 돼. 네가 못해서가 아니라, 나 때문에.

그는 예상했다는 표정이었다. 조금의 타격도 입지 않았다는 양 금세 태도를 바꾼다. 그가 어깨를 으쓱이며 선언했다.

"그래도 어쩔 수 없어. 넌 내 거야."

"……."

어쩔 수 없는 게 뭐 그렇게 많은지. 피닉이 한쪽 눈을 찡그렸다. 처음 보는 얄미운 표정이었다.

"그깟 천사가 아무리 날고 기어도, 일단 지옥에 가면 다시는 볼 일 없겠지."

그 점에선 힘없는 인간이 더 나은데. 그렇게 이죽거린다. 차분히 대꾸했다.

"넌 못 가. 우리 계약은 끝났어."

반찬을 고르던 그가 흘긋 나를 보았다. 진심을 담아 충고해 주었다.

"넌 죽으면 천국에 갈 거야. 그러니까 걔한테 잘 보여 두는 게 좋을걸."

"누구 맘대로?"

내 맘대로.

"네가 지옥에 올 자격이 된다고 생각해?"

"기억 안 나? 바로 이 자리에서 내가 널 강간했어."

형제를 강간했으니 바로 지옥행이야. 자신의 미래를 예언하는 그의 목소리가 느긋했다. 그는 날 때부터 불지옥의 가장 뜨거운 곳에 한자리 얻기를 열망한 사람 같았다.

"왜 오려고 하는데."

"끝까지 쫓아가서 괴롭히려고."

"그냥 여기서 끝내면 안 돼?"

"안 돼."

타협의 여지가 없었다. 그는 이 문제에 관해 더 대화할 의지조차 없어 보였다. 그저 끊임없이 음식을 골라 내 입에 넣는 데만 골몰하고 있다. 고개를 저을라치면 여지없이 언령을 사용했다. 배 속이 꽉 차다 못해 전신에 살이 차오르는 것 같았다. 먹어도 먹어도 줄지 않는 음식으로 고문하려는 게 확실했다. 나는 헨젤이 아니라서 아무리 통통하게 살이 올라도 그가 잡아먹을 수 없는데.

테이블에 가득한 그릇이 전부 바닥을 보이고서야 그는 고문을 멈췄다. 배가 너무 불러 말할 힘도 없다. 부대끼는 속을 다스리려 물을 마시며 다시 말했다.

"넌 못 와."

바라던 대로 지옥에 와도 나는 없어.

그러자 그가 빈 그릇을 겹쳐 정리하며 대답했다.

"두고 보면 알겠지."

말이 통하질 않는다.

"억지 좀 쓰지 마. 네가 애야?"

"나 애야. 네가 내 형이잖아."

무심한 낯으로 답하는 그는 사뭇 능글맞게 보이기까지 했다. 지옥에 가지 못해 안달하는 인간은 정말이지 난생처음이었다. 싫다는 인간에게 제발 천국에 가 달라고 안절부절 열을 올리는 내 꼴이 우스웠다. 음식으로 가득 찬 아랫배가 당겼다. 신경질을 내며 말했다.

"너 진짜 왜 그래? 돌았어?"

"돌았어."

그가 그릇을 치우던 손을 멈췄다. 눈까지 맞추며 진지하게 말한다.

"그러니까 같이 있어."

"……"

"내가 뭐든지 다 해 줄게."

그가 발긋해진 내 뺨을 제 손등으로 문질렀다. 다 까져 까칠해진 손마디, 내게 고정된 눈동자. 아까 전 성도화의 집에서 평정을 잃고 파고들던 피닉의 모습이 아직도 눈에 선했다. 이제 이상하다고 말하기도 지쳤다.

금방이라도 목 졸라 죽일 듯 폭력적이었다가 엄마 잃은 애처럼 매달려 오고 또 이제는 살살 구슬리려 든다. 그의 태도는 미친놈 널뛰듯 변했고 나는 박자를 맞추지 못해 튕겨 나간 지 오래였다. 미친놈을 널뛰게 하는 나쁜 놈이 나였음에도 불구하고.

"왜 갑자기 태도를 바꾼 건데."

"네가 도망갈까 봐."

아까처럼. 그가 덧붙였다. 수갑을 차고 묶여 있던 모습이 그에겐 자발적 도망으로 보였던 걸까.

그가 고백했다.

"네 말대로 나는 걔 못 이겨. 나는 인간이니까."

"……."

"하지만 뭐든지 다 해 주겠다는 건 허세가 아니야. 나는 네 마음을 얻고 싶어."

뭐든지 다 해 주겠다고 매달리는 미친놈과 그 남자를 매정하게 버리는 나쁜 놈. 애정 소설의 클리셰를 떠올리게 하는 상황에 웃음이 났다. 그래서 나는 전형적인 거절의 말을 하기로 했다.

"뭐든지 다 해 준다고?"

"그래."

"그럼 내 앞에서 사라져 줘."

순간 뺨에 닿은 그의 손등이 둥글게 주먹 쥐어졌다. 푸르게 멍든 그의 광대가 살짝 씰룩인다. 그가 천천히 자리에서 일어났다. 그리고 말없이 싱크대로 다가가 손을 씻었다. 팔꿈치를 타고 뚝뚝 물이 떨어졌다. 그러고 있는 것만으로 위압감이 상당했다.

손가락 사이사이 꼼꼼하게 씻은 그가 내게 다가왔다. 축축한 물기가 남은 손을 내 어깨에 대고 말한다. 피부를 누르는 손가락의 힘이 무시무시했다. 이번에는 폭력적일 차례인가. 잔뜩 쉰 저음에 소름이 돋았다.

"왜 사람을 유치하게 만들지."

그는 진심으로 궁금하다는 듯 중얼거렸다. 그러고는 눈꼬리를 접으며 웃었다.

"너희 악마들이 좋아하는 걸 몇 가지 알아."

피, 쾌락, 황홀한 섹스. 피닉이 중얼거렸다. 그 말이 정곡을 찔러 움찔했다. 과거의 그는 악마를 소환하기 위해 자신이 할 수 있는 모든 일을 다 했었다. 기억이 돌아온 그는 악마와 마녀에 관해 가장 많이 알고 있는 인간이었고, 그의 말은 틀리지 않았다. 그의 손이 귓불을 매만졌다.

"특히나 그들은 성교가 주는 쾌감에 약해서, 섹스 한 번이면 사납던 마음도 너그러워지곤 했다지."

그렇게 해서 목숨을 구한 사람들이 있어. 그의 검지가 귓바퀴 안으로 들어왔다. 손가락을 세워 살을 긁는 것처럼 움직인다. 야릇함에 어깨가 움츠러들었다.

"그래서 나도 널 그렇게 꼬셔 보려고."

그가 내 이마에 입술을 붙였다. 쪽 소리가 날 정도로 입을 맞추고는 맞댄 그대로 힘주어 말한다. 피부를 적시는 숨결에 등줄기가 오싹했다. 그의 유혹은 부어터진 얼굴임에도 효과적이었다.

피닉 오데어. 사냥을 잘하는 남자. 집요하고 끈질기고, 목표를 정하면 절대 포기하는 법이 없는, 설령 그게 잘못된 방향이라 할지라도 기어이 끝을 보고야 마는 인간.

그는 일단 그렇게 하겠다고 선언하면 절대 무르는 법이 없었다. 그는 내가 자신을 사랑하게 될 때까지 백 번이고 천 번이고 내 몸을 유린하겠다고 말하고 있었다. 그게 잘못된 방법인 줄도 모르고.

그는 그릇된 방향으로 굴을 파고 있는 탈옥수였다. 그 방향으로 나와 봤자 감옥의 고문실이 기다리고 있을 뿐인데, 같은 감옥에 갇힌 나는 알면서도 말해 줄 수가 없다.

극도의 불안과 함께 비정상적인 성욕이 치솟았다. 아무 짓도 하지 않았는데 아래가 묵직했다. 나를 원하는 피닉의 표정이 내게는 최고의 흥분제였다.

사실 바라던 일이 아니었던가. 악마의 힘으로도 인간의 마음은 움직일 수 없어서, 할 수 있는 모든 걸 해 주고도 얻지 못했던 표정인데. 그러면 한 번쯤은 모른 척 이대로 함께 굴을 파도 되지 않을까.

얼굴을 옮겨 그의 유두를 물었다. 허리를 들썩이며 옷 위로 돌기를 빨아 당겼다. 바닥에 엉덩이를 비볐다.

'다시 한번 어리석은 짓을 반복한다면, 내 아이야, 이번에야말로 네게 소멸의 벌을 줄 수밖에 없겠구나……'

지겹게 반복되어 이제는 뇌중에 각인해 버린 그 말. 다가오는 절망에 저항하듯 그의 머리를 끌어안았다. 어서 나를 채워 달라고 매달렸다. 쿵, 쿵, 쿵…… 심장이 가쁘게 뛴다. 피닉의 심장 역시 이렇게 뛰고 있을 테지.

파멸을 앞두고 우리는 키스했다.

그가 내 등을 받쳐 일으켰다. 엉덩이 밑으로 손을 넣어 단번에 들어 올린다. 떨어질까 반사적으로 그의 허리를 감자 멍든 얼굴로 낮게 웃음을 터뜨린다. 어린애 들듯 손쉽게 나를 지탱한 그가 저벅저벅 계단을 올랐다. 그의 어깨너머로 보이는 계단이 불안했다. 나는 도리 없이 그에게 원숭이처럼 매달려 있었다.

벌써 발기한 성기가 그의 복근에 비벼졌다. 그의 한 손이 엉덩이를 희롱했다. 제게 온몸을 의지한 것을 이용해 치한처럼 굴고 있다. 소곤소곤 상냥하게 부탁인 척 명령한다.

"위치 추적 앱 지우지 마. 불안하니까. 응?"

나는 그가 뭐라고 말하는지도 모르고 고개만 끄덕였다. 온기가 남은 침대 위에 나를 내려놓은 그가 귓전에 대고 속삭였다.

"벗은 거 보여 줘."

말과 동시에 그는 내 옷을 남김없이 벗겨 버렸다. 열 오른 눈길이 온몸을 샅샅이 핥았다. 그의 시선에 나는 진저리 쳤다. 내 성기는 이미 바짝 서 줄줄 침을 흘리고 있었다. 그것을 확인한 그가 샐긋 눈웃음쳤다. 사악한 미소였다.

다리를 벌리며 들어온 그가 사이에 바짝 달라붙었다. 흐음, 하며 짐짓 고민하는 척하더니 손가락으로 내 것을 가볍게 튕긴다. 그의 손톱이 귀두를 긁었다. 그러자 살갗이 부들거리며 경련했다. 고환에 탱탱하게 씨가 차는 것 같았다. 다가올 쾌락을 예감하며 더 활짝 다리를 벌렸다.

그 순간, 그가 손바닥으로 발기한 내 성기를 때렸다.

"아!"

놀라 몸이 움츠러들었다. 애널이 저도 모르게 확 조여졌다. 피닉은 정면에서 내 다리 사이를 보고 있었다. 그가 잔인하게 웃으며 한 번 더 성기를 때렸다. 손바닥으로 감싸 터트릴 듯 꽉 쥐었다가 찰싹찰싹 때리기를 반복한다.

"아, 아!"

당황해 뒤로 물러났다. 엉덩이에 쓸린 시트에 주름이 갔다. 그는 도망치는 나를 따라오며 집요하게 그곳을 반복해 때렸다. 어느새 나는 침대맡에 기대 버렸다. 커다란 피닉의 육체가 내 위에 그림자를 만들었다. 더 물러날 곳이 없었다.

그가 내 성기를 집어 들어 유심히 살펴보는 시늉을 했다. 시선을 받은 요도의 구멍이 빠끔거린다. 어느새 뱃전이 내가 흘린 체액으로 흥건했다. 내가 생식기를 맞으면서도 충실하게 흥분했기 때문에.

집어 든 베개로 그의 얼굴을 밀었다. 힘 빠진 손은 베개를 그저 건네주느니만 못했다. 피닉은 손쉽게 그것을 빼앗아 저만치 던져 버렸다. 복수하듯 두 개의 손가락이 단번에 아래로 찔러 들어왔다. 느끼는 곳을 정확히 찾아 몇 번 찌르더니 도로 쑥 빠져나간다. 무의식중에 엉덩이에 힘을 주었다. 그러자 그가 웃었다. 창피했다.

힘이 실린 타격이 이어졌다. 철썩철썩 소리가 나도록 치는가

281

하면 아래에 손가락을 넣어 자극점을 문지르고 또 **빠져나간다.** 애무라기보단 고문에 가까운 행위에 중심이 발갛게 부풀었다. 그가 잡아당길 때마다 기둥이 밑으로 내려왔다가 올라붙길 반복했다.

피닉은 발기한 페니스에 벌을 주듯 손바닥으로 모질게 때리며 괴롭혔다. 엉덩이를 맞아 본 적은 있어도 성기를 맞은 건 처음이었다. 매운 손길이 고통과 쾌감을 동시에 선물했다. 나는 정신을 차리지 못하고 마구 소리를 질러 댔다.

"응, 흐읏!"

"왜 나한테 착한 일을 하라고 했어?"

"아아……!"

"왜 나를 천국으로 보내려고 하지?"

"아읏, 아, 흑, 아!"

"갈 것 같아?"

미친 듯이 고개를 끄덕거렸다. 벌어진 입가에서 줄줄 침이 흘렀다. 다리로 그의 골반을 감아 끌어당겼다. 그는 여태 티셔츠 한 장 벗지 않은 채였다. 발꿈치로 그의 등을 쾅쾅 내리치자 내 귀두를 엄지로 문지르던 그가 싱긋 웃었다. 오늘따라 웃음이 헤펐다.

그가 남은 하나의 베개를 제게로 끌어왔다. 서슴없이 커버를 벗기더니 길게 찢는다. 나는 헐떡이며 그가 하는 양을 지켜보았다. 머리끝까지 흥분했지만 뒤를 채워 주는 게 없어 사정할 수 없었다. 덕분에 시야가 흐릿하고 몽롱했다. 피닉이 무엇을 하려는지 가늠할 여력도 없었다. 그리고 결국 페니스의 뿌리가 천으로 묶이고야 말았다.

"뭐 하는……!"

허겁지겁 풀어내려는 손을 그가 제지했다.

"그만."

내 양 손바닥에 번갈아 입 맞춘 그가 다정하게 내 손목을 침대 위로 내리눌렀다.

"싸고 싶으면 내가 원하는 말을 해야 할 거야."

그가 옷을 벗었다. 속옷을 내리자 중심이 튕기듯 빠져나와 배꼽 위로 올라붙는다. 바지를 뚫고 나오지 않은 게 신기한 단단함이었다. 저 우악스러운 것이 몸을 찢을 때의 감각을 알고 있다.

손으로 제 남성을 어루만지며 다가온 피닉이 부드럽게 내 뺨을 물었다. 흔적을 남기려는 양 진하게 빨아들이고는 이내 개처럼 핥는다. 타액이 피부를 축축하게 적셨다. 한차례 혀를 굴려 살결을 맛본 그가 아래로 손을 뻗었다. 딱딱한 그의 좆이 천에 묶인 내 성기를 후려쳤다.

"흐윽!"

손바닥보다 더한 충격이었다.

"흑, 윽!"

연속해 몇 번이나 맞았다. 그때마다 구멍이 저 혼자 벌렁거렸다. 페니스가 있는 대로 부풀었다. 사정하지 못한 요도가 제멋대로 입을 벌렸다 닫았다 했다. 그때마다 그의 엄지가 성기 끝을 파고들었다.

그는 내가 사정하지 못하는 괴로움에 몸부림치는 것을 즐기고 있는 게 분명했다. 엉덩이를 들썩거리는 꼴을 집요하게 주시하며 관찰하고, 살살 약 올리며 밑천을 다 드러내도록 몰아치고 있다.

결국 견디지 못한 내가 울자 그의 손이 가슴께를 쓸어 만졌다. 달래듯 토닥토닥 두드리고는 성기를 감싼 천을 더 꽉 묶는다. 욕이 나왔다.

"미, 친, 놈아……! 훗!"

"싫으면 말해. 내가 뭘 듣고 싶어 하는지 알잖아."

허리가 덜덜 떨렸다. 그는 정말로 기대하는 눈빛으로 나를 보고 있었다. 그 시선을 마주할 수 없어 고개를 틀자 귀와 **뺨**을 문다. 그가 다리 사이 구멍에 손가락을 쑤셔 넣으며 눈을 맞추라고 요구했다.

"싫어……!"

"싫긴."

도리질 치는 방향대로 끈질기게 입술이 따라붙었다. 입술을 열고 혀를 얽으며 기어코 자신 쪽으로 얼굴을 끌어온다.

"눈 피하지 마."

명령대로 아주 가까운 거리에서 눈이 마주쳤다. 동시에 그의 손가락이 아래를 거칠게 헤집었다. 불길처럼 치솟는 쾌감에 신음했다.

"아웃!"

그가 또 웃었다. 느끼는 표정을 제대로 본 게 만족스러워서였다.

그가 내 다리를 제 어깨에 걸쳤다. 허리까지 들리는 바람에 위로 휘어져 덜렁거리는 내 것이 적나라하게 보였다. 그대로 그의 성기가 단번에 찔러 들어왔다. 배려라곤 없는 크기에도 한참을 괴롭힘당한 구멍은 오히려 그의 침입을 환영했다. 이성을 잃은 내 손이 끈을 풀어내려 할 때마다 그의 손이 거칠게 쳐 냈다. 그때마다 손바닥으로 좆을 맞았다.

피닉이 어마어마한 힘으로 아래를 찍어 내렸다. 그의 고환이 엉덩이에 부딪쳐 퍽퍽 소리를 내고, 머리끝까지 그의 남성으로 가득 찼다. 분출되지 못하는 정액이 배 속에 뿌듯하게 차올랐다.

꽉 차다 못해 안에서 뭉치는 것 같았다. 그가 주는 쾌감은 이제 차라리 고통이었다.

"웃, 으응……!"

"말해."

"……아앗, 아……!"

성기가 속살에 완전히 들러붙었다. 내벽 전체가 뜨겁게 달구어진다. 온몸이 통째로 타 버릴 듯했다. 고환이 비벼질 때마다 접합 부위가 닳을 듯 화끈했다.

그가 들락거릴 때마다 묶인 성기가 배에 질퍽질퍽 부딪히는 소리가 났다. 잔뜩 팽창한 살덩이는 이제 피닉이 때리지 않아도 스스로 살에 제 몸을 박으며 뻐끔거리고 있다. 그 꼴을 보는데 몸뚱이가 쪼개질 듯했다. 시야가 번쩍번쩍하고 쾌감인지 통증인지 모를 감각이 몰아쳤다. 야했다.

"거짓말이라도 상관없으니까…… 사랑한다고 해……!"

"흐웃!"

"어서!"

두 다리가 털썩 아래로 떨어졌다. 그가 내 몸을 일으켜 부둥켜안았다. 서로 마주 보는 자세로 끌어안고는 또다시 단숨에 삽입해 들어온다. 나는 그에게 안긴 채로 들썩거리며 울었다. 그가 내게로 바싹 귀를 들이댔다.

"사랑한다고 말해!"

명령이다. 이제 나는 머리가 어떻게 되어 버린 것 같았다.

"홋, 사, 사랑…… 윽……!"

말을 맺기도 전에 그의 입술이 덮쳐 왔다. 그가 밀어 넣는 혀에 뒷말이 불분명하게 먹혀 들어갔다. 그럼에도 나는 그의 입 속으로 끊임없이 본심을 밀어 넣었다. 피닉의 혀와 성기에 입과 애널을 동시에 삽입당하면서, 그의 명령에 기대어.

"하웃!"

온몸의 신경이 너덜너덜해졌다. 뒤통수 어디가 터져 나갔는지 생각이 제대로 진행되지 않는다. 묶인 성기가 잘못될 것 같았다. 혼이 나갈 듯한 와중에도 그게 걱정되었다. 도저히 견딜 수가 없었다. 피닉의 목에 감았던 손을 내려 끈을 잡았다.

눈앞이 까맣고 전신이 위아래로 흔들리는 통에 제대로 풀 수가 없다. 피닉은 내가 매듭을 잡을 때마다 발정 난 수말처럼 허리를 움직여 헛손질을 유도했다. 수십 번 손이 빗나가고 나는 결국 발작하며 그를 때렸다.

"싸게 해 준다고…… 으흑……! 했잖아……!"

"거짓말이었어."

동시에 그가 무식하게 허리를 쳐올렸다. 깊숙이 박힌 페니스가 느끼는 부분만을 정확히 두드려 댄다. 감각은 폭력적이었다. 구멍이 바짝 조여든 채 풀릴 생각을 않았다. 절로 뒤로 휘어지는 몸을 그가 잡아 지탱했다. 상체가 맞닿도록 끌어안고는 마구 비벼 댄다. 뾰족하게 선 유두와 부푼 성기가 단단한 피부에 제멋대로 문질러졌다. 소름이 돋았다.

통제되지 않는 신음이 흘렀다. 나는 이제 몸을 가누지도 못했다. 전신이 땀으로 샤워를 한 양 끈적끈적했다. 헐떡이며 무너지려는 순간 벼락에 맞는 것 같은 쾌감이 몸을 강타했다.

"아……!"

신경줄이 터지는 듯한 자극이 퍼졌다. 일순 온몸의 피가 쭉 빠져나갔다. 나는 사지를 축 늘어뜨리고 경련했다.

"웃!"

그와 동시에 절정에 달한 피닉이 나를 강하게 부둥켜안는다.

이미 내벽까지 바들바들 떨리는 중이었다. 안쪽에서 꿈틀거리는 수컷의 감각이 생생했다. 그때까지도 내 성기는 묶여 있었다.

직장이 음액으로 가득했다. 피닉 오데어의 씨가 내 안에 한가득이었다. 그의 성기는 아직도 내 안을 벌리고 있다. 실컷 내 배 속에 정액을 쏘아 댄 그가 후우, 숨을 뱉으며 입에 닿는 어깨를 자근자근 물었다. 남은 성욕을 다스리듯 살점을 끈질기게 씹어 댄다. 한참 맛을 보는 것처럼 빨아 대고 나서야 성기를 압박한 끈이 풀렸다. 한 박자 늦게 정액이 흐물흐물 새어 나왔다. 이미 절정을 느낀 지 오래였다.

탈력감이 밀려왔다. 몸을 이루는 수분이 죄다 배출된 것만 같았다. 나는 반 탈진 상태로 숨만 몰아쉬었다. 마구 울려 대던 심장은 이제 한계를 넘어 아예 고장이 난 듯했다. 피가 도는 감각을 느끼며 눈을 깜빡였다. 정신이 나간 때를 놓치지 않고 그가 들러붙어 세뇌했다.

"너는 내 거야. 우리가 죽을 때까지…… 죽은 다음에도."

피닉이 내 몸을 꿰뚫었던 제 것을 빼냈다. 그것만으로 왈칵 정액이 흐르는 느낌이었다. 혹 비릿한 냄새가 끼쳤다. 그가 희게 젖은 자신의 성기를 내 배꼽에 문질러 닦았다. 나는 옆으로 쓰러져 몸만 부들부들 떨었다.

지쳐 늘어진 나를 그가 자신의 몸 위로 올렸다. 내 엉덩이 바로 밑에 그의 머리가 있는 자세였다. 달랑거리는 성기와 회음부, 애널까지 그의 앞에 훤히 노출되었다. 자신이 싸 놓은 정액이 흘러나오는 구멍을 뚫어지게 보며 손가락으로 더듬는다. 엉덩이골은 이미 온갖 종류의 체액으로 질척했다. 꿈질꿈질 밀려 나오는 것을 그가 엄지로 막았다. 그리고 요구했다.

"양손으로 엉덩이 잡고 벌려. 구멍은 다물고."

나는 그의 사타구니에 코를 박고 손을 뒤로 뻗었다. 당연히 힘 빠진 손이었다. 조금 전까지 수컷의 페니스가 드나들던 구멍도 마찬가지다. 성에 차지 않는 듯 혀를 찬 그가 엉덩이의 살점을 물었다. 곧이어 짝! 짝! 화끈한 통증이 올라왔다. 신음하는 내 입술로 그의 성기가 스쳤다.

그가 혀끝을 뾰족하게 세워 입구를 찔렀다.

"으응!"

마찰로 발긋해진 엉덩이를 그의 손이 희롱하듯 주무른다. 무얼 하는가 했더니 새어 나오는 제 씨물을 도로 안으로 밀어 넣고 있다. 그것을 깨닫는 순간 발버둥 쳤다. 그리고 그때마다 또 짝짝 소리가 나도록 엉덩이를 맞았다. 양 볼기가 화끈해진 뒤에야 제대로 자세를 잡고 버틸 수 있었다. 그가 상으로 엉덩잇살을 핥아 주었다.

"서로 빨아 주는 거야. 너는 내 좆을, 나는 네 여기를."

그의 제안대로 서로의 성기를 입에 담았다. 그는 드러난 내 엉덩이 밑에서 얼굴 한번 들지 않고 정액이 흘러나오는 입구와 회음, 고환까지 남김없이 빨았다. 직전까지 제 수컷을 담았던 구멍으로 두툼한 혀가 들락날락했다. 쩝쩝 소리가 날 정도로 게걸스럽게 먹어치운다. 그동안 손으로는 고환을 굴리는 채였다.

내가 쏟아 낸 정액을 그가 먹었다. 기갈에 허덕이는 사람처럼 탐욕스럽게 전부 빨아 삼킨다. 나 역시 그의 것을 먹었다. 피닉은 그러고도 모자란지 다시 한번 나를 발기시키려 구멍을 자극했다. 나는 다 꺼져 가는 목소리로 중얼거렸다. 여전히 그의 다리 사이에 얼굴을 박은 채였다.

"이러다 너 정말 지옥 가."

"아까부터 가고 싶다고 말했어."

그가 호흡할 때마다 다리 사이가 입김으로 따뜻하게 젖었다.

"혹시 네가 가기 싫어서 그래?"

문득 그가 진지한 목소리로 말한다.

"그럼 나랑 같이 가. 내가 거기서 데리고 나가 줄 테니."

천사 한 명도 못 이기면서 무슨 말을 하는 거야……. 그런 허세를 부리는 피닉의 남성은 아직도 단단히 부푼 채였다. 이제 그에게선 더 이상 장미 냄새가 나지 않는다. 대신 나와 비슷한 지옥의 냄새가 났다. 땀과 체액이 흥건한 시트 위에서 몇 번이고 몇 번이고 뒹굴었다. 아까부터 요란하게 벨소리가 울리는 것을 모른 척했다.

온몸이 흥분으로 타는 와중에 가슴 한구석만 서늘했다.

"좀 닳은 것 같아."

"……."

"네 가슴 말이야."

"……."

"계속 이렇게…… 빨아 대서 그런가."

"조용히 해……."

몇 번의 밤과 몇 번의 낮이 흘렀다. 학교도 가지 못한 채 줄곧 피닉과 단둘이 이 방에 틀어박혀 있었다. 눈만 마주치면 몸을 섞었고 줄기차게 피부를 맞댔다. 쥐어짜다시피 한 성기에서는 이제 멀건 물만 나온다. 가슴은 그의 말대로 녹아 없어진 것 같았다. 요 며칠, 나는 세상의 끝을 보고 온 기분이었다.

0점을 받았다고 걱정했던 게 엊그제인데 지금의 나는 결석 초

과로 전 과목 낙제를 할 위기였다. 피닉도 나가지 않으니 나만 가
둬 둔다고 불평할 수도 없었다. 세상과의 접속을 끊고 서로의 세
계를 이 좁은 오피스텔로 한정하면서, 피닉 오데어는 오히려 즐
거워 보였다.

그는 발정제를 맞은 종마처럼 행동했다. 항상 힘이 넘쳤고 아
침저녁을 가리지 않고 발기했다. 나는 이제 그의 육체를 채우고
있는 근육의 모양과 움직임까지 전부 외울 수 있었다. 갓 잡아 올
린 장어처럼 펄떡이는 모습을 보고 있자면 다 포기하고 그 품에
몸을 던지고 싶다는 생각마저 들었다. 실제로 반쯤은 그런 상태
였다.

그의 지옥행과 나의 소멸은 이미 기정사실 같았다. 그는 근친
상간의 죄를 뒤집어쓰고 불지옥의 가장 깊은 곳에서 내 어머니의
화염에 매일 녹아 문드러지기를 반복할 거고 나는 이 세상에서
흔적도 없이 사라질 테다. 이제는 성도화의 자비에 기대는 수밖
에 없었다.

하지만 과연 그가 자신이 싫어하는 인간을 구해 천국으로 데려
가 줄까. 대가도 제대로 지불하지 않았는데. 심지어 그 뒤로 연
락 한 번 제대로 취한 적이 없지 않은가. 이런 생각을 하면 하루
에도 몇 번씩 머리가 복잡해졌다.

그럼에도 불구하고 방법이 없었다. 저항해도 소용없고, 다른
대안을 찾을 수도 없다. 미래가 불안하고 이 불안한 미래를 위한
대책을 세우고 싶은데 도저히 그럴 수가 없는 게 문제였다. 그렇
게 답도 없는 고민을 반복하다 보면 어느새 피닉이 내 몸을 더듬
어 오고…… 나는 또다시 뇌를 무르게 하는 쾌락에 함락당하고
만다.

말하자면 나는 무기력을 배우는 중이었다.

"아파?"

지금도 그는 뒤에서 나를 끌어안은 채 젖꼭지를 만지는 데 온 신경을 집중하고 있었다. 드러난 목에 얼굴을 묻고 이따금 쪽 소리가 나도록 입을 맞춘다. 손가락은 끊임없이 부푼 유륜을 희롱했다. 내 피부를 만지는 게 세상 유일한 취미인 사람처럼.

고개를 조금 뒤로 젖혔다. 발갛게 달아오른 그의 귀가 곁눈으로 보인다. 감정이 고조될 때면 항상 저렇게 빨개지곤 한다. 가슴을 아리게 하는 발견이었다.

팔꿈치로 그를 밀어 냈다. 소파를 짚고 일어나려 하자 손바닥에 그의 허벅지가 닿는다. 움찔하는 나는 아랑곳없이 그는 소파 위로 나를 밀어 눕혔다. 조절이 되지 않는 듯 그의 완력은 늘 과했다.

구부러든 무릎을 펴며 목을 꺾어 옆을 보았다. 조금 전 그가 내게 깎아 먹인 복숭아의 껍질과 과도가 테이블 위에 그대로 놓여 있다. 나는 복숭아의 과육을 먹고, 그는 내 입술에 묻은 과즙을 먹었다. 남는 살점 하나 없이 깔끔하게 깎인 과일 껍질에서는 여전히 단내가 났다. 제법 날카로워 보이는 은색 날을 보며 피닉이, 성도화가, 혹은 우리 왕이 저 칼로 내 살을 저미는 상상을 했다.

눈꺼풀에 입을 맞춘 그가 내 눈가에 옅게 박힌 점을 핥았다. 내 몸의 유일한 점. 그가 중얼거렸다.

"여기 점이 있으면 울 일이 많다던데."

그 말은 예전에도 들었다.

"안 울어. 너만 아니면."

네가 그렇게 내 눈을 핥아 대지만 않으면.

따갑고 귀찮았다. 게다가 가슴까지 떨렸다. 좀 견디다 결국 고개를 저으며 그의 입맞춤을 피했다. 그러자 승부욕이 발동하는지 집요하게 따라오며 혀를 들이댄다. 이젠 귀찮은 게 문제가 아니라 정말 아팠다.

버둥거리다 그와 함께 바닥으로 떨어지고 말았다. 피닉이 웃으며 뺨을 진하게 물어뜯는다. 기어서 벗어나려던 내가 결국 제 얼굴을 깔고 앉았는데도 뭐가 좋은지 소리 내어 웃음을 터뜨린다. 우리는 거실 바닥을 구르며 키스했고, 현관이 한눈에 보이는 곳에서 알몸으로 육신을 겹쳤다.

그는 누워 있는 내 사타구니에 바짝 코를 들이대고 제가 보는 앞에서 자위하며 사정하라고 요구했다. 느릿느릿 따르는 내가 답답한지 직접 내 손가락을 잡아다 구멍 안으로 처넣는다. 그와 나의 손가락이 동시에 안쪽을 들락거렸다.

피닉은 서서히 발기해 일어서는 내 페니스를 흥미롭게 바라보았다. 느끼는 지점만을 집요하게 만져지는 통에 절로 허리가 들렸다. 들썩들썩하는 살기둥이 피닉의 뺨에 비벼졌다. 다리 사이로 그의 숨결이 느껴진다. 내가 손가락만으로 가는 걸 기어코 눈으로 확인할 심산인 게 분명했다.

참고 참고 참다가 그가 달래며 허벅지 안쪽에 입 맞추는 순간 끝내 그의 얼굴에 정액을 뿜고 말았다. 불투명한 우윳빛 점액이 유려한 콧잔등을 타고 뚝뚝 떨어졌다. 흠뻑 젖은 얼굴로 피닉은 만족스럽게 웃었다. 변태였다.

"네가 혼자 하는 건 몇 번을 봐도 질리지 않아."

그 몇 번이 전부 그가 시켜서 한 일이었다.

입술까지 흐른 정액을 맛있다는 듯 핥아먹은 피닉이 이번엔 제 성기를 쥐었다. 매일 봐도 가혹한 크기인 그것이 자비 없이 단번에 꿰뚫고 들어온다. 직전까지 두 사람의 손가락을 담았던 내벽이 유연하게 반응했다. 치고 오르는 과정도 없이 곧바로 느끼는 장소를 찾아 찌른다.

"앗, 아, 으응…… 윽! 으흑!"

몸은 완전히 그에게 길들여져 있다. 저항하는 것은 심장뿐. 또다시 가빠지는 호흡에 숨을 몰아쉬었다. 기색을 눈치챈 그가 어깨를 물어뜯다 말고 나를 당겨 안으며 나직이 달랜다.

"이스엘. 괜찮아."

아프지 않아. 눈 뜨고 이쪽 봐. 그래, 그렇게…….

그는 성도화처럼 치유의 힘은 없었지만, 내 고통을 없애는 법은 알았다. 그건 언령이었다. 영혼과 마음을 가져간 심장의 주인, 그의 힘은 제가 약탈해 간 심장에까지 미쳤다. 텅 비어 저미던 가슴도 주인의 말 한마디면 거짓말처럼 아프길 멈췄다.

서서히 진정되는 숨을 느끼며 눈을 들어 그를 보았다. 표정이 흐리다. 그가 내 쇄골 아래를 손바닥으로 눌렀다. 세상에서 가장 애틋한 상대를 보는 표정으로 나를 내려다보고는 턱에, 뺨에, 눈에 입을 맞춘다. 동시에 몸 안에 담긴 그의 것이 잔잔히 요동쳤다. 고요한 파도를 연상케 하는 움직임, 거기에 맞춰 흔들리는—검은 바다 같은 피닉의 눈동자.

느리게 손을 뻗어 그의 목을 끌어안았다. 그가 저항 없이 내게로 딸려 온다. 그의 귓전에 입술을 붙였다. 무엇을 말할지는 정하지 않았다. 그저 아무런 생각도 없이 떠오르는 대로 말하고 싶었다. 호흡을 가다듬었다. 막 입을 열려는 그때.

띠리릭.

현관의 도어락이 돌아가는 소리가 들렸다.

"아들!"

목소리가 뾰족하게 허공을 가른다.

293

"아들……?"

툭. 휴대 전화가 떨어졌다.

어머니의 발치에 떨어진 전화기에서 그녀가 가장 좋아하는 노래가 흘러나온다. A dream is your wish a heart makes.

현생의 내 어머니. 언제나 삶에 드라마가 필요한 배우. 모두에게 사랑받길 원했지만 끝내 아무도 사랑해 주지 않은 여자. 한때 모두에게 사랑받을 위치에 있었지만 스스로 그 자리를 박차고 나온 잊힌 배우.

자신을 돌아보지 않는 단 한 명을 위해 제 모든 것을 버린 사람. 역경 끝에 사랑하는 왕자님의 옆자리와 성 같은 녹색 집을 얻고, 행복한 미래를 꿈꾸던 신데렐라. 그러나 사실은 본처의 아들을 괴롭히는 악랄한 계모일 뿐인.

그녀의 초록 성채는 부서졌다.

디즈니 공주는 계속해서 꿈과 소원을 노래했다. 어머니의 손에서 카드키마저 쩔그렁 소리를 내며 떨어졌다. 동그란 쇠고리가 어머니의 발등을 찍었지만 그녀는 그것을 인식조차 못 했다. 곱게 화장한 얼굴이 형편없이 일그러진다. 일견 소녀처럼 보이던 아름다운 얼굴이 납빛으로 질려 가는 모양새가 확연했다. 지금 내 안색도 그녀와 다르지 않을 테다. 굳은 등줄기를 타고 차고 끈적한 땀이 흘렀다.

태연한 사람은 피닉뿐이었다. 그가 느긋하게 내 몸에 담긴 제 중심을 끄집어냈다. 방망이 같은 것이 쑥 빠져나가는 감각에 흠칫 허리를 떨었다. 나와 마주하던 어머니의 눈이 그렇게 드러나는 피닉의 성기로 향했다가, 젖빛 점액질로 범벅이 된 허벅지 사이를 방황하다가, 다시 내게로 돌아왔다.

그녀의 눈동자가 팽글팽글 돌았다. 지금쯤 그녀의 시야에는 발기한 내 성기가 힘없이 덜렁거리는 모습이 적나라할 것이다.

"지금, 뭐, 무슨……."

그녀가 주춤주춤 우리에게로 다가왔다. 깨끗하게 청소한 바닥에 검은 발자국이 찍힌다. 그제야 공기를 꽉 채운 정사의 냄새가 인식되었다. 나는, 그녀의 아들은 맨몸을 드러낸 채 그런 어머니를 그저 바라보기만 했다. 변명도 수습도 할 수 없게 머릿속이 온통 하얗게 표백되었다.

옆으로 뜨끈한 남자의 알몸이 느껴졌다. 내 피부에 닿은 피닉의 살결은 미동조차 없이 단단하다. 그는 일말의 부끄러움조차 없는 사람처럼 행동했다. 침착하게 고요를 지키는 그가 문득 무섭게 느껴졌다.

어머니가 고함쳤다. 발작에 가까운 비명이 가파르게 천장을 친다.

"지금 무슨 짓을 하는 거야?! 무슨 짓을 한 거야! 내 아들한테!"

그녀가 내게 손을 뻗었다. 잘 다듬어진 손톱이 팔뚝을 할퀴고 그악스럽게 흔들어 댄다. 나를 피닉의 품에서 끌어내려 하지만 역부족이다. 나는 입술만 달싹달싹했다. 그녀도 나도 감당할 수 없는 이 장면 앞에 공황 상태였다. 순식간에 팔뚝 위로 다섯 개의 손톱자국이 찍혔다.

그제야 곁에서 작은 한숨 소리가 났다. 뻗어 나온 피닉의 손이 어머니의 손목을 잡아 내게서 떼어 낸다. 어머니의 눈이 자신의 또 다른 아들에게 향했다. 커다랗게 홉뜬 그녀의 눈동자로 무표정한 피닉의 얼굴이 비쳤다.

"진정하세요."

피닉이 말했다. 단조로운 저음은 질릴 정도로 평소와 다름없다. 그의 말투는 우리가 처음 만난 식사 자리에서 '제가 몇 시에 태어났는지도 아세요?', '뭐, 그러죠.' 할 때와 전혀 다르지 않았다. 새어머니 앞에서 그녀의 아들과 섹스하다 들키고도 한없이 당당했다. 조금 전까지 이복형제의 다리 사이를 꿰뚫고 있었던 사람은 자신이 아니라는 듯.

자약한 그 태도에 어머니 역시 순간 얼이 빠진 듯 아무런 대응도 하지 못한다. 그 틈을 타 제 상의를 가져와 내게 뒤집어씌운 피닉이 본인 역시 옷을 갖춰 입었다. 그리고 욕실로 들어간다. 키가 큰 그가 자아내는 그림자가 거실을 덮었다. 경직된 두 사람, 두 사람 몫의 태연함을 가져간 듯 편안한 한 사람. 상황은 싸구려 부조리극 같았다.

체액이 흐르는 내 다리 사이를 수건으로 훔쳐 준 뒤에야 그가 어머니에게로 돌아섰다. 축축해진 수건으로 손을 닦으며 어머니를 내려다본다. 부조리극의 주연 배우가 엉망진창인 대사를 읊었다.

"아무리 가족이라고 해도 이렇게 함부로 들어오시는 건 예의가 아닌데요."

그가 내게로 손을 뻗어 끌어당겼다. 경악할 말들이 이어졌다.

"저 형이랑 섹스하는 사이예요. 저는 형 좋아하고, 형은…… 곧 그렇게 될 겁니다. 우리가 가족이긴 하지만, 애를 낳을 것도 아닌데 그렇게 큰 문제는 아니겠죠."

"……."

"설령 애를 낳아도 제가 책임질 거고요."

그가 미친 게 아닌가 의심될 지경이었다.

피닉은 잘못을 빌지도 변명을 하지도 않았다. 다만 선언했다. 망설임도 없이 줄줄 흘러나오는 말들은 놀랄 만치 비현실적이었다. 이치에 어긋나고 도리에 어긋나고 불합리하고 불가해하고 모순적이고…….

어머니의 얼굴은 점점 더 창백해졌다. 피닉의 **뻔뻔함**에 기가 질린 양 한 마디도 하지 못한다. 발작적으로 몸을 떨어 대는 그녀의 입가에 조금씩 거품이 맺혔다.

나 역시 피닉의 태도에 소스라쳤다. 그는 확인해 주겠다는 듯 내 머리칼을 집어 입 맞추기까지 했다. 제정신이 아니다. 턱이 벌어지고 다리가 후들거렸다. 이 상황 자체가 미쳤다. 인간의 몸으로 태어나 여태껏 겪은 일 중에 이토록 경악할 일이 있었던가.

하지만 정말 놀랄 일은 따로 있었다.

갑자기 주변의 온도가 뚝 떨어졌을 때. 인계의 것이 아닌 한기에 등줄기에 소름이 돋았을 때. 저절로 시선이 이 냉기의 원인을 찾아 돌아갔을 때. 파들파들 떨던 어머니가 마구 입술을 짓씹고, 미친 사람처럼 폭소를 터뜨리고, 이윽고 고개를 들었을 때. 파랗게 질린 그녀의 얼굴에서 문득 그리운 기운을 느꼈을 때.

"엄마……?"

그녀의 **빨간** 입술이 쩍 벌어지고 검은 연기를 토해냈을 때. 인간 세상에 존재하지 않는 완전한 흑빛의 안개가 내게는 너무나 낯익을 때.

바로 지금이 이 연극의 절정이었다.

현생의 나를 품어 낳은 인간 권진하의 어머니. 피닉의 계모. 한때 사랑받는 여배우였고 지금은 사랑에 전부를 바친 여자. 가진 모든 것이 바스러지고, 손에 남은 것은 부서진 초록 집의 잔해밖에 없는 인간.

그녀가 악마를 소환했다.

무대의 조명이 바뀌고 새로운 배경이 내려왔다. 수컷 냄새로 가득했던 방이 순식간에 전혀 다른 공간으로 변모했다. 말도 안 되는 대사를 내뱉던 부조리극에서 웃기는 데 실패한 막장 희극으로.

어머니의 목구멍에서 솟구친 검은 연기가 서서히 모양을 갖춘다. 동시에 냄새가 풍겼다. 어둡고 질척한, 안온한 지옥의 냄새. 그녀가 불러낸 존재는 두 장의 검은 날개를 자랑처럼 달고 있는 하급 악마였다. 아름답지 않고, 미숙하며, 제대로 된 이름조차 없는, 그래서 인간의 육체에 갇힌 나를 보고도 알아보지 못하는.

통통하게 살찐 팔다리를 단 악마가 젠체하며 물었다.

"이번엔 또 뭐야?"

모든 악마가 그렇듯 그 역시 알몸이었다. 남자의 몸을 한 그가 움직일 때마다 풍선처럼 부푼 뱃살이 출렁거린다. 그 꼴을 본 눈이 썩어 들어갔다. 흥미롭다는 눈으로 나와 피닉을 훑어본 남자의 시선이 이내 어머니에게로 돌아갔다. 고개를 치켜들고 거만하게 말한다.

"오랜만이야, 내 계약자."

능력도 없으면서 잘난 체하는 모습이 꼴사나웠다. 하지만 그런 악마의 손등에 입 맞추는 어머니의 눈빛은 엇나간 희열에 젖어 있다. 그라면 자신의 소원을 이루어 줄 거라는 신뢰와 믿음이 그녀의 전신을 지배했다.

두 명의 악마와 두 명의 계약자가 만났다.

어머니가 말했다.

"소원을 들어줘."

악마가 으스댔다.

"이번이 세 번째인 건 알지?"

세 번째?

놀라기도 전에 먼저 나서 말을 늘어놓는다.

"마지막이니만큼 나를 좀 재밌게 해 주길 바라. 이번에도 본처로 만들어 달라는 둥, 아들 여자 친구를 만들어 달라는 둥 시시한 말이나 하면 너부터 갈아 버릴 거야. 윗분의 명령이 없었으면 처음부터 너 같은 거 앞엔 나타나지도 않았어."

조금 전보다 더한 충격이 머리를 후려쳤다.

'칭찬해 줘. 내가 너 그놈이랑 안 마주치게 하려고 얼마나 노력했는지 알아?'

'그럼 끝까지 노력하지 그랬어.'

'어쩔 수 없었어.'

평천사보다 훨씬 많은 권한을 가진 성도화도 막을 수 없었던 나와 피닉의 만남. 그 악연을 만든 건 악마와 어머니 간의 계약이었다. 그렇다면 그 계약을 명한 윗분은 우리의 왕이겠지.

온통 제 사랑만을 위해 쓰였던 어머니의 소원들.

본처로 만들어 주세요. 그 말에 따라 갑작스레 죽어 버린 피닉의 친어머니.

'근데 그 분은 왜 죽었대요?'

'그런 게 왜 궁금해? ……벌 받은 거야.'

그때 어머니의 반응은 이유 없이 뾰족했었다. 장애물을 죽여 없애는 것은 악마가 생각해 낼 수 있는 가장 손쉬운 방법이다. 과거의 내가 그랬듯이.

아들에게 여자 친구를 만들어 주세요. 로렌조차 고개를 갸웃하게 만들었던 그녀의 부모님. 이해가 가지 않을 만큼 막무가내였던 행동.

'내가 지금 진정하게 생겼어? 그게 어떻게 만든 자리인지 알아? 내가 뭘 바치고 만든 자린데, 그걸!'

그때 어머니가 바쳤던 대가는 고작 돈 몇 푼이 아니었다.

나도 모르게 피닉을 보았다. 그는 나를 보지 않았다. 속내를 읽을 수 없는 시선이 어머니에게 고정되어 있다. 곁눈으로 보이는 그의 턱에는 단단한 힘이 들어가 있다. 그가 이를 악물었다. 이번 생에도, 그는 나 때문에 가족을 잃었다.

"자, 말해. 재밌는 걸 말해. 죽고 싶지 않으면."

악마가 으름장을 놓는다. 가소로운, 하지만 인간에게는 충분히 위협이 되는 협박이었다. 하지만 어머니에게 그런 윽박은 아무런 소용도 없어 보였다. 집착하던 아들이 증오하는 본처의 자식과 붙어먹고 있었다는 사실에 그녀의 영혼은 이미 부서진 것처럼 보였다.

그녀가 읊조렸다. 너 때문이야. 너만 없으면. 유리알처럼 반들거리는 눈이 피닉을 본다. 그 순간 그녀가 말할 소원이 무엇인지 손에 잡힐 듯 그려졌다. 어머니가 말했다.

"저놈을 죽여 줘."

"누구, 쟤?"

남자의 살찐 턱이 피닉을 가리킨다. 피닉은 상황을 가늠하듯 찌푸린 눈으로 악마와 어머니를 번갈아 보다가, 죽이라는 말이 나오자마자 나를 제 등 뒤로 숨긴다. 너른 등 위로 날개뼈가 도드라졌다.

그의 행동은 반사적이었다. 인간이 아닌 악마 앞에서 이깟 몸부림은 무용지물임을 누구보다 잘 알면서. 어머니가 지칭한 '놈'이 내가 아니라 자신이라는 걸 깨달을 충분한 시간이 흐른 뒤에도 그의 등은 굳건했다.

어깨 너머로 보이는 어머니가 이를 악물었다.

"그래. 영혼까지 흔적 없이 부숴 버려."

"흠, 뭐 좋아. 그 정도는 간단하지."

피할 틈도 없이 남자가 움직였다. 크고 더러운 손이 정확히 피닉을 가리킨다. 동시에 그 손에서 뻗어 나온 흑색 구체가 피닉의 심장을 직격했다. 피닉은 피하지 않았다. 나를 등 뒤에 둔 그는 자신을 조각낼 악마의 손길을 피하는 대신 그대로 맞는 것을 택했다. 다가오는 고통을 대비한 그의 턱에 힘이 들어간다.

퍼엉. 작은 폭발음이 피닉의 가슴에서 울렸다. 충격을 받은 그의 몸이 흔들린다. 살해를 지시한 어머니가 비명처럼 웃었다.

그리고 내가 피를 토했다.

울컥, 폭발하듯 터진 선혈이 피닉의 등을 적신다. 그의 뒷목으로 빨간 핏방울이 점점이 흩뿌려지고, 덩어리진 핏덩이가 갈라진 등을 적시며 흘러내렸다. 제 가슴을 내려다본 피닉이 천천히 몸을 돌렸다. 그의 손이 내 양팔을 쥐었다. 망연자실한 검은 눈이 느릿느릿 아래로 떨어진다.

나도 그를 따라 시선을 내렸다. 힘 빠진 몸이 툭 꺾이려는 것을 피닉이 지탱해 붙잡는다. 그가 내게 입혀 준 하얀 니트의 가슴팍에서부터 조금씩 붉은 선지피가 번지기 시작했다. 무서울 정도로 정확한 과거의 반복. 어머니의 난입에도, 악마의 공격에도 텀덤하던 피닉의 표정이 그제야 조금씩 무너진다.

어머니의 진짜 비명이 터졌다. 귓전이 우렁우렁 울리도록. 놀란 악마가 혼잣말했다.

"뭐야…… 왜 이래?"

피닉이 무연히 나를 바라본다. 떨리는 손이 내 가슴팍을 눌러 지혈하려 하지만 소용없다. 상처 하나 없는 심장 아래서, 멍하니 벌어진 입술에서 끊임없이 피가 샜다. 덥지도 않은데 땀이 난다. 손으로 닦아 내어 확인한 땀방울은 선홍빛이다.

피닉의 손바닥이 내가 쏟아 내는 피로 끊임없이 젖어 들었다. 그의 어깨너머로 당황한 악마가 손을 휘젓는 모습이 보였다.

"아, 몰라, 몰라. 어쨌든 난 소원 들어줬어. 저놈을 죽여 달라고 했지, 구체적으로 누구를 죽여 달라곤 안 했잖아?"

정 불만족스러우면 네가 직접 죽이든가. 악마가 손을 휘둘렀다. 그러자 테이블 위에 얌전히 놓여 있던 과도가 둥실 떠올라 어머니의 손에 놓인다. 조금 전 피닉이 내게 복숭아를 깎아 주었던 그 칼이었다. 나는 복숭아의 부드러운 과육을 먹고, 그는 내 입술에 남은 과즙을 먹었다.

넋이 나간 표정의 어머니가 반응하지 않자, 악마가 직접 그녀의 손에 과도를 쥐여 주었다. 그리고는 어머니의 머리카락을 잡고 무어라 속삭인다.

그가 외쳤다.

"난 간다. 그리고 네 영혼은 이제 내 거야. 관리 잘하고 있으라고!"

악마다운 선언이었다.

마지막 말을 남긴 악마가 검은 연기를 내뿜는다. 연기가 걷혔을 때 이미 그의 모습은 흔적도 없이 사라진 다음이었다. 안개가 사라진 뒤로 과도를 손에 쥔 어머니가 보인다. 무언가에 단단히 홀린 표정을 하고 있다. 능력이 없어도 알 수 있었다. 지금 그녀의 영혼이 스러져 가고 있다는 사실을.

혀 위로 쇠맛이 돌았다.

그대로 다가온 어머니가 피닉의 머리 뒤로 칼을 치켜든다. 은빛 날이 형광등 빛을 받아 번쩍인다. 반사적으로 팔을 뻗었다. 심장을 바친 악마가 막아 줄 수 있는 것은 오직 횡액과 저주뿐, 이런 물리적 폭력은 막아 줄 수 없다.

나는 주저하지 않았다. 서로의 냄새가 느껴질 만큼 가까운 거리, 절대로 피할 수 없는 상황에서 나는 피닉을 끌어안았다. 온 힘을 다해 당기자 반동으로 피닉의 몸이 빙글 돌아간다.

어머니가 내지른 칼은 푹, 내 등으로 박혔다. 살을 찢고 근육을 가르고 내장 어딘가를 헤집는 감각이 생생히 다가왔다. 나는 피닉과 맞닿은 몸을 조금 물렸다. 나를 뚫고 삐죽이 나온 날이 그를 상처 입힐까 걱정되어서였다. 자루까지 깊숙이 박힌 흉기는 의외로 아프지 않았다. 심장의 고통 때문일까, 오히려 조금 시원했다.

과즙으로 끈적하게 젖은 날이 속을 헤집는 감각이 선연하다. 다물린 살을 억지로 가르는 느낌이 상황과 감정을 선명하게 일깨운다. 결국 너는 무릎 꿇고 말았다고.

뚝뚝 빠져나가는 생명의 소리가 들린다.

나는 피닉 오데어 대신 칼을 맞았다. 지금 내가 끌어안은 인간을 살리고 스스로 죽기를 택했다. 이런 행동의 대가가 영원한 소멸임을 알면서도. 왕이 말한 사랑이 이런 것이라면, 나는 방금 내 마음을 아주 명확하게 증명해 보인 셈이다.

고작 사랑에 전부를 거는 것은 악마가 아닌 천사, 그중에서도 어리고 미욱한 천사들이나 하는 행동이라고 했던가.

형제로 태어난 그와 처음 마주친 그때 뭐라고 생각했었나. 우리는 만나지 않는 게 서로에게 더 좋은 일이라고, 평생 만나지 않고 살다가 죽어 각자의 길을 가자고 다짐하지 않았던가. 이건 피닉과 재회한 내가 세웠던 인생 계획과 전혀 반대되는 행동이었다. 다시는 이러지 않으리라 결심했는데…… 날마다 되새긴 온갖 다짐과 실망에도 불구하고, 고작 이까짓 감정 때문에. 나는 또 바보 같은 행동을 하고야 말았다.

"왜……?"

서서히 주저앉았다. 육신의 앞뒤로 피가 흐른다. 이제는 눈물마저 피다. 언젠가 위악을 떨며 했던 말처럼 인간의 신체는 나약하기 그지없다. 벌써 시야가 흐려지고 정신이 가물거리고 있으니까.

보이는 것은 오로지 나를 붙든 피닉의 검은 눈동자뿐. 그는 울고 있다. 이 눈물을 보는 게 벌써 몇 번째였더라……. 강한 척하면서도 자신의 감정을 표현하는 데 주저 없는 남자다. 내 처음과 마지막을 가져간 눈물, 마음을 바치고 심장을 바치고 끝내 영혼까지 바치게 한 절규.

그가 온전히 나만을 위해 울어 준 적은 처음이다. 피닉 오데어가 닥친 상황 앞에서 무력하게 그저 울기밖에 할 수 없는 인간임에도 싫지 않다. 그의 모든 표정을 갖고 싶다고 생각했지만, 우는 표정만은 더 이상 보고 싶지 않다. 달래 주고 싶은데 그럴 수 없어 속상하다.

눈시울이 시큰했다.

피닉 오데어. 나를 벌주고 나를 슬프게 할 수 있는 유일한 존재. 너를 사랑하느냐고 물었었지. 그게 뭐라고 답해 주지 못했을까. 소멸을 목전에 둔 지금도 내 죽음보다 네 눈물이 더 나를 서럽게 하는데.

손을 들어 그의 뺨을 문질렀다. 지금이라면 기꺼이 말해 줄 수 있다.

"왜 그랬어, 왜!"

감정이 극에 달한 그의 새빨간 귓불을 본다.

"널 사랑해서."

그의 뺨에 입 맞추고 어깨에 이마를 묻는다.

"사랑해, 피닉."

200년의 시간을 거슬러 너무 늦은 대답.

"늘 말해 주고 싶었어. 그때도 지금도…… 널 사랑해."

왕의 말은 전제부터 틀렸다.

'다시 한번 어리석은 짓을 반복한다면, 내 아이야, 이번에야말로 네게 소멸의 벌을 줄 수밖에 없겠구나.'

다시라니. 나는 한순간도 그 어리석은 일을 그만둔 적이 없었는데.

"미안해……. 사랑해서."

눈꺼풀에 닿은 뜨거운 그의 피부가 파르르 떨리고 있다. 차마 그의 눈을 마주할 수 없다.

"미안해."

피닉의 목으로 파고들며 그 한 마디만을 반복했다. 말하고 나서야 깨달았다. 내가 얼마나 이 고백을 하고 싶었는지. 그에게 진심을 들려주는 순간을 얼마나 고대해 왔었는지. 얼마 남지 않은 생명을 그러모아 전부 그에게 퍼붓는다. 나는 후회하지 않는다.

마지막이 되자 오히려 의식이 뚜렷해졌다. 몸속을 흐르는 용암 같은 피와 그것이 실시간으로 빠져나가는 감각이 생생하다. 울컥 울컥 고백처럼 피를 토하며 끊임없이 말했다. 피닉이 내 얼굴을 제 목에서 떼어 냈다. 움찔해 경련하는 뺨을 강하게 움켜쥐며 그가 물었다. 여기저기 부딪치고 갈라져 잔뜩 깨진 목소리.

"왜 말하지 않았지?"

"믿어 주지 않으면 비참할 테니까."

대답을 들은 그가 아, 신음한다. 무엇을 떠올리는 걸까. 상관 없다.

"너랑 오래오래 살고 싶었는데……."

과거 로렌 오데어를 죽일 때, 나는 이렇게 하면 피닉이 내 소유가 될 거라 생각했다. 로렌의 자리가 비었으니 그 자리는 내 차지가 될 거라고. 하지만 로렌이 곁에 있든 없든 피닉은 오직 그녀만 생각했다. 오히려 그녀는 그렇게 떠남으로써 피닉의 머릿속에 영원히 자리 잡아 버렸다. 이루지 못한 사랑으로, 애틋한 연인으로.

그렇다면 나 역시 이렇게 사라지는 것도 나쁘지 않다.

흐려지는 시야로 성도화의 모습이 보인다. 금발에 하얀 얼굴, 초록색 눈동자. 태어나 두 번째로 보는 원래의 모습이다. 쌍둥이 악마의 죽음이 임박하며 소환된 듯, 어리둥절한 표정으로 제 손등을 살피다 천천히 얼굴을 굳힌다.

어머니와 피닉을 순회한 서늘한 눈빛이 내게 정착한다. 균열이 이는 그 표정을 보는 순간 알 수 있었다. 그는 결국 내 부탁을 들어주고 말 거라고. 내가 인간인 피닉 오데어를 사랑하듯, 그 역시 악마인 나를 사랑하니까. 바보 같게도.

성도화가 저렇게 당황하는 모습 역시 처음이다. 마지막으로 웃어 주고 싶었는데 잘되지 않는다. 대신 내 뺨을 붙든 피닉의 손을 잡았다. 그리고 말해 주었다.

"너는 천국에 갈 거야."

속눈썹이 엉겨 붙은 피로 끈적하다. 과거의 일들이 눈앞을 스친다. 인간은 죽을 때가 되면 자신의 인생을 파노라마처럼 본다고 하던데, 내게 떠오르는 건 오직 피닉과 관련된 기억뿐이다.

처음 그를 만났던 따뜻한 불꽃 앞, 태어나 처음 뺨을 맞던 순간, 후회하고 울고 발버둥 치고 그러다 체념하던 시간들. 젓가락질이 서툰 나를 위해 집어 주던 반찬, 내 앞으로 쏟아지는 커피를 막아 주던 손, 그와 단둘이 앉아 심장을 조이던 차 안. 당혹스럽고 서툴고 괴로웠지만 그럼에도 충만했던 시간들.

"……이스엘?"

"……피닉."

내가 최초로 본 건 너의 우는 얼굴이었다. 그때 생각했다. 네 울음과 웃음, 그 외의 다른 표정도 전부 보고 싶다고. 단지 네 표정이 보고 싶어 시작한 일이었다. 웃는 얼굴도 우는 얼굴도 전부 보고 싶다고 말했지만, 사실 네 미소를 본 기억은 손에 꼽는다. 후회는 없다. 네 옆에서 너를 지키고 죽는데 무슨 아쉬움이 있을까.

피닉 오데어. 내 삶의 빛, 내 영혼의 불꽃…… 나의 전부. 쓸모없는 이 육신과 영혼을 바쳐 너를 살릴 수 있었으니, 나는 정말로 후회하지 않아.

다만 마지막으로 한 번만 더 너의 미소를 볼 수 있다면.

눈이 감긴다.

"죽지 마."

"……"

"명령이야. 죽지 마."

"……"

"나는 죽지 말라고 명령했어, 이스엘!"

아…….

심장을 가져간 자의 명령은 절대적이다. 생의 문턱을 넘어가려는 악마의 목숨을 잡아 둘 만큼. 하지만 이미 죽음의 입구에 다다른 육체는 반응하지 않는다. 죽음과 언령이 충돌해 시간이 멈춘다. 끊기는 목숨에 정지 버튼을 누른 양 정신만이 희미하게 남아 꺼질 듯 깜빡거린다.

죽지도 살지도 못하는 희미한 상태로 피닉의 절규를 들었다. 낮은 목소리의 떨림, 이마 위로 떨어져 내리는 뜨거운 눈물, 내 몸을 부둥켜안는 절박한 손길. 문득 차분한 미성이 끼어들었다.

"그렇게 억지로 잡아 두면 뭐 할 건데."

성도화가 빈정거린다.

"이스엘은 이제 완전히 끝이야. 바보같이, 인간으로 살 수 있는 그 잠깐조차 누리지 못했군."

"……그게 무슨 뜻이야."

"몰랐나? 그게 이스엘이 받은 벌이야. 다시 널 사랑하게 된다면 영원한 소멸의 길을 가는 것."

그리고 아주 훌륭하게 마음을 증명했지.

성도화가 이를 갈았다. 가늘게 떨리는 손길이 턱을 훑고 피부를 스치다 사라진다. 손가락의 길을 따라 푸른 기운이 넘실댔지만 스며들지 못하고 흩어져 버렸다. 천사의 능력을 내게 퍼부으려다 실패한 모양이다. 그 능력이 이 꼴이 된 나에게 통할 리가 없는데. 침착하다고 생각했는데 아니었던가.

동시에 나를 부둥켜안은 피닉의 전신이 짙게 떨렸다. 내 몸을 품은 채 바짝 엎드리며 성도화에게 애원한다. 어떤 대가를 지불해도 상관없으니 나를, 이스엘을 살려 달라고. 늘 건방졌던 그답지 않게 절박한 음성이다. 끄트머리만 남은 의식으로 피닉의 절규를 들었다. 모든 것을 알게 된 피닉의 후회는 어딘지 절박한 데가 있었다. 너무 늦었기 때문일까.

성도화가 말했다.

"죽은 사람을 살리는 일은 못 해."

"아직 죽지 않았잖아. 그리고 그때는……!"

"그때의 이스엘은 악마였지. 심장이 없을지언정."

"……."

"하지만 지금 이스엘은 인간이야. 순수한 인간."

지금 이스엘을 잡고 있는 건 네 언령이 전부야. 아무리 나라도 이런 상태의 인간을 살릴 수는 없어.

"네가 심장을 돌려준다면 모를까."

"……."

"어때? 이스엘을 살리고, 대신 네가 죽는 거야."

차가운 손이 내 등에 박힌 칼을 조심스레 빼낸다. 제멋대로 헤집어진 근육과 거기 붙어 있던 살점이 딸려 나가는데도 나는 통증조차 느낄 수 없다. 오히려 그걸 보는 피닉이 목을 울렸다. 아픔을 참는 신음. 그 칼이 피닉에게로 향하는 걸 느낄 수 있었다.

꺼져 가는 정신을 예민하게 곤두세웠다. 무슨 헛짓을 하는 거야……. 눈꺼풀을 밀어 올리려 노력해 보지만 소용없다. 내 등을 감싼 피닉의 팔에 힘이 들어간다. 의식이 조각난 나는 불현듯 쓸데없는 생각을 한다. 내가 그에게 이렇게 진심으로 안겨 본 적이 있었나, 뭐 그런 생각. 지금 내게 필요한 건 이미 포기한 생명이 아니라 이런 따뜻함인데.

하지만 나를 끌어안은 피닉에게선 주저함이 느껴지지 않는다. 외려 피닉에게 쏘아지던 천사의 기운이 순간 멈칫했다.

"왜 멈추지? 계속해."

내가 할 수 있는 건 뭐든지 할 테니까. 피닉이 말했다. 단호한 그 대답에 침묵하던 성도화가 곧 이죽이며 답한다. 그가 떨어트린 칼이 바닥에 부딪히며 쨍강 소리를 냈다.

"미안. 널 천국으로 보내 달라는 부탁을 받아서. 그렇게는 어렵겠는걸."

놀리는 듯한 그 말에 결국 피닉이 폭발하고 만다.

"어쩌라는 거야! 이대로 보고만 있으란 말인가?!"

"그 입 닥치지그래? 지금 누구보다 널 죽이고 싶은 건 나니까."

그리고 찾아온 적요. 느껴지는 건 온통 나를 감싼 피닉의 체온과 망설이는 성도화의 손가락, 딱 굳어 씩씩대는 어머니의 숨소리뿐이다.

아, 어머니……. 진짜 부모가 아닐지언정 나는 그녀를 꽤 좋아했었다. 제 손으로 자식을 찌른 그녀가 어떤 심정일지 상상이 가지 않는다. 차라리 지금의 상황을 보고 깨달았으면 좋겠다. 당신이 낳은 자식은 사실 인간이 아니라 악마라는 걸. 그러니까 나를 죽였다고 너무 슬퍼하지 않았으면. 자신의 배로 사탄을 낳았다는 사실이 자식을 살해한 것보다 더 끔찍할지도 모르겠지만, 그래도.

가슴과 등에선 여전히 쇳내 나는 핏덩어리가 흘러내린다. 인간의 몸으로 죽어 본 경험은 몇 번이나 있다. 하지만 이런 상태에 처해 본 적은 없어 혼란스럽다. 이대로 얼마나 더 있어야 하는 걸까. 아무리 언령이라도 혼을 잡아 두는 데는 한계가 있을 텐데. 설마 이 상태 그대로 썩어 가는 육신에 갇히는 건 아니겠지. 그렇게 되면 아무리 피닉이라도 나를 놓아주지 않을까. 그렇게 역겨운 모습을 보이기 전에 죽고 싶다…….

헛생각을 하는 중에 귓가로 음울한 입술이 닿는다. 푹신하고 부드러운 감촉. 피닉이다. 혹시 내가 듣지 못할까 봐 한 음절 한 음절 힘을 주어 귓속에 꽂아 넣는다.

"이런 식으로 날 살리면 내가 고마워할 것 같았어?"

창백하게 식은 뺨으로 온기가 내려앉는다. 거듭 입 맞추며 말한다.

"네게 이따위 벌을 내린 건 그놈이겠지. 왕이라는 놈."

고작 인간이면서 함부로 왕을 입에 올린다. 저런 건방은 대체 어디서 나오는 걸까. 듬성듬성 끊기는 내 정신을 붙잡으려는 듯 그가 한 번 더 명령한다. 정신 차리라고, 살아나라고. 알고 있는 모든 단어를 사용하며 내 영혼을 잡아 세운다.

"그 자식이 왕인지는 모르겠지만."

불손한 말이 이어진다.

"네 주인은 나니까…… 내가 직접 그를 만나 얘기해 보겠어."

감정을 담은 뜨거운 숨결.

"내가 사냥을 잘하는 건 너도 알 거야."

마지막 말은 차라리 선언이었다.

"나는 한번 눈에 들어온 사냥감은 놓쳐 본 적이 없거든."

억지를 쓰고 있다.

힘껏 나를 죄던 피닉의 팔이 떨어져 나가고 차가운 품이 나를 건네받는다. 청량한 냄새가 났다. 그렇게 싫어하던 성도화에게 나를 넘기는 피닉의 속내를 짐작할 수가 없다.

저 무모한 인간이 또 무슨 짓을 하려고 저럴까. 걱정되었지만 눈을 뜰 수도 말을 할 수도 없다. 오직 감각을 받아들이는 것만 가능한 가운데 푹, 무언가 찔리는 소리가 났다. 회광반조(回光返照)하는 청각은 작은 소리도 예민하게 의식한다. 살을 찢고 근육을 파고드는 섬뜩한 울림과 깊게 베이는 신음. 그 뒤를 잇는 앓는 소리.

"욱……."

끄르륵하는 신음을 듣고서야 그게 내 어머니임을 알았다.

"금방 끝나요."

감정 없는 목소리가 공중을 난도질하고 이내 신음이 끊긴다. 털썩 소리가 들렸다. 피닉은 허물어지는 시체를 받아 주지도 않은 모양이었다.

"뭘 하는 거지?"

성도화가 묻는다. 오래 알던 인간이 죽었음에도 슬픔의 조각조차 찾아볼 수 없는 미성이 날카롭게 허공을 울린다. 그에 답하는 피닉의 목소리는 대조적으로 낮았다.

"더 확실하게 지옥에 가려고."

"뭐?"

"살인을 하고 자살하면 지옥에 떨어질 수 있지 않나? 네가 무슨 부탁을 받았든 상관없이."

고작 그 이유로 사람을 죽였단다. 제 아버지와 살을 섞은 여자를. 얼마 전까지 어머니라 부르던 존재를.

"내가 죽고 이스엘이 살아나면, 찝쩍거리지 마."

제 죽음을 언급하는 피닉에게선 어떤 망설임도 읽히지 않았다.

"헛짓하지 마. 나한텐 널 고이 모셔 갈 의무가 있으니까."

성도화가 씹어 뱉는다. 그는 아직도 포기하지 못했는지 계속 자기 힘을 내게 쏟아붓고 있었다. 어린잎 같은 손길이 가슴 언저리를 바쁘게 돌아다닌다. 하지만 애석하게도 그의 힘은 내게 무용지물이다. 내 혈액이 쌍둥이 천사의 손바닥을 적시는 감각만 맞닿은 피부 위로 뚜렷했다. 태어나 처음 맛보는 무력감에 천사의 찬 손이 점차 힘없이 늘어진다.

피닉이 물었다.

"왜지?"

"몰라서 물어? 그게 이스엘의 부탁이니까!"

성도화가 소리친다. 피닉이 웃는다.

"아, 나한테 한마디 상의도 없이 제멋대로 생각하고 결정한 그 부탁."

"……."

"그딴 건 너나 지켜."

너희 말대로 난 열등한 존재라 이런 것밖에 생각하지 못하니까. 그가 자조했다.

"억지로라도 살게 할 거야."

"이스엘이 그런 걸 바랄 것 같아?"

"내가 그런 걸 신경 쓸 것 같아?"

다음 말은 나를 향했다.

"너는 내 앞에 나타나지 말았어야 했어."

너는 네가 내 발목을 잡았다고 생각하지만 사실 그 반대야. 잘못 걸린 건 너지.

다가온 피닉에게서 세 사람의 피 냄새가 난다. 내 어머니의 피가 튄 입술로 내게 입 맞춘다. 내 손에 자신의 손을 겹친 그가 망설임 없이 제 심장을 찌르려 한다. 과거 로렌을 데리러 스틱스 강으로 향했듯이, 이제는 나를 데리러 스스로 지옥의 입구를 밟겠다고. 그동안 자신이 했던 모든 행동을 후회하고 있으니, 내 마음을 동강 낸 바로 그 손목으로 나의 원수인 제 몸을 찢어 죽이겠다고. 그게 자신이 바칠 수 있는 최고의 사과이며 속죄라고.

로렌을 위해 자살을 택했던 그가 이제는 나를 위해 죽으려 한다.

그때였다.

"그럴 필요 없어."

어둠이 쏟아진다. 시각으로 감지되는 어둠이 아니다. 손끝 발끝으로 감지되는 진정한 흑색이다. 지옥의 바닥을 긁는 목소리가 우렁우렁 방을 울렸다. 마지막의 냄새가 났다. 쉭쉭대는 저음이 귓전에 와 닿는다. 닿는 순간 알 수 있었다. 아, 우리의 왕이다.

"이스엘."

나를 받친 성도화를 밀어 낸 왕이 내 입술 위로 자신의 숨결을 불어넣는다. 그 숨이 닿자 옅게나마 생명이 돌아오고 굳었던 눈이 뜨였다. 무거운 속눈썹을 떨며 주변을 둘러보았다. 태어나 처음으로 빛을 보듯 시야가 아릿했다.

핏빛으로 물든 세상, 각자의 표정으로 나를 보는 피닉과 성도화, 그 옆에 죽어 널브러진 어머니. 자식의 칼에 찔려 숨을 거둔 그녀는 눈조차 감지 못했다. 마왕의 존재를 이기지 못한 육신이 벌써 썩어 들고 있다. 불도 없이 타들어 가는 인간의 살과 피가 흩날리는 재처럼 보였다.

압도적인 힘의 등장에 검게 질리는 공기. 손끝부터 딱딱하게 굳어 가는 기이한 감각. 경의를 표하려는 내 입술을 왕이 막았다.

"쉿, 얌전히 있으렴."

그 한마디에 벙긋대던 입술이 깨끗하게 다물린다. 모든 악마를 지배하는 자, 지옥의 주인, 세상의 반을 나눠 가진 존재. 그의 등장에 모두가 숨을 죽였다. 빳빳이 고개를 든 피닉만 제외하고.

왕이 고개를 돌릴 때마다 그 방향으로 짙은 그림자가 깔린다. 왕이 한숨지었다. 그의 표정은 비탄이었다. 손아귀에는 조금 전 어머니와의 계약을 엉망진창으로 이행하고 무책임하게 사라진 하급 악마가 잡혀 있다. 비대한 육체가 왕의 손 하나에 잡힌 채 이리저리 휘둘린다. 악마가 눈을 들었다. 피투성이가 된 나와 눈이 마주치자 시선을 피하며 부들부들 떤다.

입매를 굳힌 왕의 시선이 내게 고정되었다. 그대로 한참을 응시한다. 고요히 그 눈길을 맞받았다. 무슨 말을 하고 어떻게 용서를 빌지 알 수 없어 그저 홀로 침잠하는 기분이었다. 추위를 느낀 어깨가 움츠러들었다.

피닉과 성도화를 깨끗이 무시한 채 오직 내게만 시선을 맞추는 왕의 앞에 피닉이 나섰다. 악마와 천사와 비현실 사이, 다만 발버둥 치는 인간. 손에 든 칼을 왕에게 겨누며 묻는다.

"당신이 왕인가?"

느릿느릿 왕의 눈이 그에게 향한다. 위협처럼 말한다.

"그러는 너는 인간이로군."

인간의 혼백을 빨아들이는 검은 눈빛에도 피닉은 끄떡하지 않는다. 파리하게 질려 가는 입술을 앙다물며 도리어 협박한다.

"이스엘을 살려 줘."

"내가 왜 그래야 하지?"

"내가 그를 사랑하니까."

"건방지군."

"이스엘의 주인은 나야. 왕이건 뭐건, 당신이 내 소유를 함부로 할 권리는 없어."

하, 왕이 일소했다. 한낱 인간 따위가 대드는 모습이 흥미로운지 가늘게 눈을 접는다. 손에 쥔 하급 악마의 목덜미를 쓰다듬으며 왕이 물었다.

"고작 인간 따위가 내 아이를 사랑할 자격이 된다고 생각하느냐?"

"자격은 주어지는 게 아니야. 만드는 거지."

"영원히 지옥 불에서 불타게 된다고 해도 말이냐? 왕인 내가

315

직접 네 배를 가르고 속을 지진다고 해도?"

동시에 조금 전까지와는 비교도 할 수 없는 기운이 폭발했다. 피닉이 버티지 못하고 무릎 꿇는다. 그럼에도 그의 새파란 시선은 꼿꼿이 왕을 향했다. 왕이 입매를 늘였다.

"용기가 가상하군."

순식간에 뻗어 나간 왕의 손이 피닉을 끌어당긴다. 갈고리 같은 손으로 목을 쥔다. 피닉의 남자다운 목을 한 번에 감아쥘 만큼 어마어마한 손이다. 그 손이 가하는 압력에 피닉의 얼굴이 시뻘겋게 달아오른다.

벌떡 일어선 내가 왕의 눈짓 한 번에 구석으로 날아갔다. 목을 졸려도 굴하지 않던 피닉이 거기에는 반응했다. 그가 양손으로 왕의 손목을 잡았다. 제가 원하는 바를 들어주기 전에는 놓지 않겠다는 듯 한 자, 한 자 힘겹게 내뱉는다. 음절마다 숨이 섞여 나왔다.

"나랑 계약을 해."

"계약?"

"너는 왕이니까, 저따위 천사보다 훨씬 많은 걸 할 수 있겠지."

이스엘을 살려 줘.

"대가는 뭐든지 지불하겠어."

"그래? 맹랑한 인간이구나."

좋아, 특별히 선처해 주지. 짐짓 너그럽게 말한 왕이 피닉을 뿌리쳤다. 바닥으로 쓰러지면서도 피닉의 눈은 끈질기게 왕을 좇는다. 아름다운 눈이 한 줄기 희망으로 빛났다.

하지만 나는 알고 있었다. 왕이 말하는 선처는 피닉이 생각하는 그런 순진한 의미가 아님을. 그는 왕이고, 왕에게는 질서를 수호할 의무가 있다. 그가 아무리 비통한 표정을 하고 있대도 왕은 왕이었다.

왕이 내 앞에 몸을 숙였다. 한쪽 무릎을 바닥에 대 눈높이를 맞추고는 손가락으로 내 턱을 쓸어 간다. 칼날 같은 손가락이었다. 눈을 맞추며 묻는다.

"내가 네게 그런 벌을 내린 건 스스로 죽으라는 의미가 아니었단다. 어째서 이렇게 미련한 거니?"

대답해 보렴. 그의 말에 나는 입을 연다.

"저는 이제 소멸하게 되는 건가요?"

마지막을 당신의 손으로 끝내기 위해 올라오신 건가요. 힘없는 내 물음에 왕이 고개를 저었다. 느긋하게 웃지만, 그 낯은 본 적 없는 슬픔에 젖어 있다. 그가 물었다.

"이스엘, 너는 약속을 제대로 지키는 악마를 본 적이 있니?"

가만히 고개를 저었다. 세상에 그런 악마는 없다. 우리는 약속을 지키는 존재가 아니라 어기고 짓밟는 존재니까.

"그래. 하다못해 너를 공격한 이 아이조차 계약을 제대로 이행하지 않았지. 내가 직접 명했는데도."

왕의 손이 제게 잡힌 뚱뚱한 남자를 마구 흔들었다.

"그런……."

"탓할 생각은 없단다. 그게 우리의 본능이니까."

그 말에 벌벌 떨던 하급 악마가 땀내 나는 얼굴을 들었다. 천국 가운데서 한 줄기 희망을 본 듯 만면에 비굴한 웃음을 띤다. 그리고 미소 짓던 그대로 악마의 머리가 찢겨 나갔다. 퍽, 물주머니 터지는 소리가 났다. 탓할 생각이 없다는 말과 달리 왕의 손속은 자비가 없었다. 해명할 기회조차 주지 않는다. 그런 기만조차 악마의 속성이다.

피와 뇌수가 사방으로 튀었지만 정작 이를 행한 자의 손은 깨끗하다. 힘없는 나만이 그 잔해를 그대로 맞았다. 입 안으로 들어온 살점을 뱉어 냈다. 비릿한 맛이다. 내 얼굴에 묻은 뼛조각을 닦아 준 왕이 부드럽게 뺨을 쥐어 왔다. 그의 엄지가 입술을 눌렀다.

"그런데 너는 왜 한낱 인간과의 약속을 지키려 했던 걸까."

"그건⋯⋯."

그러고 싶었으니까요. 꺼질 듯한 대답을 들은 왕이 흐리게 웃는다. 무책임이야말로 악마의 본질인 것을. 그가 탄식하며 속삭인다. 그의 입술이 내 턱을 적신 피를 다정하게 빨아 먹는다. 피부에 닿는 그의 입술이 문득 일그러졌다.

"바보가 아니고서야 아무도 악마와의 약속을 믿지 않는단다. 하지만 이스엘, 너는 어그러진 일에 책임을 지려 했지. 순진하게도."

"⋯⋯."

"희생을 알게 된 순간부터 너는 우리에게 속할 수 없어."

내 얼굴에 묻은 피를 꼼꼼히 핥아 준 그가 일어섰다. 다가온 피닉을 보며 말한다.

"이스엘을 돌려준다면 넌 내게 뭘 줄 거지? 미리 말하지만 난 네 영혼이 필요하지 않아."

희망을 조각내는 목소리가 잔인하다.

"게다가 넌 이미 한 번의 계약을 했어."

손바닥을 펼쳐 불의 뱀을 만든 왕이 그것을 피닉에게 쏘아 보냈다.

"내게서 이스엘을 받아 가려면 그깟 헌 영혼보다는 더 귀중한 걸 내놓아야 할 거야."

푸른 혀를 날름거리는 뱀이 피닉의 목을 감고는 이내 사라졌다. 남은 건 딱 거슬릴 정도로만 화상을 입은 인간의 피부였다.

피닉이 벙긋 입술을 벌린다. 도톰한 입술이 벌어졌지만 그 입에서 아무 소리도 새지 않는다. 나올 리 없다. 인간 피닉 오데어에겐 악마 왕의 흥미를 끌 만한 것이 아무것도 없었으니까. 인간의 영혼도 금은보화도 세상 제일의 아름다움도 왕에겐 이미 너무나 흔했다.

처음부터 결말이 정해진 협상이었다. 악마의 선처는 이런 거였다. 기회를 주는 척하면서 사실은 어떤 해결 방안도 없는 막다른 골목에 밀어 넣는 것. 그리고 나는 네게 기회를 줬다며 젠체하는 것. 그 앞에 끝내 굴복하고야 마는 가난한 인간.

피닉의 주먹에 힘이 들어갔다. 손톱이 살에 파고들도록 애를 쓰며 답을 쥐어짠다. 비루한 그 모습을 잠깐 감상하던 왕이 이내 비스듬히 입매를 끌어 올렸다.

"보아하니…… 네가 가진 것 중 가장 귀한 건 이스엘인데."

동상 같은 얼굴 위로 퍼지는 건 비웃음이다.

"이스엘을 살려 주는 대가로 내게 이스엘을 줄 건가?"

경박하게 낄낄거리는 왕과 창백하게 질린 피닉 사이 한 줄기 빛살이 끼어든다.

"대가는 제가 지불하죠."

하얀 빛이다.

"천사의 영혼은 필요 없습니까?"

샐긋 웃는 그 빛은 성도화의 것이었다. 천천히 다가온 그가 왕과 마주 섰다. 나의 쌍둥이, 강렬하고 화려한 흰 날개의 고위 천사. 그의 금발은 예전보다 배는 환하게 빛났고 눈동자 역시 금빛이 섞인 녹색이었다.

넘실대는 천사의 기운이 왕이 지배한 공간 위를 덧바른다. 그가 이렇게 강해진 이유는 간단했다. 대칭에 있던 내가 사라지면서 내 능력까지 전부 흡수했기 때문이다. 두 배의 힘을 얻은 성도화는 이제 천국에서 세 손가락에 꼽히는 강한 천사였다. 성도화 스스로도 그 사실을 알고 있었다.

왕이 눈동자를 움직였다. 어느새 왕과 우리 셋의 대치 구도였다.

"이스카란."

"오랜만입니다."

"너도 어쩔 수 없는 천사였군. 사랑에 눈이 멀어 전부를 내놓다니."

왕이 조소했다. 그 저변에 깔린 나무람을 성도화는 가볍게 무시했다.

"이스엘을 권속으로 두신 분께 들을 말은 아닙니다."

"그래서, 네 영혼을 내놓겠다? 쌍둥이 악마를 위해서?"

잊은 것 같아 짚어 주자면 이스엘은 날 때부터 정해진 네 원수이며 적이야. 왕이 고양이처럼 가르랑거렸다. 성도화는 여전히 가볍게 대답했다.

"알고 있습니다."

"흠."

왕의 손이 턱을 문질렀다. 흥미롭게 돌아가는 상황에 그의 눈빛이 야릇해진다. 그가 빤히 우리 셋을 관찰했다. 어떻게 하면 이 상황을 자신의 진영에 유리하게 만들 수 있을지 고민하는 듯 보였다. 그런 왕 앞에서 버릇없이 팔짱을 낀 성도화가 특유의 질 나쁜 미소를 지었다.

"손해 보는 계약은 아닐 텐데요."

잠시 고민하던 왕이 곧 긍정했다.

"영혼보다는 힘이 좋겠어. 천사의 힘은 쓸모가 많을 테니까."

"그거면 됩니까? 제가 가진 천사의 힘."

재차 확인한 성도화가 어깨를 으쓱인다. 망설임 없는 답이 흘러나왔다.

"그러죠."

"성도화!"

마트에서 고기를 사도 저것보단 신중하게 고민할 테다. 나도 모르게 비명처럼 그의 이름을 부르고 말았다. 눈길조차 주지 않는 성도화의 어깨를 잡아 억지로 내게 돌렸다. 힘 하나 없는 손길에도 순순히 따라 준다. 눈이 웃고 있었다. 얼굴을 일그러트린 건 나뿐이다.

"너 아직도 내 이름 모르는구나."

그가 너스레를 떨었다.

"무슨 짓이야?"

"애정 표현."

이런 때까지 여유를 가장하는 뻔뻔함에 열이 올랐다.

"헛소리하지 마. 지금 장난할 때야?"

"장난 아닌데."

문득 그의 표정이 진지해진다. 붉은 손가락이 피닉을 가리킨다.

"쟤보다 내가 낫다고 어필하는 거야. 그러니까 날 선택해 달라고."

"이건 바보 같은 짓이야."

"알아. 근데 너도 했었잖아, 이 바보 같은 짓."

난 그냥 너 따라 하는 건데. 그가 놀리듯이 말했다. 피로 얼룩진 손을 내 뺨에 붙이려다 멈칫한다. 그가 물방울을 떨어내듯 살짝 손을 털었다. 이내 깨끗해진 손과 청량한 향기가 옆얼굴을 감쌌다. 나는 그 손을 잡고 도리질 쳤다. 하지 말라고 말렸다. 그 작은 동작에도 아픈 머리가 깨질 듯했다. 그래도 끝까지 붙잡았다.

"안 돼. 하지 마. 네가 무슨 상관이야? 제발 나한테 감정 소모 하지 마."

대답 없이 웃기만 하던 성도화가 무어라 말하려는 찰나였다.

"그만."

왕이 끼어들었다.

"눈꼴이 시어서 더 봐 줄 수가 없군."

천사에게서 전부를 앗아 가려 하고 있으면서 고작 몇 분도 기다려 줄 수가 없단 말인가. 처음으로 왕에게 반항심이 일었다. 본능을 거스르는 감정이다.

"내 아이가 흰둥이랑 붙어먹는 꼴은 못 봐."

답지 않게 저렴한 말투로 내뱉은 왕이 나를 향해 손짓했다. 그러자 왼쪽 입꼬리부터 지퍼가 잠기듯 억지로 입이 다물렸다. 양 손목엔 불꽃으로 만든 수갑이 채워졌다. 깜짝 놀란 피닉이 내 팔을 끌어다 싱크대에 처넣고 물을 틀었다. 다행히 시간을 끌 용도로 만든 것인지 시시할 정도로 쉽게 꺼진다.

계속된 힘의 파도에 어머니의 시체는 이미 간데없었다. 그 영혼만 지금쯤 저승의 어귀를 떠돌고 있겠지. 그사이 왕과 성도화의 계약은 일사천리였다.

"이스엘은 이미 지옥의 명부에서 제해졌다. 약속한 대로 소멸하지는 않겠지만, 대신 모든 지위를 잃고 그저 인간에 불과하게될 것이다."

죽으면 생전의 업에 따라 심판받고 천국이든 지옥이든 어디로든지 떨어질 수 있는 인간. 예상했다는 낯으로 왕을 보던 성도화가 슬쩍 입매를 끌어 올린다.

"그럼 천국으로 올 수도 있다는 겁니까?"

"봐서."

"좋습니다."

그렇게 계약이 끝났다.

나는 200년 전 피닉 오데어의 심정이 되어 성도화의 희생을 보고 있었다. 내가 그때 피닉에게 저지른 짓이 이런 거였구나. 가슴이 미어진다. 피닉에게, 그리고 성도화에게.

성도화가 예를 표하며 허리를 굽혔다. 가혹한 마왕은 인사조차 받지 않고, 마음의 준비를 할 시간조차 주지 않고 곧장 계약 이행에 들어갔다. 절하던 모습 그대로 확 치솟은 불꽃이 성도화의 전신을 사른다. 끔찍한 냄새가 났다.

비명을 지르려는가. 반쯤 벌어진 그의 입술 사이까지 화염이 들어찬다. 무시무시한 열기에 발 딛고 선 공간이 전부 바삭하게 마른다. 최후의 물방울 하나까지 바싹 말린 후에야 불길이 멈췄다.

저 불길 속으로 뛰어들었어야 했다.

언제 그랬냐는 듯 고요해진 방 안, 이번엔 내 쪽으로 고통이 찾아왔다.

대비할 새도 없이 등줄기가 튀었다. 신체를 구성하는 근육과 힘줄 하나하나가 속에서부터 타 버리는 것 같았다. 온몸을 훑고 지나가는 고통에 등을 우그렸다. 천 개의 종을 일시에 울리는 듯한 굉음이 귓전을 찢었다.

한껏 찡그려 가물가물한 시야로 검은 안개가 보인다. 전신에서 짙은 기운이 빠져나와 공중을 휘감더니 곧 사라져 버린다. 육체에 남은 악마의 흔적이었다. 텅 빈 심장, 영혼에 새겨진 피닉과의 계약, 차곡차곡 쌓인 언령 같은 것들.

"욱……!"

천 개의 종소리가 끊어졌다. 대신 만 장의 그릇을 깨는 것 같은 굉음이 그 자리를 채웠다. 까맣던 눈앞이 하얗게 밝아졌다. 사고의 고통이다. 의식이 분절될 만큼 강한 괴로움에 아무 표현도 하지 못했다. 다만 입술을 벌렸다. 입 속으로 겁화가 찬다. 조금 전 성도화가 그랬듯이.

"이스엘!"

경악으로 홉뜬 피닉의 눈이 망막에 맺혔다. 새파란 얼굴을 하고도 빠르게 다가와 나를 안으려 한다. 그가 주저 없이 불길에 손을 넣었다. 어릿어릿한 시선을 그에게 고정했다. 그러나 성도화가 먼저였다.

방금 전 내 위에서 허망하게 미끄러지던 손이 이번엔 단단하게 나를 받친다. 청량한 냄새. 싱그러운 감촉이 전신을 스쳐가고 몸이 안정감 있게 가라앉는다. 어느새 전신을 휩싼 불꽃도 사라졌다. 남은 건 언제 아팠냐는 듯 감쪽같은 안온이다. 김이 오르는 욕탕 위로 발끝부터 내려앉는 듯한 환상이 펼쳐졌다. 미소 지으려는 순간 발끝에서부터 묘한 감각이 느껴졌다. 때맞춰 텅 빈 심장에서 빛이 터졌다.

"흑!"

"가만히."

꿈틀하는 나를 성도화가 달랜다. 하지만 내가 전율하는 건 아픔 때문이 아니었다.

꺼진 촛불에 불이 붙는다. 가슴과 등의 상처가 천천히 아물어가며 혼이 육신에 단단히 고정된다. 단 한 번도 느껴 본 적 없는 강렬한 능력의 발현이었다. 다시는 빠져나갈 일 없게 혼백을 육신의 말뚝에 견고하게 붙들어 맨다. 사지가 요동치고 새 감각이 돌아온다. 정신에 반짝, 불이 들어왔다.

끝났다.

"안 돼……."

"나는 자비로우니, 마지막 인사를 할 시간을 주지."

"그것참 황송하군요."

고개를 들었다. 빙그레 웃는 얼굴이 먼저 시야를 밝힌다.

"이제야 눈이 맞네."

정면에서 마주친 성도화의 녹색 눈이 씩 웃었다. 직전까지 금빛이던 그의 눈이 언제 그랬냐는 듯 어두웠다. 밝은 신록이 아닌 음울한 심해의 녹색이다. 황금 같고 꿀 같던 금발엔 처음 보는 붉은 빛이 섞여 있다. 변하지 않은 것은 향기뿐이었다. 그의 하얀 손이 가슴을 어루만졌다.

"느껴져? 너 살아났어. 그것도 인간으로."

여상하게 뱉는 말은 허언이 아니다. 끼워 맞춰지듯 돌아오는 오감이 그 말이 사실임을 증명하므로. 하지만…….

부들부들 떨리는 팔을 들어 성도화의 손목을 잡았다. 그가 저항 없이 손을 내어 준다. 혀 아래 침조차 불꽃에 말라 버렸다. 뻑뻑한 입술을 열어 물었다.

"그…러면…… 너는?"

내가 살았으면, 그러면 나를 살린 너는 어떻게 되는 거냐고.

성도화가 지금 나를 살린 것은 단순히 죽어 가는 몸을 고쳐 주고 생명을 돌려주는 일과는 차원이 달랐다. 소멸의 길에 접어든 존재를 계약으로 끌어와 인계에 편입시키고 질서를 뒤섞는 일. 인간이 아닌 존재를 억지로 인간으로 만드는 일.

심지어 그 존재는 태어난 순간부터 적대하기로 운명 지어진 숙적 쌍둥이 악마이며, 그 일을 하기 위해 천사의 몸으로 마왕과 계약을 맺었다.

대가로 강력한 고위 천사의 힘이 악마 왕의 수중에 넘어갔다. 명백한 능력의 오용이자 월권이었고 제 진영에 대한 치명적인 배신행위였다. 내가 멋대로 스틱스 강을 건너려 했던 일과는 비교도 되지 않는 중죄였다.

경악한 내 심정이 전해진 걸까. 성도화가 웃었다. 내게 얼굴을 들이대고 평온한 투로 말한다.

"내가 널 위해 희생하겠다고 했잖아."

'나는 너 이용할 거야.'

"기억나?"

'나 되게 잔인해. 양심도 없고 남의 감정 같은 건 벌레보다 못하게 취급해. 동정심도 없어. 필요한 대로 막 이용하다 버리고 그게 내 본성이야. 그리고 너는 태어날 때부터 정해진 내 영혼의 적이야. 네가 잘못되면 제일 기뻐할 사람은 나야. 네가 만약 죽으면······.'

"기억 못 하면 곤란한데."

'나는 가장 먼저 네 시체를 밟고 비웃을 거야.'

"나는 진지하게 한 말이었거든."

'그럼 나는 널 위해 희생해야 하나? 천사니까.'

비수를 꽂으려 던졌던 말이 부메랑처럼 내게 돌아온다.

할 말이 없었다. 언어가 생각나지 않았다. 나는 그저 울기만 했다. 어떤 말을 해도 보상하지 못할 것이다. 우는 것도 가증스러워 억지로 숨을 참았다. 차가운 손이 젖은 내 눈시울을 가렸다. 헐떡이는 내 이마를 상냥하게 쓸어 만진다.

"그럼 이제 어떻게 되는 거냐고?"

내가 차마 묻지 못한 말을 그가 먼저 했다.

"영원의 시간 동안 널 그리워하면서 천국의 감옥에 갇히겠지."

그래도 소멸되진 않아. 우리는 뻑하면 죽여 대는 너희 악마들과는 다르거든. 성도화가 다시 웃었다. 마트에서 고기를 고르는 투로 말했지만 그 내용의 무게는 결코 가볍지 않다. 우리에게 영원의 시간은 수사가 아니었다. 우리의 영원은 정말로 끝없이 이어지는 무한이었다.

성도화는, 내 쌍둥이는 나 대신 값을 치르길 택한 거였다. 내 존재가 세상에서 없어지는 꼴을 보느니, 차라리 제 영원을 바치겠다고.

내가 그만큼 성도화에게 가치 있는 존재라서.

그런 그의 선택 앞에 내가 무슨 말을 할 수 있겠는가. 감정을 누르며 그를 보았다. 기묘한 적금발이 흔들린다. 천국을 통틀어 저런 색을 가진 천사는 성도화 하나뿐이겠지. 천사의 외모는 능력의 상징이니까. 악마도 뭣도 아닌 내게 마음을 바친 대가가 주홍 글씨처럼 그의 외모에 남아 있었다. 그를 마주하는 사람은 누구든 첫눈에 그 사실을 알아차릴 수 있도록.

"게다가 그렇게 나쁜 건 아니야."

성도화가 장난스레 한쪽 눈을 깜빡였다.

"내 힘은 줬지만, 대신 네 힘을 가졌거든."

여전히 눈물이 흥건한 내 눈가를 훔치며 그가 설명했다. 대칭을 이룬 악마가 사라지면서 제 몫으로 돌아온 악마의 힘이 있다고. 제가 가진 두 가지 힘 중 천사의 능력만을 계약 조건으로 내걸었으니, 나머지 하나의 능력은 아직 제 것이라고. 눈웃음친 성도화가 악마 왕을 돌아보았다.

"그렇죠? 분명히 천사의 힘이라고 하셨으니까요."

왕이 허를 찔린 얼굴을 했다. 계약 조건을 더듬어 보던 그가 고개를 끄덕이며 짧게 긍정했다.

"한 방 먹었군."

"악마들은 매일 계약 갖고 사기를 치는데, 저도 이 정도는 해야죠."

한쪽 눈을 찡긋한 성도화가 말을 맺었다.

"그러니까 울 거 없어. 어차피 나한텐 악마의 힘이 더 어울리기도 하고."

머리를 쓸어 올리는 성도화의 표정이 순간 신중해졌다. 이제 더는 싱그럽지 않은 초록 눈동자가 진지하게 부딪쳐 온다.

"이제 좀 나한테 흔들릴 것 같아?"

제멋대로 쳐들어와 뇌리를 흔들고 시선을 약탈해 간다. 천사보다 악마에 가까운 성도화의 행동은 이제 놀랍지도 않았다. 다만 멍하니 그를 볼 뿐이다. 이제 능력까지 완전히 악마가 된 성도화를. 그가 턱으로 피닉을 가리켰다.

"쟤도 널 좋아하게 됐는데, 나라고 못할 거 없잖아."

"……."

"이스카란이야. 이번엔 기억해, 내 이름."

목을 타고 내려온 검지가 가슴을 찌른다.

"다시 돌아오면 봐주지 않을 테니까."

마지막 말은 아주 작게 들렸다.

과연 그가 다시 돌아올 수 있을까. 가볍게 말하고 있지만 가볍지 않은 일이다. 나는 바보가 아니었다. 성도화도 바보가 아니다. 단지 내 죄책감을 덜기 위해 저렇게 말하는 것일 뿐.

쪽. 내 입술에 가볍게 입 맞춘 성도화가 뒷걸음질 쳤다. 조금씩 그의 신형이 흐려졌다. 올 때와는 다르게 느릿한 움직임이었다. 그는 끝까지 피닉과는 인사 한마디 나누지 않았다.

도로 조금씩 젖어 가는 속눈썹을 느끼며 뚫어져라 그를 보았다. 성도화. 이스카란. 끝의 끝까지 내게 눈을 떼지 않던 그가 불현듯 아, 하더니 입술을 달싹인다.

"고양이 좀 챙겨 줘."

주먹 쥔 손을 볼 앞에서 움직여 고양이 흉내를 낸다.

"현관 비밀번호는 네 생일."

시야가 맑게 어룽졌다. 주룩 눈물이 흐르고서야 다시 성도화의 얼굴이 보인다.

"가는데 대답도 안 해 줄 거야?"

"……응."

겨우 한 마디인데, 그 한 마디를 들은 성도화는 씩 입술을 늘인다. 마지막의 마지막까지 그는 장난스러웠다. 그의 희생을 밟고 선 내가 끝내 울음을 터트릴 수밖에 없도록.

성도화. 내 친구. 나와 대칭을 이룬 영혼, 한날한시에 태어난 쌍생. 천사 이스카란. 그가 사라지면 기뻐할 거라고 했는데, 나는 도리어 울고 있다.

다가온 피닉이 나를 끌어안았다. 가만히 아무 위로도 하지 않고 내 울음이 잦아들 때까지 그저 기다린다. 그가 보드랍게 나를 품는데도 나는 얼굴을 들 수가 없었다. 나 하나 때문에 벌어진 일이 너무 많았다.

어마어마한 것을 받아 놓고 대가를 지불하기는커녕 한심하게 울기만 한다. 울 자격이 어디 있다고. 죄책감과 자기혐오를 느낀다. 더할 나위 없는 인간의 감정이었다.

나는 인간이 되었다. 날 때부터 갖고 있던 모든 지위와 능력을 버리고, 그렇게 무시하고 깔보던 평범한 인간이. 시간이 흐르면

늙고 고장 나는 단 하나의 육체를 갖고 살아갈 테고, 죽으면 그동안 지은 죄과에 따라 천국 혹은 지옥에 갈 테다.

고개를 들어 왕을 보았다. 이제 더 이상 나의 왕이 아닌, 그저 악마들의 왕. 여전히 짙고 음습한 기운을 뿜어내는 차가운 피의 존재. 그가 손을 뻗어 내 뺨을 당겼다. 나직이 말한다.

"천사에게 고마워할 날이 다 오는구나."

늙지 않는 왕의 얼굴이 지금은 늙어 보였다.

"하지만 이스엘, 나는 그래야만 했단다. 세상 무엇보다 너를 아끼지만…… 이스카란처럼 행동할 수는 없었어."

고개를 끄덕였다. 그를 탓하지 않는다. 그저 물었다.

"이스카란은, 아니, 이스카란을……."

"최악의 경우는 일어나지 않을 거다. 왕의 이름을 걸고 약속하지."

그제야 조금, 아주 조금 안심이 되었다.

"부탁 하나만 드려도 되나요."

"……."

"저희 어머니…… 너무 나쁘게 대하지 말아 주세요."

그녀의 시체가 있던 자리를 돌아보았다. 눈도 감지 못하고 누워 있던 여자의 육신은 뼛조각조차 남기지 못했다. 흔적이라곤 그녀가 들고 왔던 휴대 전화뿐이다. 고위 천사와 악마 왕의 힘을 견디지 못하고 재가 되어 스러진 어머니의 육체. 그 영혼은 지금쯤 스틱스 강을 건너 지옥을 향하고 있겠지.

그녀는 자신이 신데렐라라고 굳게 믿는 여자였다.

몇 번인가 오래된 비디오를 통해 본 그녀는 반짝반짝 생기가 넘쳤다. 대단한 연기력이 아님에도 눈빛과 표정과 대사를 치는 말투가 순간순간 사람들을 사로잡았다.

그런 그녀가 아버지를 만나지 않았다면 어떻게 됐을까. 사랑에 인생을 걸고, 끝내는 보답받지 못한 채 사라진 어머니. 그녀가 빈 세 가지 소원은 전부 남편과 아들을 위해서였다.

자신을 사랑하지 않는 남자를 위해 인생을 걸고 끝내 영혼까지 바치는 미련한 모습은 과거의 나를 연상하게 하는 구석이 있었다. 자신이 여주인공이라고 믿었지만 실은 더러운 상간녀에 불과했던 추잡한 모습까지도. 사랑받는 여자는 아니었지만 사랑하는 인간이었다. 그걸로 충분하지 않았을까.

왕은 대답하지 않았지만 나는 그에게서 긍정을 읽었다. 나의 전 주인이 내게서 손을 떼어 낸다. 인사조차 없이 사라지는 모습에서 왕이 끊어 내려 하는 미련을 읽었다.

다섯이 있었다. 두 명의 악마, 두 명의 인간, 한 명의 천사. 하나는 죽었고 하나는 제자리로 돌아갔으며 하나는 희생했다. 그리고 두 인간이 남았다. 모든 것을 버리고 인간의 세계로 들어온 나는 이제 내 전부가 된 남자의 눈을 본다. 그가 내게 말한다.

"너를 이해할 수 없어."

절망일까.

"하지만 너를 이해하고 싶어."

희망이다.

"그러니까 곁에 있게 해 줘."

가까이 다가온 그의 눈을 올려다보며 물었다.

"내가 네 가족을 죽였는데도?"

그가 망설임 없이 답한다.

"나도 네 가족을 죽였어."

"……."

"네가 내게 심장을 줬다면, 나는 네게 내 영혼을 줄게. 네가 내게 준 것들, 평생 갚을 수 있도록 해 줘."

그가 이마를 마주하며 속삭인다. 평생, 그리고 평생이 끝난 다음에도. 그렇게 말하는 피닉의 귀가 여전히 발갛다. 악마와 천사와 비현실 사이에서 홀로 발악하던, 주제를 모르는 인간. 내가 사랑하는 사람. 나는 다만 이 말밖에 할 수 없다.

"……네가 원한다면."

그의 눈을 보았다. 처음 본 순간부터 내 마음을 움직였던 동공 속 바다는 여전히 아름답게 출렁인다. 홀린 듯한 기분으로 발음해 보았다.

"사랑해."

사람의 마음은 악마의 힘으로도 천사의 힘으로도 움직일 수 없다. 때문에 나는 직접 그의 마음을 얻기 위해 부딪쳐야만 했다. 처음 겪어 본 사랑은 실수투성이였다. 서로를 상처 입혔고, 진심을 전하지 못해 오해하게 했고, 엇갈리고 어긋나고 궤도를 벗어났다.

아직도 나는 제대로 사랑하는 방법을 알지 못한다. 그건 피닉 역시 마찬가지일 테지. 잘못된 사랑법만을 알았던 우리는 앞으로도 서로를 울게 하고 힘들게 할지 모른다. 하지만 그럼에도 불구하고 우리는 계속할 것이다. 언젠가 정확한, 제대로 된 방법을 찾기 위해서. 방향을 알았으니 이제는 나아갈 일만 남았다.

피닉 오데어를 향한 잘못된 순정에 이제 마침표를 찍으려 한다. 그를 정확하게 사랑하는 일로 남은 생이 살아질 것이다.

End

외전 제0장 : 불꽃 (Another point of view : Iskaran)

과거의 인간들은 사랑을 신성한 것으로 취급했다. 불현듯 발생하는 까닭을 알 수 없는 열정, 상대를 향한 끝없는 집착, 광기, 희열, 그리고 슬픔. 왜 나는 너를 사랑하는가? 감정의 원인을 모르기에 사랑은 신비하게 여겨졌다. 인간은 어느 날 갑자기 제게 찾아온 신의 감정에 전부를 바치고 끝내 목숨까지 내버리는 일도 서슴지 않았다.

하지만 시간이 흐르고 과학이 발전하며 사랑에 대한 환상은 사라졌다. 그들이 그토록 경이롭게 다뤘던 감정의 폭발은 결국 호르몬이라 불리는 화학물질의 농간이었다. 사랑의 유효 기간은 3년, 도파민과 페디에틸아민의 분비가 끝나면 사랑도 종료된다…….

감정의 정체가 낱낱이 까발려지며 신비함은 죽었다. 인간들은 이제 고작 호르몬 작용에 불과한 사랑에 전부를 걸지 않는다. 하물며 인간보다 훨씬 고등한 존재인 우리는 태어나는 그 순간부터 사랑을 믿지 않았다. 가치 없고 무용하다 의심했다. 내가 그랬고, 내 부모가 그랬으며, 우리 왕이 그랬다. 악마와 대화를 나눠 본 경험은 없지만 아마 그들도 다르지 않으리라.

오직 내 쌍둥이 이스엘만이 특별했다.

아직도 선명하게 그려진다. 빛을 흡수하는 흑발, 광채를 발하는 호박색 눈동자, 뾰족하게 솟은 입술, 감정을 드러내는 일에 망설임이 없던 표정. 배경으로 흐르던 저승의 검은 강. 이스엘을 처음 만난 그날.

'이스엘.'

'……왕이시여.'

인간을 사랑하면서도 자신의 왕 앞에 무릎 꿇어야 하는 처량함.

천국과 지옥이 전쟁을 멈춘 것은 내가 태어나기도 전의 일이다. 그건 종전이 아니라 말 그대로 휴전이었다. 전쟁은 잠시 멈춘 것에 불과했다. 우리의 주적은 여전히 지옥의 악마들이었고 우리는 언젠가 재개될 패싸움을 준비하며 호시탐탐 기회를 노렸다.

악마는 모두 우리의 적이었지만, 그중에서도 각자 각별히 주의해야 할 존재가 있었다. 대칭. 한날한시에 태어나 정확히 같은 정도의 능력을 갖는 쌍둥이 악마. 쌍둥이 천사와 악마는 부여받는 이름부터 유사했고, 생존을 걸고 죽어라 싸웠으며, 둘 중 하나가 사망하면 서로의 힘을 흡수할 수 있었다.

그건 일종의 운명이었다. 서로를 미워하고 저주하며 끝내는 죽일 수밖에 없도록 짝지어진 운명.

고위 천사인 내게도 그런 쌍둥이가 있었다. 이스엘. 귀에 못이 박이도록 세뇌되어 이제는 내 이름만큼 익숙한, 그러나 정작 얼굴도 성격도 모르는 악마. 단 한 번도 만나 본 적 없지만, 다시 전쟁을 시작하면 기필코 죽여 없애야 할 상대.

다른 천사들은 아침저녁으로 제 쌍둥이의 이름을 외며 증오를 키웠다. 무슨 남편이나 아내의 안녕을 묻듯 만나기만 하면 쌍둥이의 안부를 물었다. 맹목적인 증오의 흐름 속에 나만이 예외였다.

기실 나는 별 관심이 없었다. 이스엘이란 이름 정도는 알았지만 딱히 더 알고 싶은 생각은 들지 않았다. 얼굴도 모르는 상대를 미워하는 데 힘을 쓰는 것은 쓸데없는 일처럼 느껴졌다.

물론 그렇다 해도 어느 정도의 편견은 있었다. 잔인하고 흉포하며 인간을 가지고 노는 악마라는 존재에 대한.

그래서 처음 만난 내 쌍둥이가 의외로웠다.

'교활한 인간에게 속은 게로구나. 그러게 함부로 지상으로 올라가지 말라고 했잖니. 인간은 뱀 같은 존재야. 너처럼 어린 악마가 마주하기에 그들은 너무나 사악하단다.'

'속은 게 아니에요. 제가 원해서 한 거예요.'

변호하는 목소리가 애처로웠다.

멍청한 이스엘에 대한 이야기는 우리 천국에서도 화제였다. 인간에게 빠져 소원을 들어준답시고 매달리다 처절하게 미움받고 하인만도 못한 꼴로 전락한 악마. 마음만 먹으면 인간 따위는 씨를 말릴 수 있는 고위 악마가 인간에게 심장을 바쳤단다. 자청해서 인간의 발밑에 무릎을 꿇고 사랑을 구걸한단다. 처참한 그 꼴에서 눈을 뗄 수가 없었다. 태어나 처음 보는 진귀한 구경거리였다. 우스웠고 흥미로웠다. 표현 그대로, 나는 이스엘이 재미있었다.

애처롭게 사정하는 쌍둥이 악마의 뒤로 칠흑 같은 저승의 강이 흐른다. 이스엘에게 시선을 못 박은 나와 달리 그는 내게 눈길 한 번 주지 않았다. 그가 나를 볼 때는 오직 내가 제 인간을 짓밟고 무릎 꿇릴 때였다. 어떻게 해 줄 수 없어 정말 애달프고 슬프다는 눈으로 보더니 나중엔 제 주적인 내게 감히 부탁을 했다.

'나 대신 피닉을 천국으로 데려가 줘. 나는 그곳에 가 보지 못해서 모르지만…… 모든 인간이 꿈꾸는 곳이라고 들었어.'

뭐라는 건지. 자존심도 없나?

인간들은 천사가 무슨 대단한 선의 수호자인 양 착각하지만 사실 우린 악마와 별다를 게 없다. 그들보다 하얗고 그들보다 좀 더 상식적일 뿐이다. 우리는 결코 인간을 위해 희생하지 않았다. 하물며 사랑에 전부를 바치는 건 천국에서도 가장 어리고 미숙한 천사들이나 하는 짓이었다. 그런 천사는 천국에서도 조롱거리가 된다.

게다가 저 얼굴. 같이 온 악마 왕만 해도 딱 봐도 사악함이 뚝뚝 흐르게 생겼는데 저건…… 뭐라고 해야 할까. 멍청한 인간이 덥석 소원을 말한 것도 이해가 되었다. 저 얼굴에 저 표정이면 그럴 만하다.

끝까지 인간만을 보며 강물 아래로 잠겨 가던 가여운 내 쌍둥이. 나는 고개를 기울이고 서서 그 추락을 지켜보았다. 하얀 몸뚱어리가 수면 아래로 잠겼을 때 일순 마음 귀퉁이가 허물어지는 느낌을 받았지만, 심각하지 않았다.

그때 알았어야 했다.

이스엘과 나는 쌍둥이니, 그의 한심한 행동이 고스란히 내게 옮겨 올 거라는 사실을.

천국으로 돌아온 나를 부른 것은 천사들의 왕이었다. 그는 내게 악마 이스엘을 감시하라는 임무를 떠넘겼다. 악마가 그렇게 멍청할 리 없다며 분명 무슨 꿍꿍이가 있을 거라고, 동태를 살펴야 한다는 이유에서였다.

글쎄. 정말 그렇게 멍청한 것 같던데. 귀찮은 건 질색이었지만 순순히 허락했다. 귀찮은 만큼 재미있을 테니까.

나는 양지바른 천국에서도 가장 환한 땅에 살고 있었다. 내가 사는 성안에 이스엘의 모습을 비추는 수정 거울을 마련했다. 처음엔 손바닥만 한 크기로 만들었는데, 막상 그걸로 들여다보니 좀 부족했다. 그래서 부수고 욕조만 한 크기로 만들었다. 그래도 보다 보니 답답했다. 그다음엔 침대, 그다음엔 한쪽 벽…… 그러다 결국엔 방 하나를 통째로 거울로 바꿔 버렸다. 거기에 침대와 책상을 넣고 생활 공간으로 꾸몄다.

사방팔방 고개를 돌릴 때마다 아직 태아에 불과한 내 쌍둥이의 모습이 비치고서야 좀 마음이 놓였다.

임무는 임무이되 재미있는 임무였다. 처음엔 아침저녁으로 한 번씩 동태를 확인하던 것이 나중엔 종일 거울만 보고 있게 되었다. 무료한 천국엔 이 일만큼 흥미로운 게 없었다. 다른 천사를 만나 봐야 어차피 매일 똑같은 이야기밖에 안 할 터였다. 식사하면서도 거울을 보는 내 모습에 성을 관리하는 집사가 물었다.

"좀 과하지 않습니까?"

"별로. 열심히 일하려면 이 정돈 필요해."

그릇을 거두는 집사의 표정이 떨떠름했지만 신경 쓰지 않았다. 난 정말 일이라고 생각했으니까.

천국에서 내려다본 인간 이스엘의 생활은 유쾌했다. 처음 한 번은 태어나자마자 전쟁에 휘말려 죽었고, 또 한 번은 다 크지도 못한 어린애일 때 총탄에 머리통이 깨져 죽었다. 그의 이마에 구멍이 뚫릴 때는 나도 모르게 자리에서 벌떡 일어났다. 그랬다가 이내 주저앉았다. 아, 진짜 죽은 거 아니지. 그러자 웃음이 났다. 저러다가 벌이고 뭐고 영원히 죽기만 하다 끝나겠군.

어머니의 배 속에서 지루해하는 그를 볼 때마다 실소가 터졌다. 어느새 나는 잠도 줄이고 그를 관찰하고 있었다. 그리고 세 번의 시도 끝에 드디어 그가 안전한 장소에 태어났을 때, 나는 인간의 몸을 빌려 그의 옆으로 내려가기로 결심했다.

이유는 단순했다. 재미있을 것 같아서. 아무 사건도 없는 천국의 삶은 지루하니까. 계속 방관자 입장에서 감시만 하는데도 질렸다. 게다가 직접 개입해 몰래 조종하는 일이야말로 왕이 명한 진짜 감시가 아니겠는가.

처음엔 몰래 지켜보다가 적당한 때 나타나서 친구가 되어야지. 저 어리숙한 악마가 인간계에서 무슨 짓을 하는지 하나도 빼놓지 않고 관찰한 다음 적절한 때 참견해 골려 줘야지. 친절한 친구인 척 옆에 붙어 그가 인간으로서 하는 모든 고민을 주워들어야지. 그러다 그가 다정한 나를 좋아하게 되기라도 하면 금상첨화다. 평생 모른 척 옆에서 속앓이하게 만들다 죽기 직전에 내 정체를 밝히면 얼마나 즐거울까.

그런 생각에 하루에도 몇 번씩 웃음이 났다. 몇 번이라는 표현이 무색할 만큼 내내 그 생각밖에 안 했다. 내가 이런 질 떨어지는 변태인 줄은 처음 알았다.

성장하는 이스엘을 지켜보았다. 머리도 가누지 못하던 아기 시절부터 짧은 다리로 종종종 뛰어다니는 어린아이 시절, 팔다리가 자라고 머리가 굵어지는 청소년기. 그리고 열일곱의 여름, 나는 그의 곁으로 갔다.

'여기는 오늘부터 너희와 함께 공부하게 된 성도화다. 미국서

오래 살아서 한국 생활은 익숙하지 않다니까 너희가 잘 챙겨 주고.'

인계에 내려와 읽었던 책 중 〈어린 왕자〉라는 게 있다. 거기엔 말하는 여우가 나오는데, 그 여우가 주인공 왕자에게 그런 말을 한다. 네가 오후 4시에 온다면, 나는 3시부터 행복해지기 시작할 거야…….

읽을 때는 비웃었던 그 구절이 막상 비슷한 상황에 처하니 공감이 갔다. 인간 세상에 와서도 거울을 통해 지겹게 봐 왔던 이스엘이건만 막상 실물을 대면한다 생각하니 긴장이 됐다. 마른침을 삼키며 새 교복을 매무시했다. 그가 다니는 학교로 향하는 한 걸음 한 걸음이 각별했다. 이래서야 인간의 펜 끝이 창조해 낸 열등한 여우와 다를 것도 없었다. 감정에 대한 인간의 통찰은 가끔 정곡을 찌를 때가 있다.

'자리는…… 그래, 진하 옆이 좋겠다.'

담임의 호명에 창밖을 보며 딴짓하던 그가 고개를 들고, 처음으로 서로의 눈이 마주치던 순간. 나는 싱긋 웃고 말았다.

안녕, 내 쌍둥이.

'안녕.'

'……안녕.'

탄생부터 성장까지 지켜본 얼굴인데도 실물은 다르다. 교복 소매 밑으로 나온 후리후리한 팔, 더위에 발갛게 상기된 뺨. 그 피부의 감촉이 궁금했다. 다정하게 말을 걸자 그는 어색해하면서도 성실히 답해 주었다.

당연하게도 그는 200년 전 단 한 번 마주쳤던 천사를 눈치채지 못했다. 눈치는커녕 제게 다가오는 친구를 기쁘게 받아들였다. 그가 너무 쉽게 마음을 열어 오히려 내가 당황할 정도였다.

아무리 그래도 자기 쌍둥이인데 너무한 거 아닌가.

짓궂은 장난기가 솟아올랐다. 이 맛에 악마들이 그렇게 인간을 속여 대는군. 친구가 없다고는 들었지만 그래도 그렇지. 악마도 외로움을 타나? 모르겠다. 최소한 이스엘은 그런 것 같았다. 제 마음을 보호하기 위한 방어벽이 이스엘에겐 아예 존재하지 않는 듯했다.

정말 나와는 달랐다.

'도화야, 안녕!'

나는 전학 온 지 일주일 만에 이스엘의 단짝 자리를 차지했다. 오랜만에 사귄 친구에게 이스엘은 굉장히 잘해 주었다. 친절하고 살갑다. 모르고 보면 정말 인간이라고 착각할 정도였다. 여느 순진한 남학생과 다를 바 없는 모습 어디에 산부를 죽였던 악마가 있다는 건지.

'도화야, 뭐 해?'

친구를 저렇게 곰살궂게 부르는 남학생도 이 학교를 통틀어 이스엘 한 명뿐이었다. 책상을 정리하는 척 대꾸하지 않자 자리 앞까지 다가와 기웃거린다. 젖살이 남은 하얀 얼굴에 귀 끝만 빨간 그를 냄새나는 다른 남자 인간들이 흘긋거렸다. 내가 고개를 들자 냉큼 내 앞에 쪼그리고 앉는다. 패밀리 레스토랑 아르바이트 생처럼 책상에 양손을 올리고 빤히 쳐다본다.

무슨 악마가 인간한테…… 자존심도 없나? 이쯤 되자 좀 황당했다. 속내를 숨기며 짐짓 상냥하게 물었다. 어쨌든 나는 그의 유일한 친구였으므로.

'숙제했어?'

숙제. 벌을 받아 인간으로 환생한 악마와 그 악마를 쫓아온 감시역 천사가 숙제에 대해 논하고 있다. 인간 선생이 내준 수학 숙제.

'아니, 안 했는데!'

'왜?'

'하나도 몰라서!'

자랑이다. 내가 침묵하자 그가 이어 말했다.

'숙제 좀 보여 주라!'

아주 해맑다.

'나도 안 했어.'

그런 걸 왜 하니? 목구멍까지 올라오는 말을 억지로 씹어 삼켰다. 사실 숙제가 있는지도 몰랐다. 할 말이 없어 물어봤을 뿐. 인간 학교는 매일매일 숙제를 내니까. 그러자 이스엘의 표정이 심각해졌다. 자기도 안 했으면서 나를 안쓰럽게 보더니, 문득 진지한 낯으로 묻는다.

'우리 대학 못 가면 어떡하지?'

무슨 상관이람. 의자에 느긋이 등을 기대고 손에 쥔 펜을 빙빙 돌렸다. 눈을 감았다. 진심을 담아 충고했다.

'대충 살자. 어차피 죽으면 끝인데.'

무사히 죽으면 너는 너의 세계로, 나는 나의 세계로. 그러면 우리 둘은 다시 세상에 둘도 없는 원수 사이로 돌아가겠지. 내 정체를 알게 된 너는 나를 증오하겠지. 지금도 증오하겠지만, 지금보다 더더욱 미워하겠지. 언제 친구였냐는 듯이. 우리가 함께였던 인계에서의 기억은 없던 것처럼. 앞으로 살아갈 영원의 시간 중에 고작 100년도 되지 않을 성도화와 권진하의 추억은 아주 사소할 것이다.

죽으면 끝.

'공부는 안 해도 좋지만 봉사 활동은 해. 그래야 천국 가니까.'

죽으면 끝인데.

감았던 눈을 슬쩍 뜨고 이스엘을 보았다.

'네가 천국에 대해 뭘 알아.'

'너보단 많이 알걸.'

아닐걸.

'어쨌든 봉사 활동은 해. 나도 이번 주말에 하러 갈 거야.'

'……같이 갈까?'

그러자 그가 기다렸다는 듯 덥석 미끼를 물었다.

'좋아!'

감정을 그대로 드러내는 환한 낯빛. 산책 나가자는 말을 들은 어린 개 같았다. 나는 웃고 말았다.

친구인 척하는 건 쉬웠다. 상대는 아예 의심조차 안 했으니까. 다정하게 굴며 원하는 방향으로 조종했고, 내가 바라는 대로 생각하도록 어르고 달랬다. 어찌나 잘 속는지 보고 있으면 아래가 다 뜨거워질 정도였다. 어디까지 믿을까. 이것도 될까? 설마 이 것도? 그렇게 입을 맞추고, 옷을 벗기고, 결국 생각에도 없던 짓 까지 하게 됐다.

천사 이스카란은 쌍둥이 악마 이스엘과 몸을 섞었다. 상대가 누군지 정확히 알고 한 짓이었다.

제 친구인 나를 보는 그 조건 없는 친애의 눈빛. 개를 기르는 기분이었다. 고양이가 아니었다. 개였다. 나만 보고, 나한테만 충성하고, 맹목적인. 주인을 위해 간도 쓸개도 기꺼이 내놓는 충 견. 우습게도 그건 꽤 뿌듯했다.

내 주변 천사들은 악마의 그림자만 봐도 비위가 상하고 기분을 잡친다는데 나는 전혀 그렇지 않았다. 이스엘은 내가 기르는 개였다. 기르는 개와 섹스하는 인간은 없지만.

예상 그대로인가 하면 예측불허였다. 반응을 알 수 없어 재미있고 그래서 계속 집중하게 됐다. 그러면서 종종 생각했다. 이렇게 좋은데, 그 인간은 왜 그랬을까. 천사인 나도 이렇게…… 목을 매게 되는데.

시작은 분명 유희였다. 일이었다. 좀 유별난 감시 임무였다. 악마 같지 않은 악마, 존재 자체가 모순인 내 쌍둥이. 속여 먹으려 시작했는데 어느새 빠져 버렸다. 스스로 설치한 함정에 걸려 넘어졌다. 손을 짚은 바닥은 모래 늪이다. 벗어나려 발버둥 칠수록 더욱 빨려 들어가고 마는 유사.

정신을 차렸을 땐 속수무책 빠져 있었다. 방법이 없었다. 나는 전전긍긍하게 되었다. 그가 내 정체를 알아챌까 봐.

지금도 생각한다. 내가 처음부터 내 마음을 알아차렸다면, 너를 속이고 기만하는 대신 솔직하게 다가갔다면 내게도 기회가 있었을까?

'무슨 생각해?'

언제부턴가 이스엘이 조용히 있으면 불안했다. 그가 말없이 나를 응시하면 가슴 속 깊은 곳에서부터 천천히 젖어드는 기분이었다. 무슨 생각을 하는 걸까.

혹시 내 정체를 알아차린 건 아닐까. 나를 의심하고 있으면, 그래서 어느 날 갑자기 훌쩍 제 옆의 내 자리를 치워 버리면 어떡하지. 말 시키고 싶고 확인받고 싶었다.

나는 상대의 마음을 확인하려 안절부절 닦달하는 사춘기 소년처럼 굴었다. 200살도 넘은 주제에 추태였다.

손가락으로 톡 턱을 건드리며 묻자 이스엘이 입술을 벌렸다.

인간들은 10대 남자애들을 몇십 명씩 방 하나에 몰아넣고 냉방을 하지 않는 이상한 풍습을 가지고 있었다. 그의 이마에서 구르는 땀 한 방울을 손등으로 훔쳐 주었다. 시원한지 가만히 뺨을 기대 온다.

'너는 시원해서 좋아.'

변온 동물도 아닌데 겨울엔 뜨끈하고 여름엔 차가운 내 체온을 의심조차 않는다. 나는 무슨 생각을 하느냐 다시 물었고, 그는 그제야 대답했다.

'이따가 다목적실에서 하는 설명회 갈지 말지.'

각 대학의 학생 홍보대사들이 방문해 입시 정보를 제공하는 대입 설명회를 말하고 있었다.

악마가 인간으로 태어나서 대학 입시를 준비한다. 학원도 다니고 독서실에도 간다. 뭐 이렇게 열심히 살아. 얼결에 따라다니는 나만 죽을 맛이었다.

'어딘데?'

'서울대.'

이스엘이 책상에 펼쳐 놓은 문제집을 내려다보았다. 동그라미와 작대기가 반반이었다.

진심인가?

'너 공부 잘해?'

'아니?'

'그럼 어떻게 갈 건데.'

설마 걸어서?

'지금부터 열심히 해서.'

태연한 표정으로 그러는 걸 보니 어이가 없다. 어차피 벌 받으러 온 일회용 삶이니 좀 대충 살아도 될 텐데 쓸데없이 성실하다. 지옥에서 곱게만 자란 금지옥엽이라는 게 이럴 때 티가 났다.

분명 예전엔 악마답게 사람도 죽이고 속여 먹고 비웃고 그랬던 것 같은데, 인간 사회에서 몇 년 살았다고 사람으로 재사회화가 되어 버렸다. 어찌나 적응을 잘했는지, 팽팽 놀면서 자기는 명문대에 갈 거라 근거 없는 믿음을 갖는 여느 고등학생처럼 그 또한 터무니없는 확신을 갖고 있었다.

손가락으로 토도독 책상을 두드렸다. 네가 좋아하는 그 인간이 서울대에 갈 예정이라서, 넌 지금부터 날고 기어도 절대 거기 갈 수 없다고 말을 해 줄까 말까. 대꾸 없이 침묵하는 내게 이스엘이 말을 걸었다.

'도화야.'

'응?'

반사적으로 대답하자 생글생글 청순하게 웃으며 그런다.

'우리 다른 대학 가도 친하게 지내자.'

'뭐?'

'내가 계산해 봤는데, 넌 나보다 공부 못 하니까 서울 밖으로 나가야 돼.'

'…….'

애 실은 다 알고 그러는 거 아닐까. 결국 공부 생각이 전혀 없던 나도 이스엘을 쫓아가기 위해 펜을 잡아야만 했다.

같이 독서실에 남아 자정까지 문제집을 파는 건 꽤 마음에 들었다. 시험 따위 답지를 훔치면 그만이었지만 어쩐지 내키지 않았다. 천사인 내가 고작 인간 따위를 이기지 못해 그런 비겁한 수를 쓸 수는 없지.

그렇게 내키지 않는 열정을 불태웠다. 어느새 원래 목적 같은 건 잊은 지 오래였다. 분명 내가 속이고 이스엘은 속고 있는데, 휘둘리는 건 나였다.

그렇게 나까지 이따위 비효율적인 인간 놀이에 빠져 버렸다. 그 놀이는 질투심에 이성을 잃은 내가 홧김에 정체를 밝혀 버릴 때까지 이어졌다.

'나야. 한날한시에 태어난 너의 쌍생, 천사 이스카란.'

그 뒤로 남은 것은 악마와 인간의 치정에 배경이 되는 무력감 뿐이었다. 천사인 내가 분명 그 인간보다 모든 면에서 월등한데도 이스엘은 인간만을 본다.

제 아내보다 모든 면에서 나은 이스엘을 두고 인간이 제 아내만을 좋았듯이.

사랑은 신비하지 않았지만, 예상을 벗어나긴 했다. 그리고 결국 나까지 손에 쥔 모든 것을 내버리게 만들었다.

'내가 널 위해 희생할 거라고 했잖아.'

'이스카란이야. 이번엔 기억해, 내 이름.'

'다시 돌아오면 봐주지 않을 테니까.'

힘도 지위도 가차 없이 쓰레기통에 던져 넣으면서, 나는 이제 그가 내 이름을 절대 잊지 않을 거란 사실에 만족했다.

불행인지 다행인지 나는 처벌받지 않았다. 자존심 강한 천국은 적에게 반해 스스로 능력을 넘긴 천사를 받아 주지 않았다. 그들 입장에서 나는 인간에게 홀려 자신을 내버린 이스엘보다 더한 얼간이였고 배신자였다. 부모조차 나를 외면했고, 나는 천국에 발도 들이지 못하고 쫓겨났다. 발도 들이지 못했으니 감옥에 갈 일도 없었다.

굳게 닫힌 천국의 문 앞에서 돌아서며 나는 헛웃음을 흘렸다.

후회는 없었다. 오히려 홀가분했다. 어쩌면 이제야 내 자리를 찾은 건지도 모른다. 태생부터 난 천국과는 맞지 않았으니.

그래도 집은 있어야 했다. 천국이 나를 받아 주지 않으니, 지옥으로 갈 수밖에. 그래서 난 마왕에게 갔다.

능력을 바쳐 제 권속을 살려 준 데다 성격까지 더러운 나를 악마들의 왕은 흔쾌히 받아 주었다. 앞으로 이스엘과 엮이지 않아야 한다는 조건이 있었지만 신경 쓰지 않았다. 약속을 지키지 않는 게 악마들의 천성 아닌가. '네'인지 '에'인지 애매하게 대답하며 말을 흘렸다. 왕도 그쯤에서 더 추궁하지 않고 넘어갔다. 어차피 그도 처음부터 내가 약속을 지킬 거라곤 기대하지 않은 눈치였다.

"앞으로 뭘 할 거지?"

"살아야죠, 여기서."

"여긴 빛도 없고 온도만 높아 더울 텐데."

"그래서 쫓아내실 겁니까?"

미미하게 구겨지는 표정을 보니 기분이 좋아진다. 아무래도 난 이쪽이 적성 같았다.

과연 지옥은 천국과는 달랐다. 빛이 들지 않아 어두웠고 용암이 끓어 덥기만 했다. 여기를 봐도 저기를 봐도 온통 검은 날개를 자랑스레 펼친 악마투성이다.

저마다 소원을 빌미로 사기를 쳐 잡아 온 인간을 붙들고 그들의 피를 빨고 있었다. 참 척박하군. 그렇게 생각하며 왕의 알현실을 나왔다.

떨떠름한 얼굴의 심부름꾼 악마가 나를 마왕성 바깥까지 안내해 주었다. 성을 나오는 나를 맞은 것은 처음 보는 악마 부부였다.

"네가 이스카란인가?"

혐오와 호감이 공존하는 표정을 보니 정체를 알겠다.

"이스엘은 대체 누굴 닮은 겁니까?"

"어떻게 알았지?"

"뭘요."

"우리가 이스엘을 낳았다는 건 보통 처음 보는 악마들은 잘 모르는데."

신기해하는 그들에게 어깨를 으쓱였다.

"악마가 아니니까요."

"그렇지."

천마전쟁 당시 홀로 천사 군단을 몰살했다는 이스엘의 어머니는 생각보다 아이 같은 성격이었다. 그런 건 이스엘과 비슷하다 생각하며 나를 살피는 그들에게 정중히 허리 숙여 인사했다. 어쨌든 이스엘의 부모이니 잘 보여 나쁠 건 없었다. 잘하면 장모장인 비슷한 게 될 수도 있고.

인간계에서 몇 년 살았다고 그새 인간의 풍습에 물들었는지 선물로 살집 많은 인간이라도 고아다 바쳐야 하나 고민이 들었다. 이들도 나를 괜찮게 보았는지 자신들의 저택으로 갈 것을 제의해 온다.

"원한다면 우리 성에서 계속 살아도 좋아."

"우리 집엔 온천도 있어. 쓸 만하지."

"나중에 이스엘과 그 망할 인간 놈이 오면 같이 모가지를 뜯어 버리자고."

"난 흰둥이 녀석들이 싫지만, 그래도 인간보단 낫지."

"최소한 능력은 좀 있으니까."

"그런데 너, 우리 아들 어디가 좋았지?"

파닥파닥 날개를 휘두르며 내 옆을 도는 그들. 어쩌면 이 황량한 지옥에서의 생활도 그다지 나쁘진 않겠다는 생각이 들었다. 뭐니 뭐니 해도 기다리는 존재가 있으니까. 나는 여우 따위 하찮은 생물은 아니지만 이스엘이 오후 4시에 온다면 나는 3시부터. 아니, 그날 새벽부터 행복해지기 시작할 테다.

앞서가는 질투와 역병을 따라 걸었다. 발밑에서 터지는 불꽃을 재주 좋게 피하며 악마 부부에게 질문했다.

"궁금한 게 있습니다."

"뭐?"

"이스엘은 어렸을 때 어땠습니까?"

활짝 벌어지는 새빨간 입을 보아하니 호감 사는 데는 성공한 것 같다.

사랑은 별것 아니다. 보잘것없는 호르몬 작용에 불과하다. 천사와 악마에게도 호르몬 같은 게 있다면 분명 그렇다. 하지만 세상엔 별것 아님을 알면서도 전부를 걸게 되는 일도 있는 법.

사랑에 빠지면 사랑하는 이의 취향을 배우고 닮아 간다 한다. 그렇다면 나는 이스엘을 사랑하게 되어서 이스엘이 보여 줬던 서툰 사랑법과 보답 받지 못하는 마음과 주저 없는 희생까지 전부 배우게 된 걸까.

천국의 모두는 나를 보고 둘도 없는 멍청이라고 했다. 그깟 악마 따위를 위해 전부를 버렸다고. 아마 이스엘이 인간을 위해 희생했을 때 지옥의 악마 전원이 그에게 비슷한 말을 했겠지.

이스엘이 했던 행동을 그대로 답습한다 생각하니 우습게도 기분이 나쁘지 않았다. 네가 결국 불가능해 보였던 사랑을 이뤘듯이 언젠간 내게도 불가능한 마음을 이룰 기회가 있을까.

마지막 순간 이스엘의 머리에서 나에 대한 기억을 지우지 않은 건 유치한 이기심 때문이었다. 네가 사랑하는 인간이 그렇게 사라진 너를 보며 눈물 흘렸듯 너 역시 나에 대해 계속 생각하며 고민하라고.

그렇게 열심이었던 인간의 삶을 마치고 내게 오기를.

지옥에서 기다리고 있을 테니.

외전 제1장 : 야하고 싶어
(Another point of view : Finnick Odair)

요정인 줄 알았다.

그것은 내가 처음 악마 이스엘을 마주했을 때 느낀 단 하나의 감상이었다. 누구나 직전까지 여기 없던 존재가 잠깐 눈을 깜빡인 새 나타나 웃고 있다면 공포를 느낄 것이다. 하지만 나는 달랐다. 나는 공포가 아닌 경이를 느꼈다. 그만큼 이스엘의 등장은 마법 같았다.

첫눈처럼 하얀 피부, 장미처럼 발그레한 뺨, 동그랗게 빛나는 커다란 눈동자, 뾰족하게 솟은 입술…… 특히 그 입술. 이후 그의 정체를 절실히 깨달았을 때도 그 분홍색 입술만은 정말 묘하다고 생각했다. 빛깔, 모양, 문질러지는 감촉까지도.

겨울의 냄새와 함께 나타난 요정. 옛 동화 속 소원을 이루어 주는 페어리.

그 호박색 눈에 빨려 들어갈 것 같았다. 무턱대고 인간 앞에 나타나 놓고 혼자 천진하게 웃고 있는 모습도 경계심을 풀어헤치기에 충분했다.

그래서 그가 순진한 표정으로 자신과 계약하지 않겠느냐고 물었을 때 나는 고민도 없이 덜컥 그 제안을 수락하고 말았다. 그렇게 생긴 존재가 인간에게 해를 끼칠 수는 없을 거라고, 우습게도 그 순간엔 정말 그렇게 믿었기 때문에.

진심으로, 나는 그가 요정이거나 천사거나…… 뭐 그런 비슷한 존재라고 생각했었다. 설마 악마일 줄은.

'이거 먹을래?'

'아니.'

'흥.'

그가 맨손으로 내미는 설탕 과자를 거절했다. 그러자 사랑스럽게 입술을 삐죽인다. 잠깐 토라지는 듯하더니 또 금방 케이크를 벽에 던지며 장난을 친다. 분홍색 크림 덩어리를 모양 그대로 공중에 던졌다 받는 그의 재주가 신기했다.

분명 저쪽도 지옥의 귀족이라 들었는데 하는 행동 하나하나가 죄다 무람없고 스스럼없다. 벗고 있는 탓에 이스엘이 뛰어다닐 때마다 복숭아색 성기가 달랑거렸다.

당황해 시선을 올리면 젖빛 나신이, 그 가운데 새싹처럼 돋은 두 개의 돌기가 눈에 띈다. 눈 둘 데가 없어 책을 보는 척 고개를 숙였다. 뒷덜미가 스스로 느낄 수 있을 만큼 뜨끈했다.

그의 알몸은 처음 봤을 때부터 나를 매우 당황하게 했다. 보수적인 여왕의 시대였다. 부부끼리도 벗은 몸을 함부로 보이지 않는 시대. 결벽에 가까운 정숙을 요구받았고, 태어났을 때부터 이런 문화에서 살았기에 불편함도 느끼지 않았다.

만약 다른 여성이 이스엘처럼 행동했다면 그녀의 신분을 의심했을 테고, 남성이 이스엘처럼 행동했다면 결투를 신청했을 테다.

하지만 이스엘의 이런 행동은 자연스럽게 느껴졌다. 맨몸을 드러내는 것도, 연인도 가족도 아닌 내게 맨살을 부딪쳐 오는 것도. 처음엔 대체 왜 옷을 안 입는 건지 의문이었지만 이내 나름의 방식으로 납득했다.

뭐…… 어울리니까.

우습게도 이스엘에 대한 인식은 그의 정체를 안 뒤에도 별반 달라지지 않았다. 그는 언제나 해맑았고 뭐든지 처음 보는 것처럼 굴었다. 물건을 던지거나 팔을 잡고 당기는 등 아이 같은 장난도 서슴없이 쳤다. 자려고 누우면 어느새 옆구리에 달라붙었고, 아침에 일어나면 내 위에 올라앉아 빤히 쳐다보고 있었다.

종일 곁에 붙어 떠드는 그가 싫지 않았다. 귀족가의 차남으로만 자라 온 내가 언제 이런 존재를 만나 이런 경험을 해 보았겠는가.

이스엘의 행동 양식 전부가 내게는 신선한 자극이었다. 그의 장난에 못 이긴 척 동참할 때마다 죄책감과 즐거움이 동시에 느껴졌다. 매번 귀찮은 척 얼굴을 찌푸렸던 건 그저 체면치레였다.

그때만 해도 즐거웠다. 이스엘과 함께 있으면 무료하던 삶이 활력으로 가득 찼으니까. 그는 내게 새로운 유형의 친구였고 기묘한 설렘을 주는 존재였다.

만약 그대로 아무 일도 일어나지 않았다면, 어쩌면 나는 그를 사랑하게 되었을까.

모르겠다.

확실한 것은 그런 일은 일어나지 않았고 나는 방심한 대가를 치렀다는 사실이다. 그 대가는 너무나 가혹했다. 잠시나마 악마에게 홀렸던 비천한 인간을 벌하듯이.

바보가 아니고서야 아무도 악마와의 약속을 믿지 않는다 했던

가. 내가 바로 그 바보였다.

"왜 안 먹어?"

"⋯⋯먹어."

턱을 괴고 빤히 응시했다. 테이블 위에 내가 만들어 놓은 음식이 가득하다. 차려 놓은 음식의 무게를 합치면 이스엘의 몸무게만큼 될 것 같았다. 이것도 먹이고 저것도 먹이려다 보니 좀 과하게 만들어 버렸다.

이스엘은 은근히 먹는 걸 좋아했다. 특히 핏물이 뚝뚝 흐르는 스테이크나 동물의 내장을 사용한 요리를 좋아하는데, 주방에서 피 냄새 비슷한 게 나면 먹으러 올 때 슬슬 콧노래를 부르면서 온다. 이 고양이 발바닥만 한 원룸에서 걸어오면 얼마나 걸어온다고, 그 짧은 거리를, 노래하면서. 누가 생피를 주식으로 먹던 악마 아니랄까 봐.

잘 들리지도 않고 음정도 엉망진창인 그 노래가 나는 꼭 듣고 싶어서, 요리를 할 때면 항상 그런 종류의 음식을 한 가지씩 올리게 되었다.

젓가락을 들고 침묵했다. 그가 입을 대기 전엔 나도 먹지 않을 거란 의사를 분명히 했다. 그러자 그가 주춤주춤 젓가락을 들어 접시 위로 옮긴다. 집어 들기 쉬운 반찬만을 골라 몇 번 오가더니 곧 젓가락을 놓고 맨밥만 퍼먹는다. 기껏 정성 들여 만든 나를 전혀 배려하지 않는 행동이었다.

목이 메는지 꿀꺽꿀꺽 물을 마신다. 작은 목울대가 위아래로 움직거렸다. 폭격 같은 시선을 맞은 뺨이 발그레했다. 응시당하는 걸 불편해한다. 알면서도 눈길을 피해 줄 생각은 들지 않았다.

그의 밥그릇 위로 갈비 한 덩이를 집어 올려 주었다. 지난번에 함께 식당에 갔을 때 이스엘이 좋아하던 거였다. 부러 맵게 조리한 갈비찜은 색깔부터 불그스름했다. 눈치를 보다 조심스레 숟가락으로 떠먹는다. 자그마한 턱을 움직이며 씹고, 맛있는지 사르르 표정이 풀어진다. 하나 더 건네주자 또 넙죽 받아먹는다. 이럴 거면서 맨밥만 먹다니. 그 모습에 괜히 가슴이 아릿했다.

이스엘이 내 앞에서 식사하는 걸 불편해하는 이유는 오래전, 엉망으로 먹는 그를 지켜보던 내가 식당을 나가 버렸기 때문이다. 오랜 세월이 흐른 지금, 수많은 일을 겪은 끝에 결국 마음이 이어진 지금에도 그때의 기억은 이스엘의 가슴속에 사무쳐 있다.

이외에도 나는 기억조차 하지 못하는 수많은 일들이 그의 가슴속에 켜켜이 쌓여 그의 행동을 제약하고 있겠지. 한때는 무람없고 스스럼없던 지옥의 귀족이었던 그의 일거수일투족을. 그런 이스엘을 보며 나는 또 한 번 통렬히 자각한다.

그동안 퍼부었던 폭언들, 닿지 않을 거라 여겨 더 세게 던졌던 감정의 칼날들은 사실 그의 가슴에 박혀 그를 찢고 있었음을.

'네게도 감정이란 게 있나?'

그렇게 물었을 때 그의 표정이 어떠했던가.

과거 나를 반쯤 미치게 만들었던 첫 번째 소원, 그리고 내심 결과를 직감하면서도 모른 체했던 두 번째 소원. 나는 원하는 바를 취하기 위해 수단과 방법을 가리지 않는 인간이었다. 복잡한 인간의 율법에 익숙하지 않은 이스엘이 어떻게 행동할지 나는 정말로 짐작하지 못했던가?

그때의 내 행동은 명백한 미필적 고의였다. 그래서 나는 스스로를 용서할 수 없었다. 묵직한 자괴가 전신을 눌렀다. 내 잘못을 덮으려 모든 일을 이스엘의 탓으로 돌렸다. 더욱 그악스럽게 그를 미워했고, 미워해야만 한다고 스스로 세뇌했다.

'다시는 내 앞에 나타나지 말아 줬으면 좋겠군.'

그때 그, 칼에 찔린 것만 같던 이스엘의 표정, 시체처럼 질리던 하얀 얼굴……. 그 표정을 보며 나는 내심 잔인한 쾌감을 느꼈었다.

바로 그래서 내가 최악의 인간이라는 것이다.

이스엘이 내 시야에서 사라졌을 때도 나는 그가 진짜로 가 버렸다고는 믿지 않았다. 어디선가 그가 나를 보고 있을 거라 여겼고, 종종 그의 생각을 했다.

그래서 일부러 더욱 행복한 척 행세했다. 죽은 가족과 날개 꺾인 로렌에 대한 부채감 때문에 늘 마음 한쪽이 무거웠으면서도 그런 죄책감 따위 느끼지 못하는 척했다. 나는 이스엘과 로렌을 동시에 기만했다.

결국 나는 딱 그 정도의 인간이었다. 치졸한, 전혀 누군가의 사랑을 받을 가치가 없는 인간. 그런 나를 왜 너는 사랑하는가.

손도 대지 않은 내 밥을 그의 밥그릇 위에 덜어 주며 물었다.

"이스엘."

"응?"

"날 사랑해?"

"……응."

답은 신중하고 분명하게 나왔다. 눈이 마주친다. 울컥 떨리는 눈시울. 잠시 그렇게 응시하다 시선을 내린다. 차마 가슴이 떨려 오래 볼 수 없다는 듯이. 기어들어 가는 목소리로 대답하는 그의 얼굴은 숫제 불타오를 듯하다. 이토록 진심 어린 대답을 들어도, 이미 그의 목숨으로 마음을 증명받았음에도 불안하다.

정말로 궁금했다. 왜 너는 나를 사랑하지? 나는 이렇게 부족한

데. 내가 과연 너의 그런 헌신과 애정을 받을 자격이 있는 존재일까.

스스로 내린 답은 부정적이었다. 자신이 없었다.

"정말 사랑해?"

"그렇다니까……."

그 한 마디에 가슴이 벅차다. 네가 이런데, 어떻게 내가 너를 만지지 않을 수 있겠어.

발갛게 익은 이스엘의 뺨을 조심스레 더듬었다. 갑작스러운 접촉에 놀란 듯 움찔하면서도 피하지 않는다. 도리어 눈을 감는다. 내가 제게 해를 입히지 않을 거라 믿어서 가만히 있는 게 아니다. 해를 입어도, 상처를 입어도 그대로 내어 주겠다는 뜻이다. 예전에 내가 이 보드라운 얼굴을 다섯 대나 때렸는데도.

네가 이러니까, 나는 정말 너를……

숨이 가빠졌다. 그의 옆에서 뒤로 자리를 옮겼다. 머리카락을 쓸어 올리고 하얀 뒷목에 입 맞췄다. 목의 솜털이 느껴질 정도로 강하게 입술을 눌렀다 떼었다. 몇 번이나 그렇게 되풀이하자 마른 어깨가 굽어든다. 아예 양손으로 그를 붙들고 뒷목을 애무했다. 살결이 향긋해 취한 기분이 들었다.

그가 쥐고 있던 숟가락이 쨍, 바닥으로 떨어졌다. 이스엘이 속삭인다.

"자꾸 하지 마……."

"뭘."

돌아보는 입술에 키스했다. 처음 만난 순간부터 시선을 사로잡았던 뾰족한 입술. 고양이도 아니고 토끼도 아닌데 쫑긋 솟아 시옷자 형태에 가까운 입술. 아무리 빨아도 질리지 않는 살결. 한 번 물면 멈추기 어려운 피부. 만지고 또 만져서, 완전히 내게 익숙해지도록 만들고 싶다. 아무 때나 손을 대도 더는 놀라지 않을 때까지.

"나를⋯⋯."

그러려면 몇 번이나 더 만져야 할까.

"얼마나 사랑하는지 말해 줘."

"⋯⋯많이."

"더."

불안하다.

그가 왜 나를 사랑하는지 몰라서. 나는 그의 애정을 받을 자격이 없어서. 언젠가 그가 나를 사랑했던 일을 후회하고 떠나 버릴까 봐. 그런 일이 벌어지면 무력한 인간인 나는 그를 잡을 명분도 능력도 없는 까닭에.

이럴 때 어김없이 떠오르는 것은 그 천사의 얼굴이다.

이스카란.

이스엘의 자취방은 제가 다니는 학교 근처에 있었다. 처음 이스엘의 원룸을 방문할 때는 별다른 생각이 없었다. 돈 나올 곳 생겼다고 그새 써먹는구나, 어지간히 내가 불편했나 보군. 그 정도 가벼운 비아냥을 속으로 주워섬겼을 뿐이다. 첫 만남에서 마치 죄라도 지은 양 부들부들 떨던 모습이 그대로 '이복형제'의 첫인상이었다.

힐끔힐끔 나를 쳐다보고, 그러다 눈이 마주치면 화들짝 고개를 돌린다. 멀쩡히 제 옆에 있는 컵을 두고 내 몫의 물을 마시더니 제풀에 놀라 눈을 동그랗게 만든다. 바보라는 얘기는 못 들었는데 동작 하나하나가 왜 그렇게 굼뜨고 어설픈지. 서툰 젓가락질로 고군분투하는 모습이 귀여우면서 안쓰러웠다. 그래서 다음 날

아침은 부러 포크를 쓰는 메뉴로 준비했다.

사실 그 정도로 잘해 줄 필요는 없었는데 그냥 그러고 싶었다. 눈치를 보면서도 야금야금 떼어 먹는 모습이 인간을 무서워하는 어린 동물 같았다. 내가 자기를 때린 것도 아니고 윽박지른 것도 아닌데 지레 겁먹는 게 웃기기도 하고 가엾기도 했다.

'맛이 없어요?'

'맛있는데…….'

'별로면 말해요. 억지로 먹지 말고. 말 안 하면 모르니까.'

한편으론 기시감이 들었다. 저 가련한 모습을 언젠가 제대로 본 것 같은 기분. 하얀 얼굴과 발그레한 뺨과 새 부리 같은 입술, 어쩌면 그 안의 속살까지도. 동성의 속살 같은 걸 생각하는 스스로가 이상했다. 지난 25년간 단 한 번도 남자에게 관심을 가져 본 적이 없는데, 갑자기 동성애자가 됐나? 자신의 성 지향성이 의심되었다.

그래서 날 무슨 신데렐라 취급하는 새어머니의 억지를 거절하지 않았다. 도망치듯 나간 내 형제를 다시 보고 확인하고 싶었다. 기껏 밥까지 차려 줬는데 그 직후에 바로 달아나 버린 게 괘씸하기도 했고. 왜 이렇게 예의가 없어.

기실 그가 진짜 내 형제라고는 믿지 않았다. 아버지는 생식 능력이 전무하다시피 한 사람이었다. 지독한 여성 편력은 본인의 성 기능에 관한 열등감을 해소하려는 초라한 발버둥일 뿐이다. 외동아들인 나 역시 오만 가지 의학의 힘을 빌려 겨우 태어난 판에 상간녀에게서 자식을 봤다? 가능성이 떨어지는 일이었다. 무슨 불가사의한 초능력 같은 것이 개입하지 않고서야.

나는 새어머니에게 아무런 감정도 없었다. 불륜을 한 번도 아니고 여러 번이나 반복한 아버지에게는 일말의 혐오까지 갖고 있었다. 자격지심을 통제하지 못한 남자와 거기에 장단 맞춘 여자. 따라서 내가 두 사람의 자식을 챙길 이유는 어디에도 없었다.

하지만 그럼에도 나는 이스엘에게 다가가고 있었다. 판도라의 상자를 여는 인간의 본능이었다.

그렇게 자취방의 문을 열고, 앞으로의 일을 예고하는 불온한 냄새에 인상을 쓰고, 억눌린 신음이 들리는 계단 위로 올랐을 때 목격한 장면은…… 몸통과 머리가 통째로 분리되는 충격이었다.

'아, 웃…….'

그린 듯 매끈한 남자가 내 이복형제의 몸을 덮쳐누르고 있었다. 체격은 나와 비슷했고, 얼굴은 꽃 같았다. 그는 잘생긴 미간을 찌푸리고 내 형제의 가랑이에 제 성기를 박아 넣는 데 열중하고 있었다. 활짝 열린 이복형의 다리 사이로 출입하는 사내의 남근이 적나라했다.

남자의 엉덩이 근육이 조여질 때마다 내 이복형이 자지러졌다. 물 샐 틈 없이 맞물린 맨몸, 이스엘은 피부를 발갛게 물들이고 얼굴을 찡그리고 있었다. 힘겨운 듯 좋은 듯 멍하게 풀린 눈으로 끊임없이 신음한다. 길게 젖혀지는 목에 아랫배가 욱신거렸다. 흥분이고 전율이었다. 불현듯 그런 생각이 들었다. 나는 저 얼굴을 알고 있다고.

더 지켜보다간 나까지 발기할 것 같았다. 저도 모르게 말이 나갔다.

'……뭐 하는 겁니까?'

그러자 놈이 재빨리 내 형제를 감췄다. 순식간이었다. 풀썩 소리와 함께 휘날리는 시트와 단단한 육체. 제 몸은 훤히 드러내면서 정작 이스엘은 내 시야에서 가리지 못해 안달이다. 이불 속으로 꼭꼭 숨은 형제의 몸이 눈에 보일 정도로 떨린다.

방금 전까진 좋아 죽었으면서, 내가 오니까 뜬다고? 갑자기 분노가 치밀었다. 까닭 없이 배신당한 기분이었다. 무슨 정신으로 내가 그 자리를 뜨고, 또 무슨 정신으로 다시 돌아와 이스엘의 목을 졸랐는지 모르겠다.

나는 폭력적인 사람이 아니다. 타인의 목을 조르기는커녕 그런 짓을 벌일 생각조차 해 본 적이 없었다. 그런데 한 손에 들어오는 가는 목의 감촉이 낯설지 않았다. 익숙했다. 눈물을 줄줄 흘리면서도 밀쳐내지 못하는 모습에 또 한 번의 기시감이 들었다. 그가 이렇게 반응할 거라는 사실을 내가 이미 알고 있었던 것 같다.

멋대로 소용돌이치는 운명의 한복판에 떨어진 듯한 불안과 통제되지 않는 증오. 그 감정의 이유를 밝히고 싶었다. 드디어 주인을 만난 양 거세게 뛰는 심장, 이상한 끌림의 원인도 밝히고 싶었다.

도망치듯 그 방을 나오면서, 나는 내가 왜 이렇게 분노했는지 스스로에게 물어야 했다. 이복형제의 벌린 다리 사이에 그 남자 대신 자리 잡고 싶어 폭발했던 건 아닌지 고민해야 했다. 그건 질투나 애욕 같은 일개 감정이 아니었다. 차라리 어떤 당위 같은 거였다. 저긴 내 자리라고.

그날 처음으로 남자가 나오는 꿈을 꾸며 몽정했다. 그게 시작이었다.

'……하.'

그 뒤로 매일 꿈을 꿨다. 어떤 남자와 섹스하는 꿈이었다. 신화 속 요정을 닮은 그 남자는 깜짝 놀랄 정도로 내 이복형과 비슷했다. 고양이 같은 금홍색 눈동자만 빼면 거의 똑같았다.

그런 남자를 아래 깔면서 꿈속의 나는 지독하게 흥분해 있었다. 남성기가 달린 사내의 가랑이를 벌리고 들어가는 동작이 지나치게 능숙해 보였다. 짐승도 아닌데 짐승처럼 흘레붙어 교미했다. 가량가량한 몸을 여기저기 물어뜯고 흔들었고 그러면서 더 발정했다. 사정하지 못하게 요도를 막아 놓고 피멍이 든 엉덩이를 계속해서 때리는 행위는 구역질이 날 정도로 변태적이었다.

나는 늘 화가 나 있었고 성교는 날이 갈수록 거칠어졌다. 강간이 아닌가 싶을 정도로 난폭하게 굴며 창백한 뺨을 때리고 목을 조르면 남자의 청순한 얼굴에 줄줄 눈물이 흘렀다. 비명조차 지르지 못하고 그저 벌어지는 입술. 그럴수록 꿈속의 나는 더욱 열을 올렸고, 기어이 남자의 아래가 핏물로 참혹해지는 꼴을 보고야 말았다.

처음엔 이복형제의 성교 장면을 목도한 충격에 무의식이 제멋대로 나쁜 꿈을 꾸는 줄 알았다. 하지만 유사한 꿈이 반복되면서 그게 아니라는 걸 깨달았다. 꿈은 마치 무언가를 암시하듯 지독히 현실적이었다. 꿈속의 나는 누군가의 죽음에 짙은 절망을 느꼈고, 그걸 남자의 몸에 화풀이하며 삭였다.

남자에 대한 내 감정은 이율배반적이었다. 처음엔 나를 배신한 연인을 억지로 잡아 왔는가 생각했다. 폭력처럼 화를 내다가도 그 품에 파고드는 꿈속의 나, 남자의 지쳐 널브러진 몸에서 알량한 위안을 찾는 비루한 내 모습이 그렇게 추리하게끔 했다.

내가 무슨 짓을 해도 반항하지 않는 남자. 반복되는 꿈만큼 실제로도 이렇게 오랫동안 이 일이 계속되었다면 남자의 순종적인 태도도 이해가 갔다.

하지만······.

"냥!"

가는 울음소리에 정신이 현실로 돌아왔다. 이스엘이 손뼉을 쳤다.

"맞다. 랄프 밥 줘야 하는데."

"랄프?"

"고양이."

이스카란이 키우던 줄무늬 고양이를 말함이다. 큰 머리에 목 주변엔 두툼하게 살이 찌고, 뱃살은 참치만 한 고양이. 못생긴 데다 털까지 날리는 그것을 이스엘은 엄청나게 아꼈다. 고양이가 학교에 서식할 때도 매번 먹을 걸 사다 바치더니 집으로 데려온 뒤로는 숫제 상전처럼 모신다.

반면 나는 원래 동물엔 전혀 관심이 없었다. 하물며 그 천사의 집에 있던 고양이라니 최악이다. 언제 이름까지 지어 줬는지.

이스엘의 손이 나를 밀어 냈다. 피부에 막 닿을 때는 살짝 굳었다가 이내 손바닥 전체를 사용해 부드럽게 힘을 가한다. 말랑말랑한 손바닥, 보들보들한 살결. 이스엘이 더 고양이 같았다. 그 손을 잡고 손가락 하나하나를 빨고 싶은 충동을 참았다.

일어나 찬장으로 다가가는 그의 뒷모습을 집요하게 응시했다. 문을 당겨 열고 이 사료 저 사료 진지하게 비교하더니 곧 반씩 섞어 고양이 밥그릇에 부어 준다. 내친김에 물도 갈고 화장실 모래도 간다. 그가 하는 거의 유일한 집안일이었다.

이스엘이 걸음을 뗄 때마다 길쭉한 종아리와 오목하게 들어간 발뒤꿈치가 시선을 잡아끌었다. 제 손으론 밥도 안 차려 먹으면서 고양이에겐 저토록 지극정성이라니 이해할 수가 없다.

"랄프."

냥.

"대답하지 마."

냥.

흠. 나와 상의 없이 고양이 이름을 정해 놓았다는 사실이 신경 쓰였다. 이스엘이 지은 걸까, 아니면 원래 이스카란이 붙여 놓은 이름인 걸까. 둘이 함께 부르던 이름이었나. 그런 생각을 하니 기분이 추락했다. 별것도 아닌 일에 골몰하는 스스로가 천치 같았지만 어쩔 수 없다. 흠, 거듭 헛기침했다. 무심한 체하며 물었다.

"고양이 이름은 누가 지었지?"

이 집의 상전인 저 고양이는 제게 이로운 일을 해 줄 때만 우리에게 관심을 준다. 두툼한 앞발이 이스엘의 허벅지에 올랐다. 애교부리는 동물에 정신이 팔린 이스엘은 돌아보지도 않고 답한다.

"내가."

"무슨 뜻인데?"

"주먹왕 랄프."

……고릴라 같은 애니메이션 캐릭터를 떠올렸다. 뚱뚱한 건 닮았군. 일전에 주토피아 운운도 그렇고, 애니메이션을 좋아하나. 그 영화는 이스카란과 함께 봤다고 했었지.

그러고 보니 나는 이스엘과 영화 한 편 같이 본 적이 없다. 영화는커녕 데이트 한 번, 외출 한 번 제대로 한 적 없다. 10대 시절부터 옆에 붙어 온갖 추억을 공유한 이스카란과 달리 내가 이스엘과 보낸 시간은 터무니없이 적었다. 그나마 200년 전 과거 정도. 그 마저도 대부분이 핍박과 겁박이었다.

고양이에게 시선을 떼지 않는 그에게 물었다.

"그 영화 좋아해?"

"응, 내가 제일 좋아하는 거야."

툭 던져 주는 정보를 머릿속에 넣었다.

그릇에 머리를 박은 랄프가 찹찹찹 소리를 냈다. 흰머리 같은 수염이 좌우로 떨린다. 고양이의 식사를 구경하는 이스엘에게 다가가 쪼그리고 앉았다. 그의 어깻죽지에 박힌 고양이 털 한 올을 떼어 냈다. 이스엘에게 입힌 잠옷 여기저기가 그새 길쭉한 털로 범벅이었다. 아무리 청소를 해도 조금만 방심하면 어느새 고양이 털이 온 사방을 뒤덮는다.

게다가 이놈의 고양이는 내가 이스엘을 괴롭힌다고 생각하는지 밤마다 침대에 올라 그릉그릉 목을 울렸다. 하도 난리를 치는 통에 고양이를 사이에 두고 떨어져 잠을 청한 적도 여러 번이었다. 이 침대의 주인이 고양이인가, 인간인가. 이스카란의 흔적이라고 생각하니 뭐 하나 맘에 드는 게 없었다. 난 원래 동물을 좋아하지도 않는데.

찬장에서 커피 믹스처럼 생긴 고양이 간식 하나를 꺼냈다. 이스엘에게 건네자 안 된다고 손을 젓는다.

"여기서 더 찌면 안 돼."

하지만 간식이 나오자마자 반색을 하는 고양이의 반응에 결국 못 이기고 껍질을 까고 만다. 아무리 봐도 고양이보다 이스엘이 훨씬 사랑스러웠다. 그런데도 결국 손을 뻗어 고양이의 뒤통수를 쓰다듬고 말았다.

볼 때마다 이스카란을 떠올리게 하는 기분 나쁜 고양이. 이스엘도 나처럼 이 고양이를 보며 이스카란을 떠올리는 건 아닐까 불안하게 만드는 뚱뚱한 줄무늬 생명체.

방해물에 불과한 랄프를 쫓아내지 않는 건 두 가지 이유에서였다. 첫째는 그런 짓을 하면 실망할 이스엘이 무섭기 때문이고, 둘째는 환생한 이스엘에 대한 인상을 재정립하는데 이 고양이의 기여도 있었기 때문이다.

길고양이 식사를 챙기는 악마.

지금 생각해 보면 재미있는 일이다. 전생의 이스엘은 저택에서 기르는 사냥개조차 성가셔하며 죽이려고 들었는데(그는 잘 숨긴다고 생각했지만 사실 나는 알고 있었다), 현생의 그는 제 소유도 아닌 고양이 밥을 챙겨 주지 못해 안달이었다. 그런 일련의 모습들은 그를 선하다고 여기게 만들었고, 그래서 기억이 돌아온 나를 고민하게 했다. 사실 그는 악한 게 아니라 무지한 게 아니었나, 그렇다면 과연 그런 순진함이 잘못인가 하고.

환생해 처음 만났을 때, 이스엘은 열심히 나를 피해 도망 다녔다. 나를 다시 갖고 놀기 위해 돌아온 거라면 그래서는 안 됐다. 처음 나와 재회했을 때 경악하던 그 표정은 거짓이 아니었다. 어찌나 재빠르게 숨어 대는지 내가 사냥에 재능이 없었다면 지레 지쳐 포기했을 정도였다.

나를 불편해하는 그를 볼 때마다 욱하고 치받쳐 올라오던 울화와 초조함. 더불어 매일 밤 반복되어 사람을 돌게 하던 꿈. 당시의 나는 날이 갈수록 초췌해졌고 수업에도 자주 늦었다. 주변 사람들은 내게 어디가 불편하냐고 물었지만 딱히 아픈 건 아니었다. 그저 미칠 듯이 궁금할 뿐.

매일 밤 이복형제와 닮은 남자의 꿈을 꾸고, 깨어나면 미간을 일그러뜨리며 성기를 잡았다. 불가항력이었다. 미숙한 10대 청소년도 아니면서 매일 밤 몽정하는 일도 시간이 지나자 익숙해졌다. 나는 그야말로 정신이 나간 사람처럼 갈구하며 헤맸다. 뭘 찾는지도 모르면서.

이스카란의 입에서 이스엘이라는 이름을 들었을 때는 캄캄한 방에 빛줄기가 새어 든 느낌이었다. 내 앞에서 놀리듯이 그 이름을 언급한 이스카란이 아니었다면 나는 아마 지금까지 헤매고 있었을지도 모르겠다.

'울지 마요. 내가 잘못한 거 아니잖아.'

'잘못한 건 너지.'

이러고 싶지 않다. 하지만 나는 이러고 있다.

뭔지도 모르고 그런 말을 뱉을 때의 내 심정이 딱 그랬다. 평범한 인간으로 태어나 평범한 삶을 살아왔던 내게 그때의 상황은 전부 비현실적이기만 했다. 혼란스러웠다. 왜 나는 그에게 저항조차 못 하고 속수무책으로 끌려가는가. 어떤 초자연적 힘의 작용이 아닌가. 그래서 기억이 돌아왔을 때는 차라리 올 게 왔다는 기분이었다.

이스엘이 로렌을 죽였을 때, 나는 그를 향한 내 증오가 잘못되지 않았다는 가장 확실한 증거를 얻었다. 그런데도 충격을 받았다. 내심 이스엘이 그러지 않으리라 믿고 있었을까? 그토록 지독하게 이스엘을 원망했으면서도 그 몸에서 위안을 얻었다. 살을 부대끼고 몸을 겹칠 때 전해지는 체온이 가슴 속 응어리를 녹였다. 그는 절망하는 나를 이해해 주는 유일한 존재였고, 궁지에 몰린 나를 안아 주는 단 하나의 품이었다.

스틱스 강에서의 마지막, 이스엘이 나를 사랑했다는 걸 알았을 때. 심지어 제 전부나 다름없는 심장을 주고 영혼 전체를 저당 잡힐 정도로 지독하게 사랑했다는 걸 알았을 때. 너무 사랑해 기꺼이 죽음을 자청할 정도로.

엉켜 있던 실뭉치의 끄트머리를 누군가 확 잡아당겨 풀어 버린 기분이었다.

항의하고 싶었다. 그 모든 게 나를 사랑해서였다고? 하지만 그 정도로 사랑했다면, 그런 마음을 전하고 그대로 사라지면 안 되는 거잖아.

"아파……."

무의식중에 그의 손목을 쥔 손에 힘을 주었나 보다. 눈치를 보던 이스엘이 슬쩍 팔목을 비틀며 말한다. 놀라 그의 손을 놓았다. 시선을 내리자 살결에 붉은 자국이 뚜렷하다. 쑥쑥 자라는 팔다리를 주체하지 못하는 청소년기도 아닌데 이스엘만 대하면 자꾸 힘 조절을 못 한다.

속으로 한숨 쉬었다. 이러니까 내가 쓰레기 같은 인간이라는 것이다. 보란 듯 이스엘을 살리고 그 대신 희생했던 이스카란과 달리 나는 언령을 사용해 억지로 그를 취하고, 그의 의지에 반하는 일밖에 한 게 없지 않은가.

'천사의 영혼은 필요 없습니까?'

그렇게 말하며 이스엘 대신 운명을 내놓은 이스카란. 경쟁을 하자는 건 아니지만 비교할 수밖에 없다.

이스카란이 희생하는 동안 나는 무얼 했지?

훌륭하게 제 마음을 증명하는 천사를 두 손 놓고 지켜봐야 했던 마지막 순간은 정말로 최악이었다. 분명 내가 먼저 나섰는데도 나는 아무것도 못 했다. 할 수 없었다. 스스로의 무력함을 그토록 뼈저리게 느낀 순간이 있었던가.

'너랑 하면 아팠어. 진짜 죽을 것 같았어. 200년 전인데도 아직 그 고통이 생생해. 근데 도화랑 하면 안 아파. 하나도 안 아프고 너무 좋아. 진짜 죽을 만큼 좋아서 더 해 달라고 막 매달린 적도 있어. 너도 그때 봤으니까 알 거 아냐, 내가 얼마나 좋아했는지.'

그의 입에서 이스카란이 더 좋다는 이야기를 들었을 때는 말 그대로 눈이 뒤집혔다. 죽을 만큼 아팠다고? 그럼 이번에 정말 죽어 보라고 말했지만 그건 단순한 협박이었다. 생리대를 차게 만들 정도로 해 댈 생각도 없었다. 하다 보니 열이 올랐고 그래서 과해졌다. 유치한 질투였고 열등감이었다.

지금도 나는 이스엘 안에서 지울 수 없는 이스카란의 존재에 열등감을 느낀다. 제 희생으로 이스엘의 뇌리에 지울 수 없는 흠집을 남긴 그에게.

이스카란은 이스엘의 쌍둥이다. 그게 적이건 뭐건 간에 둘은 영혼으로 이어져 있다는 의미다. 하지만 나는? 이스엘의 마음을 제하면 아무런 연결 고리가 없는 한낱 인간이 아닌가.

졸렬하지만, 이스카란이 그렇게 사라진 데에 안도한다. 하지만 이스카란이 사라졌다고 끝은 아니다.

물끄러미 이스엘을 보았다. 금세 주눅 들어 내 눈치를 보는 얼굴을 한가득 손에 쥐었다. 긴 속눈썹이 뺨 위에 그늘을 만든다. 눈가에 맺힌 점에 자꾸만 시선이 간다. 여기에 점이 있으면 울 일이 많다던데. 남자든 여자든 가리지 않고 홀릴 수 있을 것 같은 외모. 어떻게 이렇게 생겼을까.

이스카란이 떼어간 그의 마음이 어느 정도일지 궁금하다. 이스엘이 제 희생으로 나를 얻었듯 이스카란도 그랬을까 봐. 하지만 설령 이스카란이 가져간 것이 이스엘의 마음 전부라 해도 놔줄 생각은 없다.

그는 내 것이다.

"이스엘."

"응."

"넌 나랑 사귀는 거야."

짐짓 단호하게 말했다. 넌 내 연인이고, 그러니까 넌 내 거야. 정말 하고 싶었던 뒷말은 속으로 삼켰다. 일단 그렇게 정해 놓고, 소유권 주장은 나중에 해도 되겠지.내 말을 들은 이스엘의 눈이 커진다. 고양이 같고 토끼 같은 입술이 뾰족하게 벌어진다. 사과 같은 볼이 더 사과처럼 변한다. 사귄다고? 그가 중얼거린

다. 인간으로 20년을 넘게 살았는데도 여전히 순진하다. 이스카
란이 품에 넣고 고이 기른 탓일까. 감정을 그대로 드러내는 표정
이 사랑스럽다.

당장에라도 뒤로 눕히고 싶은 충동을 참고 진지하게 말했다.
이스카란이 무지한 이스엘을 속여 제 뜻대로 휘둘렀다면 나도 그
럴 수 있다.

"사귀는 사람이 있을 때는 다른 사람과 단둘이 있으면 안 돼.
그게 인간계의 규칙이야."

웃음기 없이 말하는 것에 그 역시 착실한 얼굴로 응답해 온다.

"응."

"그리고 떨어져 있을 때는 한 시간에 한 번씩 보고해."

"수업 시간에도?"

"그래."

"하지만 수업은 75분인데, 그러면 수업 시간에 연락해야 하잖
아."

"……."

가둬 놓았을 때는 별 불만 없이 적응하더니, 수업 시간에 딴짓
을 하란 얘기엔 반발하다니. 이해하기 힘든 사고방식이다. 애초
에 악마가 왜 대학에 다녔던 거지?

다행히 나와 수업 중에 하나를 택하란 말을 하지 않을 정도의
분별은 남아 있었다.

"명령이야."

이제 그가 내 명령을 들을 이유는 하나도 없다는 걸 알면서도
습관적으로 그렇게 말했다.

명령이란 말을 들은 이스엘의 눈매가 찬찬히 가늘어진다. 뾰족
한 입술이 종긋했다. 눈을 재빠르게 두어 번 깜빡이고 눈꺼풀을

밀어 올린다. 우주의 탄생을 지켜보는 심정으로 그 표정의 변화를 관찰했다.

이스엘은 나를 생각을 읽을 수 없는 신비한 인간쯤으로 생각하지만, 사실 나는 정말로 별것 아니다. 가볍고 유치하고 치사하다. 오히려 나야말로 이스엘이 대체 무슨 생각을 하는지를 몰라 궁금할 때가 많다.

가령 지금처럼 나를 빤히 쳐다볼 때. 차고 끈적한 땀이 손금을 따라 배어났다. 불안해질 정도로 오래 나를 응시하던 그가 문득 말한다.

"나 이제 네 말 안 들어."

비난도 투정도 아닌 그저 조용히 사실을 통고하는 말투. 들뜬 어조는 살짝 뿌듯하게 들리기까지 한다.

이스엘이 말한다. 나는 이제 네가 명령해도 따르지 않을 자유가 있다고.

"나한테 명령해 봐."

반면 그가 말하면 나는 따를 수밖에 없다.

"일어나."

"싫어. 네가 일어나."

"이리 와."

"싫어. 네가 와."

이게 뭐 하는 거지. 어쨌건 그의 명령대로 일어나 그에게 다가갔다. 마지막으로 내가 명령했다.

"뽀뽀해."

"……그건 좋아."

감촉보다 온도가 먼저였다. 촉. 따끈한, 어린 새의 부리 같은 입술이 부딪쳐 온다. 살짝 감긴 눈꺼풀을 바라보며 흘긋 이스카란의 고양이에게 시선을 주었다. 먹을 만큼 먹었는지 소파 위로 올라가 늘어져 있다. 통통한 뱃살이 한 무더기였다. 이스엘과 피부를 맞댄 채로 보니 그것도 나름 괜찮게 느껴졌다.

랄프. 이제 이스카란의 고양이가 아닌, 이스엘과 나의 고양이. 그렇게 생각하면 못 참을 것도 아니다.

'너랑 하면 아팠어. 진짜 죽을 것 같았어. 200년 전인데도 아직 그 고통이 생생해. 근데 도화랑 하면 안 아파. 하나도 안 아프고 너무 좋아.'

곰곰이 이스엘의 말을 떠올려 본다. 그가 나를 떨쳐 내기 위해 위악을 떨었음을 알지만 그래도 신경 쓰인다. 내가 여태까지 이스엘과 나눴던 섹스를 돌이켜 보았다. 죄다 거칠었다. 그것들을 강간이나 폭력이 아닌 섹스라고 칭할 수 있다면.

어쩌면 이스카란이 더 좋았다는 말이 진심일 수도 있겠다는 생각이 들었다.

"벗어."

"왜?"

왜긴.

"빨아 줄게."

"……!"

나는 기다리지 않았다. 말과 동시에 그의 몸을 뒤로 눕혔다. 아까부터 내내 원했던 정확히 그 자세로. 얼결에 다리를 벌리고 사이에 나를 받게 된 이스엘이 눈을 크게 뜬다. 옷을 벗길 여유도 없어 대충 속옷만 끌어 내렸다. 그가 입고 있는 흰 속옷은 내 취향이다. 뭔지도 모르고 사다 주는 대로 순순히 입는 모습에 또 발정해 몇 번이고 덮치고 말았었다.

속옷의 고무줄이 통통한 엉덩이 아래쪽에 걸쳐졌다. 국부만 간신히 드러나게 한 채로 그의 다리 사이에 고개를 처박았다. 양다리를 각각 손으로 밀어 올리자 페니스 아래 또 다른 성기가 보인다. 좁고, 오밀조밀하고, 따끈한. 앞으론 페니스보다 여기를 더 많이 쓰게 될걸. 친해지려면 인사부터 하는 게 순서겠지. 다짜고짜 그곳에 혀를 찔러 넣었다.

"아, 음……!"

이스엘에게서 곧장 신음이 샜다. 하얀 허벅지가 떨리며 오므라든다. 그래 봤자 내 머리를 제 다리 사이에 가두는 형상이 될 뿐이다. 고의로 소리를 내며 날름날름 혀를 놀렸다. 그가 비명을 질렀다.

"하지 마, 흑, 더러워……!"

"안 더러워."

벌써 몇 번을 빨았는데 새삼. 입술을 붙이고 그렇게 말하자 이제 허리까지 바들바들 떨어 댄다. 확실히 민감하다. 수십 번을 해도 매번 이러는 걸 보면 어지간히 좋은 모양이지. 그의 손끝이 두피로 파고든다. 머리카락을 잡고 뜯어내는 손길조차 지금의 내겐 더할 나위 없는 자극이었다.

주름 하나하나를 정성 들여 빨고 안쪽 점막까지 혀를 넣어 핥았다. 눈만 치떠 본 그의 성기가 서서히 일어선다. 적당한 크기에 단단한, 여자한테 써도 손색없을 남성기. 이스엘의 얼굴만큼이나 예쁜 분홍빛 살덩이를 들어 아랫면에 쪽 키스했다. 진한 살 냄새에 머리로 열기가 고였다.

고환을 입에 넣고 굴리며 허벅지와 아랫배를 매만졌다. 느끼는 부위만 골라 공략하자 머리칼을 쥔 손에 점차 힘이 풀린다. 또다시 슬쩍 살피니 그는 입술을 깨물고 다른 방향을 보고 있다.

손을 내려 내 바지의 버클을 풀었다. 그가 방심하는 틈을 타

단번에 삽입했다. 침으로 범벅된 구멍은 수월하게 입구를 열어 준다. 자지러지는 골반을 잡아 속박하고 끝까지 쳐넣었다.

"흐읔!"

"후우."

이 순간이 좋다. 처음 아래를 끼워 맞추는 순간. 꽉 조여진 입구를 억지로 누르고, 처음엔 밀려나던 중심이 푹 하고 찔러 넣어질 때. 꽉꽉 조여지는 내부에 채워진 기분. 맞물렸다는 느낌.

"아파?"

"아니…… 짜증 나…….."

"아닌 것 같은데."

도리질 치는 이스엘의 위로 상체를 낮췄다. 가슴이 바짝 닿을 정도로 몸을 맞붙이고 허리를 들썩였다. 사내를 받아들이는 데 익숙한 몸은 어딜 찔러도 민감하게 반응했다.

처음 본 순간부터 나를 홀렸던 새치름한 입술에서 달콤한 신음이 터진다. 그 입술 사이에 손가락을 넣었다. 뜨끈한 점막을 훑고 축축한 혀를 손끝으로 눌렀다.

"우읍……."

울먹이는 얼굴이 손가락을 물고 있는 모습이 도착적이다. 나를 올려다보는 눈물 고인 눈에 깃털 같은 입맞춤을 퍼부었다. 샘물 같은 신음을 받아마셨다. 격하게 찔러 넣을 때마다 그의 아랫배 위로 솟아오르는 성기의 윤곽을 덧그렸다.

충족감이 일었다.

이스카란이든 마왕이든, 그들이 아무리 이스엘을 아끼고 갈구한대도 이런 짓을 할 수 있는 존재는 나밖에 없을 테지.

이스엘을 향한 이스카란의 희생은 결정적이었다. 그 거대한 힘 앞에 한낱 인간인 나는 아무것도 못 했다. 지금 생각해도 얼굴이 붉어질 만큼 무력하고 울화가 터지는 순간이었다. 하지만 그래서 어쨌단 말인가? 지금 이스엘 옆에 있는 건 나인 것을.

이스엘은 내 것이고, 이 몸 안에 성기를 박을 수 있는 사람도 나뿐이다.

나는 원래 치사하고 비겁하고 졸렬하고 열등하다. 첫 만남부터 단 한 번도 이스엘에게 잘한 적이 없고, 멍청한 실수를 범해 놓고 그를 탓했으며, 어리석은 나머지 그의 마음마저 눈치채지 못했다. 그야말로 최악의 인간이었고 그 사실은 지금도 달라지지 않았다.

그를 소중하게 다루고 아껴야 한다고 생각하면서도 순간의 발정을 참지 못해 끝내 그를 탐하고 만다. 머릿속까지 정액으로 가득 차 온종일 야한 짓만 하고 싶어 하고, 한두 번으로는 부족해 끊임없이 갈증에 시달리는 인간. 하지만 그럼에도 이스엘은 내 손아귀에 있다.

이제는 무슨 일이 있어도 놓아주지 않을 테다. 필요하다면 돈이든 약이든 몸이든 무슨 수를 써서라도 붙잡아 가둘 생각이다. 몸으로 유혹한다, 몸부터 길들인다……. 너무 흔하게 사용되어 이제는 우스운 말이지만 나는 진심이었다. 그런 클리셰라도 써야 할 만큼 절박하기도 했다.

죽음 같은 건 우리를 가를 수 없다. 내 행동에 그가 상처받았던 걸 생각하면 아직도 마음이 아프지만, 필요하다면 몇 번이고 그렇게 할 것이다. 그게 나와 이스엘의 차이다. 나는 사랑하니 떠난다는 말은 모른다. 고작 인간인 나는 별다른 능력이 없으니 더 악랄해질 수밖에.

툭 떨어진 양팔 아래로 손을 넣었다. 마른 몸을 일으켜 품에 안았다. 뱃전에 비벼지던 이스엘의 성기가 바르르 떨리며 사정한

다. 그에게서 쏟아진 정액이 턱과 입술에 묻었다. 혀로 핥아 맛
을 보니 역시나 달다. 여린 어깨를 물어뜯다시피 하며 깊게 성기
를 묻었다. 흔적을 남기듯 다리 사이로 정액을 뿌렸다. 위로 쏘
아졌던 정액이 이내 안에 들어찬 내 성기를 타고 흐른다.

가녀린 몸을 속박하듯 끌어안았다. 이제 와서 새삼 죄책감을
느끼지는 않을 것이다. 나는 원래 자격이 없는 인간이니까.

외전 제2장 : 서열 정리

연애 관계에서 주도권을 잡으려면 어떻게 해야 할까?

리모컨을 돌리던 이스엘은 고민에 빠졌다.

세상이 변한 탓일까? 최근엔 어디를 둘러봐도 사랑에 관한 이야기를 볼 수 있었다. 연예 정보 프로그램과 포털 사이트에서 연일 때려 대는 유명 배우의 열애설 및 과거 연애 경력을 비롯하여 을의 연애, 갑의 연애, 외국인과의 연애, 커플 사이의 갈등, 하다못해 상대에게 메시지를 받았을 때 몇 분 내로 답장하는 게 옳은가 하는 문제까지. 논쟁거리가 끝도 없었다.

라디오를 틀든 텔레비전을 보든 사랑에 관한 대화는 필수였고, 패널들은 자신의 의견을 내세우며 상대를 몰아갔다. 길거리에서 흘러나오는 노래들도 대부분 그런 문제에 관한 이야기였다. 사랑 노래, 사랑 시, 로맨스 영화…… 사랑. 전 세계 인간들 최고의 관심사. 그리고 거기에 종종 언급되는 주도권 문제. 연애에 갑과 을이 있다는 것도 모르던 이스엘까지 어느덧 그 문제에 신경 쓰게 되었다. 변해 버린 세상이 내린 새로운 숙제였다.

어쩌면 세상이 변한 게 아니라 요즘 제 귀에 그런 얘기만 들어오는 건지도 모른다.

확실히 최근 이스엘의 으뜸 관심사는 연애 문제가 맞았다.

무릎을 모아 세우고 양팔로 정강이를 끌어안았다. 날씨는 따뜻하고, 집 안은 훈훈하다. 조금 전에 양껏 저녁을 먹어 배가 부르고 정신은 몽롱했다. 바닥에 궁둥이를 붙이고 앉아 있는 자신, 저쪽에서 늘씬한 몸을 반쯤 숙이고 설거지를 하는 피닉. 늦게 잠들고 정오 넘어 일어나도 아무도 뭐라 하지 않는 생활.

저는 이런저런 일을 돌보기 위해 중도 휴학을 했다. 당분간은 과제를 할 일도 없고 매일 이렇게 방바닥을 뒹굴며 텔레비전이나 뒤적이면 족하다. 딴생각을 할 틈이 차고도 넘쳤다. 그래서 더 잡생각이 드는지도 몰랐다.

연애 관계의 주도권. 분명 연인인데 동등하지 않은 관계.

손에 든 리모컨을 의미 없이 눌러 댔다.

어젯밤에도 TV를 보았다. 시청자의 연애 고민을 상담해 주는 프로그램이었다. 거기 출연한 자칭 연애 전문가 픽업 아티스트의 말에 의하면, 아무리 커플이라도 서로에게 너무 익숙해지면 질린단다. 수염을 기르고 안경을 쓴 아티스트 씨는 거들먹거리며 말했다.

"긴장감을 유지하려면 밀고 당기기가 중요해요."

좋아도 아닌 척 튕기는 밀기, 애정을 있는 대로 표현하며 상대를 끌어오는 당기기. 그렇다면 이스엘 자신은 200년간 늘 당기기만 해 온 셈이었다. 게다가 아티스트의 발언에 따르면 1년만 사귀어도 권태기가 오기 십상이라는데, 자신과 피닉 오데어는 몇 년을 함께 했던가. 질리기에 충분한 시간이었다. 물론 실제로 연애한 기간은 얼마 되지 않으니 다를 수도 있지만.

음, 아니. 애초에 우리가 연애를 하는 건 맞았던가?

'넌 나랑 사귀는 거야.'

분명 피닉이 그렇게 말하기는 했다. 어느 날 갑자기, 대뜸. 그러더니 갑자기 사귀는 사이에서 지켜야 할 규칙을 줄줄이 늘어놓았고, 제대로 따져 볼 틈도 없이 옷을 벗겼다.

그가 너무 야한 짓을 잘해 그냥 넘어갔지만 지금 생각하니 황당할 따름이다. 우리는 서로에게 제대로 마음을 고백한 적도 없고, 있기야 있었지만 그건 전부 극한의 상황에서 토해진 유언 같은 거였고, 그러니 당연히 사귀자고 제대로 합의를 본 적도 없다. 연애 참고서에 나오는 주요 과정을 전부 생략했다. 게다가 피닉이 정말 자신을 좋아하는지도 모르겠고……. 하여간 죄다 부지불식간이었다. 무슨 일이 일어났는지 채 알지도 못하고 깨닫지도 못하는 사이에 얼렁뚱땅. 구렁이 담 넘어가듯.

어느 날 갑자기 이 집으로 어머니가 쳐들어오고, 악마를 소환한 그녀가 죽고, 경각에 달린 제 목숨을 위해 이스카란이 희생하고, 자신은 인간이 되고……. 모든 사건이 폭포수처럼 한꺼번에 쏟아졌다.

이스엘은 바싹 마른 아랫입술을 빨았다.

우리가 사귀는 거라고?

몇 번이나 피닉의 말을 곱씹어 봐도 확신이 없었다. 겹쳐 안은 팔을 모았다. 그 자세 그대로 그간 있었던 일을 찬찬히 돌이켜 보았다.

과거 이스엘이 사교계 사람들의 기억에서 피닉과 로렌에 관한 내용을 조작했듯 악마 왕은 주변인들의 기억에서 죽은 어머니와 이스카란에 관한 내용을 삭제했다.

이스엘과 피닉은 정말로 형제가 되었다. 아버지는 두 사람을 같은 배에서 난 쌍둥이라고 여겼고, 함께 식사할 때면 이스엘은 얼굴도 모르는 피닉의 친모를 화제에 올렸다. 그 외에도 그들은 심하게 달라진 주변인들의 기억에 함께 적응해야 했다. 피닉은 태연했지만 이스엘은 서툴렀다.

한때 이스카란이 살던 집은 원래 아무것도 없었던 양 텅 비었다. 이스카란의 부모도 이스카란을 기억하지 못했다. 비어 버린 집에 남은 것은 고양이뿐. 그 고양이를 이스엘이 데려왔다. 원래는 학교 도서관에 살던 뚱뚱하고 까다로운 고양이였다. 함께 살게 된 머리 큰 고양이에게는 랄프라는 이름이 붙었다. 언젠가 이스카란과 함께 봤던 애니메이션의 주인공 이름이었다. 악당 랄프.

빳빳이 꼬리를 세우는 랄프를 볼 때마다 이스엘은 지금쯤 천국의 어딘가에 갇혀 있을 이스카란을 떠올렸다. 그가 마지막으로 남긴 말들이 떠올라 가슴 한구석을 묵직하게 했다. 그가 제 마음 한 귀퉁이를 잘라 간 것 같았다. 그건 병을 앓고 난 후유증 같은 거였고, 지워지지 않는 상흔 같은 것이었다.

만약 그가 정말로 돌아온다면 자신은 힘겨워하면서도 그에게 거절을 말해야 할 테다. 상상만으로도 괴로웠다. 그런 일은 틀림없이 서로에게 힘들 것이다. 이스엘은 생각했다. 거기 갇힌 동안 그가 자신을 잊고 풀려나서 행복하게 살았으면 좋겠다고. 그는 아쉬울 거 없는 고위 천사고, 자신들은 이제 쌍둥이가 아니니까.

상처를 남기고 사라진 이스카란. 이스카란이 남긴 유일한 흔적 랄프.

이스엘은 랄프를 아꼈다. 사라진 이스카란에 대한 일종의 보상 심리였다. 휴학을 한 그는 외출도 하지 않았다. 새 공간에 적응하지 못해 숨는 랄프를 달래고 꼬시고, 먹이는 뭘 줘야 하는지 꼬질꼬질한데 목욕을 시켜도 되는지 자꾸 굴러다니는 이 젖은 털 뭉치는 뭔지 하나부터 열까지 공부하고 배우느라 정신이 없었다.

너무 정이 들어 이제는 랄프가 제 자식 같았다. 오늘도 일어나자마자 랄프의 밥그릇부터 챙겼을 정도니 말 다했다.

그렇게 복잡한 감정으로 랄프를 대하는 이스엘을 보고도 피닉은 별말이 없었다. 이스엘이 랄프를 돌보는 동안 그는 고양이 털로 범벅이 된 집 안을 청소했다. 집을 다 닦으면 이스엘을 닦았고, 때가 되면 밥을 했다. 젓가락질이 서툰 이스엘을 위해 하나둘 반찬을 집어 주던 것이 최근엔 거의 떠먹여 주는 것으로 바뀌었다.

대화 같은 건 별로 오가지 않았다. 나름 마음이 통한 관계임에도 달라진 게 없다. 이스엘은 피닉의 눈치를 보고, 피닉은 무뚝뚝하고.

모든 일은 너무 갑작스레 일어났고 평온 역시 급하게 찾아왔다. 그 와중에 피닉과 이스엘의 관계만 정체된 그대로였다. 그러다 며칠 전 그 말을 들은 것이다. 우리는 사귀는 거라고.

'넌 나랑 사귀는 거야.'

그래? 우리가 정말 사귀는 건가?

가뜩이나 심란한 와중에 옆에서 들리는 이야기라곤 매번 짝사랑에 일방적인 접근, 갑을 운운하는 주도권 이야기뿐이다. 여전히 혼자 좋아하는 기분인 이스엘로서는 마음이 복잡했다. 갑과 을이라. 그런 건 생각도 안 해 봤는데.

뻑뻑한 눈을 손등으로 지압했다. 고무장갑도 끼지 않은 채 설거지하는 피닉의 넓은 등을 보았다. 자기가 무슨 원룸의 집사도 아닌데 청소에 집착한다. 밤에는 그 짓에 집착하고. 사실 밤에만

381

집착하는 것도 아니지만. 무겁게 가라앉는 기분 사이로 문득 선명한 목소리가 접근했다.

'나랑 자고 싶은 건지, 나를 사랑하는 건지 헷갈리지 않아?'

어? 이스엘의 고개가 반짝 들렸다. 음성의 출처를 찾았다. 목소리가 이어졌다.

'예전에 내가 혼자 짝사랑할 때 네가 나를 하도 막 대해서 그런지, 지금도 네가 나를 소중하게 생각 안 하는 것 같잖아! 짝사랑할 때 네 그 차가운 눈빛, 그 경멸 섞인 말투, 그 무시, 조롱! 그게 끄집어져 올라오잖아!'

그건 맞은편 텔레비전에서 나오는 소리였다.

"어……."

입에서 멍청한 신음이 샜다.

네가 나를 하도 막 대해서 그런지, 지금도 네가 나를 소중하게 생각 안 하는 것 같잖아! 절로 고개가 끄덕여졌다.

사랑에 관한 고민을 시작하면서, 이스엘은 귀에 들리는 모든 이야기에 공감했다. 접하는 모든 연애 이야기에서 공감할 점을 찾아냈다. 하지만 이번엔 특별했다. 한 마디, 한 마디가 뇌에 직접 와서 퍽퍽 꽂히는 듯했다. 누가 이런 대사를 썼지? 무료하게 리모컨을 돌리던 손이 딱 멈췄다. 일전에 남자 주인공이 성질을 내던 그 드라마다.

브라운관 속 부스스한 머리의 여주인공이 어안이 벙벙한 얼굴의 남자 주인공에게 속마음을 토해 낸다. 재방송 중인가. 짝사랑할 때 네 그 차가운 눈빛, 그 경멸 섞인 말투, 그 무시, 조롱……! 이스엘은 저도 모르게 리모컨을 꼭 쥐고 몰입했다.

여자의 대사가 이어졌다.

예전에 식당에서 마주친 남자에게 여자가 샌드위치를 나눠 먹자고 했는데, 한 입 달라는 것도 아니고 다른 맛이니 반씩 바꿔 먹자는 이야기였는데, 남자가 혼자 다 드시라고 하고 가 버렸단 다. 짜증 난다는 표정으로 휙 가게를 나가 버렸다고. 누굴 식충 이 취급하는 것도 아니고. 그 귀찮아하는 얼굴과 태도를 여자도 분명 봤을 텐데.

이스엘의 하얀 얼굴이 확 일그러졌다. 엉덩이를 움직여 화면 가까이 갔다. 제가 다 상처받은 기분이었다.

입술을 모으고 고개를 마구 주억거렸다. 공감했다. 그래, 그런 건 정말 기억에 남을 만하다. 지금 남자가 아무리 잘해 준대도 잊 을 수 없을 것이다. 오히려 지금의 태도와 비교되어 더 사무칠지 도 모르지. 지금도 그렇게 친절하지 않다면 더더욱.

화면 속 남자 주인공은 말이 없다. 지켜보는 이스엘이 도리어 분해 혼잣말했다.

"개자식이네······."

"누가."

"힉."

설거지를 마친 피닉이 어느새 옆에 와 있었다. 그는 멀쩡한 소 파를 두고 이스엘 옆 바닥에 앉았다. 소파에 등을 기대고 앉은 두 사람, 무게에 눌린 소파가 뿌득 소리를 냈다.

이스엘의 손가락에 슬쩍 스치는 피닉의 손이 차고 촉촉하다. 피닉은 이스엘 옆에 허벅지를 붙이고 앉아 힐긋 화면을 본다. 이 스엘과 달리 그 내용을 보고도 별생각이 없는 듯 다만 무감한 표 정으로 걸어 놓은 빨래를 끌어당긴다. 늘 그렇듯 이스엘의 팬티 먼저 싹 모아다 갠다. 탁탁 털어 정리하는 솜씨가 야무졌다.

혹여 느끼는 바가 있을까 조마조마하게 안색을 살폈던 게 무색 할 정도였다. 괜히 찔린 이스엘만 채널을 돌렸다.

저녁 식사를 마친 사람들이 막 텔레비전 앞에 모일 무렵이었다. 황금 시간대의 공중파에서는 기다렸다는 듯 연애 상담 코너를 송출했다. 연예인 여럿이 둘러앉아 사연을 읽고 경험담을 나누며 연애 조언을 하는 프로그램. 낯익은 얼굴의 남 아이돌이 시청자 이모 씨의 사연을 읽는다. 자막으로 낯익은 문구가 깔린다. 을의 연애.

그리고 문구만큼 익숙한 사연. 더 많이 좋아하는 쪽이 약자, 상대는 아무렇지 않은데 혼자 안절부절 눈치를 본다, 곱씹고 분석하고 확대해석 하고⋯⋯. 이스엘의 입에서 한숨이 흘렀다. 눈을 깜빡인 그가 속으로 읊조렸다. 이런 생각을 하는 사람이 나 하나는 아니구나. 다들 똑같은 생각을 해. 내가 정말 인간이 되긴 한 건가.

텔레비전 볼륨을 조금 키웠다. 아이돌이 말한다.

'분명 사귀는 사이인데도 짝사랑하는 기분이 들 때가 있는 거거든요.'

'본인도 그런 경험이?'

'물론이죠.'

심지어 아이돌도 그런 생각을 하는군. 눈웃음이 인상적인 남자 아이돌은 연애 경험이 풍부한 듯했다. 하는 말마다 공감 백배에 구구절절 유용한 조언이다. 이스엘의 온 신경이 화면에 집중되었다. 메모라도 하고 싶은 심정이었다.

아까 둥글게 말아 뒀던 몸이 서서히 앞으로 쏠렸다. 그대로 고꾸라질 뻔한 이스엘을 피닉이 잡아당겼다.

"조심해."

손에서 리모컨을 빼앗아 테이블 위에 올리고 손을 잡는다. 어느새 동작을 멈추고 이스엘을 보고 있었다. 언제부터 보고 있었

384

는지 시선이 빨랐다. 피닉이 물었다.

"쟤 좋아해?"

"응?"

누구? 이스엘이 고개를 갸우뚱했다. 뚱한 표정의 피닉이 텔레비전을 턱짓했다. 크고 선명한 화면은 아직도 예의 남자 아이돌을 잡고 있었다. 소년 같은 얼굴에 남자다운 몸매가 매력적이다. 목소리도 좋고, 조언도 잘하고. 하지만 좋아하냐고 묻는다면…….

"아니, 이름도 모르는데."

그러니까 계속 아이돌이라고 부르지. 하지만 피닉은 믿지 않는 것 같았다.

"그래? 아주 뚫어져라 보길래."

말에 뼈가 있다. 사실 이스엘은 아이돌보다는 아이돌이 하는 말에 더 관심이 있었다. 하지만 그걸 이실직고하기엔 어쩐지 자존심이 상했다. 너 때문에 뚫어져라 본다고 고백하는 것 같았다. 나만 고민하는 것 같잖아. 그래서 머리만 붕붕 저었다. 흠. 잡은 손을 만지작대던 피닉이 말했다. 원한다면 만나게 해 줄 수 있다고.

"쟤를?"

"그래."

"어떻게?"

"쟤 우리 아버지 회사야."

아버지가 연예 기획사를 한다는 것도 잊고 있던 이스엘이 눈동자를 반짝였다. 맞아, 그랬지. 그 말에는 조금 갈등이 되었다. 브라운관으로만 접하던 인물을 실제로 만나면 재미있을 것 같았다. 죽은 어머니도 연예인이었지만, 그녀가 텔레비전에 출연하는 모습을 본 적은 한 번도 없었으니까.

"음."

이스엘의 머리가 기울어졌다. 분명 신기하긴 했다. 하지만 직접 무거운 몸을 일으켜 만나러 갈 정도는 아니다. 덥기도 하고. 살래살래 손을 저었다.

"됐어, 귀찮아. 누군지 이름도 모르고."

집에서 랄프랑 놀래. 하지만 피닉은 포기하지 않았다.

"왜, 만나게 해 줄게."

거절했는데도 집요하게 권한다. 이거 무슨 테스트인가? 아니면 본인이 만나고 싶은 건가. 다시 화면을 보았다. 주야장천 아이돌만 비춰 주는 브라운관. 잘생기긴 했다.

"……너 쟤 만나고 싶어?"

미심쩍게 물었다. 그러자 피닉의 표정이 살짝 허물어진다.

"아니."

고개를 저은 그가 도로 건조된 빨래로 시선을 돌렸다. 이스엘도 텔레비전에 집중했다. 마침 중요한 내용이 나오고 있었다. 진정한 연애 전문가인 아이돌의 발언이었다.

'저한테 하는 거랑, 전 남자 친구한테 했던 거랑 비교될 때가 있어요. 사실 이게 하나하나 따지고 들자면 끝도 없는 건데…….'

'사람 마음이란 게.'

'그렇죠? 아예 몰랐으면 모를까.'

전 남자 친구라.

전 남자 친구. 전 여자 친구. 이전 애인. 전 부인.

이래서 쏟아지는 사랑 얘기를 끊을 수가 없다. 고려조차 못했던 무언가가 나올까 봐.

팽개쳐 둔 휴대 전화를 끌어왔다. 메시지 함을 열었다. 연락처

가 저장되어 있지 않아 이름 대신 번호가 뜨는 광고 메시지만 한
가득이다. 이스엘은 친구가 없었다. 번호를 교환한 친구도 없고
연락하는 친구는 더더욱 없었다. 메시지 함은 단출했다. 간간이
소식을 묻는 학교 사람의 메시지, 세탁물을 찾아가라는 세탁소의
문자, 그 외엔 온통 피닉에게서 온 것뿐이다. 내용은 이러했다.

어디야. 어디야. 어딘데. 왜 전화 안 받아. 간식 사 갈까? 어디
야.

흔한 이모티콘조차 없이 죄다 한 문장을 넘지 않는다. 그마저
최근에는 받은 게 없다. 늘 함께 있었으니 당연하지만 이상하게
서운했다. 아무리 봐도 애인에게 보내는 메시지는 아니었다. 빚
을 지고 도망친 원수나 탈옥수에게 보내는 메시지라면 모를까.

'이전 연인에게 했던 행동이랑 비교될 때가 있어요.'

그러게. 예전에 로렌에게는 하트도 보내고 그러지 않았나. 이
스엘은 울적해졌다.

냐아…….

마침 잠에서 깬 랄프가 다가왔다. 늘어져라 잤는지 커다란 얼
굴 한쪽 털이 제멋대로 눌려 있고, 위로 세운 꼬리의 끝부분은 옷
걸이처럼 말려 있다. 재주 좋게 2층에서 뛰어내리더니 붙어 앉은
인간들 쪽으로 접근한다.

랄프는 더 가까운 위치에 있는 피닉을 본체만체했다. 휙 피닉
을 넘어 이스엘에게 다가오더니 바닥에 등을 대고 눕는다. 나름
의 애교였다.

고롱고롱하는 랄프를 집어 들었다. 이제 고양이를 드는 일에
도 요령이 생겨 죽 늘어지는 몸통에도 당황하지 않고 한 번에 안
아 올릴 수 있다. 뜨거운 방바닥을 떠나기 싫었는지 벗어나려 버
둥버둥하다 이내 허벅지 위에 자리를 잡는다. 조심스레 쓰다듬자

스륵 눈을 감는다. 시혜를 베푼다는 듯 도도하기 짝이 없는 태도다.

이스엘은 기가 찼다. 내가 밥도 주고 화장실도 치워 주고 잠자리도 제공해 주는데.

그래도 귀여웠다. 이스카란이 남긴 고양이.

속까지 부숭부숭 털이 난 귀를 손가락으로 만졌다.

"네가 좋아해서 보일러 트는 거야. 난 더운데."

양옆으로 길게 난 수염을 간질였다. 통통한 앞발을 쥐고 분홍색 젤리를 희롱하자 귀찮은지 몸을 빼고 저쪽으로 가 버린다. 걸어가는 뒷모습에 대고 놀렸다.

"뚱뚱해."

냐옹.

가소롭다는 듯한 대꾸가 돌아왔다.

여전히 텔레비전에서는 을의 연애에 관해 말하고 있다. 이스엘은 괜히 볼륨을 최대까지 키웠다가 맥없이 줄였다. 휴대 전화로 메시지를 보내는 척하다 보낼 사람도 없어 도로 던져두었다. 힘없이 소파에 몸을 기대고 생각했다. 아무리 이렇게 된 사이라지만, 제대로 된 관계 정립쯤은 있어야 하지 않을까.

주도권. 갑과 을.

하지만 자신은 가만히 있는 피닉을 먼저 좋아했고, 내내 그에게 구걸했으며 지금도 한껏 주눅이 들어 눈치만 본다. 그에게 무언가를 요구할 처지가 아니었다.

하지만 자신은 그를 이기려는 게 아니다. 그저 마음을 확인하고 싶은 거였다. 다른 건 바라지 않는다. 단지 어떤 확신 같은 게 있었으면 좋겠다. 이렇게 계속 불안하지 않도록.

이스엘은 정면 돌파를 택했다. 자세를 고쳤다. 정리해 둔 옷

가지를 치우고 피닉의 앞에 자리 잡았다. 집중하던 그가 눈을 든다. 좋은 향기. 의식하지 않은 상태의 그에게는 늘 그렇듯 웃음 기라곤 없다. 기본적으로 표정이 많은 성격이 아니었다. 깊고 검은 눈. 무심한 눈매를 손가락으로 쓸어 만졌다. 눈빛을 교환하며 물었다.

"우린 어떤 사이야?"

모양은 좀 빠지지만 어쩔 수 없다. 이스엘은 솔직하기로 했다.

"나는 네가 날 안 좋아한다고 생각해."

유난 떨지 않고 덤덤히 말하려고 했는데, 정작 나온 목소리는 고통스럽다.

불현듯 쏟아진 고백에 피닉의 얼굴이 차가워졌다. 그제야 표정에 변화가 생긴다. 전혀 예상도 못 했다는 표정이었다. 그가 소파에 느슨히 기대었던 허리를 세웠다. 이스엘은 그의 앞에 무릎을 대고 앉아 있었다. 피닉은 그런 이스엘을 끌어당겨 제 허벅지 위로 올린다. 저항 없이 올라오는 날씬한 육체는 조금의 부담도 없이 가볍다.

기실 피닉에게는 뜬금없는 상황이었다. 문제없는 거 아니었나. 잘 지내다 왜 갑자기 그런 생각을 할까. 내가 널 안 좋아한다고?

참지 못하고 질문했다. 비난하는 투가 되는 건 어쩔 수 없었다.

"왜 그렇게 자신이 없지?"

이스엘이 수긍했다.

"그러게."

하지만 생각해 봐. 너라면 과연 자신이 있겠는지. 아무리 너라도 상대에게 계속 거절과 경멸만 받아 온다면, 상황이 바뀌었다고 해도 쉽게 믿을 수 없을걸. 이스엘은 자포자기의 심정으로 내 뱉었다.

"네가 나를 자신 없게 만들었으니까."

직각으로 뻗은 어깨에 손을 짚었다. 울 것 같은 느낌을 받으며 이스엘은 토로했다.

"너는 날 불안하게 해."

너는 날 불안하게 한다고.

피닉은 조용했다. 올라탄 이스엘의 시선은 피닉보다 조금 더 위에 있었다. 여전히 끈덕지게 마주한 눈동자는 각자의 감정을 거울처럼 비춘다. 정적이 흘렀다. 이스엘이 얕게 숨을 내쉬었다. 그 숨결이 피닉의 콧대에 닿아 부서졌다.

질 좋은 티셔츠 아래 피닉의 어깨 근육이 딱딱하게 굳었다. 문 득 그가 하아, 숨을 뱉었다. 한숨이었다. 그가 검지로 눈썹을 문 지르며 말한다. 피곤해 보였다.

"내가 널 불안하게 해?"

"……응."

눈썹을 매만지던 손이 입술로 내려간다. 방황하던 손은 이내 이스엘의 뺨으로 옮아갔다. 미지근한 손바닥으로 얼굴 전체를 감 싸며 말한다.

"왜 그렇게 생각하는데."

일순 서러움이 북받친 이스엘은 말했다. 스스로 두서없는 애처 럼 군다는 걸 알면서도. 겨우 문자 하나 때문에 이 난리를 친다는 걸 알면서도.

"나는 네가 로렌을 대하는 태도를 봤어. 애틋하고, 소중하게, 존중하면서. 하지만 넌 나를 보면 항상 불친절하고, 무뚝뚝하고, 명령하는 말뿐이야. 그런 걸 느낄 때마다 자꾸 로렌이 떠올라.

비교하지 않으려고 해도 나는……."

안에서 꾸역꾸역 게워지는 말들은 적나라했다. 사실 이스엘은 주도권 같은 건 관심 없다. 그저 사랑받고 싶다. 원하는 만큼 충족되지 않아 자꾸 주변의 사랑 이야기에 귀 기울이게 된다. 별것도 아닌 사소한 일에 감정이 널뛰는 게 더 많이 좋아하는 사람의 연애라고 했던가. 을의 연애. 문득 눈시울이 뜨거웠다.

"내가 가치 없다는 생각이 자꾸 들잖아."

"이스엘."

"내가 너를 너무 좋아하니까, 대신 죽어 줄 정도로 좋아하니까 그냥 너는 거기에 끌려서 받아 준 것 같아. 정성이 지극하면 하늘도 감동한다잖아. 그냥 그런 것 같아. 날 사랑하는 게 아니라."

감정을 이기지 못하고 고개를 돌렸다. 외면하는 이스엘의 뺨을 피닉이 제게 고정한다. 처음엔 황당했고 그다음엔 화가 났고 이제는 귀여웠다. 그런 걸로 고민했단 말야? 얼마쯤 진지하게 쳐다보다 갑자기 픽 웃어 버린다. 울컥한 이스엘이 손등으로 그의 뺨을 쳤다. 남은 심각한데 혼자 재미있어하다니.

"아!"

피닉이 엄살을 부리자 이스엘은 또 금세 안절부절못한다. 화나서 때리면서 정작 강하게 치지는 못하는 점이 이스엘다웠다. 피닉이 이스엘의 등을 감싼 손에 힘을 주었다. 숨이 막혀 콜록댈 정도로 꽉 끌어안는다. 너무 당기는 바람에 다리 사이 밀부가 그의 아랫배에 붙었다. 미묘한 부위로 피닉의 성기가 느껴졌다. 딱딱하다. 순간 아연한 마음에 저항도 멈췄다. 흥분했어? 왜?

피닉이 은근하게 달랬다.

"그런 거 아니야."

"뭐가 아닌데."

"나 너 사랑해. 너도 알잖아?"

"모르겠는데."

잘해 준다고 해 놓고 잘해 주지도 않았어. 귓전에 대고 중얼거리자 맞붙은 몸이 움찔 진동한다.

"그건 미안."

이스엘의 옆머리에 피닉의 입술이 닿았다. 피부를 접촉하고 설득한다. 생각해 봐. 내가 널 안 좋아했으면 대신 죽으려고 했겠어?

"너도 날 좋아해서 대신 죽으려고 한 거잖아. 나도 마찬가지야. 그리고……."

널 안 좋아했으면 이렇게 옆에 있는 것만으로 흥분하지 않았을걸. 천천히 등을 쓰다듬으며 구슬린다. 못 믿겠으면 만져 보라는 듯 허리를 한번 움직거린다. 직접적인 설득에 이스엘의 얼굴에서 스륵 힘이 풀렸다. 그러다 번뜩 정신이 들었다. 또 몸으로 넘어가려고. 다시 눈에 뾰족하게 힘을 주는데 피닉이 이어 말했다.

"나야말로 불안해."

이스엘이 눈꺼풀을 밀어 올렸다.

"네가 왜 불안해?"

그러자 슬쩍 눈매를 찌푸리며 시선을 피한다. 돌아온 대답은 정말로 의외였다.

"이스카란."

"이스카란?"

이스카란이 왜?

"너 이스카란 때문에 우울해했잖아."

"그건……."

무어라 말하려는 이스엘의 입을 피닉이 막았다. 어깨를 축 늘어뜨리며 처연한 표정을 짓는다. 애달프게 만들려고 불쌍한 척 사람을 홀리는 건가 생각했지만 애처로운 눈매며 목소리가 아무래도 진심 같았다. 피닉이 속삭였다.

"네가 이스카란을 좋아하게 되어도 난 잡을 수가 없으니까."

난 아무것도 가진 게 없으니.

"네가 저 고양이를 아끼는 것도 이스카란 때문 아닌가?"

그러면서 랄프를 가리킨다. 그 손가락을 이스엘이 잡았다. 의외의 '나도 불안하다' 발언에 당황했지만, 이건 정말로 물어야 했다.

"지금 고양이한테 질투하는 거야?"

침묵하는 걸 보니 정말인 모양이다.

직전까지 무뚝뚝하다 생각했던 피닉의 볼이 은은하게 붉었다. 나도 널 사랑해. 그렇게 말할 때도 빨개지지 않던 볼이었다. 무엇보다 반려동물인 고양이를 두고 질투하는 게 가장 확실한 증거였다. 피닉이 그간 무슨 생각을 했는지 전혀 모르는 이스엘로서는 웃음이 날 수밖에 없었다. 그러니까, 불안했단 말이지. 내가 불안한 만큼 너도.

실실 웃음이 났다.

정말 별거 아니었네…….

몇 분 전까지만 해도 세상에서 가장 심각한 척 온갖 헛소리를 다 해 놓고 몇 마디 들었다고 헤벌죽 풀리는 건 밸 없어 보인다. 그래서 참으려고 했는데 자꾸 입꼬리가 스물스물 풀렸다. 피닉도 이스엘의 상태를 알아챘는지 짐짓 비는 척 목소리를 꾸민다.

"한 번만 봐줘. 앞으로 진짜 잘할게."

그의 달램에 이스엘도 계속 토라진 척했다.

"어떻게?"

"그러게, 어떻게 할까⋯⋯."

이스엘을 꼭 끌어안은 그가 마른 몸을 위아래로 살살 흔들었다. 애를 달래듯 둥기둥기 하고는 이마를 맞대며 웃음기 어린 목소리로 묻는다.

"가르쳐 줘. 어떻게 하면 되는지."

"⋯⋯."

"가르쳐 주세요, 형."

슬쩍 눈을 접어 웃으며 애교를 부린다. 그 웃음에 이스엘은 꼬였던 마음이 사르르 풀리는 듯했다. 어이없을 만큼 손쉽게. 며칠, 몇 주, 몇 달 동안 세상 끝날 듯 진지하게 고민했던 일이 무색하게.

"그러니까 나는⋯⋯."

"응."

"너에 대해 더 알고 싶어."

"나에 대해?"

"취미라든지, 좋아하는 음식이라든지, 영화라든지⋯⋯."

우린 서로 아는 게 별로 없잖아.

그 말에 피닉도 고개를 끄덕여 수긍한다.

"그럼 너도 너에 대해 알려 주는 건가?"

"응."

"좋아. 그럼 서로 교환하자."

네가 나에 대해 궁금한 만큼 나도 너에 대해 궁금하니까. 피닉이 말을 이었다.

"고작 그게 잘해 주는 거야? 나에 대해 알려 주는 거?"

빤히 보는 은근한 눈빛이 메시지를 전한다. 소박하긴. 이스엘은 할 말이 없어 입만 삐죽였다. 때를 맞춰 등 뒤의 화면에서 왁

자한 웃음소리가 터진다. 아이돌이 또 명언을 했나. 텔레비전을
보려 몸을 꿈틀거리자 피닉이 묻는다.

"TV 보게?"

"어."

그러자 피닉이 양다리로 이스엘의 몸을 얽었다. 사지로 꽁꽁
감아 물 샐 틈 없이 구속한다. 먹이를 잡는 뱀 같았다. 불룩한 성
기가 이스엘의 가랑이에 닿는데도 그러거나 말거나 태연하다. 당
황한 이스엘이 허리를 띄우자 꽉 눌러 아예 문지르다시피 한다.
그러고는 말했다.

"형. 그렇게 다른 남자한테 관심 보이면 내가 불안해요, 안 불
안해요."

존대를 하긴 하는데 놀리는 것 같았다. 다정한 게 좋다고 했지
유치원생 취급이 좋다고는 안 했는데. 과장된 말투에 묻어 두었
던 울화가 올라오려 했다. 이게 진짜. 하지만 말투보다 더 신경
쓰이는 건 말의 내용이었다. 이스엘이 눈매를 좁혔다. 눈을 가늘
게 뜨고 의심하듯 묻는다.

"진짜 너도 불안해?"

"당연하죠."

"난 나만 불안해하는 줄 알았는데."

"내가 훨씬 더 불안할걸요."

웃으며 대꾸하는 피닉의 얼굴이 목까지 붉어져 있다. 어조는
가벼웠지만 눈빛은 매섭다.

"내 어떤 점 때문에 불안했어?"

반말과 존대의 넘나듦이 자연스럽다. 이참에 다 털어 보자는
듯 피닉이 물었다. 이스엘은 제게 주어진 기회를 덥석 물었다.

"너는 좋아한다는 말도 제대로 안 하고."

"좋아해."

말을 맺기가 무섭게 냉큼 답한다.

"뭐든지 다 해 준다면서 말만 그러고."

"진짜 원하는 대로 다 해 줄게."

"진짜지."

"응."

"그럼 제대로 사귀자고 해, 나한테."

다른 무엇보다 이게 중요했다. 이 모든 유난과 난리의 원흉.

아, 탄식한 피닉이 눈을 감았다. 아찔한 표정이었다. 나비 날개 같은 속눈썹이 파르르 떨린다. 피부에 닿는 그의 페니스도 어쩐지 더 딱딱해진 것 같다고 이스엘은 생각했다. 잠깐 침묵하던 피닉이 다시 눈을 떴을 때, 그 검은 눈 속에 장난기라고는 일절 없었다. 목이 졸린 듯한 음성으로 말한다.

"사귀자. 잘해 줄게."

"……진짜 잘해 줄 거야?"

"응. 내가 진짜 진짜 잘해 줄게."

"……."

"나 거절하지 마."

또 혼자 애처로운 척하는 표정과 말투에 절로 입매가 풀렸다. 이스엘이 거만하게 말했다.

"알았어. 그럼 받아 주지."

그러자 피닉이 웃었다.

브라운관에서는 아직도 을의 연애에 관해 토론하고 있다. 아버지 회사 소속의 남 아이돌이 말한다.

'옆에서 볼 때는 시답잖은데, 그게 당사자한테는 너무 큰 거예요. 그래서 미친 듯이 고민하는 거죠. 근데 웃긴 건…… 지나고

보면 그게 정말 별일 아니라는 거예요. 고민한 본인한테조차.'

'본인도 그런 일이 있으셨나요?'

'당연하죠. 근데 뭐, 전 그런 것도 좋다고 생각해요. 그런 게 다 연애 아니겠어요?'

역시 진정한 연애 전문가.

획, 몸이 뒤집혔다. 제 아래 나를 눕힌 피닉이 테이블로 팔을 뻗었다. 자꾸만 아이돌을 비춰 주는 화면을 아예 꺼 버린다. 그리고 고개를 숙여 이스엘의 턱을 물며 제안한다.

"형, 우리 야한 거 해요."

"지금?"

"원래 마음을 확인하면 교미하는 거예요. 애 밸 때까지."

우리는 웬만해선 애 안 생길 텐데, 열심히 해야겠네. 음흉하게 중얼거린 그가 순식간에 이스엘의 옷을 벗겨 버린다. 그가 던진 팬티에 얼굴을 맞은 랄프가 불만스럽게 야옹, 울었다.

이스엘도 덩달아 피닉의 옷을 벗겼다. 버클을 풀자 아까부터 존재감을 주장하던 것이 불쑥 얼굴을 내민다. 빠져나온 머리를 손에 쥐고 흔들었다. 피닉이 섹시하게 신음했다. 그러더니 문득 말한다.

"사랑해."

"나도."

"내가 더 많이 사랑할걸."

"아니. 내가 더 많이."

"누가 더 많이 사랑하나 내기해 볼까."

"어떻게?"

"먼저 그만하자고 하는 사람이 덜 사랑하는 거야."

"그건 내가 불리……."

항의할 틈도 없이 피닉의 혀가 이스엘의 입 안으로 들어갔다. 엎드린 랄프의 꼬리가 불만스럽게 떨렸다.

———※·····※———

거실 소파에서 시작한 내기가 욕실에서 끝났다. 후들후들 떨리는 다리로 샤워 부스에 들어가는 이스엘 뒤로 기어코 끼어든 피닉이 샤워볼을 잡았다. 듬뿍 거품을 낸 이스엘의 팔을 잡고 씻긴다.

"너 몇 살이야?"

지쳐 벽을 잡고 겨우 버티던 이스엘이 문득 피닉에게 물었다. 심야의 길바닥, 소리를 지르며 서열을 확인하는 아저씨들처럼 험악한 말투였다. 다 쉬어 버린 음성으로 그런 말을 해 봐야 하나도 무섭지 않았지만.

대뜸 나이를 묻는 이스엘에게 피닉은 대꾸하지 않았다. 다만 눈썹을 찌그러트린다. 알면서 왜 물어. 뭐 그런 암시였다. 이스엘이 어깨를 폈다. 여기저기 자국이 남은 몸을 고양이처럼 부풀리며 경고했다.

"우리 서로 알려 주기로 했잖아."

피닉이 침묵하는 이유는 불길함을 느꼈기 때문이다. 뭔가 폭탄 발언이 쏟아질 듯한 예감. 등을 보인 이스엘이 표정을 보지 못해 다행이다. 넌지시 먼저 물었다.

"넌 몇 살인데."

나이에 관해서라면 이스엘은 당당했다. 이스엘이 턱을 들었다. 그 동작 하나에 다리 사이로 주륵 희뿌연 정액이 흐른다.

"나? 1715년생."

"……."

피닉의 미간에 주름이 잡혔다. 이스엘이 꺄르륵 웃었다. 이스엘이 알기로 피닉은 1870년생이었다.

이스엘은 피닉보다 대략 150살이나 많았다. 둘 모두 인간이었더라면 애초에 만나지도 못했을 연장자. 당시의 평균 수명을 고려하면 제가 피닉의 할아버지의 할아버지쯤 되려나. 노인의 입매가 만족스레 휘었다. 보기엔 스무 살 청년 같은 노인이 깜찍한 표정으로 고개를 갸우뚱 기울였다. 뒤에서 꾹 입을 다문 연하남에게 으스대며 말을 건다.

"내가 형이지?"

어머니가 정해 준 억지 서열 말고 정말로 형.

"그럼 이제부터 내가 시키는 대로 해."

"……."

"아주 수치스러운 거라도 시키는 대로 해야 돼."

안 그러면 건방진 거야.

연하남은 별달리 반박하지 않았다. 다만 부루퉁하게 살짝 나와 있던 입술이 비스듬히 올라갔다. 재미있어하는 표정이었다.

아주 수치스러운 거라도 시키는 대로 하라고? 도리어 제가 환영할 일이다. 연하남은 수치스러운 걸 좋아했다. 수치스러우면 수치스러울수록 좋았다. 하도 쥐어짰더니 이제 발기도 못 하기에 놔줬는데 부족했나. 이대로 나가서 한판 더 하게 되는 건 아닐까 기대감에 아래가 곧추섰다. 다시 한번, 이스엘이 뒤돌아 있어서 다행이었다.

목덜미에 가볍게 입을 맞추며 연하남이 물었다. 그래서 뭘 시킬 거냐고. 이스엘의 대답은 의외였다.

"어렸을 때 아역 배우였다고 들었는데."

피닉의 미간이 급격하게 쪼그라들었다.

"어떻게 알았지?"

"그게 중요해?"

"그건 아니지만."

"보여 줘. 뭐 했는지."

"……하아."

그래. 그건 좀 수치스럽다. 피닉이 낮게 한숨 쉬었다.

몸을 씻는 시간이 길어졌다. 지쳐 버린 이스엘이 뜨끈한 물에 몸을 씻다 잠들길 원한 피닉의 늑장이었다. 하지만 먹잇감을 찾은 전직 악마가 잠들 리 없다. 이스엘은 가물가물한 눈을 부릅뜨며 버텼다.

결국 수건에 돌돌 말려 욕실을 나섰다. 샤워 가운을 걸친 피닉이 이스엘을 침대 위에 앉혔다. 뜨끈한 차 한 잔을 가져다주고는 머리를 말려 준다. 성실한 집사의 자세였다. 이스엘의 손바닥이 팡팡 침대를 쳤다.

"됐고. 영상 보여 줘."

끝내 피닉은 창피한 제 과거사를 꺼내야만 했다.

일어난 그가 가방에서 노트북을 꺼냈다. 성실하고 부지런한 피닉도 휴학한 마당에까지 공부하기는 싫었는지, 그의 노트북과 책은 가방에 쑤셔 박힌 채 며칠을 방치되어 있었다. 간단히 노트북을 조작한 그가 이내 영상을 하나 틀어 보여 주었다.

그가 포털 사이트에 프로필이 등재된 인물인 줄은 몰랐는데. 이스엘이 손에 쥔 머그잔을 부서져라 쥐었다. 반짝이는 눈으로 화면에 집중한다.

화면엔 처음부터 어린 피닉이 등장했다. 일곱 살? 여덟 살? 젖살이 오른 통통한 얼굴이 깜찍하기 그지없다. 커다란 눈이 반짝

반짝하고, 슬쩍 보이는 조그만 앞니가 토끼 같다. 목소리는 지금의 저음을 상상도 할 수 없는 미성이다. 입술을 쫑긋거리며 야무지게 대사를 뱉는 모습이 갓 태어난 강아지처럼 귀여웠다. 연하남의 아기 시절.

"형!"

흙장난하던 어린 피닉의 뒤로 형 역할의 배우가 등장했다. 어린 피닉이 형에게 달려가 안긴다. 자세히 보니 아까 드라마에서 남자 주인공을 하던 그 배우다. 20년 가까이 된 영상이라 그 남배우도 어리기 짝이 없다. 솜털이 보송보송하네. 그래도 샌드위치는 좀 심했어. 그거 잠깐 같이 먹어 주는 게 뭐가 그렇게 어려워?

그래도 아기 피닉은 귀여웠다.

홀린 듯 보는 사이 짧은 영상이 끝났다. 반복해 재생하려는데 피닉이 노트북을 덮어 버렸다. 그러고는 뺨이 맞닿을 정도로 가까운 거리에서 이스엘을 노려본다. 콧날이 닿는 것에 놀란 이스엘이 슬쩍 몸을 물렸다.

피닉의 눈이 번뜩였다.

"만족해?"

아니. 다른 영상도 보고 싶었지만 그렇게 말하면 나쁜 일이 일어날 것 같다. 그래서 대신 피닉의 목을 감아 끌어당겼다. 순순히 끌려오는 그 목덜미에 대고 말했다. 사랑한다고. 그런 말을 해도 지는 기분 같은 건 들지 않았다. 돌아오는 대답이 있기 때문이다.

연애 관계에서 주도권을 잡으려면 어떻게 해야 할까?

모른다. 하지만 이제 이스엘은 더 이상 그 답이 궁금하지 않았다.

외전 제3장 : 예수천국 불신지옥

　인간 이스엘은 또 고민에 빠져 있었다. 이번엔 미래에 관한 진지한 고민이다. 보통 꿈이나 앞으로의 먹고살 궁리 등을 고민하는 보통 사람들과는 달리 그의 고민은 좀 더 먼 미래를 내다보고 있었다.

　죽음 이후의 삶에 관해서였다.

　피닉 오데어와 이스엘은 인간이었다. 아무 능력도 없는 평범한 인간. 그런 그들이 죽으면 어떻게 될까?

　저희가 살아가는 동안 지옥과 천국 사이에 전쟁이 일어나 한쪽이 망하지 않는 한 정해진 길은 세 가지였다.

　첫째. 지옥에 간다.

　둘째. 천국에 간다.

　셋째. 환생한다.

　이중 셋째는 특수한 경우이므로 제외하기로 했다. 그렇다면 두 가지 길이 남는다. 지옥에 가거나, 천국에 가거나. 길이 정해지는 방법은 단순했다. 나쁘게 살면 지옥에 가고, 착하게 살면 천국에 간다.

피닉은 확실히 지옥에 간다. 그는 살인을 저지른 데다 이복형제인 자신을 강제로 취하기까지 했으니까. 게다가 평소 살아가는 방식도 그리 선해 보이진 않았다. 갑자기 독립운동에라도 투신하지 않는 한 그는 무조건 지옥행이다.

문제는 이스엘 자신이었다.

피닉이 지옥에 가면 당연히 자신도 지옥에 가야 했다. 게다가 불편하고 무슨 일이 있을지 몰라 불안한 천국과는 다르게 지옥은 마음도 편했다. 비록 쫓겨났지만 친정 같은 느낌이랄까.

왕은 돌아온 자신을 외면하지 않을 거고, 부모님도 다시 만날 수 있을 것이다. 인간이 되었다고 제 부모가 자신을 외면할 것 같진 않았다. 못났다고 욕은 좀 먹겠지만. 어쨌거나 부모의 그늘 아래 있으면 인간이 된 저를 깔보는 악마들도 없겠지.

그렇다면 지옥에 가려면 어떻게 해야 할까? 이스엘은 눈앞에 둔 종이에 숫자를 끼적이며 생각에 잠겼다.

자평했을 때, 인간 권진하의 삶은 무난 그 자체였다. 딱히 좋은 일을 한 기억도 없고 나쁜 일을 한 기억도 없다. 굳이 따지면 좋은 일 쪽이 더 많았다. 중고등학생 시절 학교에서 강제한 봉사활동에 참여했기 때문이다. 아무도 열심히 안 할 때 혼자만 죽어라 했다. 100시간도 넘게 채웠다.

악행의 경우, 형제인 피닉과 엮인 게 대표적이다. 하지만 시작이 제 의지가 아니었으므로 고려될 것 같지 않았다.

이스엘은 시험과 평가에 찌든 대한민국 사람답게 현 상황에 점수를 매겨 보았다. 가령 지옥에 가기 위해 얻어야 하는 점수가 100점이라면 아마 자신은 현재 0점 정도를 획득했을 터였다. 이

점수로는 지옥 문턱도 못 밟는다. 기껏 피닉과 마음이 이어졌는데 죽어서 생이별을 하고 싶진 않았다. 따라서 지옥에 가려면 지금부터 부지런히 죄를 지어야 했다.

큰 거 한 방을 터뜨리는 방법이 제일 효과적이었다. 살인이나 강도, 횡령 같은.

"나랏돈을 횡령할 수 있으면 좋은데. 이 나라 3년 치 예산 정도."

하지만 그런 화이트칼라 범죄를 저지르기엔 능력이 부족했다. 자신은 대통령의 측근도 아니고 아는 종교 지도자도 없다. 안다손 쳐도 아무도 당해 주지 않을 것 같았다. 그렇다고 살인이나 강도질을 하자니 내키지 않는다. 인간 세상에 태어나 근 30년간 법을 준수하며 살아온 탓이다.

완벽한 인간이 되기 위해 교과서를 맹신하며 살았는데 이제와 지옥에 간답시고 나쁜 짓을 하려니 영 찜찜했다. 게다가 인간계에서 그런 짓을 하면 지옥에 가기 전에 먼저 감옥부터 가게 된다. 피닉과의 지옥행을 위해 인간계에서의 평생을 교도소에서 보낼 것인가. 답은 부정적이었다.

이스엘은 고민 끝에 이런 제 생각을 피닉에게 전했다. 그런데 심각한 이야기를 전달받은 피닉의 반응이 영 만족스럽지 않았다. 잠깐 멍한 표정을 짓더니 이내 허파에 바람이 들어간 사람처럼 피식피식 웃기만 한다. 전혀 진지해 보이지 않는 그 모습에 이스엘은 속이 상했다.

속으로 중얼거렸다. 역시 피닉은 어려. 어려서 뭘 몰라. 속상한 나머지 그런 생각까지 했다. 이래서 연하들이란. 결론적으로 이스엘은 피닉 몫의 고민까지 떠안은 채 홀로 걱정이 태산이었다.

뭘 할까. 사람을 죽이거나 불을 지르거나 도둑질을 하지 않고, 하여간 남에게 심각한 피해는 주지 않은 채 나쁜 짓만 골라 할 수는 없을까. 많이는 말고, 딱 지옥에 갈 만큼만.

"쓰레기 버릴까?"

무단 투기.

"그럼 길이 더러워지잖아."

"네가 버리고 내가 주우면 되지."

제가 주울게요, 형. 피닉이 말했다.

이스엘의 나이를 들은 그날 이후 그는 때때로 이스엘에게 존댓말을 했다. 형 운운하는 어투는 은근했고 낯빛엔 실실 웃음이 돌았다. 그럴 때마다 이스엘은 태연한 척했지만, 내심 뺨을 물들이며 좋아했다. 어른이 된 기분. 그게 놀리는 거라는 사실을 이스엘만 몰랐다.

지금만 해도 그랬다. 어떻게 살 것인가. 그런 고민을 하며 이스엘 홀로 세상의 모든 짐을 다 짊어진 표정이다. 낙서를 하는 깨끗한 손가락에 볼펜 잉크가 번진다. 그걸 공책 위에 문지르며 길게 한숨을 쉰다. 그런 자신을 지켜보는 피닉이 속으로 박장대소를 하는 줄도 모르고.

고뇌하는 이스엘과 달리 피닉은 전혀 심각하지 않았다. 걱정도 안 됐다. 원래 그는 배짱 말고는 볼 것 없는 인간이었고 이제 와 이스엘과 자신이 헤어질 거라는 생각도 안 했다. 잠시도 떨어지기 싫어 죽는 시기마저 맞출 궁리를 하고 있는데 뭐가 걱정이겠는가.

이스엘이 천국에 간다고? 말도 안 돼. 그는 오히려 이스엘이 신기했다. 스스로가 천국에 갈지도 모른다고 진심으로 믿는 악마 출신 인간이.

"이스엘."

연하남은 이스엘의 어깨에 얼굴을 비비며 애교를 부렸다. 지난번 싸움 아닌 싸움으로 그도 깨달은 바가 있었다. 저는 능력도 없고 장점도 없고, 가진 거라곤 이스엘의 마음뿐이다. 그러니 그 마음을 제게 붙들어두기 위해 최선을 다해야 했다. 지금 발휘하는 어색한 애교가 피닉 나름의 노력이었다.

말투는 여전히 고압적이었지만 훨씬 다정하다. '연하'다운 피닉의 치댐이 처음엔 둘 모두에게 어색했지만, 계절이 지나 겨울을 맞은 지금은 그의 이런 간지러운 태도에도 익숙해졌다.

연하남의 손가락이 이스엘의 턱을 긁었다.

"내일 데이트할까? 주말인데."

반짝이는 눈동자를 이스엘의 코앞에 들이댔다. 이스엘이 움찔해 쳐다보자 웃으며 이마에 쪽 입을 맞춘다. 같이 있으면 늘 신체 부위를 맞대고 있으려 하고, 시시때때로 끌어안고 키스한다. 새싹처럼 부드러운 머리카락을 잘근잘근 씹으며 대답을 기다린다. 장래를 설계하는 중인 이스엘에게서는 부루퉁한 답변이 나왔다.

"어제 했잖아."

세 시간 내내 영화관에 구겨져 외국어로 떠드는 다양성 영화를 봤던 걸 말하는 건가. 정말 지루했었지. 어둠을 틈타 수작을 부리다 팔꿈치로 턱을 맞았다. 피닉이 굴하지 않고 졸랐다.

"우리 나쁜 짓도 해야 하잖아."

일단 밖에 나가야 나쁜 짓을 하지.

그러면서 답을 재촉하듯 또 머리카락을 쪽 빤다. 연하남 버전의 피닉을 만나게 되면서 이스엘이 새롭게 알게 된 사실은, 그가 뭐든지 입을 사용하는 걸 즐기는 유형의 인간이라는 것이다. 손이 없어 뭐든 물어서 옮겨야 하는 고양이나 강아지도 아닌데 이스엘의 몸이라면 일단 입에 집어넣고 본다. 갓 씻고 나온 촉촉한 머리카락, 작은 코끝, 말랑한 입술, 마른 어깨, 단정한 손가락…… 다리 사이 달랑한 그것까지.

"응? 나가자, 종일."

고양이를 사랑하는 애묘인 이스엘이 망설였다.

"우리 나가면 랄프가 혼자 있잖아."

고양이의 삶 따위 전혀 고려하지 않는 피닉이 주장했다.

"랄프도 혼자 있을 시간이 필요해."

어차피 우리 개강하면 낮엔 혼자 있어야 하고. 그러니까 지금부터 적응하게 두자는 궤변이었다.

고민하는 이스엘의 입술에 피닉이 쪽쪽 두어 번 입을 맞췄다. 못 이긴 척 마주 입술을 부딪치는 이스엘에게 부대끼며 조른다. 그가 이런 설탕 과자 같은 태도로 일관한 지 꽤 되었는데도 이스엘은 여전히 적응이 되지 않았다. 눈만 마주치면 가슴이 빨리 뛰고 심장이 콩닥거렸다. 기품 있는 모양의 검은 눈. 저도 모르게 홀려 버린 이스엘이 중얼거렸다.

"그래, 나가자."

이스엘이 공책 위에 적어 둔 점수표에 피닉이 지익 줄을 그었다. 그러고는 으스댔다. 내일 나가서 실컷 나쁜 짓을 하자고. 그래서 지옥 입성을 위한 점수를 쌓자고.

"대신 반나절만."

"그래, 그래."

그리고 다시 쪽.

그게 실없는 치근거림이라는 사실을 여전히 이스엘만 몰랐다.

두 사람이 사는 복층 원룸에서 조금만 걸으면 클럽과 맛집이

모인 대학가가 있었다. 학생들이 등교하는 평일보다 오히려 주말
이 더 번잡한 거리. 주말을 맞은 대학가는 골목골목 사람으로 붐
볐다. 이름난 식당에서 사진을 찍고 유명한 커피를 마시기 위해
사람들은 삼삼오오 줄을 서곤 했다.

별 감흥 없는 피닉과 달리 은둔자 이스엘은 처음 와 보는 이
거리가 마냥 신기했다. 중고등학생 시절에는 좋은 대학에 가기
위해 내내 공부만 하고, 대학에 진학해서는 학점에 목매는 착실
한 학생으로 살았던 전직 악마는 이렇게 대놓고 놀러 나와 본 경
험이 별로 없었다.

저렇게 긴 아이스크림을 팔다니, 저런 모양의 크레페가 있다
니, 물건을 사면 공짜로 사주를 봐 준다니! 놀이공원에 온 아이처
럼 이스엘의 눈이 휙휙 돌아갔다. 누가 보면 갇혀 살다 나온 사람
인 줄 알 터였다.

이스엘은 제게 건네지는 모든 호객 행위를 성실히 받아먹었다.
뭉텅이로 나눠 주는 전단도 전부 받아 챙겼다. 그가 목적을 잊고
혼자 튀어나가려 할 때마다 피닉이 개 목줄을 잡아당기듯 이스엘
의 손을 잡아 제 옆에 붙박았다.

저한테 관심도 없는 이스엘 때문에 피닉은 질투가 났다. 그는
데이트를 하러 나온 거였지 서울 구경을 하러 나온 게 아니다. 다
음부턴 절대 사람 많은 곳으로 데려오지 않으리라 결심하며 미간
의 주름을 폈다. 어쨌거나 좀 사랑스러웠으므로.

"쓰레기 버려야지."

마음을 다잡은 피닉이 일깨웠다.

"아."

이스엘이 수긍했다. 그가 손에 든 전단을 구겼다. 주말을 맞은
번화가엔 여기저기 소모품이 넘쳐 났다. 인형 탈을 쓴 아르바이

트생이 나눠주는 홍보물, 쿠폰, 무언가를 먹고 남은 유산지, 플라스틱 컵……. 이스엘은 열과 성을 다해 쓰레기를 만들었다. 지옥에 가려는 몸부림이다. 장단을 맞춰 주던 피닉이, 자신이 다른 곳을 볼 때마다 히죽히죽 웃는 것도 모르고.

그들은 노래방 체인 앞 커다란 개가 있는 노점에서 솜사탕을 사 먹었다. 전쟁이 나면 탈 것으로 이용해도 될 만큼 큰 개가 둘을 보고 하품했다. 겁도 없이 개에게 접근하는 이스엘을 피닉이 질색하며 치웠다.

"물려."

피닉이 경고했다. 그러나 정작 개는 꼬리를 치며 이스엘의 손을 핥는다. 이스엘이 웃으며 피닉을 돌아보았다.

"귀엽지 않아?"

"아니."

지켜보던 개 주인의 눈이 뾰족해졌다.

커다란 개의 혀에 이스엘의 손등이 축축해지고, 뚝뚝 흐르는 침을 피닉이 휴지를 꺼내 닦아 주고, 솜사탕을 먹고 남은 막대기는 바닥에 버리고.

이스엘이 던진 나무 막대기를 피닉이 주워 쓰레기통에 버렸다. 그러면 이스엘이 미안한 얼굴로 시선을 부딪쳐 주었다. 살짝 턱을 당기며 치뜬 눈을 깜빡이는 야릇하고 청순한 눈매. 피닉은 도통 왜 하는지 모르겠던 이 허접한 지옥행 마일리지 적립에 차츰 매력을 느끼기 시작했다.

그가 생각했다. 아, 뽀뽀하고 싶다. 하고 싶으면 해야지. 인간 피닉은 부당거래에 관해서는 이제 전문가나 다름없다. 이스엘이 던지는 물건들을 재깍재깍 줍던 그의 행동이 점차 느려졌다.

"뭐 해."

까닭을 모르는 이스엘이 잡은 손을 잡아당기며 재촉한다. 그러자 이제 아예 딴청을 부린다. 얘가 왜 이래. 얘가 탄 이스엘만 혼자 안절부절 못했다. 그러거나 말거나 한참 모르쇠로 일관하던 피닉이 물었다.

"내가 이걸 주웠으면 좋겠어?"

이스엘이 재깍 답했다.

"어."

"왜?"

"더럽잖아."

피닉도 재깍 제안했다.

"그럼 뽀뽀해."

뽀뽀하면 주울게. 그러면서 눈을 감고 얼굴을 내린다. 뻔뻔하고 당당했다. 쭉 입술을 내미는 모양새가 얄밉다. 이스엘이 망설였다.

"여기서?"

"응."

"사람들이 쳐다볼 텐데."

빈말이 아니다. 지금도 지나가는 사람들이 하도 자신들을 흘깃거려 얼굴에 구멍이 날 지경이었다. 이스엘은 그들이 피닉을 본다고 생각했고, 피닉은 그들이 이스엘을 본다고 생각했다. 뭐가 됐든 기분이 좋지 않았다.

"그래서 하라는 거야."

피닉이 허리를 숙였다. 들키지 않게 살짝 귓불을 물었다 놓고는 이스엘의 턱을 잡아 제가 원하는 방향으로 돌린다.

"선택해. 여기서 뽀뽀하든지, 저기서 섹스하든지."

그가 가리킨 건 대형 클럽이 위치한 골목이었다. 대로보단 인적이 드물었지만, 그래도 여전히 사람이 지나다니는, 쨍쨍하게 빛 잘 드는 야외였다.

힉. 이스엘이 기겁했다.

"안 하면 어떻게 돼?"

"그러면 이것도 도로 바닥에 버릴 거야."

손에 든 와플 유산지를 흔들며 피닉이 협박했다. 엄격한 눈매가 말하고 있었다. 난 무슨 일이 있어도 이 사람 많은 길바닥에서 뽀뽀를 해야겠다고.

이래서 어린 것들이란. 머뭇거리던 이스엘이 재빨리 피닉의 입술에 제 것을 가져다 댄다. 툭. 입맞춤이라기보단 박치기에 가까운 동작에 앞니가 부딪혔다. 그래도 말캉한 입술이 들러붙었다 떨어지는 감각만은 생생했다.

"아파."

핀잔을 준 피닉이 상체를 굽혀 쓰레기를 주웠다.

"빨리 가자."

이스엘이 발을 굴렀다. 겨우 박치기 한 번 했다고 얼굴이 빨갛다. 아랑곳없이 피닉은 거북이처럼 행동했다. 장갑 낀 손이 허술해진 이스엘의 머플러를 단단히 여며 주었다. 빨갛게 언 귀를 손으로 감싸며 추워? 하고 묻는다. 이스엘이 고개를 끄덕이자 그가 물었다.

"어디 들어갈까."

여기 널린 게 카페야.

이스엘은 머리를 저어 거절했다. 벌써 카페에 들어가긴 아쉬운 모양이다. 잠깐 고민하던 그가 아, 손뼉을 쳤다. 이스엘이 제안했다.

"여기서 쭉 내려가면 고양이 물품 파는 가게가 있대. 거기 보고 가자."

"뭐 사게?"

"랄프 장난감."

"넘치잖아."

"그래도."

"그놈의 고양이."

말은 그렇게 해도 이스엘이 고른 것을 죄다 계산할 생각인 피닉이 흥 코웃음을 쳤다. 그가 제 머플러를 풀어 이스엘의 얼굴 위로 둘렀다. 돌돌 감아 볼거리 환자처럼 감싸 놓고는 어깨를 안는다. 다들 쳐다보는 얼굴을 가리기 위함이었다.

이스엘은 정말로 따뜻해 보였다. 모자에 장갑에 머플러까지 두 장, 그야말로 걸칠 수 있는 건 다 걸친 차림이다. 반면 검은 코트 한 장만 입고도 멀쩡한 피닉은 미라가 된 이스엘을 내려다보며 씩 입꼬리를 올렸다.

피닉의 향기가 나는 천에 코를 묻은 이스엘이 방향을 가리켰다. 그 방향으로 함께 내려가려는 찰나였다.

"예수천국 불신지옥!"

피켓을 든 중년 남성이 그들 앞으로 다가왔다. 빨간 모자에 두툼한 패딩을 입은 남자였다. 접근한 그에게서 찌든 담배 냄새가 난다. 조금 전 그들이 입 맞추는 장면을 보았는지 무서운 눈으로 노려보며 손에 든 사각형 피켓을 찌를 듯 들이댄다. 이스엘의 눈앞으로 다가오는 피켓을 피닉이 손등으로 쳐 냈다. 종이로 만든 피켓이 휙 돌아갔다. 남자가 고함을 질렀다.

"이 악마의 자식들!"

반은 맞는 말이었다.

무어라 더 윽박지르려던 사내가 장신의 피닉과 눈이 마주치곤

주춤 물러선다. 조금 전엔 신앙심에 눈이 멀어 피닉의 체격까지는 미처 보지 못한 모양이다. 잠깐 망설이다 곧 아무 일 없었다는 듯 후다닥 도망가며 다시 외친다. 직전의 후퇴를 만회하려는 듯 커다란 고함이었다.

"예수천국 불신지옥! 예수를 믿지 않는 자는 영원히 지옥 불에서 고통받게 됩니다!"

바니시를 칠한 피켓의 시뻘건 페인트 글씨가 번쩍번쩍 빛이 났다.

"혼전 성관계는 죄악이다!"

아무도 듣지 않는데 잘도 말한다. 피닉이 빈정거렸다.

"이런 소꿉장난 할 필요 없이 예수만 안 믿으면 지옥 갈 수 있겠는데."

이스엘이 한숨 쉬었다.

"그렇게 되면 좋게."

"근친, 수간, 동성애는 전부 죄악이야. 악마와 교접하는 것 버금가는 죄악!"

여기 지옥에 가고 싶어 발버둥치는 두 사람이 있는 것도 모르고 피켓남은 잘도 떠들어 댔다. 남자는 목소리가 컸다. 기차 화통을 삶아 먹은 목소리가 광신도의 조건인 것 같았다. 벌써 멀어졌는데도 남자가 외치는 말은 귀에 쏙쏙 들어온다. 동성애는 죄! 에이즈의 근원!

"동성애는 죄 아니야. 이스카란도 했잖아."

이스엘이 반발했다. 피닉은 손가락으로 턱만 쓸었다. 예수천국 불신지옥, 혼전 성관계, 근친, 수간, 동성애…… 남자의 말을 더듬어 보던 피닉이 문득 진지한 얼굴로 그런다.

"이스엘."

"응, 피닉."

"너 혹시 동물로 변할 수 있어?"

"……아니?"

"아쉽네."

그렇게 되면 나 죄악 그랜드 슬램 달성인데. 피닉이 웃었다.

"나는 종교도 없고 근친에 동성애에 혼전 성관계까지 하고 있거든."

아주 입이 귀에 걸린 모양새였다.

스스로가 희대의 죄인이 되었다는데 좋아 죽으려고 한다. 제정신인가. 자꾸 웃는 피닉 때문에 이스엘은 정신이 하나도 없었다.

"동성애랑 혼전 성관계는 죄 아니라니까……."

머플러에 코를 묻으며 앞을 보았다. 지옥에 가 본 적도 없으면서 악담을 하는 아저씨는 여전히 헛소문을 퍼뜨리며 사라지는 중이다. 레퍼토리가 제법 다양했다. 지옥은 뜨겁다, 지옥은 불밖에 없다, 지옥에선 하루에 한 번씩 악마들과 몸을 섞어야 한다……어쩌고저쩌고.

"거짓말쟁이."

이스엘은 냄새나는 피켓을 노려보았다. 쫓아가 조목조목 반박하고 싶지만 근거가 부족하다. 대신 여전히 웃고 있는 피닉을 보았다. 남자가 남긴 말 때문에 피닉이 지옥에 선입견을 갖게 될까봐 걱정되었다.

물론 거기가 좀 더운 건 사실이다. 인간의 피와 살을 주식으로 먹는 것도 사실이고. 솔직히 인간이 살기에 좋은 환경은 아니었다. 하지만 이제 와서 방법이 있을 리 없다. 이미 피닉의 운명은 결정되었는데, 그가 혹시라도 지옥을 싫어하게 되면 어떻게 해?

그런 생각을 하니 알록달록한 거리가 잿빛으로 물드는 기분이었다. 이스엘은 속으로 빌었다. 제가 자리를 비운 사이 지옥의 환경이 조금이라도 나아졌기를. 하지만 별로 그럴 것 같지 않아 고민만 커졌다.

고양이 용품 가게를 실컷 구경하고 거기 사는 고양이도 만지고, 눈에 띄는 물품 한 보따리를 집어 나오는 길에도 그 걱정은 계속되었다.

나눠 들자는 이스엘의 제안을 거절한 피닉이 묵직한 봉투를 추스르며 물었다.

"뭐 먹을래?"

예쁜 카페와 밥집으로 유명한 거리다. 먹을거리는 무궁무진했다. 그간 시간이 날 때마다 이스엘을 데리고 밖에 나왔지만 매번 예약해 둔 레스토랑만 갔다. 이렇게 오래 돌아다닌 것도 처음이고, 즉흥적으로 의사를 물어 메뉴를 정한 것도 처음이었다. 피닉은 전날 머릿속에 넣어 둔 지도를 뒤졌다. 뭘 이야기해도 헤매지 않고 데려갈 수 있도록.

내심 기대하는 피닉과 눈을 마주하며 이스엘이 산뜻하게 대꾸했다.

"선짓국."

그렇게 말하는 이스엘의 눈동자가 반짝 빛을 냈다.

소 피를 굳혀 만든 선짓국은 이스엘이 가장 즐기는 음식 중 하나였다. 인간 세상의 장점을 꼽으라면 가장 먼저 부들부들한 선지 덩어리를 떠올릴 정도로. 뜨끈하게 응고된 피의 식감이 어찌나 좋은지 한 입 깨물 때면 기분까지 짜릿했다.

죽어 지옥에 간 뒤엔 거기 사는 악마들에게도 이 음식을 전파할 예정이었다. 인간이 만든 최고의 발명품이라며. 그전에 지옥에 소가 있는지 먼저 알아봐야겠지만. 인간의 피로 만들 수는 없다. 자신은 이제 인간을 먹지 않으니까.

노란 조명과 섬세한 플레이팅을 기대하던 피닉의 어깨가 살짝 갸우뚱했다. 그가 재차 확인했다.

"……선짓국?"

"응."

"…….""

"…….""

"…….""

"……아니면 내장탕?"

"…….""

이스엘이 뭘 좋아하는지는 확연했다. 인간의 신분으로는 먹을 수 없는 피, 내장, 살점 뭐 그런 것들. 이쯤 되면 제 손가락을 뜯어 먹이는 게 제일 나을 판이다. 피닉이 떨떠름히 제안했다.

"곱창은 어때."

"좋아!"

이스엘이 열렬히 고개를 끄덕였다.

휭 바람이 불고, 여전히 사람들은 마주 본 둘을 흘끔 쳐다보며 지나간다. 살짝 주먹을 만 이스엘의 손을 피닉이 찾아 쥐었다. 따뜻하다. 짐 더미를 끌어안고 앞장서는 피닉의 얼굴에 실실 웃음이 번졌다.

이른 시간의 곱창집은 한적했다. 벽돌 무늬로 장식한 개나리색 벽지에 초록 테이블, 역시 초록색 문. 주황과 남색의 귀여운 의자. 곳곳에 식물 장식이 걸려 있고 테이블 위로는 노란 조명이 환하게 빛을 낸다. 곱창집이라기보단 분식집 같았다.

주류 회사에서 나눠 준 앞치마와 플라스틱 물병, 벽에 밴 기름 냄새 등을 예상하던 이스엘이 멈칫했다. 피닉이 만족스레 턱을 들었다. 메뉴와 분위기 어느 한쪽도 포기하지 못하는 그의 타협 결과였다.

5시부터 영업하는데요, 그렇게 말하며 다가오던 아르바이트생이 들어선 두 사람의 외모를 보고 못 이긴 척 자리를 내주었다. 기름때 없이 깔끔한 녹색 테이블엔 와인글라스 두 개가 놓여 있다. 이게 뭐지? 이스엘이 의문을 갖는 사이 피닉이 선수를 쳤다.

"곱창이랑 와인을 같이 먹으면 맛있대."

"그래?"

피닉이 그렇다니 그런 거겠지. 이스엘이 주억거렸다.

메뉴북을 보며 고민하는 사이 밑반찬이 차려졌다. 아이스크림처럼 동그란 모양의 샐러드, 피클, 동치미. 피닉이 제 앞에 놓인 샐러드를 떠 이스엘의 입에 넣어 주며 말했다.

"골라."

임무를 받은 이스엘이 진지하게 메뉴북을 탐독했다. 우물거리며 고민했지만 도통 뭘 먹어야 할지 알 수 없다. 메뉴가 많은 것도 아닌데. 그러자 피닉이 메뉴북을 접고 아르바이트생을 불렀다.

"그냥 다 주세요."

"다요?"

"네. 사이드까지."

잘생겼는데 허세가 심하네. 아르바이트생이 떨떠름하게 메뉴북을 걷어 갔다.

오픈 시간이 되지 않은 가게엔 손님이 아무도 없었다. 주문한 음식이 나오기는 금방이었다. 전부 벌여 놓으니 테이블이 부족할 지경이다. 피닉이 따라 주는 붉은 술을 홀짝홀짝 맛보던 이스엘이 젓가락을 들었다. 피닉도 젓가락을 들었다.

이스엘이 집은 건 이스엘의 입에, 피닉이 집은 것도 이스엘의 입에. 자꾸 자기만 먹이려고 하는 통에 이스엘이 손사래를 쳤다.

"넌 안 먹어?"

"먹고 있어."

거짓말이었다. 기름 묻어 반지르르한 이스엘의 입술과는 달리 피닉의 입술은 깨끗했으니까. 피닉이 물었다.

"더 시킬까?"

"너 여기 주인이랑 아는 사이야?"

피닉은 침묵하며 숟가락으로 부추를 떠먹인다.

"채소도 먹어."

"응."

이스엘이 온순하게 대답했다.

입에 들어온 부추를 우물우물 씹던 이스엘이 숟가락을 집었다. 서비스로 나온 생간을 퍼 피닉의 입가에 가져다 댄다. 기다렸다는 듯 그가 함박웃음을 지으며 턱을 벌린다. 빨간 간이 빨간 입술 안쪽으로 사라졌다. 웃는 걸 보니 간을 좋아하는 것 같아 계속 먹여 주었다. 젓가락은 힘드니 숟가락으로. 남자 둘이 마주 앉아 경쟁하듯 음식을 먹이는 모습을 벽에 기대있던 아르바이트생이 흥미진진한 눈으로 보았다.

이스엘이 판단하기에, 피닉은 간을 좋아하는 것 같았다. 지금 이야말로 아까부터 해 왔던 고민을 해결할 타이밍이다. 지나가는 말인 척 넌지시 입을 열었다.

"우리 집에선 이거 매일 먹을 수 있어."

"어디?"

"지옥."

소간은 있는지 모르겠지만 대신 마물의 간이 있고, 원한다면 인간의 간도 먹을 수 있지.

"구워 먹어도 돼. 어디든지 불이 있거든."

그냥 지나다니는 길에도 막 용암이 흘러.

간을 씹던 피닉이 눈을 들었다. 예상과 달리 별로 좋아하는 기색이 아니었다. 도리어 안색이 어두워진다. 간이 아닌가. 이스엘이 눈매를 좁혔다. 피닉이 젓가락을 놓았다. 테이블 위에 팔꿈치를 올리고는 손깍지를 낀다. 잠깐 망설이는 듯하더니 이내 굳은 낯으로 묻는다.

"그런데 있잖아."

"응."

이스엘 역시 덩달아 상체를 기울이며 집중했다.

피닉이 물었다.

"너희 부모님이 날 좋아할까?"

이스엘의 부모님. 지옥의 악마들. 이스엘이 눈을 굴렸다.

"당연하지."

답변에 자신감이 넘친다. 도리어 그런 걸 걱정했냐는 얼굴로 쳐다보기까지 한다. 눈빛을 받은 피닉이 정색하며 말했다.

"인간 잘못 만나 인생 망쳤다고 생각하지 않을까."

애인 잘 만나 개과천선하고 이제 상견례를 앞둔 불한당 총각 같은 발언이다. 엄밀히 말하면 '인생'이란 표현은 적절하지 않지만…… 어쨌든. 이스엘이 당당하게 말했다.

"우리 엄마는 안 그래. 내가 누굴 데려오든 친딸처럼 생각하신댔어. ……네 경우엔 친아들이겠지만."

"음."

"그러니까 너도 친부모라고 생각하고 편하게 대하면 돼."

최선을 다해 안심시켰지만 피닉의 낯빛은 어둡기만 했다. 친딸처럼 생각할 거라고? 시집살이의 예고편 같은 발언이다. 피닉이 손가락으로 뺨을 긁었다. 골치가 아픈 듯 미간을 찡그리며 작게 숨을 뱉는다.

이스엘이 생각했다. 제아무리 인간 중에 가장 건방진 피닉이라도 애인의 부모님은 어려운 모양이라고. 보아하니 우리 부모님은 다르다고 아무리 달래 봐야 소용없을 것 같았다. 그렇다고 지금 소환을 할 수도 없고.

"나중에 직접 만나 보면 알 거야."

얼마나 좋은 분들인지. 그러니 지금은 다른 방법으로 지옥에 대한 기대를 품게 해 주는 게 최선이다. 예를 들면 이런 것들.

"우리 집은 성인데…… 온천도 있어."

"그래?"

악마도 온천욕을 하는군. 친근한데. 피닉이 빙글 잔을 돌렸다. 이스엘이 자랑했다.

"진짜 좋아. 물은 옅은 붉은 색이고 온도도 4,000도나 돼."

솜씨 좋게 돌아가던 와인잔이 삐끗했다.

"뭐라고?"

그건 물이 아니라 용암 아닌가?

"되게 좋은 거야. 하물며 왕의 성에 있는 온천도 이 정도까지 뜨겁진 않다고."

좋은 거야? 피닉의 안색이 조금 전보다 더 어두워졌다. 소주잔을 꺾듯 벌컥 와인을 삼킨 그가 묵묵히 곱창을 뒤적였다. 고소한 냄새가 나는 것을 집어 이스엘의 입으로 나른다.

온천은 별로인가 봐. 눈치를 살피며 이스엘도 피닉에게 고기를 먹였다. 어쩌지. 지금 당장은 장점이 생각나지 않는데. 전전긍긍

하며 테이블 위에 올려 둔 피닉의 손등을 젓가락으로 찌른다. 그
러자 우울한 얼굴이던 피닉이 픽 웃었다. 생글 접히는 서정적인
눈매를 빤히 바라보며, 이스엘은 피닉을 홀릴 다른 방법에 대해
고민했다. 역시 별로 없다.

죽기 전까진 생각나겠지. 이스엘도 술을 마셨다. 빈 잔을 채워
주며 피닉이 묻는다.

"와인 좋아해?"

"응."

"추우니까 쭉 마셔."

"응."

"본가에 진짜 좋은 거 있는데, 나중에 들러서 훔쳐 올까?"

"응, 응."

누가 연하인지 모를 일이었다.

가게를 나서는 그들을 주인이 함박웃음으로 배웅했다. 계단을
내려와 매무시했다. 코트와 머플러에서 풀풀 기름 냄새가 난다.

"버려."

피닉이 이스엘의 손에 영수증을 쥐여 주었다. 슬쩍 본 종이 하
단에 어마어마한 숫자가 쓰여 있다. 서민으로 살아온 이스엘은
기가 질렸다. 얼른 그것을 바닥에 버렸다. 피닉이 허리를 굽혀
구겨진 영수증을 주웠다.

이스엘이 진지하게 가슴 앞으로 팔짱을 꼈다. 기억을 되새겼
다. 내가 오늘 한 나쁜 짓은 과연 몇 점인가. 악행은 점수로 환산
할 수 없지만 그래도. 그리고 곧 혼잣말했다.

"0.0000001점 정도?"

말하고 나니 암담한 수치다. 이래서 언제 지옥에 간담. 게다

가 추운 날에 돌아다니며 쓰레기를 주웠다 버렸다 하는 일이 여간 고생이 아니었다. 여름에 하면 더워서 고생일 거고, 봄에 하면 황사로 고생이겠지. 가을은 졸려서 고생. 지옥으로 가는 미래가 어두웠다.

술기운에 더워진 얼굴을 문지르며 이스엘이 투정했다.

"이렇게 해서 지옥 언제 가지……."

가만히 듣고 있던 피닉이 이마 위로 흐트러진 머리칼을 쓸어넘겨 준다. 군밤 장수 같은 모자까지 고쳐 씌워 주고 코끝을 문다. 잠시 고민하는 기색이던 그가 제안했다.

"차라리 이렇게 하는 건 어때?"

"어떻게?"

솔깃한 이스엘이 돌아보았다. 바짝 붙은 피닉이 은밀하게 속닥인다.

"아까 늙은이가 한 말 들었지?"

"무슨 말?"

"혼전 성관계와 근친이 죄악이라는 거."

"듣기야 들었지만……."

혼전 성관계는 죄가 아닌데. 근친이면 몰라.

"우리는 형제잖아."

"그건 그렇지."

그래서? 맥락을 잡지 못한 이스엘이 갸웃했다. 이제 피닉의 목소리는 은근하다 못해 사기꾼 같다. 한강 물도 돈 받고 팔아먹을 목소리.

"지금보다 더 부지런히 붙어먹는 거야. 그럼 큰 죄를 연속으로 짓는 거니까, 우리 둘 다 확실히 지옥에 가겠지."

"하지만……."

이스엘이 항변했다.

"항상 네 의지로 시작하잖아. 내 점수에는 안 들어갈 것 같은데."

피닉이 어깨를 으쓱이며 해결책을 내놓았다.

"그럼 네가 적극적으로 하면 되잖아."

"으응?"

"앞으로는 네가 날 덮쳐."

네가 먼저 시작해. 정상인 척하면서 사실 비정상인 궤변이 정치인의 **뺨**을 쳤다.

"장소도 다양하게 해 보자."

"으음……."

"학교에서도 하고, 차에서도 하고, 본가에서도 아버지 몰래 하고."

특히 거실이랑 아버지 침대. 피닉이 덧붙였다. 질겁한 이스엘이 뒷걸음질 쳤다. 화등잔만큼 커진 눈으로 눈앞의 패륜아를 타박했다.

"미쳤나 봐!"

패륜아는 당당했다.

"그 정도는 해야 지옥에 가지. 안 그래?"

설득하는 피닉의 **뺨**이 술기운으로 붉었다. 어느새 해가 넘어간 차가운 거리를 배경으로 우수 어린 외모의 남자가 애원하며 매달린다.

"아버지 침대는 진짜 좋을 것 같지 않아?"

배가 불러 졸린 데다 날씨는 춥고, 취기는 머리끝까지 올랐다.

"거기 진짜 넓어."

결국 귀찮아진 이스엘이 아무렇게나 고개를 끄덕였다. 그래,

피닉 말대로 이건 정말 창피한 짓이니까 뭐라도 되겠지. 게다가 앞으론 자신이 피닉을 덮치라니. 창피함과 스릴이 공존한다. 취한 머리는 수치보다 스릴을 더 진하게 받아들였다.

대강 넘어온 것 같군. 피닉이 상쾌하게 이스엘의 손을 잡아끌었다.

"가자. 일단 집에서 먼저 해야지."

뿌듯한 얼굴로 걸음을 재촉한다. 빠르게 걷다 대로가 나오자마자 지나가는 택시를 잡는다. 떠미는 대로 뒷좌석에 앉은 이스엘이 피닉의 어깨에 머리를 기댔다. 피닉이 제게 기댄 그의 손바닥을 검지로 간질였다.

"잠들면 안 돼."

톡톡 뺨을 건드렸다. 눈꺼풀을 벌리며 억지로 눈을 뜨라고 난리를 친다.

"나 안 자⋯⋯."

이스엘이 어물거렸다. 흐릿한 시야로 창밖의 네온사인이 강물처럼 흐른다.

안 되겠군. 피닉이 이스엘의 손을 끌어 제 중심에 밀착시켰다. 손에 닿는 피닉의 성기가 발기해 있다. 언제 봐도 엄청난 크기. 하지만 졸린걸. 흥분할 틈도 없이 수마가 밀려왔다.

결국 도착하기도 전에 스르륵 잠들어 버린 이스엘을 피닉이 울컥한 채 안아 옮겼다.

잠든 이스엘이 어렴풋이 깬 것은 새벽녘이었다. 희미하게 내부를 울리는 감각에 비몽사몽 눈을 뜬다. 상황을 파악할 새도 없이 다짜고짜 피닉의 성기가 내부로 침입해 들어왔다.

"하윽!"

저더러 적극적으로 하라더니 손수 시범이라도 보이려는 건지 아주 열정적이었다. 자다 깬 이스엘이 항의하자 도리어 당당하게 그런다.

"지옥 가려는 거잖아. 협조해."

그가 지옥을 싫어하는 건 아닌 듯해 안심이라고 해야 할까.

"훗…… 아, 그만……."

"이렇게 해야 지옥 간다니까?"

그렇게 피닉의 지옥 타령은 아침나절까지 계속되었다. 아침이 되자 더 견디지 못한 침대 스프링이 파업을 선언했다. 그제야 아쉬운 듯 입맛을 다시며 몸을 뗀다. 실컷 해 대고 물러나는 피닉이 예고했다.

"다음엔 아버지 침대야."

부모 침대에서 나쁜 짓을 하는 게 평생의 숙원인 사람처럼. 일어나기도 전에 뻗은 이스엘은 고개를 저어 거부했고 피닉은 대꾸하지 않았다. 이스엘은 곧 그 발언을 잊어버렸다. 터무니없는 말이었으므로.

이스엘의 방심은 며칠 뒤 성수동 본가에 방문할 때까지도 이어졌다. 전날 저녁 아버지와 통화한 피닉이 급하게 저녁 약속을 잡는 걸 보면서도 그는 아무 생각이 없었다. 피닉의 차에 타고 강변을 따라갈 때도 마찬가지였다.

간만에 방문한 본가는 여전히 넓고 깨끗했다. 그리고 아무도 없었다. 아버지 계시는 거 아니었나. 신발을 벗고 들어서며 이스엘이 눈을 깜빡였다. 아직 퇴근 시간 전이긴 하지. 홀로 수긍하며 거실로 향했다. 그때 뒤에서 어깨를 잡은 피닉이 안쪽을 턱짓했다.

"저기 뭐가 있는데."

동화 속 빨간 모자를 꾀어내는 늑대 같은 말이다.

"뭐?"

"글쎄. 들어가 볼래?"

이스엘은 의심 없이 걸음을 옮겼다. 피닉이 안내한 곳은 아버지 홀로 쓰는 안방이었다. 어두운 톤으로 마감한 방은 누가 봐도 중역의 방이다. 장식 없이 큼직한 가구들이 엄숙해 보였다. 친하지 않은 부모의 방이라는 느낌 때문인지 발을 들이는 것만으로 위축된다. 널찍한 방 한가운데 위치한 커다란 침대가 도드라졌다. 허락 없이 부모 방에 들어오다니. 뭔가 버릇없는 일을 하는 기분에 움츠러든 이스엘이 따라 들어오는 피닉을 향해 물었다.

"뭐가 있는데?"

답을 들을 새도 없이 침대로 밀려 넘어졌다. 알싸한 스킨 냄새가 훅 밀려들었다. 그제야 당황해 옆으로 구르는 이스엘의 바지춤을 잡아채며 피닉이 사악하게 웃었다.

"아버지 곧 오실 거야."

"그러니까……!"

"퇴근 시간 전에 끝내고 싶지 않아?"

들키면 곤란해질 텐데. 난 신경 안 쓰지만. 이스엘은 빨간 모자가 아니었지만, 피닉은 늑대가 맞았다.

이스엘이 타일렀다.

"우리 쫓겨나."

상속도 못 받아.

피닉이 반격했다.

"적극적으로 하기로 했잖아."

네가 날 덮쳐도 모자란 거 아니야?

제 발에 걸려 넘어진 기분에 이스엘은 입을 다물어 버렸다.

426

아버지의 침대는 높고 넓었다. 짙은 색 위주인 인테리어에 맞게 침대에도 푹신한 진회색 시트가 깔려 있었다. 네 개의 베개 중 하나엔 가정부가 미처 발견하지 못한 짧은 머리카락 한 올이 묻어 있다.

　방 전체에서 풍기는 싸한 냄새. 아버지가 사용하는 스킨 냄새였다. 피닉의 아버지가 매일 밤 잠들고 일어나는 바로 그 침대 위에 그의 아들들이 누웠다. 원목으로 만든 협탁 위에는 휴대 전화 충전기와 세 사람의 가족사진이, 멀리 보이는 옷장 앞에는 미처 치우지 못한 젖은 수건이 놓여 있다.

　혈육의 생활감이 진하게 남은 침대에서 피닉이 이스엘의 옷을 벗겼다. 구겨진 니트와 바지가 툭툭 바닥으로 떨어졌다. 방문이 활짝 열린 채였다. 누구라도 들어오면 바로 알몸으로 겹친 두 사람을 볼 수 있을 만큼.

　피닉이 이스엘의 팬티를 잡아당겨 벗겼다. 보란 듯 그것을 가족사진 위에 걸어 두고는 위치를 조정한다. 사진 속 정면을 응시하는 세 사람의 시선이 정확히 침대 위로 와 닿았다. 기겁한 이스엘이 팔을 뻗는 것을 피닉이 막았다. 협탁을 뒤진 그가 첫 번째 서랍 안쪽에 들어 있던 보라색 콘돔 두 개를 꺼냈다.

　놀리듯 말한다.

　"이게 없어지면 아버지가 알까?"

　"콘돔 쓰게?"

　"그럼. 위생적이잖아."

　평소에는 콘돔 따위 쓰지 않으면서 잘도 말한다.

　"누가 썼냐고 물어보면 솔직하게 대답하자."

　"미쳤어?"

　휘두르는 이스엘의 손을 가볍게 피한 그가 씩 웃으며 비닐을 물어 찢었다. 부러 시선을 내리지 않아도 곧추선 피닉의 남성이 확연했다. 이미 발기한 제 것에 콘돔을 끼우고 아래 깔린 이스엘의 몸을 잡아 돌린다. 당연히 이스엘은 조금도 흥분하지 않았다. 발기는커녕 당장에라도 움츠러들 것만 같은 분홍빛 살을 보며 피닉이 입매를 늘인다. 그리고 이스엘의 다리 사이로 얼굴을 파묻었다.

"아!"

크게 벌린 입술 사이로 삼키듯 페니스를 문다. 그는 우물거리듯 성기를 애무했다. 맛있는 케이크라도 먹는 듯한 동작이었다. 중심을 머금은 볼이 압력으로 쏙 팼다. 입 안의 모든 점막이 닿을 정도로 깊게 빨아들였다가 혀로 질척거리며 빼내길 반복한다.

부푼 귀두를 치아로 잘근대는 통에 이스엘은 쾌감과 공포를 함께 느꼈다. 동시에 피닉의 더운 손이 고환과 그 밑의 주름을 더듬었다.

피닉은 이스엘의 회음부를 손톱을 세워 긁어 내렸다. 살살 아프지 않게 긁작대는 통에 이스엘의 허벅지에 절로 힘이 들어갔다. 다리를 오므리려 할 때마다 사이에 든 머리통이 방해가 된다. 사타구니 안쪽에 멋대로 자리 잡은 무례한 머리를 손을 뻗어 밀어 냈다. 뜨끈하게 열이 오른 이마가 만져진다. 츄웁, 무언가를 빨아들이는 소리가 났다.

"흐…… 웃!"

밀어 내려는지 잡아당기려는지 알 수 없는 손길이었다. 이제 피닉의 이와 혀는 이스엘의 귀두를 잘라 먹을 듯 달라붙었다.

"하으…… 웃."

질척이는 혀가 요도구를 파고든다. 뾰족하게 힘이 들어간 혀가 터무니없을 정도로 좁은 구멍을 억지로 파고들었다. 완전히 밀어 넣어 그 안에 든 정액을 빼먹으려는 듯 집요하다. 견디다 못한 구멍이 빠끔거릴 때마다 침입은 한층 더 거세진다. 이러다 정말 들어올 것 같았다.

"안 돼……."

이스엘의 몸부림에 피닉이 치아로 귀두를 물어 당기며 경고한다.

"읏. 으읏."

혀를 치댈 때마다 소리가 심하게 났다. 그동안 피닉의 남은 손은 스스로 제 것을 쥐고 자위하고 있었다. 한참 게걸스레 성기를 빨던 그는 이스엘의 중심이 완전히 발기하고도 한참이 지난 뒤에야 입술을 떼 주었다.

붉어진 페니스를 타고 흐르는 침을 아래서부터 쭉 빨아 모조리 삼키며 머리를 들었다. 겨우 이것만으로 멍해진 이스엘의 표정이 보인다. 상기된 얼굴이 야했다.

옆에 던져두었던 사각형 포장을 집어 비닐을 뜯었다. 고무 꼭지가 달린 그것을 벌려 이스엘의 중심에 씌웠다. 허리를 들이밀자 콘돔을 쓴 두 성기가 인사하듯 맞붙었다 떨어진다. 연한 색깔에 적당한 크기, 어디 내놔도 손색없는 단단함. 손에 쥔 이스엘의 것을 매만지며 피닉이 칭찬했다.

"잘생겼어."

대꾸할 의지를 상실한 이스엘은 그저 팔목으로 눈을 가렸다.

허리를 이용해 몇 번 성기를 부딪던 피닉의 몸이 이스엘의 위로 드리워졌다. 눈을 가린 팔목과 코끝, 턱언저리를 가볍게 깨물고는 곧장 입술을 붙인다. 곧 들어올 혀를 기대하며 이스엘이 입술을 열었다. 기대를 뻔히 읽은 피닉이 웃었다. 그는 일부러 이스엘의 바람을 모르는 척 야속하게 굴었다.

혀를 쓰지 않고 입술과 턱만으로 요령 좋게 키스를 나누는 피닉에게서 직전까지 물고 있던 성기의 냄새가 났다. 이스엘 안의 타액은 쪽쪽 빨아 가면서 제 것은 조금도 나눠주지 않는다. 쩝쩝 맞붙었다 떨어지는 점막의 소리가 요란한데, 아무것도 주지 않다니. 애타는 마음에 상대를 기다리던 이스엘의 혀끝이 절로 딸려 나왔다. 그것을 받아먹으며 피닉이 웃었다.

위로 휘어지는 입술의 감촉이 맞닿은 이스엘에게 선연하다. 발끝이 저릿저릿했다. 그가 피닉의 벗은 등을 끌어안았다. 자세를 낮춰 더 가까이 붙도록 유도한다. 그동안 피닉의 손가락은 이스엘의 젖꼭지를 쥐고 당기는 중이었다. 며칠째 잔뜩 괴롭힌 탓에 퉁퉁 부어 있는 곳이었다.

"으, 거긴 너무……."

많이 만졌잖아……. 이스엘이 허리를 비틀었다. 피닉은 끈질겼다. 스스로 나온 상대의 혀가 질려 도망갈 정도로 빨아 대다가 빗장뼈에 입 맞추고, 스치기만 해도 진저리 치는 양쪽 유두에 입 맞추고, 이어 옆구리와 배꼽에 입 맞추며 끈덕지게 아래로 내려온다. 그가 혀를 넓게 펼쳐 아랫배를 핥았다. 삽입을 기대한 이스엘의 애널에 힘이 들어갔다. 흥분에 빠끔거리는 입구를 더듬어 만지며 피닉이 선언했다.

"젤 없어."

있어도 안 쓸 거야.

"시트 더러워지는 거 싫다며."

젤을 쓰면 침대가 젖잖아.

그제야 눈을 뜨고 저를 올려다보는 이스엘에게 윙크한다. 아연실색하는 이스엘을 모른 척 몸 여기저기를 꾹꾹 누르듯이 만졌다. 콘돔에 싸인 성기를 몇 번 잡아당기고, 그 끝의 작은 고무 꼭지를 톡톡 튕긴다. 이어 상체를 기울여 이스엘의 귓바퀴를 물었다. 모양 좋은 귀 전체가 피닉의 입 안으로 사라졌다. 질근질근 씹으며 해답을 알려 주는 선생처럼 무어라 속닥거린다.

"……해."

답을 들은 이스엘의 눈꺼풀이 움찔 떨렸다. 거부 반응이 튀어나왔다.

"싫어……. 나 안 해."

그러자 피닉이 어깨를 으쓱였다.

"맘대로 해."

"……."

"그냥 넣으면 되게 아플 텐데."

짐짓 걱정해 주는 척 다정하게 말을 건네지만 진심이 아닌 건 둘 모두 알고 있었다. 어느새 방 전체가 후덥지근했다.

"너 콘돔 낀 건 처음 본다."

"……."

"진짜 그냥 넣을까?"

잔뜩 낮아져 쉰 목소리로 피닉이 소곤댄다. 그가 이스엘의 관자놀이에 길게 입을 맞췄다.

"정말 아플 거야……. 오늘은 격하게 할 거거든."

새털 같은 입맞춤과 달리 협박 같은 말이다. 망설이던 이스엘이 천천히 손을 들었다. 느슨하게 주먹을 쥔 손, 곱은 손가락을 펴 검지와 중지를 입에 문다. 마치 삽입하는 것처럼 손가락 두 개가 분홍색 입술 사이로 사라졌다. 느릿느릿 빨며 손가락 가득 침을 묻힌다. 그 모습을 피닉이 반짝이는 눈으로 관찰했다.

"음……."

"지금 빠는 손가락이 구멍 안으로 들어갈 거야. 열심히 해야지."

부러 말해 주지 않아도 알고 있다. 도리어 그렇게 짚어 주니 자꾸 의식이 되었다. 이스엘은 스스로 손가락을 빨며 흥분했다. 삽입당하지도 않고 성기를 만지지도 않았는데, 고작 손가락을 빨면서.

허리가 움칫움칫 튀고 입 안이 더웠다. 잔뜩 발기한 피닉의 남성이 허벅지에 닿아 질척하게 미끄러졌다. 제 것도 마찬가지로 콘돔을 끼고 있다. 체액이 튀어 흔적을 남기면 안 되기 때문이다. 자신들이 누워 있는 여기는 다른 누구도 아닌 아버지의 침대이기 때문에.

상상만으로 사정할 것 같았다.

두 손가락이 푹 젖고 나서야 손을 빼냈다. 검지에서 입술 안쪽으로 가는 침이 길게 이어졌다. 입 안 가득 고인 침을 삼키고 다리 사이로 손을 넣었다.

어떻게든 당하고 싶어 움찔거리는 구멍, 꽉 닫힌 주름 바깥으로 손가락이 닿았다. 거기서 잠시 멈칫했다. 지켜보는 피닉의 손이 가슴을 지분댄다.

"빨리."

이스엘의 허벅지에 대고 자위하던 피닉이 재촉하며 성기를 붙인다. 결국 이스엘은 질끈 눈을 감으며 애널 안쪽으로 손가락을 밀어 넣었다. 일부러 두 개를 한꺼번에 넣었다. 빠듯하다. 단단히 오므라든 입구의 저항을 무시하며 안으로 진입했다. 예민해진 점막이 지문에 닿는다.

"훗!"

이스엘이 신음했다. 최초의 목적은 간데없이 그저 손가락을 꽂고 떨기 바쁜 모습이다. 제 안의 조임을 스스로 느껴 본 건 간만이었다. 충격에 멈춘 손 대신 내벽이 멋대로 꽉꽉 조여지며 안에 든 것을 옥죄었다. 모로 누워 지켜보던 피닉은 미칠 지경이었다. 흥분을 누르며 물었다.

"너, 거길 쑤셔 주지 않으면 못 가지?"

뜬금없는 말에 이스엘이 눈을 들었다. 원망을 품고 독하게 노려본다.

"지금 나 놀려?"

원망 어린 감정과 생리적인 흥분 사이에서 방황하는 눈동자가 요염했다. 피닉이 딱딱하게 선 성기를 이스엘의 골반에 대고 비볐다.

"그냥 궁금해서."

정신없는 이스엘이 무심결에 대답했다.

"몰라. 처음에 너랑 해서 그런가 봐."

나는 너랑 한 게 처음이었는데, 그때 너랑 삽입 섹스로 시작한 바람에. 그 말에 문득 젖꼭지를 희롱하던 피닉의 손이 멈췄다. 그가 물었다.

"……그때가 처음이었어?"

"으응…… 아!"

건성으로 대꾸하던 이스엘이 신음했다. 목소리가 높게 치솟았다. 저도 모르게 민감한 곳을 찔러버렸다. 섹스에 익숙해진 몸은 시키지 않아도 느끼는 곳을 찾아 쾌락을 얻으려고 한다. 엉덩이 전체가 일순 확 조여드는 느낌이었다. 타액 없이도 점막이 젖는 것을 느낄 수 있었다. 체액이 샌다. 노력에도 아랑곳없이 엉덩이 아래 회색 시트로 조금씩 짙은 얼룩이 생긴다.

"……하."

그 광경을 지켜보던 피닉이 이를 악물었다.

자신은 상대의 처음에 집착하는 비루먹은 타입이 아니었다. 처음이 누구든 경험이 얼마나 있든 제가 제일 잘할 자신이 있었으니까. 그런데 방금 전 들은 말은 달랐다. 내가 처음이라고? 그 말이 질척질척 가슴에 고여 정욕을 생산했다.

벌떡 몸을 일으켰다. 바짝 부푼 유두를 만지던 손으로 허벅지를 잡아 벌리고 단숨에 짓쳐 들어갔다.

"아!"

비명 지르는 이스엘의 양다리를 어깨에 걸쳤다. 몸을 기울이며 있는 힘껏 박아 넣자 이스엘의 무릎이 가슴까지 가 닿는다. 묵직하고 단단한 성기를 좁은 구멍이 빠듯하게 물었다. 결합이 깊어지고, 사타구니가 마찰했다.

안에 든 손가락이 미처 빠져나가지 못한 내벽은 빡빡했다. 성기가 출입할 때마다 콘돔에 들러붙은 점막이 안과 바깥으로 딸려간다. 손이라도 빼게 해 달라고 울부짖는 이스엘을 무시하고 거세게 삽입했다.

"흑, 훗, 아, 응, 아, 아, 아!"

졸지에 손가락과 성기를 동시에 받게 된 이스엘이 비명을 질렀다.

"미친놈아……."

간신히 원망을 뱉으며 울먹인다.

"미안."

피닉은 뻔뻔한 얼굴로 사과했다. 타액이 흐르는 아랫입술을 빨아 주었다. 거듭 미안하다 속삭이지만 만족한 눈매는 가늘게 휘어 있다. 겹쳐지는 복근 사이에 눌린 이스엘의 중심이 애처로웠다.

"뺄 거야……."

"그래. 빼."

"네가 멈춰야 빼…… 아웃!"

"후웃."

깊게 삽입하며 끈적하게 짓누르는 피닉은 하나도 미안하지 않은 게 분명했다.

"으…… 훗."

땀에 젖은 살결이 쩍쩍 들러붙었다 떨어진다. 손가락과 함께 점령한 내벽은 새삼 좁았다. 어제도 하고 그제도 하고 매일 몇 번씩이나 해 대는데도 매번 새로 길을 내는 기분이다. 엉킨 몸이 들썩이는 통에 시트가 심하게 구겨졌다.

어깨를 밀어 내는 이스엘의 다른 팔을 피닉이 툭 건드려 치웠다. 떨어진 팔이 애처롭게 휘저어지다 베개를 쳐 떨어트린다. 침대 위가 엉망이었다.

"……아아앗!"

알싸한 스킨 향이 풍기던 침대는 이제 비릿한 정사의 냄새로 가득하다. 눈길 닿는 곳마다 가득한 아버지의 흔적. 그들의 아버지는 지금 회사에서 일을 하고 있을 터였다. 형제가 제 방에서 무슨 짓을 하는지도 모르고. 그 생각을 하자 돌 것 같았다. 피닉이 이를 악물었다. 철썩철썩 살결이 접촉할 때마다 척추를 타고 짜릿한 쾌감이 올라왔다.

한참 허리를 흔들던 그가 문득 상체를 일으켰다. 어깨에 올린 이스엘의 다리를 내리고 애널에 든 손가락도 꺼내 주었다. 축축해진 등 밑으로 손을 넣어 일으킨다.

"일어나."

순식간에 자세가 바뀌었다. 아래 누운 피닉을 타고 앉게 된 이스엘이 흐릿한 눈을 깜빡였다. 그런 그의 엉덩이를 양손으로 쥐며 피닉이 재촉했다.

"움직여."

제 것을 물고 있는 자그마한 엉덩이가 부드럽게 손에 감긴다. 허리를 쳐올리며 말했다.

"열심히 해야지."

그렇게 말하면서 열심히 할 틈도 주지 않은 채 제가 먼저 허리를 들썩인다.

"아, 아!"

중심을 잡지 못한 이스엘의 몸이 멋대로 풀썩였다. 겨우 가슴을 짚고 버티는 그의 턱을 타고 미지근한 땀이 뚝뚝 떨어졌다. 피닉이 삽입할 때마다 이스엘의 성기가 뱃전에 탁탁 부딪혔다. 씌워진 콘돔을 잡아당겼다. 고무가 벗겨지는 자극에 이스엘이 울먹였다.

"아, 제발, 아, ……흐읏!"

이제 둘 중 누구도 뒤처리를 생각하지 않았다.

이스엘의 골반과 엉덩이에 붉은 손자국이 찍혔다. 피닉은 아래가 완전히 벌어질 때까지 깊고 끈덕지게 제 것을 밀어붙여 왔다. 가슴을 짚은 이스엘의 손이 덜덜 떨린다. 콘돔을 벗어 던진 성기가 피닉의 손아귀에서 한층 더 부풀었다. 손톱으로 요도구를 긁어 주던 피닉이 문득 상대의 턱을 쥐었다. 젖은 눈을 응시하고 씨익 웃으며 고개를 협탁 쪽으로 돌려 준다.

"저기 봐."

그가 가리킨 곳엔 가족사진이 든 액자가 있었다. 제 속옷이 걸린 자그마한 갈색 액자. 사진 속 웃고 있는 아버지의 눈과 정확히 시선이 마주친다.

"시, 싫……."

차마 눈을 마주할 수 없어 질끈 감아 버리는 이스엘의 턱을 누르며 억지로 시선을 꽂게 한다.

"왜 그래. 네 아버지도 아니잖아."

"네 아버지, 흐읏…… 는 맞잖아!"

"난 상관없는데."

그렇게 말하며 음부를 치대는 피닉은 지옥의 가장 뜨거운 곳의
주민으로 손색없는 모습이었다.

이제 이스엘도 쾌락을 찾아 엉덩이를 돌렸다. 정신을 놓고 멋
대로 들썩일 때마다 아래에서 위로 푹푹 작살이 꽂히는 것 같다.
빠듯한 안쪽에 흉기 같은 제 것을 억지로 물리고 피닉은 만족스
러운 얼굴이다. 이스엘의 모습을 담으려 내내 깜빡이지 않고 버
틴 눈이 뻐근했다.

피닉은 퍽 소리가 나도록 강하게 삽입했다. 그때마다 찢어질
것 같은 아랫배를 이스엘이 손으로 감쌌다. 뱃가죽 안에 생명체
가 든 것 같다. 헤집어지는 아픔과 쾌감에 눈앞이 축축하게 번졌
다. 힘 빠진 허리가 무너졌다.

"제발……."

주룩 타고 흐르는 눈물을 피닉의 뺨에 비비며 애걸했다. 죽어
가는 상대 따윈 조금도 신경 쓰지 않는 피닉은 들은 체도 않는
다. 그는 오로지 꽉꽉 조여 무는 점막과 그때마다 음수를 토하는
이스엘의 성기 구멍에만 관심이 있었다.

퍽. 다시 한번 박는다. 이스엘의 등허리를 타고 진땀이 흐른
다.

"쫀득해."

제게 기울어진 상체를 양팔로 단단히 감아 안고는 미친 듯이
아래를 움직여 댄다. 그때마다 맞물리는 아래서 피어오르는 미
칠 듯한 성감. 점점 강해지고, 또 점점 심해지는 감각은 요의와

도 닮아 있었다. 파드득 이스엘이 몸부림쳤다. 이대로 계속 박히면 실수할 것만 같다.

"아, 나, 그만, 나…… 나 오줌 쌀 것 같아!"

애원하는 목소리가 이전과는 다르다. 더 높고 더 가파르고 더 절박했다. 밑에 깔린 피닉의 귀에 대고 소리를 질러 댔지만 그는 웃으며 유두를 잘근거릴 뿐이다. 오히려 기다렸다는 듯 살을 쳐 올리며 피닉이 말했다.

"싸. 그거 오줌 아니야."

"싫, 아, 흑, 훗, 아, 하윽……."

"싸라니까?"

그렇게 말하면서 또 한 번 허리를 들썩인다.

"괜찮, 다니까……!"

이제 비명을 지를 힘도 없었다. 입술에 피가 나도록 깨물고 배출 욕구를 참았다. 최소한 피하기라도 하려고 몸을 밀어 댔지만 등을 감싼 팔은 꼼짝도 하지 않는다. 퍽. 그렇게 한 번 더 꿰뚫렸다. 뿌리 끝까지 박아 넣는 것에 결국 이스엘의 전신이 활짝 열리고 만다.

"아……."

근육이 수축했다. 엉덩이에 바짝 힘이 들어갔다. 안에 든 것을 쥐어 터뜨릴 것처럼 내벽이 조여들었다. 자극받은 피닉이 웃, 하고 신음한다.

이스엘은 숨소리도 뱉지 못하고 떨었다. 콘돔을 벗긴 맨 성기에서 미끈한 물 같은 것이 터졌다. 위로 힘차게 뿜어진 그 액은 그대로 아래 깔린 피닉의 턱과 얼굴로 떨어졌다. 주르륵 체액이 쏟아진다. 동시에 꽈악 조여지는 내벽에 피닉도 사정을 했다. 성기가 끝의 끝까지 박히고, 이스엘이 자르르 몸을 떨었다.

"하아……."

순식간에 흠뻑 젖어 버린 피닉이 감았던 눈을 떴다. 속눈썹과 콧날과 입술이 이스엘이 토한 묽은 액으로 범벅이었다. 물세례를 맞은 사람 같았다. 천천히 혀를 내어 그것을 맛보고는 눈을 뜬다. 제 위에 엎드린 이스엘을 세워 눈을 맞추고 젖은 얼굴로 씨익 웃는다.

"싸니까 좋아?"

이스엘은 대꾸도 못하고 숨만 할딱거렸다.

"나, 나 오줌…… 어떡……."

간신히 뱉어 놓는 음성이 울 것 같다.

"오줌 아니라니까."

일축한 피닉이 칭찬을 건넨다.

"맛있어."

그가 이스엘의 몸 안에서 성기를 뽑아냈다. 여직 단단한 성기를 한번 훑어 확인하고 콘돔을 벗어 던졌다. 정액이 가득 담긴 고무질이 침대 위로 철퍽 떨어졌다. 날 것의 성기를 이스엘의 엉덩이골 사이로 문질렀다. 이스엘이 기어 들어가는 목소리로 끙끙거렸다.

"이제 그만해……."

"그럴 거야."

더 하고 싶어도 콘돔이 없어.

그는 입에 침도 바르지 않고 그렇게 말했다. 마치 늘 콘돔을 사용했던 사람인 양. 침대 등받이까지 튄 애액을 보고도 뻔뻔한 얼굴이다. 그가 떨고 있는 이스엘의 몸을 안아 일으켰다. 사정의 여운이 가시지 않아 축축 늘어지는 팔뚝을 주무르며 다정하게 달랜다. 땀에 젖은 상박이 커다란 손안에서 미끄러졌다.

"씻고 옷 입자. 아버지 오실 거야."

"여긴 어떡해……!"

체액으로 망가진 시트를 보며 이스엘이 울먹였다. 벗은 어깨에 입 맞추며 피닉이 웃었다.

"너 씻는 동안 내가 정리해 놓을게."

"진짜 할 거지?"

믿을 수가 없어 몇 번이나 확인한 뒤에야 욕실로 들어간다.

씻는 데는 오랜 시간이 걸렸다. 질질 흐르는 정액을 처리하고 샤워하고, 옷을 입는 일련의 과정들이 기진맥진한 이스엘에게는 헤아릴 수 없는 고문 같았다. 다리가 풀려 통 움직이지 못하는 통에 결국 정리를 마친 피닉이 들어와 대신해 줘야 했다.

아슬아슬한 타이밍에 차량이 도착했다는 알림이 온다. 기진맥진한 이스엘은 식탁 의자에 거의 널브러지듯 앉아 있었다. 그런 이스엘 앞에 직접 끓인 탕을 내려놓으며 피닉이 웃었다. 지옥에서 온 마왕 후계자 같은 미소였다.

저녁을 먹으며 아버지는 자꾸 이스엘의 안부를 물었다. 건강해 보이는 피닉과 달리 계속 자세를 고치는 이스엘이 눈에 걸린 모양이었다. 너무 해 대서 엉덩이도 아프고, 아버지 침대를 음란한 용도로 사용한 바람에 찔려서 그래요……. 차마 말은 못하고 이스엘은 웃기만 했다.

저녁을 먹자마자 도망치듯 일어섰다. 그 잠깐도 걷지 못해 부축을 받는 이스엘을 아버지가 걱정하는 눈으로 본다.

"진하, 정말 괜찮은 거야?"

"네……. 저 멀쩡해요."

정색하고 대화를 나누는 부자 사이에서 막내인 피닉 혼자만 의뭉스럽게 웃고 있었다.

자꾸 흠칫거리는 이스엘을 부축해서 내려와 조수석에 앉혀 둔 피닉이 벨트를 매 주었다. 이마에 키스하며 말한다.

"뭐 가져올 게 있어서. 잠깐만 기다려."

"으응……."

몸 상태에 정신이 팔린 이스엘이 건성으로 대꾸했다. 이제 제 몸속엔 아무것도 없는데도 자꾸 뭔가가 들어 있는 것 같다. 허리를 뒤틀며 울상을 지었다. 그런 이스엘을 두고 피닉이 실실 웃으며 도로 엘리베이터를 탔다.

그는 10분이 지나 내려왔다.

"가자."

길쭉한 다리를 차 안에 구겨 넣으며 시동을 건다. 손목에 길쭉한 직사각형 종이 상자가 걸려 있다. 안을 살펴보자 마찬가지로 직사각형의 길쭉한 나무 상자가 들어 있다. 주차장을 빠져나가 신호에 걸린 피닉이 상자를 돌려보며 희희낙락했다. 조수석에서 불편하게 뒤척이던 이스엘이 질문했다.

"그게 뭐야?"

돌아오는 대답이 상쾌하다.

"술."

"술?"

저번에 말했던 그 좋은 술?

"훔쳤어?"

하다 하다 아버지한테서 도둑질을 하니? 이스엘이 기겁했다. 피닉은 당당했다.

"내가 훔칠 거라고 했잖아."

이걸 네 몸에 뿌리고 핥아 먹을 거야. 벨트를 매며 선언한다. 그러고는 입을 벌린 이스엘에게 와인을 떠넘겼다. 다시 핸들을 쥐는 낯빛이 아주 상쾌하고 밝다.

하룻밤 만에 얼굴이 핀 패륜아를 보며 이스엘은 확신했다. 이대로 가면 해가 바뀌기 전에 점수를 모두 채울 거라고. 사후 진로에 관한 이스엘의 고민은 의외의 방식으로 해결되었다.

지옥행이 결정된 두 사람 앞에는 이제 붙어먹다 집안의 대를 끊는 패륜아의 길만 남아 있었다. 나쁘지 않은 미래였다.

후기

'참으로 사랑이라는 것은 눈빛을 섞고 몸을 섞고 심지어 피마저 섞어도 뜻대로 안 되는 사업인 것이군요.'

제3장의 제사는 문학평론가 신형철의 영화 〈박쥐〉 평론 마지막 구절입니다.

순정은 이 문장을 모티브로 한 글임을 밝힙니다. 이스엘이 피닉의 눈을 보고 반하는 것과 로렌을 살려 주는 대신 자기를 안아 달라고 말하는 것 전부 위 문장에서 따온 내용입니다. '피마저 섞는' 부분의 경우, 〈박쥐〉에서는 두 주인공이 말 그대로 피를 섞지만, 저는 근친 요소로 대신했습니다.

또한 순정에는 죽었다 깨어나는 두 주인공이나 히스테릭한 어머니 캐릭터 등, 영화 〈박쥐〉에서 착안한 내용이 몇 가지 있습니다. 피닉의 파란 눈을 강조한 것도 〈박쥐〉에서 주인공 태주의 상징색이 파란색이기 때문입니다.

그외 다른 참고사항은 아래 밝혀 두겠습니다. 읽어 주셔서 감사합니다.

[참고사항 및 인용]
1. 제1장의 제사는 드라마 〈태양의 여자〉에 나온 변형된 구절을 따왔습니다.

2. 전생의 로렌에 대해 묘사하면서 게으름 피우는 다른 여자들과는 다르다는 뉘앙스로 서술했는데, 그건 여자들이 정말 그렇다는 뜻이 아니라 저 시대의 이상적인 여성상을 말한 것입니다.

3. '회색 뇌세포'는 아가사 크리스티의 〈포와로〉 시리즈에서 따온 표현입니다.

4. '이유 없이 너에게 빠진 그날처럼'이라는 구절은 〈에디 킴 – 너 사용법〉의 가사에서 따왔습니다.

5. 〈롤리타〉의 첫 문장을 변형 인용한 구절이 있습니다. '내 삶의 빛, 내 생명의 불꽃. 나의 죄, 나의 영혼.'

6. 대부분의 악마는 사탄은 성적으로 문란하며 음탕한 종족이라는 세간의 기대에 부응하기 위해 양성애를 했다는 문장이 있습니다. 해당 구절은 양성애자가 문란하다는 뜻으로 쓰인 것이 아

님을 밝힙니다.

7. 이스카란이 이스엘의 표정만 보고 '무슨 일 있냐'고 묻는 장면이 있습니다. 드라마 〈그들이 사는 세상〉에서 따왔습니다.

8. 나는 잠을 자고 싶은데, 너는 춤을 춰야만 하네. 〈테오도름 슈토르 - 히아신스〉의 구절입니다.

9. '그럴지도 모르지. 아님 네게 키스하는 게 좋든가.' 피닉의 이 말은 영화 〈프린세스 다이어리2〉에서 따왔음을 밝힙니다.

10. '제발 나를 외면하지 말아 달라고 울고 기도하고 애원하는' 이라는 구절은 〈The Cardigans - Lovefool〉의 가사에서 변형 인용했음을 밝힙니다.

11. 형제를 범하는 자는 영원히 지옥 불에서 타는 벌을 받게 되리라. 이는 중죄라 반드시 형벌을 받아야 할 무서운 악이며 타인의 육신을 욕보인 자도 이와 같을 것이라— 너희의 죄가 너희를 고발하리니 죄인의 몸은 살 속까지 성한 곳이 없으리라……. 해당 문단은 성경의 여기저기에서 변형 인용했습니다.

12. 3장 후반 및 외전에 등장하는 드라마 속 대사는 드라마 〈질투의 화신〉 18화 표나리, 이화신의 대사입니다. (변형해서 사용했습니다.)

13. 그의 태도는 미친놈 널뛰듯 변했고 나는 박자를 맞추지 못

해 튕겨 나간 지 오래였다. 미친놈을 널뛰게 하는 나쁜 놈이 나였음에도 불구하고. 해당 구절은 신형철 평론가의 〈느낌의 공동체〉에서 변형 인용했습니다. ('미친년 널 뛰듯이'라는 말은 폭력적이다. '미친년'을 미치게 한 미친놈들의 존재가 생략돼 있기 때문이다.)

14. "이러다 너 정말 지옥 가.", "그럼 나랑 같이 가. 내가 거기서 데리고 나가 줄 테니." 영화 〈박쥐〉의 대사를 변형 인용했습니다.

15. "너랑 오래오래 살고 싶었는데······." 영화 〈박쥐〉의 대사를 변형 인용했습니다. ("태주 씨랑 오래오래 살고 싶었는데······ 지옥에서 만나요.")

16. 피닉이 이스엘의 어머니를 찌른 뒤 (이스엘이 죽은 줄 알고) 자살하는 장면은 〈로미오와 줄리엣〉에서 따왔습니다. (아, 자네의 청춘을 두 동강이 낸 바로 이 손목으로, 자네의 원수인 이 몸을 찢어 죽이겠네. 내가 자네에게 이보다 더한 호의는 베풀 수 없지 않겠는가?)

17. 이스엘의 수업 시간에 남학생이 표절한 노래는 〈가을방학 - 이브나〉입니다.

18. 다섯이 있었다. 그리고 둘이 남았다. 〈아가사 크리스티 - 그리고 아무도 없었다〉에 등장하는 노래 가사에서 따왔습니다.

19. 그를 정확하게 사랑하는 일로 남은 생이 살아질 것이다. 신형철 평론가의 〈정확한 사랑의 실험〉에서 따왔습니다. (서문의 프러포즈입니다.)

20. 주인공 피닉 오데어의 이름은 소설 〈헝거게임〉 시리즈에서 따왔습니다.
이스카란이라는 이름은 Iskra(불꽃)에서 따왔습니다.
마왕의 이름은 실제로는 그냥 고위 악마의 이름이지만, 마음에 들어서 따왔습니다.

21.이스카란 시점 외전에서 사라진 사랑의 환상에 관해 논하는 부분은 에바 일루즈 〈사랑은 왜 아픈가〉를 바탕으로 착안했음을 밝힙니다.

세상의 모든 장르소설

B북스

장르소설 전용 앱 'B북스' 오픈!

남자들을 위한 **판타지 & 무협,**
여자들을 위한 **로맨스 & BL**까지!

구글 플레이에서 **B북스**를 다운 받으시고, 메일 주소로 간편하게 회원 가입하세요.
아이폰 유저는 **B북스 모바일 웹**에서 앱 화면과 똑같이 이용하실 수 있습니다.

http://www.b-books.co.kr

이제 스마트폰에서 B북스로 장르소설을 편리하게 즐기세요.